啸杨 著

国内首部好莱坞谍战大戏

电影《特工艾米拉》同名小说

当代世界出版社

图书在版编目（CIP）数据

特工艾米拉 / 啸杨著. -- 北京：当代世界出版社，2014.4

ISBN 978-7-5090-0967-3

Ⅰ．①特… Ⅱ．①啸… Ⅲ．①长篇小说－中国－当代 Ⅳ．①I247.5

中国版本图书馆CIP数据核字（2014）第064749号

策　　划：星光中文网
责任编辑：连莲
艺术顾问：韩骏
特邀编辑：是花　伍宇鹏
出版发行：当代世界出版社
地　　址：北京海淀区复兴路4号（100860）
网　　址：http://www.worldpress.org.cn
编务电话：（010）83907332
发行电话：（010）83908455　（010）83908409　（010）83908377
　　　　　（010）83908423（邮购）　（010）83908410（传真）
经　　销：全国新华书店
印　　刷：北京兆成印刷有限公司
开　　本：787毫米×1092毫米　1/16
印　　张：17
字　　数：278千字
版　　次：2014年6月第1版
印　　次：2014年6月第1次
书　　号：ISBN 978-7-5090-0967-3
定　　价：32.00元

版权所有，翻印必究，未经许可，不得转载！

目录 | contents

第 一 章 诱蛇出洞 | **001**

第 二 章 谍影重重 | **010**

第 三 章 拨云见日 | **019**

第 四 章 不懈追击 | **028**

第 五 章 不堪回首 | **037**

第 六 章 悬案疑云 | **045**

第 七 章 阴谋触角 | **053**

第 八 章 危机四伏 | **062**

第 九 章 龙潭虎穴 | **070**

第 十 章 生死交锋 | **079**

第十一章 善恶沉浮 | **088**

第十二章 生死考验 | **097**

第十三章 了此一生 | **106**

第十四章 明争暗斗 | **114**

第十五章 姻缘杀机 | **124**

第十六章 敌友难辨 | **132**

第十七章 硝烟四起 | **141**

第十八章 各自为阵 | **150**

第十九章 秘密集结 | **158**

第 二 十 章 伏击失利 | **166**

第二十一章 引火烧身 | **171**

第二十二章 一路追凶 | **179**

第二十三章 千里行第 | **188**

第二十四章 蛛丝马迹 | **197**

第二十五章 紧追不舍 | **206**

第二十六章 雪中送炭 | **214**

第二十七章 风云突变 | **224**

第二十八章 死亡陷阱 | **234**

第二十九章 致命牺牲 | **244**

第 三 十 章 惊险营救 | **253**

第三十一章 终极一战 | **261**

第一章 诱蛇出洞

一

一个炙热的午后，烈日当空，远处飘着的几片薄云，正在大海上空无精打采地信游。空气被凝滞，在这片自然浴场的人们感受不到一丝风迹，沙滩上升起滚滚的热浪，淹没了远处正在嬉耍的人群。想必，这里的人们渴望一徐清风，一场淋漓尽致的大雨。

这边是欢声笑语的海边，嬉笑玩乐的快感淹没整片海滩。另一边是扣人心弦的追逐激战，是善与恶，是生与死。海边洋溢着快乐的呼吸，随后被丛林里传来的枪声瞬间击溃。人们停止了嬉耍，直到确认那是真切的枪声，才惊慌地奔逃。几分钟后，海滩上只剩下丢弃的垃圾和物品，一名三四岁的小女孩站在空旷的沙滩上哭嚎，哭声撕心裂肺，浴场上的人都不知去向，连这孩子的父母亲人也都没了踪影。在另一头，从数支枪膛里冒出急促的火花，子弹呼啸而出，穿过一个个疯狂的毒贩身体，几声惨叫后，有人应声倒地，幸存者仓皇而逃。紧追其后的特工小组在艾米拉的手势下，分散式包围，将逃窜的毒贩困在狭小的丛林小木屋。

一名毒贩在喘息间急忙求援，呼救声中带着哭腔："我们被包围了……希望派直升机接应……我们不想死……"

信号断断续续，传到了海边的小阁楼。将军站在窗前，看着窗外的大海，不知是钟情于海滩上来回奔跑的比基尼美女，还是不知如何回复求援的呼叫。将军的床上躺着的一位金发美女，正在摆弄近裸的身体，似乎渴望将军回眸一望。将军朝身后摆了摆手，金发美女失望地提起薄纱，扭动身姿走出房间。将军这才缓缓回过头，看着空荡的房间，将桌上的求救设备摔得粉碎。

特工艾米拉

将军拿出手机，拨出一个电话。丛林的小木屋外围，艾米拉举着手枪瞄准，朝屋内一个晃动的身影开了一枪，木屋内传出沉重的落地声，艾米拉没有打中那人，反而惹得对方射出一阵密集子弹，仇恨地飞向艾米拉几人。艾米拉躲在树后，决定等敌人的子弹销声匿迹后再作打算。

"艾米拉，没必要激怒他们，队长马上赶到，我们抓活的。"迈克悄悄来到艾米拉身边。

"这帮毒贩的背景肯定不一般，如果像上次那样，等到有人来救他们，我们是不是又得放弃任务，让他们就这么轻而易举地逃脱？"艾米拉很坚持。

迈克无奈地摇了摇头。

从艾米拉的身后，上来一位特工队员："艾米拉、迈克，我们接到命令，撤。"

艾米拉和迈克同时看向队员。

"队长刚接到上级指示，要求尽快撤离。"队员委屈地再次重申命令。

"队长呢？"艾米拉追问。

"队长被山米局长紧急召回，说有重要情报协商。艾米拉、迈克，我们撤吧！"

艾米拉对迈克说："迈克，你先撤，我今天一定要除掉这帮毒贩，责任我一个人担着。"言毕，艾米拉检查武器装备，准备出击。

迈克看了看艾米拉，又看了看队员，也开始检查武器装备。队员见命令失效，只好转身离开。

艾米拉朝着小木屋外扔了一颗烟雾弹，迈克随后也扔出了一颗。烟雾瞬间包围小木屋，艾米拉和迈克呈交叉式出动，潜伏贴近小木屋。

屋内的四名毒贩似乎已经明白眼前的形势，开始集中销毁携带的跟踪定位器，并烧毁了随身的证物，准备最后的挣扎。

随着来自屋外不同角落的两声枪响，两名毒贩中枪倒地，另外两名毒贩举枪横扫，弹壳落尽，毒贩相互看了一眼，发现弹夹空空，两人拔出匕首准备下一轮反击。艾米拉和迈克忽然出现在毒贩身后，没给毒贩反应的时间，艾米拉手中的匕首已经割破了对方的喉咙，毒贩倒地。

"留活口！"迈克紧急提示，但为时已晚，艾米拉那一刀已致命，迈克只好专攻另一名毒贩，终于将之打晕。

艾米拉似乎听到了新的声音，她伏在窗口向外观察："不好！你听！"话音刚落，窗外一束火光逼来。迈克来不及说话，拉起艾米拉，两人从侧门跃出。

第一章 诱蛇出洞

不远处,一驾直升机凶猛地向小木屋射击,子弹射穿厚重的木板,阳光顺着弹孔射入小屋。接着,人们渴望的那场大雨在层叠的乌云到来时突然降临,雨水替代了光线,顺着弹孔流进屋内。雨水稀释了血迹,顺着地板的缝隙渗入地下。

晕倒在地的毒贩未曾清醒,便被密集的子弹击毙,丧命于此。

艾米拉和迈克伏在斜坡下,看着小木屋倒塌着火。

"看来有人想杀人灭口。"迈克判断。

"毒贩的背景不容忽视,每一次任务都有事发生,而每一次执行任务的紧要关头,总有人出面阻挠。"艾米拉愤怒地盯着直升机。

待确认小木屋几乎燃尽后,直升机冲着艾米拉和迈克飞来。两人急忙寻求藏身之处,他们潜入不远处的水潭中,透过水面,可见直升机盘旋一圈,丧心病狂地向小木屋进行最后一击,直到射出一枚火箭弹,小木屋爆炸起火,直升机才得意而去。

艾米拉明白,直升机出于担心大雨浇灭大火,便射出一枚火箭弹,直接摧毁现场。

特工组的会议厅内,老迈克看着紧急召回的队员,巡视一圈,变了脸色:"艾米拉和迈克呢?"

队员整齐的队伍里,没有人愿意回答这个问题。

老迈克二次发话的声音未落,艾米拉和迈克出现在门口。

"到!"

"到!"

艾米拉和迈克自觉地归队,等待训话。

"艾米拉,你身为特工小组的组长,执行任务不听上级指示,私自行动,违抗命令,从今天起,你的组长职务将暂时取缔,解散!"老迈克一声令下,队员们敬礼解散。

老迈克看了看艾米拉,对着迈克说:"迈克,带艾米拉下去,处理伤口。"

艾米拉不知如何面对这个突如其来的处罚,想辩解,又惧于老迈克威严的目光,这次确实是她违抗命令,百口莫辩。迈克碰了碰她的手,暗示她从长计议,她只好跟着迈克离开会议厅。

与艾米拉擦肩而过的是国家安全局副局长山米,山米回头看艾米拉的时候，艾米拉已经拐过走廊。

山米走进老迈克的办公室……

在医院里，迈克陪着艾米拉包扎完受伤的胳膊。

"艾米拉，我父亲解除你的组长身份，是为了保护你，就算上级怪罪下来，也对你不会有二次的处罚。"迈克担心艾米拉因此事埋怨父亲，他可不希望"女朋友"和父亲产生矛盾。

"我知道，谢谢你们一直袒护我，才让我有立足之地，我觉得我确实无法担当这个组长的职务，我应该做回一个普通的队员。"艾米拉扭头看向窗外，正好看见了杰森。

与此同时，迈克也看见了站在玻璃门外的杰森。

"你通知他了？"迈克疑惑地问艾米拉。

艾米拉没有解释，起身向外走去。在门口的时候，艾米拉回头看了看迈克，说了句："谢谢你！替我谢谢迈克叔叔，我先回去了。"

迈克想叫住艾米拉，可当他看到杰森的胳膊挽住艾米拉的腰时，迈克欲言又止。尽管如此，迈克依然发出了清晰的不满："我到底算什么？"

迈克回到特工驻地，颓废地走进父亲的办公室，看到老迈克憔悴地看着大屏幕上来回播放的视频。视频里正是一架直升机攻击丛林小木屋的情景，迈克看了一眼视频，接了一杯水放在父亲的手旁。

"长官，今天为什么突然撤销任务？"迈克走到父亲前面，倚在桌边。

老迈克喝了一口水，看了看迈克，想说又不知从何说起。

"是不是还有比我们更高的权力在阻挠？"迈克猜测的眼神停在父亲的疲倦的脸上。

老迈克关了视频，坐在儿子推过的一把椅子上："没错，这不是普通的毒贩。从目前我们掌握的信息分析，毒贩背后一定有更大的力量，我们围捕多次，都无功而返。这是你们拍摄传回的视频，从直升机机型来看，只有国防部才能调动这样的直升机，但目前恐怖力量四处活动，一时也无法确定幕后黑手是谁，如果是恐怖分子故意制造假象，离间国防部某些官员，那定是一个巨大的阴谋。"

"那你有没有想过，这个假象如果成真呢？"迈克突发奇想。

老迈克抬头看向迈克，似乎在等迈克后面的解释。

第一章 诱蛇出洞

"想必今天的直升机也掌握了我们的行动计划,在您下达撤退命令后,其他队员尽数撤退,唯有我和艾米拉留在此地,但这一消息,对方肯定不得而知。如果是对方不知道当时还有别人在场,那只有一个可能……"

"杀人灭口?"老迈克皱起眉头,似乎被迈克的一番话说得茅塞顿开。

"是杀人灭口,一个连环的杀人灭口计划。"警觉促使迈克走到门口,听了听外面,确认说话安全后再度回到父亲身边。

老迈克默默点头,似乎在瞬间将整个案情抽丝剥茧地理清了头绪,这时,他胸有成竹地说:"对方不仅要杀自己人灭口,还要杀你和艾米拉,这就是你说的连环杀人灭口计划。"

迈克有些诧异:"爸爸,你都知道啊……"

老迈克露出一丝微笑:"我不知道的话能解除艾米拉的职务吗?我不但要解除艾米拉的职务,我还要暂停你的后续任务,为了你们两人的安全,这件事你们近期就不要参与了。这个案子现在转交国家安全局处理,但事发现场你们两个人在场,从今天开始,你们要格外注意自身安全,你最好和艾米拉在一起。"

"啊?唉,只是……"迈克刚被激起的惊讶在瞬间转为无奈。

"出什么事了?"

"艾米拉和杰森在一起……"迈克转过头。

老迈克拍了拍儿子的肩膀:"缘分是可遇不可求的,你们形影不离十多年,艾米拉最美好的时光都是和你度过,知足者常乐,就让那些记忆保存起来,别再奢求太多。"

"那我们的婚约呢?"迈克心有不甘,不仅是对艾米拉念念不忘,也是为了曾经两家人的一份约定而耿耿于怀。

"一份婚约又不能决定一辈子的幸福,真正的幸福不需要约定,更不需要约束,自由的幸福才更长久。我和你妈妈约定了一辈子,可她只陪我走了其中的一小段路……"老迈克说着,一边整理衣服,父子二人走出办公室。

整理衣服期间,老迈克收起了那段视频录像带,迈克看在眼里,若有所思。

二

迈克父子离开之际,天色已晚。午后的那场暴雨似乎只是为了浇灭那场丧心病狂的火，艾米拉和迈克离开后，雨也停了。

马路两旁，闪烁着熟悉的霓虹灯，迈克父子无心欣赏，汽车急速驶向远处。车轮碾压的声音，似乎带着两人此刻的情绪。

"你怎么知道会有事发生？"迈克显然不懂和父亲对话中遇到的问题。

"很快就会有人知道你和艾米拉在事发现场，既然是杀人灭口，他们肯定会追查你们发现的线索。"老迈克坐在副驾驶座上，一副疲倦的样子，看似昏昏欲睡，其实在老迈克的大脑里，正在梳理千头万绪。车子颠簸拐过一个弯道，老迈克意识到有人跟踪，便警觉地坐了起来。

迈克也有所警觉，他想回头看看但被父亲叫住："别回头，把车开向繁华的夜市！"

迈克按照父亲的指示，直接开往市中心的夜市。

"你不用担心，他们只是想知道我们的意图，只要我们暂时不动声色，装作若无其事，就不会有危险。"可见老迈克早已猜到了跟踪者的意图。

"艾米拉会不会有危险？"迈克忽然想起艾米拉，却将自己的危险置之度外。

"不好说，甩掉后面的车，你下车通知艾米拉，近日行动务必留意周围可疑人物。"

迈克拐入大道，远远看见灯火通明的夜市，这里除了晃动的人群，空气里还混合了各种食物烹饪的香味。迈克停下车，父子两人径直走入人群。人群中，老迈克向儿子使了个眼色，迈克挤入人群，消失在人群中。

迈克打了无数次电话，艾米拉的电话一直无人接听。迈克想通知艾米拉，却不知艾米拉此时此刻正依偎在杰森的怀中。

艾米拉的手机静静地躺在一个无人关注的角落嘶鸣。

艾米拉和杰森坐在父亲的实验室外，艾米拉依然沉浸在白天的任务中，身为特工组长，在关键时刻总是受到各种因素的影响，不但无法完成一次完美的任务，还要饱受失误后的处罚。她呆滞地看着自由行走的星月，说着关于自己和迈克家的渊源。

"我之所以能走上特工这条路，离不开迈克父子的影响和关照。读完小学，由于爸爸的实验室工作转移，我们全家来到新加坡，迈克是我读中学时认识的，是他的出现，慢慢淡化了我童年的阴影。"

"伯母的病过了这么多年，一直都不曾好转吗？"杰森知道艾米拉童年的

第一章 诱蛇出洞

阴影是因为母亲黛西久治不愈的精神分裂症。

"说来话长,以后会慢慢跟你讲。我和迈克的过去希望你不要太介意。"艾米拉深情地望着杰森。

杰森露出理解的微笑,挽起艾米拉,两人在路灯下缓缓而去。

正如艾米拉所说,是迈克改变了她的一生,如果没有迈克,艾米拉自幼形成的自闭症将继续影响她的成长。

艾米拉在饱受母亲精神分裂症的折磨下,遇到迈克,两人一度形影不离。在之后的学业中,一起成长,一起学习,经过漫长朝夕相处的岁月,两人可谓青梅竹马。不论在同龄人眼里,还是在两家人心中,艾米拉和迈克的相遇似乎是天注定,从开始的迈克关心艾米拉,到后来两人的心有灵犀,似乎一切都注定了他们走到一起。顺理成章,艾米拉的家人和老迈克在两个孩子上学期间,便促成了两个孩子的亲事。

迈克受父亲的影响,逐渐走上特工之路。艾米拉在和迈克相处的时间里,也熟悉了"特工"这个新名词,老迈克见两个孩子天赋异常,在两人学业完成后,举荐他们进入特工学校,开始接受专业的训练。

但在艾米拉即将成为特工队员期间,杰森的出现打破了以往的平静。

艾米拉进入特工学校的第一年,杰森作为父亲艾瑞的实验室的行政助理,出现在艾米拉的眼前。杰森的出现,改变了艾米拉对迈克的感情,按照老迈克所说,也许是艾米拉和迈克的缘分已尽。

两人第一次见面,一见如故。艾瑞看在眼里,虽然不清楚杰森心中所想,但女儿的眼神似乎已经表明那是一见钟情。但艾米拉和迈克在早些年已经达成婚约,这让艾瑞感到很苦恼。

自从杰森出现后,艾米拉来往实验室的次数已经超过了回家的次数,原本患有精神分裂的黛西发现女儿不再回家,心中的不满情绪日益高涨,蓄势待发。

杰森成为艾瑞的助理,逐渐也成为艾瑞家不可缺少的一员。艾米拉全家对杰森有着特殊的情感。

实验室远处的一辆车内,有人盯着且行且止的艾米拉两人。不知不觉中,一支枪管伸出车窗,瞄准镜里,持枪者在艾米拉和杰森两人之间犹豫不定。

"是两个人,女的确认无误,男的与目标不吻合。"持枪者旋紧消音器,紧盯目标，等待命令。

杰森停下脚步将要亲吻艾米拉，艾米拉突然发觉了不远处疾驶而来的汽车。持枪者举枪朝艾米拉方向射击，艾米拉下意识地推开杰森，自己虽然躲开了枪击，但杰森被推开的瞬间，对方的汽车擦着杰森的身体而过，杰森被车身带出，翻滚在地。艾米拉习惯性地伸手摸枪，原本放置枪支的位置空无一物，她才想起自己白天被解了职。

车停在离杰森的不远处，持枪者看着艾米拉，举枪对准杰森打过去。

艾米拉奋不顾身要去救杰森，但已来不及。

"啪！"

随着一声枪响，艾米拉停下脚步，惊恐地看着地上的杰森。突然，持枪者急忙上车，猛踩油门驶离现场。

杰森缓缓起身，痛苦地看着艾米拉。

"杰森！"艾米拉扑到杰森身边，关切地检查杰森身上的伤。

"我没事！"杰森强忍疼痛安抚惊恐未定的艾米拉。

这时，迈克的车开到了艾米拉面前，他急忙下车问艾米拉："他没事吧？"

"是你开的枪？"艾米拉看着眼前的迈克，幸亏他及时击退了歹徒，否则后果不堪设想。

迈克走到杰森身边，见杰森并无大碍，便想支开杰森："我想和艾米拉说几句话，方便吗？"

杰森斜眼看了看迈克，没有说话，一瘸一拐地走向实验室，艾米拉看了看，便跟着迈克上了车。

"你是不是知道有人来袭击我？"艾米拉用疑惑的眼神看着迈克。

"有人跟踪我，我们白天单独行动的事被人知道了，可能怕我们在现场找到蛛丝马迹，便在第一时间派出杀手监视我们。"

"那为什么不杀我，却要针对杰森？"艾米拉显然对此不能理解。

"如果我们各自的行动都被监视，你和杰森在一起，他们会误认为你接头的人便是杰森，对杰森下手也在情理之中。"

艾米拉沉思种种可能："我明白了，现场肯定有残留的证据线索，他们怕被找到，便跟踪监视我们两个，如果发现我们有可疑行动，可能真会引来杀身之祸。"

迈克点头认可："有道理，走，跟我去一个地方。"

第一章 诱蛇出洞

迈克及时赶到,是因为最终打通了艾米拉的电话,只是接电话的不是艾米拉,是艾米拉的父亲艾瑞。

趁着夜色,两人开车来到夜市,找到了老迈克。

喧闹的夜市将前一秒的紧张化为虚有,老迈克躲在一家海鲜餐馆,他见到艾米拉和迈克安然无恙地回来,终于松了一口气。

艾米拉向老迈克问好后,三人落座。

"有没有新情况?"老迈克问儿子。

迈克点了点头:"有惊无险,不出你所料,有人也跟踪监视艾米拉,只有杰森受了点轻伤。"

老迈克担心地看了看艾米拉。

"他没大事,幸亏迈克及时赶到,要不然杰森真会出事,队长,到底是什么情况?您是不是发现了新的线索?"艾米拉凑近,悄声问道。

迈克回头四处望了望:"爸爸,这里确定安全?要不我们换个地方?"

老迈克摇摇头:"这里人多,他们不敢轻举妄动,这几天你越是去隐秘的地方危险系数越高,在人多的地方不仅排除了他们的质疑,也保障了我们的自身安全。"

"队长,我想知道原委!"艾米拉见四处没有可疑人员,直接问迈克队长。

"这次抓捕任务其实是一场刻意的安排,虽然明知这帮毒贩背后有强大的背景,但长期无法准确得到犯罪证据,所以我们联合国家安全局设计了一场诱蛇出洞的计划。从下令撤退的那一刻起,计划才真正的开始。直升机的出现,他们试图想杀人灭口,却没想到现场还有你们两个。我撤你的职,是为了让这场戏演得更为逼真,也正是如此,我们的敌人才放松警惕,明目张胆地出来行凶。"

"如果没有猜错,他们肯定在找一样东西。"艾米拉说。

"你说得没错,我们也在找这样东西,同时赛跑,谁先找到,谁就是赢家。"老迈克的手表忽然发出轻轻的警报声。"我们走,现在蛇已经出洞,我们该去了解他们找的是什么东西。"

艾米拉和迈克警惕地观察周围,跟着老迈克穿过饭馆的厨房,从后门离开。

后门的小道上,停着一辆黑色的轿车,三人上了轿车,消失在夜色里。

第二章 谍影重重

一

天明时分，迈克开车出现在嘈杂的街道，从反光镜里，迈克发现了后面有人跟踪。

"我们还是被跟踪了，怎么办？"

老迈克镇定自若，苦苦一笑："想办法甩掉它。"

迈克左拐右绕，跟踪车已经不知去向。

迈克将车开入一处比较偏僻的工地。

这时，艾米拉的电话响了。

杰森受伤后见艾米拉彻夜未归，十分担心，便打通了艾米拉的电话。

艾米拉只在电话里询问了杰森的伤势，没敢多说，随即挂了电话。

通过门口的岗哨，汽车停在了一间废旧的仓库外，三人下车走进了仓库。进入仓库，老迈克指着旁边的防护服示意两人穿上，艾米拉和迈克疑惑地看了看。这时，老迈克已经穿好，冲着两人微笑等待，两人只好按照指示，穿上防护服。老迈克又指着两个头套示意两人，艾米拉见老迈克戴上头套，只好套上头套，迈克无奈地照做。

在三人换衣服的过程中，迈克的特工身份证不小心掉了出来，但当时三人都未注意。

审讯房内，艾米拉发现两名看守穿着和自己一样的服装，在看守中间的椅子上，绑着一名带着头套的罪犯。老迈克用手指着罪犯，艾米拉和迈克上前看了看，相互摇头，表示不认识。

老迈克对艾米拉说："他就是朝你开枪的人，被我的人抓住，不过受了点伤，

第二章 谍影重重

应该和你有关。"老迈克看了看儿子。

"是我朝他开了一枪。"迈克已然明白眼前的情景。迈克走上前,抬起对方的右手,右手缠着纱布,血迹斑斑。

老迈克问看押的人:"一直不肯说话吗?"

看押人员点点头:"嘴很硬,什么都不肯说,我们加大剂量注射了河豚毒素,可能剂量用大了,一直昏迷不醒。"

艾米拉上前摘掉罪犯的头套,见其眼睛缠着黑色的布条,耳朵里塞着干扰耳麦。

"为什么不带回组里审问?"迈克显然有些不解。

艾米拉似乎已经明白其中的用意:"是不是怕我们暴露身份?"

"没错,我们已经招来杀身之祸,为了安全起见,将计就计,让他们摸不着头脑。"老迈克胸有成竹。

"搜过身没有?"艾米拉问。

老迈克看了看两名看守,看守摇了摇头。

这时,毒贩身上传出手机铃声。

迈克看了看艾米拉,上前搜身,摸出毒贩身上的药盒和手机。三人看着来电的手机,迟疑了一下,迈克接通了电话。几人屏住呼吸,电话里没有任何声音,三人面面相觑,手机被挂断。迈克耸了耸肩放下手机,将药盒交给艾米拉。艾米拉打开药盒,倒出几粒白色的颗粒,艾米拉准备尝试的时候,迈克想阻拦,却被父亲制止。

艾米拉用舌头舔了舔:"是半成品的制毒剂,麻黄碱,没想到他们把毒品藏在药盒里。"艾米拉将其中两粒交给迈克父子。

老迈克也尝了尝:"我见过这种东西,就是它,这是一种新型的毒品,如果我没猜错,他们是利用药品外包装作为掩护,走私毒品。"

"环奇制药……"艾米拉发现了药盒上的生产厂家。

艾米拉扒开毒贩的外衣,里面露出一件红色的工作装,艾米拉凑近:"他是环奇的工人,由此看来,环奇可能打着制药的旗号做毒品生意。"

"他不是真正的环奇工人,准确地说应该是穿着环奇衣服的杀手,他们穿着环奇的衣服到处行凶贩毒。我查了这么多年,几次与证据擦肩而过,没想到短短几天,你就打开所有的谜底。"老迈克对艾米拉赞赏有加。

"如果不是您前期的线索,我们怎么可能这么快找出这个披着羊皮的狼,您都找了这么多年，临退休了，案子也该有个了断了。接下来我们怎么办？"艾米拉在关键问题上，还是要请示老迈克。

"环奇制药现在只是可疑，但依然证据不足，我们接下来要在环奇制药找到证据，才能找到隐藏在环奇背后的势力，也许环奇只是小角色，真正考验我们的恐怕是角色背后的力量。"老迈克的思考，似乎预示着大的困难还在后面。

"他怎么处理？"迈克指着毒贩。

"放了他？"艾米拉坚决回应。

"啊？放了？好不容易抓住个活的，应该把他关起来，没准能问出更大的秘密。"迈克对此持有不同意见。

"既然他现在不说，今后也不可能再说，我们已经发现了重大线索，他的死活已经没有任何意义。再说我们现在的身份不是特工，没必要留着。"艾米拉指着自己的服装。

"艾米拉说得对，放了他。我之所以这么做，在自保的同时，我要打乱他们的思考，造成黑吃黑的假象，让他们无从下手。只要他们自乱阵脚，就会露出蛛丝马迹，我们也就有机可乘，之前我们看不到的也会出现，线索多了，等于他们自己帮我们连线，线索清晰了，天就亮了；天亮了，我们就看清了他们的真面目。"老迈克的分析头头是道，听得艾米拉和迈克摩拳擦掌。

"如果如您所说，我们岂不是很快能找到幕后操纵者的真面目？"迈克说。

老迈克却摇摇头："其中不容任何闪失，一旦判断失误，就会打草惊蛇，不但无法查出幕后的力量，也许还引来血光之灾。走，我们去查环奇制药。"

老迈克挥手示意两名看守，两人拖着毒贩准备转移。

这时，从仓库的小门里，闪出一人，艾米拉警觉地举枪瞄准。老迈克摆手示意艾米拉放下枪："他是自己人。"

这位老迈克口中的自己人上前汇报："我们好像暴露了。"

老迈克有些诧异，看看儿子，看看艾米拉。艾米拉和迈克的眼神闪出一丝不解，老迈克似乎想起什么，急忙下令："我们被那个电话定位了，这里不安全了，撤！"

艾米拉指着即将拖走的毒贩问老迈克："那他怎么办？"

"既然我们的行踪被发现，带走他只能是个累赘，留下他，也好证明黑吃黑的事实。我们走，快！"老迈克已经完全掌握当前形势，他率先脱掉了身上的伪装，带人离开废仓库。

当废仓库的门再次打开的时候，老迈克等人已经躲在某个制高点看着这里的变化。

"我们来晚了。"其中一人发话。

进来的两人，一胖一瘦，一高一矮，高的走在前面，矮的也许腿短，无法超越高个子，只能紧跟其后。

"来早了就没命了，如果他们想要伏击我们，我们就会随时丧命。"高个子头也不回地说。

矮个子听到这句话，有些害怕，他倒退了一步，见老大纹丝未动，只好再次上前，应该是担心自己随时被击毙，他左顾右盼，寻找致命的伏击点。

高个子发现了毒贩，他摘下对方的头套，惊讶地说："这就是我们要找的人。"

"他是死了吗？"

"不像是死了，但他也不会活过来了，杀了他。"

矮个子听出让自己杀人，持枪的手开始发抖。

高个子冷眼瞥了矮个子一眼，矮个子心虚地回避，猫下身子开始搜身，看是否有留下有价值的东西。

"别找了，有人早已帮你找过了。"高个子无心留恋这个油漆味浓重的仓库，转身走出仓库。

"啪……啪……啪……"子弹连续发出清脆的响声，回荡在空旷的废仓库。

两人走出仓库的时候，远处的桥头，老迈克将望远镜交给了艾米拉，艾米拉看了看，将望远镜交给迈克。

迈克放下望远镜："果然被他们杀了。"迈克再次举起望远镜，忽然看见高个子拿出手机拨打电话，迈克急忙将望远镜交给父亲。

老迈克看见的时候，高个子正在通电话。

"他汇报完了，该我们了。"老迈克给艾米拉使了个眼色。

艾米拉拿出毒贩的手机拨了出去，老迈克接过儿子的望远镜发现高个子接通了电话，艾米拉的电话里传来一声："喂……"。艾米拉和老迈克心领神会地相视后，挂断了电话。

高个子若有所思地挂了电话，矮个子满脸狐疑。

"我……"矮个子的话没有说出口，忽然被暗中的子弹射穿脑门。高个子不容思考，拔腿便跑。

老迈克坐在车里指挥："抓住他，也许就能知道更多的秘密。"

迈克开车急速冲向逃命的高个子，汽车左拐右绕，逼得高个子终于无路可逃，艾米拉和迈克双面夹击，高个子见无路可逃，只好举手投降。艾米拉和迈克松懈地喘了口气，而就在两人放松的时候，高个子忽然开枪自杀。

艾米拉泄气地放下枪……

三人走到尸体旁边："算了，我们已经知道的够多了，这些线索人物一死，我们又不好行动了，怪我太贪心，我们走。"老迈克有些失算，转身上车。

迈克上前搜出对方的手机，和艾米拉上了车。

"把他们的手机都扔了。"老迈克吩咐一句，闭上了眼睛，似乎有些疲惫。

艾米拉和迈克明白其中的道理，将两只手机扔出车窗。车轮碾过手机，扬起一道灰尘，消失在颠簸的小路。

二

"将军，最近派出去的人全部被杀。"将军背着身，查理正在向将军汇报。

将军趴在按摩床上，一名穿着性感的按摩女郎正给将军捏肩，将军肥大褶皱的手在女郎的腿上蹭来蹭去。女郎毫无反抗地专心工作，完全没把进门的查理放在眼里。将军听完查理的汇报，狠狠地捏了一把女郎的大腿。女郎一声嗲叫，双腿贴紧将军油光的头顶，整个人伏在了将军的身上，女郎看了看查理，故作娇羞地站回原位。查理看在眼里，似乎已经司空见惯。

"死几个人有什么大惊小怪的，知道是什么人干的吗？"声音从将军压迫的肺部发出，一股温热的呼气扑在按摩女的腿上，也许女郎有些难耐，她转身，撅着屁股继续按摩。查理看见女郎性感扭捏的屁股，心神不宁，语无伦次。

"不…不…不知道，目前还没有发现……"查理的回答引来女郎的回眸一笑。

"知道了，你去准备婚礼吧，今后的事你就不要参与了，我自有安排。"将军向门口挥了挥手。

查理有些不舍，转身离去时不忘回头看一眼按摩女郎。查理走出不远，随着一阵男女挑逗的笑声，一声清脆的枪声传出屋外。查理停下脚步，大惊失色。他胆怯地回头，见两个大汉拖着按摩女郎闪过走廊，拉出一道红色的血迹。查理急忙回头，大步离去。

第二章 谍影重重

马路边停着一辆敞篷车,查理迅速上车。

"你又挨骂了吗?"海伦小姐关切地问查理。

查理心有余悸地摇了摇头,海伦小姐亲了亲查理,启动跑车。

海边的公路,查理看着蓝色的海平面,吹着柔软的海风,脸上终于露出一丝笑容。跑车在一处海滩停下,海伦小姐下车和查理双双走向海滩。

"我爸爸跟你说了什么,你一路上都闷闷不乐的。"换上了沙滩裤的海伦小姐拉住站在旁边的查理。

查理俯下身亲吻对方,却被推开。

"他又杀人了?"

查理闭上眼点了点头:"海伦,你说如果我有一天办事不力,他会不会也把我杀了?我有种不祥的预感,最近可能要出事。"

海伦迟疑,起身情深意长地盯着查理:"他答应过我,等我们大婚后,你不再卷入他们的生意场,如果再让你帮他杀人,我就揭发他。"

查理大惊,左右环顾:"他可是你爸爸,你会害了他的。"

海伦说:"可如果你继续为他做事,你不但会害了我,也会害了他。"

查理不知如何回应,为难地吻住海伦。

两人深情拥吻的时候,有人拍了拍查理的肩膀,查理反手抓住对方的手,一招锁喉停在了对方的喉咙。

对面的人虽然被一副大墨镜遮住了一半的脸,但还是能看出那死皮赖脸的笑,他将手中的电话交给查理。

"你去盯紧海关那批货,货装齐后尽快联系牙买加的客人。"这是电话里将军交代的任务。

查理交还电话,海伦的眼神充满好奇。查理看着海伦,只是苦苦一笑,转身离去。海伦气急败坏地呼喊查理,叫走查理的人却摊开双手,假装无辜。

叫走查理的人外号叫仁武,日本人,跟随将军多年,因为深得将军信任,所以不把任何人放在眼里,甚至是要和海伦小姐成婚的查理。

仁武在查理走后,和将军决定再次找回查理。

"不要再追查原来的几个人了,虽然不能肯定是他们杀了我们的人,但从目前的消息看,他们并没有得到什么,如果盯得太紧,我们很有可能给了对方把柄。你去安排一下,让查理去码头,抓紧时间装货,你联系牙买加的商人,让他们按原计划接应货船。"将军让仁武尽快找回查理,按照自己的计划行事。

将军自认为计划万无一失，但导致严重后果的正是他派出了查理去码头监督装船。

海伦是个任性的姑娘，自幼条件优越，养成了别人得到的东西自己要拥有，别人得不到的东西自己要独占，但这所有的占有欲在一个人身上完全失去原则。海伦虽然极不情愿地嫁给查理，但出于父亲的安排，她只好接受这种命运的玩笑，而查理更无法摆脱将军的指派。

查理走后，海伦小姐心里有些孤单，她再次找到了倾慕多年的大学同学杰森。

杰森是海伦大学期间的心仪对象，这种大学时期的关系在两人大学毕业后依然保留。海伦在杰森面前，完全失去了将军女儿的任性刁蛮，反之乖顺懂事，但无论多么体贴入微，都无法打动杰森的心，杰森永远和海伦保持恰如其分的距离。海伦不想难为杰森，也就没有让父亲使用特权，强迫杰森。

海伦对自己的感情，杰森心知肚明，但他深知使命艰巨，和海伦接触，是他生命中注定的经历。

平日里，杰森除工作之外，会经常去体育馆打篮球。他从小喜欢看NBA比赛，崇拜NBA球员的身体素质，以及篮球天赋。杰森身高在180公分左右，投篮精准，擅长打2号位和3号位，偶尔也会打1号位。大学期间，杰森在学校篮球队小有名气，赢得不少女生青睐。海伦其实在大学期间因为父亲已经和杰森相熟的关系，喜欢上了杰森。

海伦在事先联系后，赶到篮球馆见到杰森。杰森依然穿着钟爱的白色球衣，奔跑于篮球场上。看着汗流浃背的杰森，海伦的心再次被俘获。

"不忙着准备婚礼，怎么有时间来找我？"杰森打断了一脸花痴相的海伦。

海伦有些尴尬，回答错乱："哦……不忙，我，我是来特意邀请你的。"

"有请帖吗？"杰森看穿了海伦的心思。

海伦脸上泛起一圈红晕，难为情地说："哦，我忘记带了，下次，下次一定亲自来送。"

杰森穿上外套，和海伦漫步在体育馆的跑道上。

"其实，你应该是我爸爸的客人，而不是我的客人，送请柬也应该是我爸爸的事，我不想和我爸爸争。这么多年，我一直不知道我爸爸怎么认识你的。"海伦侧着脸，瞪着大眼盯着杰森，似乎等待一个久远的答案。

杰森微微一笑："我在你的婚礼上告诉你，算是你的大婚礼物，怎么样？"

第二章 谍影重重

海伦欣然接受了杰森的回答，充满期待的双眼，闪现无比的喜悦，她借势挽住杰森的胳膊，轻轻依在杰森的手臂，两人边走边聊。

"那为什么，你既然是我父亲的客人，你怎么不为我父亲做事？"海伦忽然提出这个问题，让杰森有些难以回答。

杰森想了想，说："也许就像你为什么不替你父亲做事一样。"

海伦听了，似懂非懂："查理是父亲的手下，跟随多年，深得父亲信任，你觉得我们在一起会幸福吗？"

杰森点头："查理对你父亲的衷心足以肯定对你的爱，祝你们幸福！"

海伦似乎渴望得到杰森的感情，但从杰森祝福的眼神里，海伦有些失望。她明白自己注定了要和这个男人就这样擦肩而过。

体育馆的二楼栏杆处，艾米拉双手扶着栏杆，看着跑道上杰森和海伦的背影，摘下头盔。杰森和海伦从跑道的尽头转弯时，杰森回头时看到艾米拉。艾米拉瞧见杰森迟疑的停滞，因手机响起，她急忙下楼接听。

"艾米拉，你在哪里？你妈妈的口服药这两天快完了，你抽空去趟医院。"是父亲打来的电话，父亲虽然忙于工作，但对妻子的用药周期相对掌握。一般情况下，在艾米拉出任务的时候，都由杰森去帮忙照料妻子黛西，可当下艾瑞想起此事的时候，发现杰森也不在实验室，他只好给艾米拉打了电话。

艾米拉答应父亲去医院，而后，她戴上头盔，走出体育馆。

体育馆门口，艾米拉骑上摩托车，风驰而去。在艾米拉停放摩托车的旁边，停着海伦的玛莎拉蒂，艾米拉离开的时候，和那辆似曾相识的跑车再次对视。

摩托车的发动机声似乎代表了艾米拉内心的烦躁，一路之上飙车行驶，横穿大街小巷，来到一家精神病医院。

艾米拉找到了海耶斯医生，提出要为妈妈开处方药，海耶斯询问了黛西的病情。

"你妈妈最近的精神状况怎么样？"

"还好。"艾米拉疏于对母亲的病情了解，只好敷衍了事。海耶斯医生似乎并不在意艾米拉的回答，只是象征性地询问。熟悉的流程，艾米拉从药房取到名叫"氯氮平"的药，便离开医院。

摩托车停至家门口，艾米拉摘下头盔，露出一头长发。艾米拉拎着头盔推门而入。

在艾米拉家的对面，一架高倍望远镜对准艾米拉家门，一人全副武装，根本无法描述此人形象。望远镜里，艾米拉进门，此人做着记录，端起一杯酒，悠闲地一饮而尽。看样子，这个监视艾米拉家的人已经在这里有些时日。

艾米拉进门顺着钢琴声穿过后院，母亲正在抚琴，只是头发凌乱，琴声杂乱无章。艾米拉听出了母亲的心声，轻轻地走过去，琴声戛然而止，黛西猛然回头。

"妈！"艾米拉走上前，亲密地贴近母亲。

黛西缓缓起身，看着艾米拉，忽然生气地扭过头。

"妈，是不是药吃完了？"

"你还记得我啊？"

"妈，这几天任务比较特殊，没及时给你取药，没有什么不舒服吧？"

黛西生气地坐下，艾米拉再次抱住母亲，用特殊的母女亲情传递自己对母亲的歉意。黛西似乎体察到了女儿的态度，情绪慢慢稳定下来，母女两人回到客厅的沙发。艾米拉将药瓶放在茶几上。

"妈，对不起！"艾米拉检查母亲的口服药，见药瓶空空如也，艾米拉明白母亲已经断药，她倒了杯水，并亲手给母亲喂药。

黛西看见药，心情陡然转坏，她推开艾米拉，甩手打翻药瓶，药粒洒在地板上四处逃窜。

"妈！"

"我不吃，吃了这么多年，我再也不吃了。你走，你们都走，你们都不用管我！"黛西的情绪异常波动。

艾米拉捡起地上的一粒粒药，再次回到母亲身边，黛西再次推开艾米拉，艾米拉想再次安慰母亲，黛西忽然拿起药瓶，倒出所有药粒："好，你们不是都让我吃吗，我吃，我吃给你们看，我全吃……"

艾米拉抢夺母亲手中的药，药粒在母女的争抢中飞舞在空中，落在地板，如是得到了自由，四散追逐，快乐地奔跑。

这时，杰森从门外走了进来，黛西见了他，忽然停下，停止了不安的行为。

艾米拉回头看见了杰森，泪眼欲出。

"别担心，让我来。"杰森关心地看着艾米拉。

艾米拉推开杰森，跑出家门，黛西似乎意识到自己刚才的情绪影响了女儿，急忙呼叫艾米拉："艾米拉……"

第三章 拨云见日

一

逃离了家里的阴郁气氛，艾米拉收到老迈克的电话，要求她集合。由于老迈克三人诱蛇出洞的计划属于暗箱操作，所以在探讨后续问题时，会议地点不能选在办公区域。为了避免后续计划走漏风声，三人登上办公大楼的天台。

"艾米拉，你的意见呢？"老迈克试探地问。

艾米拉说："主动权到底在哪一方，是我们诱蛇出洞，还是对方投石问路，我们得到的线索有限，到目前为止，诱蛇出洞只是我们主观上的判断，如果对方利用我们的计划将计就计，我们应该采取哪些措施？我觉得我们目前所掌握的线索不能说明我们占据主动性……"

老迈克接过艾米拉的话："虽然得到的线索不多，但至少我们没有白忙。环奇制药就是我们最大的收获，在没有得到有力证据前，我们只能先从环奇查起。"

"环奇制药有军方为背景，恐怕没那么容易。"迈克对此有些担忧。

"事关重大，我们三个人是不是有点势单力薄，秘密调查，也会遇到更多的困难。我建议上报任务，再一起追查。"几次暗访下来，艾米拉觉得有些力不从心。

艾米拉的话，也是老迈克所顾虑的，他皱起眉头："各有利弊，上报后能得到特权优势，调查起来相对容易些，毕竟人多力量大，但上报后容易走漏消息，我追查了这么多年，经历了无数次的失败，正因为我们面对的敌人比较强大，考虑到这些，我才决定单独行动，你们两个是我最信任的人。如果不上报，我们是要面对许多困难，进度可能会减慢，但因我们隐藏身份，也能制造假象，迷惑对方的同时，我们也有机可乘，查出更有价值的信息。就目前而言，没有必要上报，即便是暗中有国家安全局帮忙，因为我们掌握的信息还不足以大规模地调用特工部队，待时机成熟，我自会行使特权。"

艾米拉和迈克认同地点头。

"好了，还是按照原计划，我们三个人以个人名义调查此事。因为我们掌握的证据仅仅是我们特工部队的工作范围，如果查到更大的线索，有必要的时候，我们就可以完全交给国家安全局去利用他们的特权，完成最后的终结。"

"以个人名义，这太冒险了吧？！"

"不入虎穴，焉得虎子。"老迈克看着儿子坚定地说道。

艾米拉走后，老迈克父子回到了办公室，迈克跟在父亲后面，似乎有话要说。老迈克一眼看穿儿子的想法："说吧！"

"我一直觉得杰森是个神秘的人，他莫名其妙地出现在艾米拉面前……"

老迈克大手一挥："不要往下说了，千万别把个人恩怨带到工作中，假设一个不存在的故事，你想象力也太丰富了。"

"我……"迈克语塞，但还是认定杰森身份有嫌疑，"不管成不成立，您听我把话说完。"

老迈克见儿子执意要说，便扭头不语。

迈克见机行事，将自己的质疑全盘说出："我去找艾米拉的时候，有人向杰森开枪，而不是艾米拉，我认为是他们故意造成枪击杰森的假象，意在蒙蔽我们的判断。"

"你是说杰森和他们是一伙的？"

"很有可能。"

"那他们为什么要杀自己人，他们真正的目标应该是艾米拉。"

"艾米拉身份特殊，杀了艾米拉，无疑会惹祸上身，所以故施苦肉计。向杰森开枪的人后来被你暗中控制，而我带走艾米拉就只有杰森知道。我们前往废仓库的路上，艾米拉接了杰森的电话，我们在那个时候应该就被定位了。后来在仓库又接到毒贩的电话，对方只是转移我们的怀疑对象，在随后不久，有人找上门。按常理，我们首先想到的是接听毒贩电话是被定位，才暴露地点，那两个人也许是来救同伙，也许是杀人灭口。"

老迈克频频点头，迈克以为自己的分析打动了父亲。却听父亲问："杰森

第三章 拨云见日

又有什么动机呢？"

"不知道。"迈克一脸茫然。

"看似有长进，但你在分析问题上，还是和艾米拉有一定的差距。我知道你对杰森夺你所爱而耿耿于怀。你是和艾米拉有婚约，但每个人都会随着年龄的增长而产生不同的思想变化，之前就跟你说过，因为一份约定强人所难，你认为那便是幸福吗？年轻人，要记住你是我儿子！"老迈克显然不想再继续这个话题，他拍了拍儿子的肩膀，转身出门。

艾米拉就站在门口，父子俩面面相觑，似乎在尴尬刚才讨论杰森的话题。迈克明白，如果艾米拉误会自己因情生疑而追查杰森，两人现有的和气肯定会受到破坏。可艾米拉没有说话，转身离去，但迈克还是看到了艾米拉一脸不悦的表情。老迈克无辜地朝儿子耸耸肩，也转身离去。

迈克看着父亲有些苍老的背影，视线定格在午后的城市。

夕阳染红了离它最近的几片云彩，将最后一抹晚霞奉献给这座城市。迈克看得满心陶醉，已然忘记自己身在何处。随着万家灯火和那五彩缤纷的霓虹，夕阳落下帷幕，天空点上繁星，一弯明月如约而至，穿梭于星空，讲述它那不远万里的归途。

一阵风吹起，迈克的领带随风飘扬，他索性解开领带，任由晚风吹醒他那沉睡的神经。

为了追查毒贩的线索，迈克来到夜店。摇曳的灯光下，一群穿着暴露的舞女扭动着柔软的身躯，肆意妄为地消费着自己的自由。夜店内，四处可见的妖艳女郎、纹身青年，多少贴身男女，被体内的荷尔蒙作怪，互相传递挑逗的信号，不时传出兴奋的尖叫。店内弥漫着各种酒气、烟味，还有那夹杂着汗味的各式香水味。污浊的空气一拥而上，冲着迈克迎面扑来，迈克打了个喷嚏，他揉了揉过敏的鼻子，找了个角落的位置，点了几瓶啤酒。

"帅哥你好！"

迈克发现一位身材火辣的美女站在自己面前，手里端着一只精致的盘子，盘子里放着几瓶酒。美女将盘子放在迈克眼前，迈克没有理会女孩，继续喝自己的酒。

女孩夺过迈克的酒瓶："要不要我们一起喝一杯？"女孩摇晃手中的酒瓶，迈克伸手要夺回自己的酒，女孩顺势倒在了迈克的身旁。

"我没钱。"迈克终于发话。

"我给你钱。"美女极其淡定。

迈克有些醉意的眼神闪过一丝不解："你找错人了。"

"没错，我也不是你说的那种人，我只是想找个人陪我尝尝这个酒。"女孩从盘子里拿出一瓶酒递给迈克。

迈克看清了女孩端来的是心冻酒。

心冻酒是一种混搭的果酒，不仅有着独特创意的包装，还有各式各样的口味可供选择，如青苹果、葡萄、草莓、樱桃等口味。包装潮流，饮法新颖，创意独特，心冻酒需要两个人配合完成，在打开瓶管后，两人嘴对瓶管两端，一人呼，一人吸。

也许，这位美丽的夜店姑娘找不到心仪的男士，便选择了独自饮酒的迈克。迈克看着女孩渴望的眼神扑哧而笑，顺手拿起一瓶，拧开两端的瓶盖，女孩见状急忙凑上嘴，对准瓶管。迈克不屑地凑上嘴，咬住一端，女孩用力吹出，心冻酒已经被迈克下咽。迈克捂着喉咙，瞪着双眼，女孩起身哈哈大笑。

这时，迈克的周围过来几位青年，瞪着迈克，不屑而笑。迈克的余光扫过，也不屑地笑了笑。

"他们是你的人？"迈克问女孩。

"算是吧！"女孩诡异地翘了翘嘴。

"我是不是走不了了？"

"你可以跟我们出去。"

迈克点了点头，起身摇晃着脚步走出夜店。

路边灯火通明，迈克走到路中央，几个青年将迈克围在中间。

在马路的另一个黑暗的角落，有人拨通了警察局的电话。

警察局接到举报电话后，急忙出动警力，直奔夜店方向。

迈克开始觉得意识恍惚，眼花缭乱。他明白女孩的酒有问题，急忙扣嗓子眼呕吐，众人从身后摸出棒球棍，密集地砸向迈克。迈克虽然有些恍惚，但身为特工，经过残酷的训练，意志力超出常人。他靠着坚强的意志支撑着身体，将扑面而来的人打倒在地。但自己也挨了几棍，索性没有致命的伤害。随着剧烈的打斗，眼前的人影也逐渐模糊不清。

这时，一声声警笛长鸣，刺破夜晚的宁静，逐渐接近夜店。除了被迈克打趴下的四个人，其他两人惊恐而逃。

迈克使出最后一点力气抓住了女孩："谁让你干的？你叫什么名字？"

第三章 拨云见日

女孩没有回应，倒是逃走的两人在呼叫她："安娜，快跑。"

迈克听到了安娜的名字，一个晃神，不小心被安娜甩脱。

"该死！"迈克踉跄地自责，靠在一边的墙上恢复体力。警鸣声越来越近。

警车莫名而至，将迈克围在中间，警察喊话让迈克抱头别动。迈克试图睁开眼睛，却完全失去了知觉，只能瘫软在地，任警察蜂拥而上，将自己和打倒的四人一起抓获。

当迈克再次醒来的时候已经躺在医院。视线里除了几名警察，还有父亲。父亲走到床头："知道这是哪儿吗？"

迈克扫视周围的环境："我最不愿意来的地方，我们还是回家吧。"迈克猛然起床，却觉得天旋地转，父亲急忙上前搀扶。

迈克见床头摆着一束鲜花，问父亲："你送的？"

"是艾米拉。"老迈克面无表情，视线转移到门口的警察。

警察上前向老迈克打招呼，并递交了文件，老迈克签名后，警察走到迈克窗前，迈克惊讶地叫出了警察的名字："帕克！"

帕克笑着问迈克："是不是觉得这一幕很熟悉？"

迈克微笑的同时，帕克握住了迈克的手："放心吧，我会处理好这件事。"

迈克微微点头："恭喜你！"

帕克走后，迈克对父亲说："看来他终于如愿以偿地当上了警察。"迈克在父亲的搀扶下，下床穿好衣服。

看着儿子的伤，老迈克问："你查出了哪些有价值的线索？"

二

迈克的桌上铺着几张白纸，白纸上写着安娜的名字，大大小小，中文的、英文的，还有一张女孩的画像。老迈克没见过安娜，并不知道儿子画的这个就是安娜，但凭着老迈克多年的经验，他肯定那个女孩正是迈克找到的线索，也就是纸上的安娜。

"你的线索就是她？"老迈克忍不住发问。

迈克用笔有节奏地敲打安娜的画像，若有所思："抓到的那几个混混有没有说是谁派来的？"审讯室内，警察将四人隔离审讯。迈克看着监控，似乎意识到从这四个人嘴里得不到有价值的信息。

他走出监控室，帕克递给他一份审讯结果："结果显示这四人均受雇于安娜。"

"安娜到底是什么人物？"迈克思考着，走出了警察局。

又是原来的夜店，吧台上放着安娜的画像，迈克亮出自己的证件，问吧台工作人员："她，经常来吗？"

吧台工作人员认真地看着安娜的画像，时而皱起眉头，时而努力回忆。迈克看得有些不耐烦，夺过画像："她叫安娜！"

"安娜？"说话的是吧台旁边的客人。

迈克扭头看向这位发话的人，迈克看着看着，似曾相识。对方看着迈克奇怪的眼神，似乎意识到自己遇上了麻烦。迈克拿起安娜的画像："你认识她？"

"不，不，不认识她，我不认识她。"

"安娜是谁？"迈克句句紧逼。

对方的手摸向口袋，迈克眼疾手快，伸手抓住对方的手，但还是晚了一步，对方的另一只手掏出了把手枪，对准迈克的脑袋。迈克不敢动，只能看着对方离开，吧台周围的人看见有人掏枪，个个惊慌而逃，迈克急忙追出。

依然是夜色下，迈克追出后看到所逃之人开车离去，迈克开车一路追去。追逐中，迈克拨通了父亲的电话："那个被抓的毒贩没死，他还活着。"

毒贩开车技术一流，迈克追了一段，最终没有拼过对方的车技。即便是在空旷的马路上，迈克试图超越拦截，但在不停的碰撞后，毒贩加大油门，挑衅地甩开迈克。迈克的汽车严重损坏。看着冒烟的汽车，迈克只能眼睁睁的看着对方扬长而去。

正在迈克不知所措之时，父亲开车赶到。

老迈克下车看着儿子冒烟的汽车，又看看他垂头丧气的样子："跑了？"

迈克点点头："这家伙车技一流，我根本追不上。"

老迈克笑着说："想要活命，得先学会逃命，论逃生，他们肯定比你刻苦多了，你不但赔了汽车，还差点赔上小命。"老迈克上了自己的汽车，迈克紧跟其后上了车。

父子俩开往回家的路上，迈克情绪失落，再一次提出对杰森身份的怀疑。

"你干嘛老盯着杰森？他只不过是个情敌，你怎么能拿着特工的身份去调查一个自己的情敌？"老迈克试图化解儿子此刻的心情。

"如果这个毒贩死了，也许我真的会听你的，可我又遇见他，还在我的眼

第三章 拨云见日

皮底下逃走，我有种预感，杰森接近艾米拉，肯定目的不纯。"

"你有具体查过他的来历吗？"

"他在新加坡读大学，但上大学前在哪里不得而知。大学毕业后，进入艾米拉父亲的实验室，负责实验室行政事务。此人行为神秘，没有朋友，没有亲人，除了工作，只有和艾米拉家有关系。"

"通过艾米拉，你查一下他在新加坡还有没有别的亲人，再查查他工作中的人际关系。不过如果按你怀疑的，杰森确实有问题，你查这些肯定查不出任何蛛丝马迹，即便你能再查出什么，也是他故意给你看的。"

迈克觉得父亲说得有道理："只要抓住这个毒贩，也许能找到突破口。"

"不要指望太多，如果这么容易，我早就查到了，这么多年，我抓过的大人物不少，都没有答案。这个死而复活的毒贩也不是什么大人物，即便抓住他，恐怕我们能知道的信息也不会很多。"

"那接下来怎么办？毒贩肯定一时半会儿不会抛头露面了。"迈克毫无头绪。

"安娜，接着查安娜。找你麻烦的人肯定不会那么巧合，肯定有人指使。"迈克再次掏出安娜的画像。

画像上的安娜在迈克手里，而真实的安娜却在这个城市的某个角落，正在和一个男人享受鱼水之欢，随着男人亲吻的部位下移，安娜裸露的身体一览无余……

同样的地点，不同的天空，昨夜缠绵的房间，在洒满阳光的白天，显得凌乱不堪。迈克推开门，发现屋内被翻得凌乱。迈克走到床头，拿起相框时确定了这里正是安娜的住处。房间内，似乎被匆忙的主人忽略了很多生活细节，忽略了打扫和整理。洗手间的洗漱台上，放着一把剃须刀，剃须刀上还残留着男人的胡茬。迈克小心翼翼地收起剃须刀，抬头时，从反光镜里发现蹑手蹑脚挤进两个人。两人走进洗手间，便举起手中的棍子砸向迈克。迈克躲进浴缸，镜子被砸得粉碎，两人见迈克躲开，二次来袭……

在双方扭打中，迈克认出了进来的两人正是夜店里跟着安娜滋事侥幸逃跑的人。

迈克生擒了两人，但被砸坏的镜片玻璃割破了手臂。被制服的两人痛苦地哀求迈克放过自己。

"你们为什么偷袭我？"迈克抓住其中一人。

"我们来找安娜，就发现了你。"

"安娜去哪儿了？"迈克拧住对方的手指，对方疼得哇哇大叫。

"不知道，我们也在找她。"

迈克继续追问，两人重复回答不知道，在迈克信以为真的时候，自己的电话响了。迈克接通了电话，是父亲打来的："在夜店袭击你的四个人离开警察局后，全部被杀……"

听完这一结果，迈克有些疲惫，跌坐在两人旁边："跟你们一起袭击我的另外四个人全部被杀，如果你们还隐瞒真相，接下来该轮到你们两个了，说不说你们看着办！"迈克起身要走。

两人开始说实话："是安娜让我们对付你的，安娜说你买了毒品一直不给钱，叫我们教训你，她答应办完事给我们每人一点毒品。"

"她哪儿来的毒品？"

"她有个男朋友，专门倒卖毒品。"

迈克拿出毒贩的照片，问："是不是他？"

两人异口同声地回答："是，是阿伦，就是他。"

"阿伦……"迈克放过两人，再次追问，"安娜平时在哪里上班？"

一人摸出安娜的名片交给迈克，迈克接过名片，离开安娜的家。开车来到了安娜工作的加油站。

走进加油站，迈克对前台的老板说："你好，我要找下安娜。"

老板警觉地看了看迈克："她不在。"

"她在你这里上班？"

老板再次警觉，但还是点了点头。

迈克想亮出证件，翻了翻口袋却发现证件并不在身上，"我有事找她了解，希望你能配合。"

老板对迈克翻口袋的动作似乎有些不解，不解中又带着一份不屑，既不胆怯也不抗拒。

"安娜……"迈克向里面大喊。

老板拦在迈克前面，迈克推开他，冲向里面，老板急忙去打电话报警。迈克绕到后面的工作间，推开了仅有的一间房门。门被推开，迈克发现了正在数钱的安娜。

"安娜！"迈克叫了一声。

第三章 拨云见日

安娜认出是迈克，急忙收起钱锁入抽屉，有些害怕。

"阿伦在哪里？"迈克拿着阿伦的照片问安娜。

安娜摇头不语，不愿供出阿伦。

"你信不信我马上让警察来抓你？"迈克上前，粗暴地拉住安娜往外走。

安娜被迈克粗暴的行为吓哭了，急忙坦白："我说，我说，求求你放了我。"

迈克放开安娜："是不是阿伦让你干的？他现在在哪里？"

安娜一个劲儿地点头。

迈克拿过纸笔，安娜发抖地写下阿伦的住址，迈克看了看便签上的地址，转身离开。

安娜见迈克离开，急忙拿起桌上的钥匙，也离开房间。安娜走出加油站的时候，迈克已经开车离去。安娜上了自己的车，在启动汽车的瞬间，汽车发生了爆炸，爆炸引燃了加油站，加油站瞬间也发生剧烈的爆炸，燃起熊熊大火。

迈克的汽车开出不远，便听到爆炸声，他急忙停下车，回头观看。此时的加油站，已经被大火吞没，在大火包围的加油站里，不停地发生爆炸。迈克调转车头，再次回到加油站附近，发现炸飞的汽车碎片，迈克明白安娜的车里已经被人装上了引爆炸弹，安娜的汽车爆炸后引发了加油站爆炸。

火光映红了迈克的脸，有仇恨，有惋惜，还有一丝自责。

警笛声由远而近，迈克启动汽车，和警车交错而过。

第四章 不懈追击

一

迈克为了证明自己对杰森的怀疑是正确的，他没有通知父亲，更没有惊动艾米拉，自己拿着安娜写的纸条，来到了阿伦的住处。

阿伦住在一处偏僻的居民楼里，这里虽然住了不少居民，但都是些普通民众。迈克在路口四处看了看，确认没有被人跟踪后才上了楼。楼里没有电梯，迈克爬楼的时候摸了摸枪。楼道里，偶尔有人经过，迈克礼貌赔笑借过。按照地址，迈克到了顶层的一间房门外。房门紧闭，迈克拔枪推了推门，门竟然自然打开。屋内光线昏暗，陈设凌乱，一张简易的单人床，一张放满杂物的桌子，桌子上摆放着各种食物、药品，还有一张安娜的照片。迈克确认这里就是阿伦的住处，他检查完所有房间，发现屋内根本没有人。迈克放松了警惕，失望地放下枪，站在窗前向外望去，眼前是一片民房，参差不齐，破旧不堪。迈克伸手要推开窗户，忽然感觉身后有人，他想回身时已经被一支枪管顶在了后脑勺，迈克下意识地举起双手。来人伸手搜身，想拿走迈克的枪，迈克借对方转移注意力的时候反手使出擒拿，错开对方的手枪，枪管离开自己的脑袋的瞬间，对方扣动了扳机，子弹穿透玻璃窗。随着玻璃落地的声响，便听见楼下的人冲着楼上叫喊谩骂。

来人正是阿伦，在迈克没有到来之前，已经有人来过这里。来找阿伦的人其实正是杀他灭口的人，阿伦发现后，出于对环境的熟悉，他躲开了杀手，爬上了天台，顺着楼层的管道离开了这栋楼。随后，看到寻找自己的人离开后，阿伦回房间准备收拾行李转移地点，进门后又发现了迈克。

阿伦开枪没有打中迈克，两人便扭打在了一起。原本凌乱的房间再次被

第四章 不懈追击

蹂躏，桌上的东西撒了一地。阿伦不敢恋战，扭打中趁机逃出房间。迈克刚要追出，却见阿伦再次倒退回来，一支手枪顶在阿伦的脑门。随着阿伦退回房间，迈克也看见了用枪顶着阿伦的人正是艾米拉。

为防止阿伦逃走，迈克把他铐在椅子上。迈克和艾米拉两两相望，却不知如何开口，艾米拉似乎也对迈克无话可说。

迈克便将目光转移到了阿伦身上："安娜死了，你知道吗？"

阿伦听到这个消息，顿时嚎啕大哭，迈克把枪管插进阿伦的嘴："如果你再大喊大叫，你现在也会死。"迈克拿出手枪，"有人在安娜的汽车里装了炸弹，你应该知道是什么人干的。"

阿伦近乎绝望地瞪着双眼，任凭泪水肆意流淌。

"是你害死了她，如果不是你让他来报复我，就不会有人发现你们的关系。"

阿伦看着迈克，不知如何选择。迈克收好枪，拽过一把椅子，坐在阿伦的面前，一副久等的样子。

艾米拉见迈克问不出结果，便扔给迈克一把匕首，迈克拿起匕首在阿伦的脸上蹭了蹭。

"说，你去夜店做什么？"

"去找安娜。"

"是不是你让安娜带人给我下药？"

"我没有让她去找你麻烦。"阿伦摇摇头。

"不是你，她怎么会找到我？"

阿伦用嘴示意自己的身体，迈克从阿伦身上搜出了自己的证件。

"可能是她看到你的样子，为了帮我出气，才去找你。"

迈克欲将匕首插进阿伦的鼻孔，恐吓其说出真相。

"应该是真的，她不可能让自己的女朋友去找一个他都不敢碰的人。"艾米拉的分析让迈克停了手。

"你是怎么得到的？"迈克比划着自己的证件。

"在一个废仓库。"

迈克想了想，似乎一部分信息已经联系起来了，迈克松了口气。

阿伦为什么没死？去杀阿伦灭口的人为什么没有杀他？迈克想问这些，但转念又觉得关键点不是这些。

其实阿伦没死的原因连他自己也不知道。

那个胆小的矮胖子也许第一次杀人，不仅手法愚钝，还胆小怕事。他闭着眼开枪，子弹打在了阿伦的腿上。阿伦醒后，发现腿部中弹，但因被注射了大量的神经毒素，对过去发生的事情毫无知觉。一个长期跟毒品、警察打交道的人，对于刀伤、枪伤习以为常，对受伤部位的处理也近乎简单娴熟。阿伦将受伤的左腿包扎起来，小心翼翼地离开了废仓库，在走到仓库门口的时候，捡到了迈克的证件。

回到住所后，阿伦不敢去医院，他在安娜的帮助下，取出了腿部的弹头，并再次处理了被迈克打伤的手。安娜问及受伤的原因，阿伦拿出迈克的证件，安娜似乎明白了男友受伤的原因。安娜为给男友报仇，带人在夜店发现了迈克。安娜看过迈克的证件，所以对迈克的特工身份略显谨慎，安娜在心冻酒里下了迷药，想在迈克意识不清的时候教训迈克。

这一切，安娜并没有征得阿伦的同意，阿伦对此事并不知情。

迈克和安娜的人发生冲突，警方是在有人举报下及时赶到。而这个打电话报警的神秘人物，正是杀阿伦灭口的杀手。杀手在寻找阿伦的过程中，发现了阿伦的女朋友安娜，并亲眼目睹了安娜带人教训迈克的一幕。事后，杀手以安娜的名义邀请了被警方放出的四人，并问出了安娜的工作地点，随之将四人集体杀害。

杀手知道迈克也在找阿伦，为了找到阿伦，双方都选择先找安娜。杀手随后去找了跟随安娜袭击迈克的人，在问出结果后将其杀人灭口。但尽管如此，杀手还是晚到了一步，迈克在加油站找到了安娜，杀手知道自己已经没有了机会，便在安娜的汽车里装上了定时炸弹。

阿伦逃出后，似乎明白自己再也无路可走，一边是背后的组织可能会再次派人灭口，一边有特工小组的步步紧逼。在伤势没有痊愈前，只能忍气吞声地藏匿于这个至少可以活命的地方。他不敢出门，更别说安排安娜做傻事。安娜在每天下班后，都会去给阿伦送必需品。

安娜提出要阿伦去土耳其躲避，被阿伦拒绝了，阿伦明白只要自己走出这间屋子，就会被人盯上。他暂时不想离开这里，因为他还不敢肯定组织还会不会用他，他在侥幸中等待时机，但等来的是一次次的噩耗。

艾米拉拿出杰森的照片，问阿伦："你为什么要杀他？"

阿伦似乎有难言之隐，但就自己目前的处境，他不得不说，只好将全部过程说给艾米拉和迈克。

第四章 不懈追击

"不是我要杀他,是……我是受命于人。"

"是谁?"迈克似乎比艾米拉更想知道要杀杰森的人。

"查理……"

"特里将军的女婿?海伦小姐的未婚夫。"艾米拉似乎比迈克了解这层关系。

迈克虽然知道特里将军,但并不知道艾米拉为何如此了解。当然,他并不知道,杰森和海伦小姐的关系。但迈克更感兴趣查理追杀杰森的原因:"为什么要杀他?"

阿伦摇摇头:"我不知道,我最初接到的任务是只跟踪……"阿伦看向艾米拉。

"当时我在实验室发现是两个人,随即向查理反映了情况,查理听了描述的男人,便下令让我杀了其中的男人,我只负责动手,其他的一无所知。后来我在逃跑中被人抓走……"

迈克和艾米拉对视,将目光落在阿伦的身上。

"我说完了,你们杀了我吧。不过在我临死前,我想问一句……抓走我的人是不是和你们一伙的?"

艾米拉和迈克都没想到阿伦会问这个,两人你看我我看你,都不知道是肯定还是否定,在两人迟疑的时候,阿伦似乎也看懂了:"动手吧,该说的我都说了。"

艾米拉似乎想起什么:"等等,我还没有问完,既然他不是你第一目标,那你为什么要跟踪我?"

"查理说你知道了不该知道的事,其他的我不知道,我们只是雇佣关系。"

"那你的毒品来源跟环奇有什么关联?"艾米拉一句话问得阿伦脸色大变。

迈克的手机响了,是父亲的电话,迈克警惕地接通了电话,"以最快的速度离开那里……"电话未曾听完,密集的子弹便从窗户飞了进来。几乎在子弹穿透玻璃的瞬间,艾米拉敏捷地推开了迈克,迈克顺势一个前滚翻,躲在了另一侧的墙角。艾米拉和迈克双双躲过了无情的子弹,但却忽略了绑在椅子上的阿伦。此时的阿伦已身中数弹,看着一息尚存的阿伦,艾米拉爬到阿伦的旁边,打开了手铐。阿伦拼尽最后一点力气,从衣服兜里掏出一张磁卡交给艾米拉。艾米拉握着阿伦未曾收回的手,慢慢觉得阿伦的手没有了温度。看着已经死去的阿伦,艾米拉捡起地上的一颗弹壳。

二

此刻，在金色的海滩，几只海鸥的叫声随即打破了宁静，海水如一首悠扬的歌，打着节拍，很有节奏地起起伏伏，似乎诉说着海底的秘密。

在刚刚过去的惊险逃亡后，大海无疑是抒发心情的最佳选择。在这里，可以无限制地倾诉，无秘密地讲述，不会有人听见，不会有人打扰。可以是一段浪漫的爱情开始，可以是一段爱情委婉的结束。

艾米拉环抱双臂，站在海边的栈桥，望着远处模糊的海岛。迈克离她不远，眼神哀愁，似乎倾听一场不愿结束的爱情，一段不肯接受的残局。

"如果你还是不相信杰森，希望你拿出证据后再怀疑他，你有权抓他，但请你不要再公报私仇。"艾米拉情绪激动，在跟迈克做最后的摊牌。

没有足够的证据，迈克有些辩解无力："也许是我职业敏感，希望你能原谅！"

"我们两个人的关系到此结束，我不喜欢拿职业习惯和生活混淆，我的生活里不允许再有任何复杂的猜测。"艾米拉眼神坚定地看着迈克。

迈克悻悻地点点头，一时间无话可说。

艾米拉在迈克眼前走过，迈克布满惆怅的双眼极不情愿地看向这个熟悉的背影。多年的情感付之东流，如是这沙滩的一粒沙，在潮起潮落后，再也无法找回。

"迈克，我们还是不是朋友？"艾米拉站在不远处，高声问迈克。

迈克苦苦一笑，不知如何回答，只好勉强点头回应。

"如果我有危险，你还会救我吗？"艾米拉的语气很放松。

"会，不管何时何地，只要你有危险，我都会挺身而出。"迈克没有犹豫。

"为什么？"艾米拉边退边问。

"因为你是艾米拉……"迈克回答的时候艾米拉已经走远，迈克面朝大海，再次高喊："因为你是艾米拉，你是艾米拉……"大海吞没了迈克的喊声。

两人一起走过十几年，一起上学，一起训练，快乐过，也受伤过，但从来没有像今天这样，关系走到了冰点。

迈克走在回家的马路上，就像走在那片分手的沙滩上，耳边依然回荡着浪涛的声音，还有艾米拉足以令人伤怀的话。

夜色正浓，踩着脚下的石板，迈克疲惫地推开门，瘫坐在沙发上。

第四章 不懈追击

"怎么了？"老迈克发现儿子情绪低落，放下手中的资料不禁关心地问道。

"有点儿累。"

"没有受伤吧？"

"有点儿受伤。"

老迈克通过观察，似乎看出儿子的伤在心里："不管是身体的伤害还是心灵的伤害，说来听听。"

"我和艾米拉的婚约是不是真没有希望了？"

老迈克坐在儿子身边："顺其自然吧，得不到的说明并不属于你。婚约的事不要再提了，说说你找到了什么新线索。"

"你怎么知道我有危险？"

"因为你是我儿子"

"你派人跟踪我？"

"有错吗？"

迈克无力地摇摇头："爸爸，如果你给我和艾米拉打分，我能得多少分？"

"你做个警察也许很称职，可你做个特工还需要很多历练，艾米拉做不了警察，也做不了特工。"

"为什么？"

"因为她的思维可以做长官，但她的性格是她成为精英的唯一障碍，你恰恰相反，你有勇无谋，但往往这一点会在关键时刻失去判断力，这是你致命的缺陷，她不一样。"

"看来我真的不如她，她就没有缺点吗？"

"她唯一的缺点就是跟她从小的生活环境有关，跟家庭有关……"

"你是说她妈妈的病？"

老迈克点点头："想必你不仅仅想跟我聊这些吧。"

"阿伦向杰森开枪，是有人向他下达了杀杰森的命令，你知道这个人是谁吗？"

老迈克扭头等待儿子的答案，他并不想追问答案。

"查理！查理是特里将军的女婿，据我所知，查理的女朋友，也就是特里将军的女儿海伦小姐和杰森有一些暧昧关系，他们是大学同学。"

"你分析出了什么？"

"他们想利用这层情感关系杀了杰森，从而转移对艾米拉下手的嫌疑。"迈克的分析令父亲欣慰，老迈克面带微笑，频频点头。

"在我们赶往仓库的途中，有车跟踪我们，虽然被甩掉，但他们很有可能已经掌握我们的路线，如此分析，当时枪击杰森的现场，只有阿伦，并没有第二个监视的人，这样一来，艾米拉接杰森的电话应该属于巧合。"

"应该是巧合，因为我们进入仓库不久，阿伦的电话响了，真正被定位的应该是阿伦的那个电话，而不是艾米拉的，如果利用艾米拉的电话定位，对方也太无知了。"

迈克打开电视，电视里正在放足球比赛，迈克无心看球赛，换了几个频道。电视里正在播报阿伦的死亡现场。

"还有一个问题没有说。"迈克似乎又想起什么。

"你指的是什么？"老迈克忽然对儿子的思维捉摸不透。

"阿伦最初的目的并不是去杀杰森，那可以肯定阿伦是为了监视艾米拉，正如你所料。既然第一目标是艾米拉，说明查理和我们上次放弃的任务有关。"

"派直升机去杀人灭口的人不是查理，就是另有其人，但到底和特里将军有没有关系，我们目前证据不足，还不可以肯定。"

"线索越来越多，如果再找到新的线索，就可以拼出一个完整的人物关系和毒品来源网。"迈克说着，似乎看到了一线曙光，但自己离父亲的思维逻辑，似乎还有一定的距离。"可查理是特里将军的人，我们没有证据也不能动他，下一步该怎么办？"

"既然没有证据，那就找证据，既然查理有问题，我们就查出问题。从目前的线索来看，似乎越来越复杂，如果这一切都跟特里将军有了关联，我们的工作就很难开展下去。"

"我们可以找人帮忙。"迈克灵机一动。

"谁？"老迈克没有反应过来。

"你的老同学。"

老迈克反应过来，不禁扑哧而笑："没你说得那么简单，私下是同学，这么大的事，不是你我说了算的。我们还是查查这个查理到底是什么人物。"

老迈克带领的特工小组，通过明察暗访，线索正在一点点推进，有些隐藏的人物身份也渐渐被挖出。查理原本派人去跟踪艾米拉，当得知杰森在场时，出于杰森和海伦的关系，便命令阿伦向杰森开枪。查理因为儿女私情杀杰森，

第四章 不懈追击

至于特里将军,艾米拉和迈克几乎无法接近,更别谈调查了。

也许白天过于紧张激烈的追逐和厮杀有些疲惫,艾米拉坐在车里,闭着眼睛,不言不语。在阿伦手中得到的磁卡到底有什么用?艾米拉想尽快找出答案。

杰森在一旁看着,似乎也在为艾米拉着急。

"这不是一张普通的磁卡,logo 好像在哪里见过,但一时想不起来。"艾米拉仔细辨认,印象模糊。

"有没有一种可能?"杰森说。

艾米拉扭头问杰森:"哪种可能?"

"读出磁卡里写入的数据,如果是一张装入微芯片的磁卡,一定能破解写入的数据,从写入的数据里就能知道这张卡的属性。"杰森的提醒让艾米拉如梦初醒。

"我知道该怎么办了。"艾米拉似乎有了方向。

月色下,在城市璀璨的灯火中,一辆华丽的跑车轻盈划过,穿梭于马路中的人群。

杰森开车送艾米拉回家,他看着忧心忡忡的艾米拉:"怎么了?还在为那张卡发愁吗?"杰森关心地问艾米拉。但随着艾米拉的沉默,杰森意识到问题关乎艾米拉的职业,便急忙转移话题:"对不起,我不该问关于你工作的事情。"

"迈克怀疑你的身份……"艾米拉说话的时候紧盯杰森,似乎在等杰森的一个解释。

杰森眉宇间带着思考:"如果让你为难,我可以离开实验室。"

"你离开,他会更加怀疑,你怪他吗?"

杰森摇头,深情地看着艾米拉:"如果不是我的出现,我相信我们的今天正是你们的今天,也许是因为我抢走了你,也许是你们敏感的职业,我理解他。"

车子缓缓驶停艾米拉家门前,听过杰森一番宽慰的理解,艾米拉脸上露出一丝欣慰的幸福。

"谢谢你!"艾米拉真心地亲吻杰森的脸颊,杰森不舍地目送艾米拉下车离去。黛西站在屋内,透过玻璃窗,看着这对幸福分别的男女,嘴角的祝福也自然流露。

对面楼层的监视者，透过远红外的高倍望远镜，见杰森的车驶离目标建筑，虽然露出一丝微笑，但却如此狰狞。他在密密麻麻的记录本上，再次写下此时此刻此情此景……

第五章 不堪回首

一

经过几天的追查,线索愈见明显。

看着同事们紧张的工作状态,艾米拉拿着磁卡凑近一个同事:"你帮我查下这张磁卡里的信息。"

帅气的同事见艾米拉来求,就要起身致礼,艾米拉按住同事:"我已经不是组长,你尽快帮我查查,我急需。"

同事应允后,将磁卡插入一台读卡设备。电脑开始闪现各种数据,艾米拉根据显示的信息,大脑飞快地做出相应的分析。信息读完后,同事向艾米拉微笑示意,艾米拉手打嘘声,小声交流。

"这是一张有时限的磁卡,卡里写入了自毁程序,在规定时间内可以进入,但超过时间范围就会自动失效。"

艾米拉看着同事,若有所思:"能不能修改时限,延长使用限期?"

"我试试。"同事试图修改,却弹出警告提示。

同事歪头表示无法完成,艾米拉拿回磁卡,对同事再次叮嘱:"今天是我以个人名义找你帮忙,明白吗?"

同事点点头,虽然有些不解,但还是答应了艾米拉的保密暗示。

艾米拉走出工作间,想找自己的上司老迈克。当他走到老迈克的办公室门口,忽然停下脚步,思忖片刻,转身离开。

百无聊赖的迈克走进训练场,在实弹打靶训练中,迈克再次梳理了一遍线索。迈克想到海伦小姐,或许从海伦小姐嘴里会得到更多关于特里将军和查理的事。但接近海伦小姐并不是一件容易的事，自己和艾米拉行迹败露，又无法正面调查。顺着海伦小姐，迈克再次想到了杰森。

也不知为何，迈克对杰森有着极为强烈的疑心，虽然在杰森的问题上，他已经和艾米拉的感情走到了终点。但作为一个特工队员，似乎有着不可消殆的使命感，在产生质疑时，会身不由己地彻查到底。可当务之急，倾力追查杰森似乎有失工作之责。迈克将矛盾的子弹设在靶心。

为了让自己最后死心，迈克决定再深入地查查杰森和艾瑞实验室之间未曾揭开的秘密。迈克查到艾瑞的实验室前身由安迪所负责，而安迪死后，实验室在基金管理人马丁的赞助下，交于艾瑞负责。杰森的出现，会不会是下一个实验室负责人？迈克脑海中忽然蹦出新奇的猜测，如果猜测成立，那艾瑞将走上安迪的旧路……

可艾瑞是艾米拉的父亲。迈克心头一震，不容分说，立即前往艾瑞的实验室了解更为具体的情况。

迈克来见艾瑞的时候，艾瑞正准备和艾米拉、杰森回家。迈克一度想放弃心中的疑惑，但他生性执着，心里不容残留疑问，决定找艾瑞谈一谈。于是，迈克礼貌地将艾瑞请到实验室内相对封闭的区域。

"迈克，是不是出了什么事？"艾瑞担心地问迈克。

"我……"由于自己比较仓促，而且时境似乎并不适合问及这么严肃的话题，迈克有些迟疑。

"迈克，你快说吧，到底是什么事？"

艾瑞担心的样子再次让迈克压力大增，迈克终于鼓起勇气问道："我想了解一些关于安迪之死的事情……据我了解，这个实验室的前身负责人是安迪，您和安迪之间到底是什么关系？除了生活之间的联系，工作中还有哪些联系……"

迈克的话还没说完，艾瑞急忙出手阻止迈克后面的话。

往事不堪回首，艾瑞再次听到安迪那段往事被提起，顿时情绪激动，怒目而视迈克："迈克，如果因为你和艾米拉的事来找我，我可以跟你沟通，如果你提及其他不相干的话题，请你免开尊口。"

迈克怔住了。他没有料到安迪的事竟然让艾瑞如此反感，他想继续追问，可看着艾瑞抵触的情绪，只能把所有好奇全部压制住。

艾瑞不愿再说，愤愤地离开，由杰森和艾米拉陪着走出实验室，只留迈

第五章 不堪回首

克尴尬地跟在身后，无奈地目睹三人离开实验室。

迈克对自己鲁莽的行为感到惭愧不已，事到如今，他不但得罪了艾米拉，还惹怒了艾瑞，因为杰森，自己在艾瑞家已毫无地位。想到这些，迈克近乎崩溃，他上车后，痛苦地趴在方向盘上，不慎按上了喇叭键，汽车发出刺耳的鸣笛，似乎代替了迈克疯狂的呼喊。

迈克并不知道艾瑞和安迪两家有着如何的渊源，这段谁也不愿提及的往事就像一根刺，随时刺痛艾瑞的心。自从安迪死后，没有人再愿意提及此事，而迈克无意间提及，无疑是给艾瑞的心里插入一根冰冷的钢钉。

艾瑞一路无话，艾米拉透过反光镜，似乎看出父亲和迈克谈话后有些不悦。杰森和艾米拉交换眼神，都不敢过问。在艾米拉的记忆中，父亲待人随和，很难找出父亲发脾气的过去，杰森每天在实验室看见的只是艾瑞忙于试验，也从未见到过如此不快。

两人不敢问，艾瑞也不想说。一路之上，三人没说一句话，但在到家的那一瞬间，艾瑞忽然大有转变。

其实，一路之上，艾瑞努力调整自己的情绪，他不想让艾米拉和杰森看到自己不开心的一面，更不想把这种情绪带回家。平时很少陪伴老婆，他想把最快乐的一面带给老婆，让她从中感受到家庭的幸福和快乐。

艾瑞在和女儿平时闲谈中得知老婆情绪不稳定，他才忙里抽闲，回家看看老婆，联络联络夫妻感情。

艾瑞家坐落在城郊，离实验室有一小时的车程。为了方便试验，艾瑞经常选择住在实验室，后来杰森出现后，不仅成了工作的助手，也充当了生活助手。在艾米拉忙于工作，不便接送艾瑞的时候，通常由杰森完成。

这栋独特的房子，不论白昼，总是散发着如同女主人那般的娴静。出生音乐世家的黛西，气质与生俱来，如一杯芬芳的晚茶，和这座房子浑然天成。午后，夕阳西下，一架钢琴，一杯拿铁，是黛西自我陶醉的黄金时刻，但这份安逸的享受，却经常因为黛西多年的精神分裂所打乱。取而代之的是，她呆坐在门口，多次遗忘已是月明星繁。只有艾瑞明白她眼中那份凝视的故事。

晚霞给天空上了颜色，黛西如往日坐在门前，断断续续的坚持，却成了一种习惯的等待。艾瑞看见老婆，衬托夕阳的染色，他脚步轻缓，走到黛西身边，搀起她，黛西习以为常地起身，夫妻的默契已然达到无声。两人走进屋，艾米拉跟在父母身后，黛西不忘回头看看女儿，露出幸福的微笑，似乎这种家人团聚的情景渴望已久，在终于来临的时候，黛西满足地笑了。

艾瑞幸福的内心却有一丝愧疚，愧疚这个陪伴自己一生的女人，从当初一个贵族公主变为今天的一个备受折磨的人。自己因科研项目，没有尽到一个丈夫的责任，而她毫无怨言，做到了她当年的那份相濡以沫的承诺。

艾瑞是军人后代，父亲在战争年代是一名抗日将领，母亲是文艺工作者，战事结束后，举家来港。艾瑞在父母的培养下，造诣了一身的文化细胞，后出国留学日本攻读生物化学，结识安迪和埃斯博士，三人成为莫逆之交。回国后，艾瑞应邀参加同学的婚礼，偶遇黛西。

黛西出生名门，父亲是文坛才隽，母亲是大学音乐教授。黛西在优越的家庭环境下，造就了一身的贵族气息，天性聪颖，又精通琴棋书画，虽有众多追求者，但因黛西不凡的气质，追求者均不敢轻易示爱。

参加婚宴的两人首次相见，均不知对方底细。黛西弹了一曲理查德·克莱德曼的《罗密欧与朱丽叶》，便注定了和艾瑞的一生姻缘。艾瑞应好友邀请，回敬一曲《梁祝》。艾瑞惊座满堂的弹奏，无意间捕获黛西的心，两人不久喜结良缘。

20世纪90年代初，理查德·克莱德曼来中国演出，黛西如愿以偿地见到了内心的音乐神话人物。理查德·克莱德曼五岁练琴，六岁指法成熟，在七八十年代，理查德·克莱德曼的音乐专场走遍全球，在中国乐坛也风靡一时。出生音乐世家的黛西对理查德·克莱德曼的音乐钟爱有加。

当时的黛西已经有了家庭，跟随艾瑞，尽职尽责，履行自己的诺言。婚后的艾瑞和安迪、埃斯博士进入马丁的集团公司，由马丁出资成立了专项实验基金。艾瑞的科研项目也最终确立。实验基金成立后，安迪和埃斯博士的实验项目也分别成立了专项基金，但三人科研方向不同，均因工作繁忙，各奔东西，久难相见。

安迪成婚后，喜得一子，取名杰瑞。但不幸的是，儿子出生后，妻子身亡。安迪不懂照顾幼小的婴儿，自己又长期在户外科考。面对平生第一次的难题，是艾瑞主动伸手，收下孩子，让黛西暂为照料。孩子有了安全信赖的家，安迪带着丧妻之痛，再次离开了儿子，外出工作。

艾瑞腾不出时间陪伴老婆，但自从多了一个小生命，黛西似乎已经习惯艾瑞的忙碌。随着杰瑞逐渐长大，安迪便在每次科考回来会在艾瑞家小住几日，尽一个父亲的责任。但时隔几日，安迪会再次离开，如此往返。

二

艾瑞之所以帮助安迪抚养儿子，除两人是大学同学的关系，还是父辈传下来的世交。

20世纪30年代中期，艾瑞的父亲和安迪的父亲参加抗战，在送情报的路上被俘。狱中，安迪的父亲与日本人私下交易假情报，以拖延时间赢取自救的机会。从而引起老战友之间产生误会，艾瑞的父亲将安迪父亲暗杀。后来艾瑞的父亲被救后，才得知正是安迪的父亲在与敌人周旋的期间，趁机将重要情报送出敌区。艾瑞的父亲为此愧疚万分，将自己的失误守口如瓶。他临死前，将实情告诉了儿子艾瑞。艾瑞将这件事独自封存，直到杰瑞走丢后，才告知了妻子黛西。

艾瑞谨记父亲遗愿，和妻子全力抚养小杰瑞。杰瑞逐渐长大，黛西产生想要拥有自己孩子的念头，艾瑞想到杰瑞迟早会离开黛西，自己不能陪伴老婆，如果有了自己的孩子，黛西也不会感到无事可做。夫妻二人商议后达成共识，在预计的时间，艾米拉在杰瑞五岁的一天出生。

艾米拉的出生似乎预示着这个家庭的完整，但这个家庭还没真正享受新生命带来的幸福，杰瑞的失踪彻底瓦解了这个家庭。

女儿的出世，不仅给父母带了无限的乐趣，还为杰瑞的童年生活增添了一份童趣。杰瑞还会简单地照料艾米拉，虽然艾米拉当时幼小，无从记起，但那份幸福令黛西终生难忘。

后来，黛西发现女儿和百合花有着不解之缘，也许是花粉和嗅觉产生的神奇现象，每当艾米拉嗅到百合花香，便不哭不闹，百合花香散尽后，艾米拉便哭闹不安。当父母发现这一现象后，两人还曾玩笑地说，母女之间对花香的特殊性都有着极为相同的遗传。

女人自古与花有着密不可分的关联，黛西出身高贵，在少女时期对百合已经情有独钟，多年的习惯，让黛西跟百合无法分开。百合花香熏陶出黛西高雅纯洁的气质，艾瑞当年嗅到黛西身上的百合花香，便是加深了对黛西的青睐之情。

黛西嫁给艾瑞后，百合花也带进了这个刚刚组成的幸福家庭。黛西经常买花，甚至会自己种植盆栽的百合花。艾米拉出生后，百合花不但成为了黛西的最爱，也和艾米拉有了不解之缘。

百合是天主教圣母玛利亚的象征，黛西因为钟爱百合，在大学期间加入天主教，成为一名虔诚的天主教教徒。从此，她与百合的感情更加的浓厚，一本《圣经》，一束芬芳四溢的百合便在黛西的生活里陪伴了无数个日日夜夜。随着艾米拉的出生和杰瑞的失踪，黛西再也无心参加礼拜，《圣经》也变成了一本普通的书，被封存起来，一并封存的还有百合花。从此之后，黛西和百合花似乎再无瓜葛，百合在黛西心中也由此衰败，再无花香。

艾米拉未满一周岁，已经五岁的杰瑞乖顺懂事，不仅可以帮助黛西照顾小艾米拉，还能和黛西简单交流。一天，黛西带着两个孩子去买花，离开花店时，杰瑞莫名的不知去向。在苦苦寻找不力后，黛西才意识到杰瑞失踪的事实。艾瑞得知杰瑞失踪，起初以为走失，并未在意。夫妻四处张贴寻人启事，希望杰瑞可以再次出现，回到两人的身边。但随着杳无音讯的结果，二人也意识到事态严重。只好请求警方介入调查，艾瑞也将这一不幸的消息告知了安迪，安迪因常年外出考察，不能及时赶回，只能安慰艾瑞夫妻极力配合警方寻找儿子。

杰瑞失踪不久，黛西也从丈夫口中得知了两家父辈留下的恩怨，这一沉重的消息令黛西更加歉疚。

时隔不久，艾瑞接到安迪因儿子失踪跳楼自杀的消息。安迪的实验室当时在新加坡，艾瑞立即飞往新加坡处理后事。虽然警方已经结案定性，但媒体众说纷纭，艾瑞也觉得事发蹊跷，可自己根本无从查起。

艾瑞到新加坡为安迪处理后事，见到了老同学埃斯博士。埃斯博士对安迪的死和安迪儿子失踪的事明显带有不满，但因三人关系特殊，埃斯博士便将自己对安迪之死的质疑告诉了艾瑞，二人一致认为安迪的死肯定另有原因。

艾瑞处理安迪的后事期间，身为实验基金的负责人马丁多次约见艾瑞商讨实验室专项资金分配，以及科研项目的进展计划。马丁承诺额外拨款用于安迪未曾完成的科研项目，希望艾瑞不但要按原计划进行科研项目，还要增加完成安迪的试验。因实验室所有资金由马丁出资，而自己和安迪有着无法割断的关系，于公于私，艾瑞无法拒绝马丁的提议，只好按马丁的意愿，接管安迪的试验项目。一切似乎早已安排妥当，马丁把安迪在新加坡的实验室二次改建，提供给艾瑞进行试验项目开发。

马丁特意安排媒体对艾瑞接管安迪试验项目的消息开展采访撰稿，艾瑞虽有不悦，但仍努力配合，并向马丁表决心一定早日完成。埃斯博士看在眼里，不知是喜，还是悲。

看似正常的试验项目交接，却隐藏着巨大的阴谋，艾瑞不知，自己积极配合的行为正在帮助马丁逐步完成图谋大计。

艾瑞在还未离开新加坡时，接到来自香港的电话，得知黛西自杀未遂入院治疗。艾瑞无心配合马丁继续商谈实验室事宜，匆忙告别马丁和埃斯博士，回港看望妻子。

艾瑞走后，黛西了解到安迪自杀的起因源于儿子失踪，黛西清楚一切因自己而起。一种前所未有的愧疚感让她无法释怀，她服下安眠药准备自杀，幸被家佣及时发现送往医院才挽回生命。黛西自杀未果，内心再次蒙上阴影，从此郁郁寡欢，判若两人。艾瑞看在眼里，觉得陌生，黛西意识到自己的转变后，对自己渐生厌恶。

看见艾米拉渐渐长大说话，黛西似乎在艾米拉的身上看到了杰瑞的过去，便经常发脾气。艾米拉由于多次受到惊吓，艾瑞只好将母女分开。经过一段时间的隔离后，黛西的病情也逐渐好转，母女再次一起生活。但似乎，黛西的病情又有了新的变化。

艾米拉进入幼儿园后，黛西甚至开始打骂艾米拉。想起幼小的女儿无法忍受自己长期的折磨，事后，黛西和艾瑞沟通，忍痛将艾米拉送入寄宿学校。艾米拉进入寄宿学校，认识了大卫和露西。大卫家庭富裕，但胆小怕事，露西善良，但出生于普通家庭。艾米拉虽然不再承受母亲打骂，但心理阴影挥之不去。沉默寡言的艾米拉渐渐得到大卫和露西的同情与关心，三人关系也在这段时间注定了一生不可分开的友情。

将艾米拉送入寄宿学校后，黛西又开始了一个人的生活。艾瑞自认为将艾米拉送入寄宿学校，就能避免女儿受到老婆的伤害，但却忽略了老婆因为旧事不能释怀，再加对女儿的思念，病情不但没有得到缓解，还愈加严重。此时的艾瑞在马丁的资助下，帮助马丁赚钱盈利，根本无暇顾及家事。

艾米拉小学毕业后，适逢马丁承诺给艾瑞的实验室也修建完成。艾瑞全家离开香港，移居新加坡。马丁将安迪的实验室改建后交付艾瑞，由其全权负责。不但如此，马丁还为艾瑞专门修建了一套别墅，赢得了艾米拉全家的良好印象。

但艾瑞并没发现，自从住进别墅后，所有的行动都被掌控在他人的眼皮下。监视艾瑞家的人正是马丁所派，而马丁转移艾瑞的实验基地，其实另有打算。

艾瑞也希望换一种环境能缓解黛西的病情，但事与愿违。

为了试验项目，艾瑞几乎废寝忘食，回家的次数也少之又少。艾米拉进入中学后，艾瑞似乎不用担心老婆再次伤害女儿，就让艾米拉和母亲住在家里，相互照应。但因小时候受过母亲的打骂，进入青春期的艾米拉出现叛逆行为，跟母亲的隔阂似乎更加明显。看着女儿对自己敬而远之，黛西既得不到亲人的理解和爱，又无法释怀内心的心结，整日郁郁寡欢，萎靡不振。

为了分散黛西的注意力，艾瑞还特意带着黛西去实验室参观，当黛西得知艾瑞的实验室正是安迪生前工作的地方，黛西的心事似乎更加严重。

因为疏于管教，艾米拉甚至出现逃学现象，母女战争再次爆发，已经懂事的艾米拉不能忍受母亲打骂，多次离家出走。其中一次离家出走后险遭拐卖，幸得执行任务的特工发现才被解救。此事再次勾起母亲内心深处那段不堪回首的往事，精神再度崩溃，被无奈地送入精神病院接受治疗。

艾米拉再次走进寄宿学校。在学校，艾米拉认识了同桌迈克，两人似乎天生有默契，迈克性格开朗，艾米拉表象柔弱，二人性格互补。艾米拉生性聪颖，深得师生喜欢，同时也赢得了迈克父亲的关注，迈克父亲在执行任务时，曾解救过被拐卖的艾米拉。也许正是这些巧合的渊源，让艾米拉和迈克有了一段不同寻常的青春岁月。

艾米拉和迈克的关系由当初的同学逐渐变成形影不离的恋人，这一人人可见的关系也促成了艾米拉和迈克的亲事。艾米拉也因此被迈克的父亲顺利推荐进入特工学校。

随着艾瑞的试验项目进入最后的冲刺阶段，艾瑞身边多了一位行政助手——杰森。杰森平时帮助艾瑞处理科研以外的工作，让艾瑞腾出时间全力以赴试验。艾瑞过于专注地忙于实验，却忽略了一件令其致命的事……

第六章 悬案疑云

一

对于经常在实验室吃住的艾瑞，能回趟家享受和老婆的温馨枕边话，似乎又回到二十年以前。而那个时候，新婚燕尔，两人如胶似漆。而今的两人，那份夫妻情谊虽然固若金汤，但因聚少离多，两人纵有万语千言，也无法一吐为快。

月光守护在这幢精致的房子外，透过窗帘的缝隙，献给主人，更添一份浪漫。虽然屋内再也没有百合花香，但也没有黛西烦躁不安的犯病情景，这一刻如此和谐，也许是今夜美丽的月光，再次送上那份多年前的初见。

多日不见，艾瑞将埋藏多日的心事分享给老婆，一并处理家里当前的琐事，其中的头等大事便是围绕女儿展开。

"艾米拉的年龄到了该解决她的个人问题的时候了，我想早点完成项目，多陪陪你。这么多年，我没有尽到丈夫的责任，让你受了这么多委屈。"

"我没关系，只是委屈了艾米拉，从小受我影响，性格转变太大，我觉得对不起她。有时候心里很明白，但结果已经这样了，我不知道怎么跟她缓和这么多年的矛盾……"黛西说着说着，有些哽咽。

"等她有了家庭，就会理解，一切都会好起来，你别担心这些问题，我知道你们母女有些话题无法沟通，我会找机会和艾米拉讲，唉……"艾瑞又想起迈克白天找自己说起安迪的事，不由感叹。

"艾米拉真的要和迈克解除婚约吗？"这个问题似乎不仅仅是黛西的难题，也是艾瑞的，甚至在一段时间也是艾米拉的。

"年轻人的事，由他们去决定吧。"艾瑞语气里似乎预示着一种对艾米拉的偏爱。他知道艾米拉和杰森越走越近，而迈克似乎已经远离艾米拉的视线。作为父亲，他不想再干涉女儿对于追求爱情的选择。

"艾瑞，女儿的婚约可是经过双方父母的，这件事是不是你去和老迈克谈一谈，虽然是孩子的事，但当初可是我们双方父母同意的，如今也不能因为艾米拉一个人的想法就不闻不问了。"黛西的说法似乎也合情合理。

"也对，凡事都得有个了结。这事让我苦恼了很久，我会亲自找老迈克谈一谈，希望他不要和他的儿子一样。这个迈克……"艾瑞再次表现对迈克白天的不满。

"迈克怎么了？"

"迈克对杰森很有看法，三番五次地想通过我了解杰森的来历，我看是职业病，看着谁都有问题。"

"也许是看见杰森跟艾米拉走得太近，迈克这孩子自幼父母离异，跟着父亲长大，性格里难免有些刚性。有机会我跟他聊聊，希望他不要怀恨艾米拉。"黛西最终还是担心女儿会受到不必要的伤害。

"他们虽然没有了原来的感情关系，但两人还是同事关系，大多数时间还是在一起，有老迈克在，应该不会有问题，你别担心了！"

"从小我给女儿带来了那么多伤害，这种自小造成的伤害在她心里生根发芽，很难抹去，你说我该怎么跟女儿沟通，让她忘掉那些记忆中的伤害。"

"事情过去了这么多年，你不要再为此难过。她的性格比较突出，也跟我这个当爸爸的有很大关系，没有给她很好的教育，还让你受了那么多苦。"艾瑞安慰老婆。

"我想为她今年的生日办一个小型的音乐会……"

艾瑞迟疑："你的身体是否允许？生日可以换种方式，举办音乐会就得邀请客人，人多就会有场面，怕你太辛苦。"

"没关系，我们年纪越来越大，我想在我身体允许的情况下，为女儿做点儿事，也算我对她的弥补，自从她出世后，就没有给她办过一个像样的生日聚会。"

艾瑞听得心酸，搂紧了老婆："那就按你说的办！"

黛西幸福地依偎在艾瑞的臂膀下。

"有些事就让杰森帮帮忙，为了给艾米拉一个惊喜，先不要透露音乐会是为她特意举办。在音乐会当天我来告诉她。"

第六章 悬案疑云

黛西犹豫了:"不希望女儿能原谅我,只希望她能忘掉那些童年不堪的回忆。"

"她会明白的……"艾瑞苍白的回复,让黛西听出了丈夫那份疲惫。

夜深人静,窗外不时传来几声鸟鸣,随着艾瑞均匀的呼吸,让这个夜晚再次回归平常。但这份宁静仅限于此。

也许是因为艾瑞回家的原因,有人趁机潜入实验室,顺着实验室的走廊,蒙面人来到一间办公室。他拿起办公桌上艾米拉和杰森的合影,若有所思。接着,他将事先准备好的窃听装置娴熟地装入桌上的电话机。很显然,这里正是杰森的办公室。来人打开杰森的电脑,插入存储器,在一番搜寻后,将需要的资料拷贝而走。

走廊一头,杰森正朝着办公室走来,蒙面人听出走廊的脚步声,急忙关闭电脑躲藏。

杰森推门而入,有所警觉地看了看依然亮着的台灯,杰森看了看电脑,并用手摸了摸台灯的温度。随后关好门,再次回到电脑前取下键盘上一层透明膜,借着灯光的角度,仔细观察。

蒙面人躲在角落看了看自己的双手,似乎已经明白杰森对此早有预防。为了不让自己的指纹落入杰森之手,蒙面人在杰森即将离开时,出手打晕了杰森,并从杰森的怀里掏出装有指纹贴膜的水晶盒,匆忙离去。

而此时,除了实验室发生的变化,艾米拉也趁父母熟睡,悄悄走出家门。

对面楼层的监视者听到一阵报警声,忽然从梦中惊醒,再次回到监视设备。只见监视画面里艾米拉在夜色下四处张望,随后开车离去。监视者急忙凑到望远镜前,发现艾米拉开车拐出视线。他揉揉惺忪的睡眼,做好笔记后,拿起了电话……

艾米拉所到之处,正是环奇制药的大楼。艾米拉拿出那张磁卡,试探性地一刷,门禁的通行灯亮起。艾米拉好不容易穿过第一道门,不知是何缘故,一阵急促的警笛声,打乱了艾米拉当晚的所有计划。艾米拉急忙靠近窗户,推开后发现楼下停着几辆警车,在耀眼的警灯前,多名警察蜂拥围住大门。艾米拉自知已经暴露,只好再次返回。她急忙绕到侧面,放下逃生绳索,顺利离开环奇的大楼。

艾米拉上车后,电话响了,艾米拉接通电话:"杰森,怎么是你,这么晚了,有什么事吗?"

"你快来实验室，有人进了实验室。"杰森捂着头，表情痛苦。

听到杰森出事，艾米拉急踩油门，赶往实验室。

在实验室，艾米拉见到了杰森："你没事吧？"

杰森摇头："我没事，没想到有人深夜潜入实验室，不知道有什么目的。"

艾米拉检查了杰森的伤势，见杰森并无大碍，开始询问事发过程："你当时在干嘛？"

杰森迟疑地回答："跟每天一样，深夜我都会检查一遍各个办公室，发现我的办公室忘记了关灯，没想到在我离开的时候被人打晕，醒来时就躺在地上。"

艾米拉并不知道，杰森告诉艾米拉的时候省略了一个环节。

"应该不是针对你来的，如果是针对你，他会要了你的命。"艾米拉环视办公室。

此时的蒙面人坐在车里，听着艾米拉和杰森的对话。

艾米拉灵机一动，取下手表，利用特有的信号检测性能检查办公室的各个角落。艾米拉拿着手表在办公室绕行一圈，发现手表在离座机附近的时候发出干扰报警。艾米拉收起手表，拔掉电话线，将电话摔碎，在电话的听筒里拿出一枚微型窃听器。

蒙面人的监听耳机里，信号中断。

杰森上前问："窃听器？"

艾米拉只是点点头，并未多说。

"会不会还有别的窃听器，到底是什么人，他们到底要干什么？"杰森有些紧张。

艾米拉将窃听器装了起来，杰森却更加疑惑不解。两人走出办公室，杰森似乎想起什么，急忙搜自己的兜，当他发现兜里的东西不翼而飞时，眉头紧蹙。

"今晚的事先不要让我爸爸知道……"艾米拉临走的时候嘱咐杰森，杰森似懂非懂地点头答应。

翌日清晨，黛西送走了丈夫和女儿，她站在原地，看着已然消失的汽车，久久不舍进屋。

艾米拉似乎完全忘记了昨夜发生的事，和父亲交谈甚欢。

艾瑞对女儿说："艾米拉，你小的时候受过妈妈的伤害，她年纪大了，由

第六章 悬案疑云

于常年患病，精神状况越来越糟糕，你有时间多陪陪她，不要让她再生愧疚感。她虽然不能请你原谅她过去对你的伤害，但她内心很想得到你的理解。"

"爸，我明白，最近任务比较多，我会抽空回家陪妈妈说话。"

艾瑞看着艾米拉，嘴角露出淡淡的微笑，那是父女之间的爱与理解。艾米拉看着父亲两鬓斑白，不由脱口而出："爸，你的头发都白了。"

"你都这么大了，我能不老吗？等我和你妈妈老了，我们回香港的老宅住吧，我喜欢那幢房子。"

艾米拉心中隐隐作痛，但依然面带微笑，点头认同。

二

为了了解安迪之死的前因后果，迈克决定前往警察局调出安迪的死亡卷宗。在警察局，迈克找到了帕克，顺利地拿到了自己想要的资料。因事隔多年，所有的细节只能靠文字资料判断案情出现的漏洞。

在资料里，迈克了解到安迪和艾瑞的同学关系，也在进一步梳理中，发现了马丁和安迪、艾瑞之间的紧密关联。安迪死后，生前的"洋葱晶"成果也消失了，而后不久，艾瑞接管安迪的实验室。

"安迪的科研成果何去何从？为何艾瑞接管实验室的消息被媒体大肆报道？"迈克带着这些疑问，准备再次找艾瑞求证。

迈克带着疑问走进电梯，电梯门关闭的瞬间，一双手拨开电梯。艾米拉挤进电梯，迈克尴尬地打招呼问好，艾米拉没有说话。迈克见艾米拉没有按电梯，急于打破气氛地问道："你是要？"迈克示意电梯按键，艾米拉依然没有说话，迈克更为尴尬，只好闭嘴不语。

电梯门打开，迈克刚要走出电梯，艾米拉却按下了关闭键："我想和你谈谈……"

楼顶的天台，两人远眺群楼，各自心事重重。艾米拉掏出一样东西交给迈克。

是一枚窃听器，迈克看了看，没有说话。

艾米拉问："熟悉吗？"

迈克点头："微型窃听器，特工专属窃听设备。"

"你是不是落在了什么地方？"

艾米拉看着迈克，见迈克面无表情，再次发问："为什么在杰森的办公室安装窃听器？"艾米拉犀利的双眼紧盯迈克，迈克第一次感到艾米拉咄咄逼人的气势。

"你不放过杰森，到底想知道什么？"

迈克似乎不是很适应眼前突如其来的追问，他一度想移开视线。

"迈克，你看着我，回答我。"艾米拉看出迈克那双想要逃离的眼神。

"是我放的。"迈克的语气带着无法抗拒的妥协。

两人虽然相处多年，但此时此刻的艾米拉并不是过去的艾米拉，迈克觉得有些陌生。一个再熟悉不过的人，瞬间变得无比陌生，迈克虽然身为特工，但因和艾米拉有着无法割断的感情，在这一刻无从逃避，只好承认了自己去杰森办公室的前因后果。

"你想知道什么？"艾米拉逼问。

"作为一个行政助理，为什么会在自己的电脑上贴上指纹贴？"

"你动了他的电脑？"

迈克没有回答，便是默认。

"所以你就怀疑他？窃听他？"

"我承认我开始是对他有成见，你应该理解，我们都是正常人，不可能在爱情被破坏时还无动于衷。我知道不该拿私人恩怨怀疑杰森的身份，但我现在查的不是他，我觉得你爸爸的实验室背后有些隐形的秘密。"

"那跟杰森有什么关系，为什么要打伤他？你那么恨他吗？"

"他这么做明显是防着什么，如果没有秘密，他为什么用指纹贴？"

艾米拉想了想，似乎被迈克的话打动，情绪稍有放松，也许是对迈克的理解："那你查到了什么？"

"还没有查到，一切都只是臆测，没有证据，我无法说服你，但我相信我一定能找出这里隐藏的秘密。"迈克的眼神落在艾米拉身上，似乎等待艾米拉心照不宣的默契。

艾米拉既没有传递默契的信号，也没有释放不满的情绪，但在迈克看来，这种情绪也是一种默契，至少可以解除眼下的陌生感。

"不管你想查什么，我不希望他受到伤害，任何伤害……"艾米拉坚决的眼神似乎暗示迈克，自己的爱情不容侵犯。

迈克嘴角露出一丝忧伤的微笑。

第六章 悬案疑云

"包括你！我不希望你们任何人有伤害。"

迈克的表情充满激动，又似乎带着无比的创伤之痛。他咬着嘴唇，不停地点头，似乎感谢这句最后的总结。

"不管我的臆测能不能得到可以说服的证据，我还是想说……你爸爸接管安迪的实验室，这背后似乎有些不为人知的阴谋。"迈克看向艾米拉，似乎在试探艾米拉。

"既然关乎我爸爸的实验室，我想我有权知道。"艾米拉巧妙的回复，渐渐化解了刚刚两人紧张的氛围。

"从媒体的说法，安迪的死似乎跟他儿子失踪有关，但我不这么认为。"

"事情过去了那么多年，有些细节我也不知道，在我看来，爸爸妈妈似乎对这件事极为敏感，上一辈的事我想还是让他们自己去消化。"

"越是敏感越能说明其中有问题，按媒体的说法，是你爸爸接管了安迪的实验室……"迈克试探地看了看艾米拉。

艾米拉平静地说："你是说安迪的死跟我爸爸也有关系？"

"这是我最想知道的事。安迪死后，媒体大篇幅地报道这件事，这种欲盖弥彰的做法到底是为了掩饰什么，也许只有你爸爸才能解开这个谜团。"

艾米拉有些激动："什么意思，你是说我爸爸害死了安迪？"

迈克急忙解释："我不是这个意思，我担心的是你爸爸会走安迪的路，按照这个案子的卷宗分析，安迪因为儿子失踪跳楼自杀，根本无法成立。儿子生死不明，安迪怎么可以绝望自杀，除非他知道儿子已经遇害……"

"你不要再说了，我觉得你的推测纯属无中生有，这件事过去了这么多年，你旧事重提，有什么意义？我们当前最重要的是找出环奇的犯罪证据，而不是查些不着边际的旧案。就算安迪的案子有嫌疑，那也是警察局的事，你不要浪费时间。"

"你我知道的都很有限，如果你爸爸能开口，我相信我能找到一些蛛丝马迹。"

"我只能抱歉地说我帮不了你……"艾米拉的回答，都在迈克的意料之中。

在迈克看来，不管是过去的艾米拉，还是今天的艾米拉，都不会去跟父亲求证。对于艾米拉而言，她宁可让那段往事被岁月淹没，也不愿刺痛父母脆弱的心，不管背后有多少人为的秘密，她都会首先维护亲人。

杰森不仅在艾米拉心目中，而且也在亲人的队伍中有了一席之地。在艾瑞的话里，也同样获得了一份亲人的专属权利。

艾瑞把昨夜和老婆彻夜长谈的内容进行转化，放心地传达给杰森。

"实验室的项目接近尾声，我和黛西商量，给艾米拉过一次有意义的生日。"艾瑞满心欢喜地对杰森说，似乎征求杰森的意见。

杰森说："项目结束后，也就是我离开实验室的时间，我也希望我能为艾米拉的生日做一些力所能及的事情。"

艾瑞看着杰森："实验室的项目可以结束，但人与人之间的情感不会结束，难道你想离开艾米拉？"

杰森有些为难，艾瑞继续说："离艾米拉的生日还有不到两个月，我们都老了，没有为她举办过一个像样的生日，这次不想留下遗憾。我和黛西商量，今年的生日，为艾米拉特意举办一场音乐会……"

"是个好办法，伯母精通琴艺，我也可以开开眼界。不知艾米拉怎么想？"

艾瑞急忙摇头，探身凑到杰森耳旁："这件事先不要传到艾米拉的耳朵里，至少音乐会不是为她生日特意举办的，明白吗？"

杰森听懂了艾瑞的话："伯母平日身体不好，我想我可以帮忙。"

艾瑞满意地笑了："嗯，你帮忙，我们都很放心，这次音乐会不仅仅是我们做父母的一份礼物，也是你的第一份大礼。"

杰森明白艾瑞的话，但彼此心照不宣，只可意会不可言传。

此时，艾米拉的出现打断了两人的谈话，艾瑞急忙支使杰森："快去吧，别泄露了惊喜。"

艾米拉在和父亲、杰森打招呼的时候，两名警察出现在艾米拉身后。

警察走到艾瑞面前："哪位是艾瑞博士？"

艾瑞急忙迎上前："我是，我是艾瑞，请问两位有什么事需要帮忙？"

警察亮出证件："有件事想请你走一趟警局，希望你能配合我们的工作。"

此话一出，艾瑞三人惊诧地看着两名警察，艾米拉走到警察面前，急忙问道："他是我爸爸，你们有什么事跟我讲。"

警察看了看艾米拉："对不起，小姐，我们需要向您父亲了解一些情况，情况了解后，警局会安排专人送他回实验室。请你放心，我们是正常公务。"

两名警察上前示意艾瑞同行。艾米拉有些激动，艾瑞急忙拉住女儿的手："放心，我去去就回来，杰森……"杰森明白艾瑞的用意，急忙上前安抚艾米拉。

艾米拉看着警察带走父亲，虽然有些不安，但也无可奈何。

第七章 阴谋触角

一

晚霞映红的天边，飘着几片薄薄的红云。丝丝的清风拂过水面，荡起一圈圈的波纹，风过而后，水面随即恢复了平静。

也许是受工人忙碌的脚步惊吓，水面偶尔泛起的微波，如是少女娇羞的红晕，柔柔地散开。是夜赋予这里的静寂美，却因查理的出现，搅扰了这般迷人的沉醉。

两辆汽车打着远光灯缓缓驶来，仓库的工人警觉地站立起来。汽车停在仓库前方，有人打开车门让出查理。查理左右环视，似乎首次来到这方美丽的港口，也不忍惊觉黑暗的宁静。

仓库位于码头的一角，远远看来，仓库孤独地处于黑暗之端，若不是彻夜长明的路灯，黑暗将吞并它，无人察觉。

查理走到仓库大门，有人让了进去。两辆叉车正在忙碌装载仓库的货物，运往外面的集装箱，外面的叉车接着将装载完成的货物搬离。

"下一批货什么时候能进仓库？"查理问身边的工人。

有人上前回答："最快也得三天。"

"不行，太慢了，最近出了点状况，所有计划提前进行。"

工人迟疑，似乎有些担心。

"从明天开始，24小时不间断装船，越快越好。"

"白天太显眼，恐怕不太安全，万一被人发现，会不会……"

查理瞪着工人："没人敢跑到这儿追查，没有比时间更重要的了。"

工人勉强同意，查理拆开一只箱子，从药盒里抠出一粒药片，碾碎尝了尝：

"这么多箱子，怎么区分真伪？"

工人指着两个箱子外的包装，见两只箱子上的字体颜色稍有差异，都是红色，但在灯光下，深浅不同。

查理留下两个手下，监督工人装船，自己开车赶回将军的山间别墅。

将军的密室，坐着一位客人在和将军交谈，可以看出两人甚为熟悉。客人的年纪应该过了而立之年，身材魁梧，肌肉发达，眼眶上戴着一副大框的墨镜，似乎不愿展示完整的容颜。虽然看不清客人的眼神，但随着嘴唇的闭合，发出真切的声音："如果怕被抓住把柄，为什么不杀了他们？"

将军面无表情，看着客人："时候未到，等这批货安全交易后，再解决他们。"

"我们什么时候开始行动？"

"我安排通知……"将军眼珠转动，客人听见外面的脚步声，两人不再交谈。

脚步声临近，传来手指轻轻的叩门声。

查理听见里面允许的声音，轻轻推门而入。屋内，将军叼着雪茄，依然站在窗前。

"我已经安排仓库日夜加班，下一批货完成，立即从车间运往码头，随到随装，只要不受天气影响，都在计划之内完成。"查理汇报完，抬眼留意将军的神情。

"什么人潜入环奇？查清楚没有？"将军问。

"监控视频没有拍下进去的人，不知道是怎么混进大楼的，不过安保系统已经提升了级别，应该不会再有闪失。"

"派人监督环奇的业务，别出什么差错，大计划未完成前，所有产业链都不能暴露。"

"是，我会尽快去办。"

"如果环奇出了问题，我们就不得不放弃它……"将军不慌不忙，稳稳地点头，一圈浓烟喷口而出，随着空气散开，借着阳光，发出淡蓝色的薄雾，包围了将军。查理多看了几眼，忘记了自己不慎烟味，忽然觉得无比刺鼻，没有忍住，一个喷嚏喷口而出。清脆的喷嚏，将军始料未及，身子不由得一震，歪着脖子看了看查理，查理急忙赔礼离开。屋内，传出将军爽朗的笑声，查理捂着嘴暗自发笑。

第七章 阴谋触角

艾瑞被警察带走后，整夜未归，艾米拉有些着急，但因工作职责不同，又无法利用自己的特工身份和警察交涉。

实验室内，艾米拉在等待父亲回来，杰森站在艾米拉身边，抚摸着她的长发，两人默默不语。

也许是夜色凝重的颜色让艾米拉有些烦躁不安，她起身对杰森说："你在这里等着，我去想办法。"艾米拉没等杰森回应，便转身离开，杰森伸出的手停在了空中。

艾米拉离开实验室，拨通了迈克的电话："迈克，我……我有个事想请你帮忙……"

电话里，迈克睡意朦胧："出什么事了？"

"白天的时候，我爸爸被警察带走，到现在没有回来，我想请你帮忙找你警察局的朋友打听打听。"艾米拉拉开车门上车。

听了艾米拉的话，迈克猛然起身，坐在了床头："好，我马上联系，你别担心。"

"谢谢！"艾米拉语重心长地说。

此时的艾瑞，正坐在一间狭小的会议室缄默不语地与警察对峙。自从白天被带到这里，面对警察追问安迪之死的往事，他闭口不答。

会议室简单到只有一张桌子和一张椅子，空旷得说话都能听见回音，虽然时值夏季，但这间屋子在这一刻却极为寒冷。艾瑞打了个冷战，问警察："请问警官，找我有什么事啊？"

两名警察搬来椅子，坐在艾瑞前面，示意艾瑞坐下说话。艾瑞坐下后，两名警察相互看了看，又看了看表，似乎在等时间。艾瑞有些不解，再次催促："两位长官，我也没犯法，你们有什么情况就抓紧时间问吧，我还有很多事情要做。"

一名警察从外面走进，将一个厚重的资料袋摆在艾瑞面前，几个硕大的字映入眼帘。艾瑞只看到"安迪"两个字的时候顿觉得天旋地转。

"这个案子虽然过去了多年，但仍然有些疑点，关乎另一个大案，希望你能如实回答。"警察盯着艾瑞，艾瑞却扭头躲躲闪闪。随后，不论警察如何提问，艾瑞都一言不发，双方僵持数小时后，天色已晚，艾瑞想回去，但遭到警察的拒绝。

"'洋葱晶'是不是安迪当时的科研项目？"警察再次提问。

艾瑞有些疲惫，极不情愿地点了点头。

"安迪死后，'洋葱晶'的科研项目是不是由你接管继续进行的？"

"是，但这项科研其实安迪生前已经基本完成，只差最后的试验阶段，我只不过是帮助安迪做完了最后一个环节……"

"之后呢？你完成后，成果去了哪里？"

"每一项实验项目都有专项资金，完成后，成果归基金方，我们只负责科研试验，至于最后的流通，一概不知。"

"你知道'洋葱晶'能提炼制造毒品吗？"

"知道。"艾瑞点头。

"你不担心被人利用制造毒品？"

"至少我不会去做。"

"你现在的科研项目是什么？"

"对不起，这是机密，我有权保留意见。"

"你的实验室是不是安迪生前工作的实验室？"

艾瑞点头，却不再回答。

"你知不知道，安迪生前的实验室基金管理人是马丁？"

艾瑞看看警察，点头认同。

"你的实验室基金负责人也是马丁？"

艾瑞惊愕地看着警察："马丁不仅是实验室基金的发起人，也是我的朋友，我和安迪也是朋友，我们都在马丁的集团公司工作，这有什么问题吗？"

两名警察没有继续提问，而是看了看墙面的监控探头。

迈克在另一间办公室，戴着耳机，看着监视器屏幕。

"如果'洋葱晶'的科研成果被暗箱操作，那父亲追踪多年的贩毒集团会不会和'洋葱晶'划上等号？"迈克想了想，在没有找到任何具备说服力的证据前，他不打算将这件事告诉父亲，而是自己单独行动。

看似凌乱的线索，其实只要挖出环奇的毒品生意，并找到马丁和环奇之间的关联，一切可以划上等号。但这所有关联，目前被环奇挡在门外。马丁和环奇到底有没有关联，根本无从考证，仅仅靠自己的推测和感觉，请求上级协助，似乎显得苍白无力。

迈克意识到，至关重要的一步是揭开环奇的面纱。而追查环奇，也正是大家共同的目标。

第七章 阴谋触角

迈克从警察局带走了艾瑞,送往实验室。

车里,艾瑞略显疲惫地问迈克:"迈克,是不是安迪的案子有新的情况?"迈克不知如何回答。

"我会不会也和安迪的命运一样?为什么你们问的话非常相似?"艾瑞的话让迈克有些吃惊。"安迪自杀的背后一定有未曾发现的真相……"迈克见艾瑞不愿再说,也不再多问。

汽车驶入实验室范围,迈克将艾瑞交给艾米拉。临走时,艾瑞回头看了看迈克,不知是感谢,还是原谅迈克那些冲动的行为。

迈克离开实验室,再次回到警察局见到了好友帕克。

帕克将一份资料交给迈克:"这是全部的笔录。"

迈克无比感谢地拍了拍帕克的肩膀:"谢谢你!这次你帮了我的大忙了。"

"恐怕我是有麻烦了,我没有通过合法程序问训一个合法的公民,我这是渎职行为,一旦被局里知道……"帕克说着直摇头。

"不会不会,这虽然不是通过合法程序,但你利用职务便利,协助特工调查大案,这不能算渎职,这是明智的做法。"迈克无法和艾瑞沟通关于安迪自杀一案的事,只好求助帕克,借助帕克的职业身份,问出了至关重要的线索。虽然安迪之死过去多年,但在迈克看来,艾瑞的实验室里藏匿着一个巨大的阴谋。

二

正如迈克所料,艾瑞实验室背后的确存在巨大的阴谋,但仅凭迈克一人之力,根本无法揭开这层阴谋的面纱。艾瑞一味钻研自己的实验项目,也许根本想不到自己正在被一场巨大的阴谋吞噬。艾瑞他只是个科学家,跟迈克不同,但迈克也只是迈克,他并不神通广大,也没有看破真相的慧眼。

为了进一步追查线索,迈克同意父亲的意见,开始正式讨论如何打入环奇内部的对策,艾米拉也如期而至。因为多次有人泄密,老迈克只集中了三人,进行商讨。这一次,三人的谈话将严格保密,不允许有任何的闪失和泄密。

一张桌子,昏暗的灯光,三人围桌而坐。

"在没有证据前,对环奇的暗访具有一定的危险性,环奇到底有多少像阿伦这样的人,我们并不知道。但这些还不是最关键的……"老迈克严肃地看着两人,"最关键的是我们从哪里下手。"

艾米拉想了想:"我想通过环奇的内部网络,找到他们的经济往来,"

迈克的表情似乎已经有所指向:"还有环奇制药的所有药剂配方。"

迈克的话引来父亲和艾米拉的关注。

"阿伦兜里的药盒为什么不是药,而是毒品,而且药品是被包装好的,环奇会不会利用制药的幌子做毒品生意。"

"如果他们把毒品混入药品包装里,就很有可能混过海关。"艾米拉说。

"对,海关,艾米拉说得对!"老迈克茅塞顿开,"如果出关,必须走海关,那是必经之路。只要查出环奇的码头仓库,也许就能找到伪装的毒品。我们分头行动,迈克你尽快查出环奇在几号码头有仓库,并找到准确位置,提前打探仓库周边的环境状况,摸清所有细节……"

"我去环奇,通过环奇自己的网络,找到环奇的经济来往,一并找出配方。"艾米拉说。

"我在外围配合协助你们,必要时我会增派人手……"他看了看手表,"今天是周四,我们周六行动,假期时间,人少不易暴露。"

艾米拉不认同这种说法:"人少更不利于行动,人多可以浑水摸鱼,人少会暴露身份,最好明天就行动。"从艾米拉坚定的眼神里,老迈克看到了一线胜利的希望。

"艾米拉,你妈妈的病好点没有?"迈克离开后,老迈克叫住了即将离开的艾米拉。

艾米拉扭头看着老迈克,微微一笑:"时好时坏。"

老迈克说:"你爸爸经常回家吗?"

艾米拉索性转过身,面对老迈克:"他每天都想回家,只是……"艾米拉轻松地歪了歪头,嘴角上翘,笑而不语。

老迈克读懂艾米拉微笑中那份无奈,下意识地点着头:"我有多久没去你家做客了?"

艾米拉有些惊讶:"如果你有时间,随时都可以。"

老迈克微微抬起的眼皮似乎等待艾米拉的再次肯定,艾米拉心领神会地说:"我帮你安排,长官。"

十几年的光阴,老迈克和艾瑞家的感情因为两个孩子从陌生变得亲近,如今艾米拉和迈克都长大成人,两家人虽然来往减少,但感情依然牢固。

第七章 阴谋触角

也许在老迈克心里，儿子和艾米拉的感情似乎应该有个说法。

得知老朋友来做客，艾瑞提前回家。因为没有艾米拉帮忙，许久没有配合老婆做家务的艾瑞显得有些手忙脚乱。

"迈克呢，为什么不一起来？"艾瑞见迈克没有前来，试探性地问老迈克。

"他们都有任务，就不来了。"

"难怪艾米拉也说有事要做。"

"你的助理呢？平时不来家里做客吗？"

艾瑞看了看妻子，有些尴尬："呃，他……他平时都在实验室，不常来，不常来。"

为了迎接这位身份特殊的客人，艾瑞拿出了珍藏的堪称澳洲最贵的莱尔德（Laird）葡萄酒，令老迈克感到万分的荣幸。

2005年时，艾瑞回香港时受朋友相赠这款莱尔德（Laird），因售量有限，业界称可媲美法国的西拉（Syrah）。艾瑞一直不舍得喝，但今天面对老迈克，他拿出这瓶珍藏，不仅是为了招待好友，也是为了将艾米拉和迈克的事就此化解，做个了断。

席间，老迈克品着这瓶限量的美酒，似乎已经明白艾瑞的用意。

"艾米拉和迈克的事……我……"艾瑞知道一切都因杰森的出现而发生了巨大的变化，为表诚意，他先开口。但这句吞吞吐吐的表述，让原本轻松的气氛瞬间变得尴尬。

老迈克听出艾瑞语境中的为难，微微一笑："我知道，这个事迟早得有个结果，但让你说，还不如我来说。"

艾瑞夫妻尴尬地低下头。

"他们也不小了，小时候的约束不应该成为他们追求幸福的障碍，迈克的思想工作我会做，我也不希望因为这件事，伤害到我们两个家庭，艾米拉有权利追求自己的爱情，我相信迈克也会遇到自己追求的目标。"老迈克一番话，打破了世俗的薄膜，瞬间消融了艾瑞夫妻的尴尬。

黛西对艾米拉疏远迈克的行为有些不开心，但杰森的出现似乎又无可厚非，这种内心的矛盾也加剧了母女之间的隔阂。

艾瑞看得出老婆眉宇间的那份不悦，急忙转移话题："既然我们没什么意见，晚辈的儿女私情就让他们自己做主吧。"

艾瑞递上的酒杯，似乎意味着这个话题就此结束。老迈克点点头，端起酒杯，两人一饮而尽。

"黛西今年想给艾米拉的生日举办个小型的音乐会，届时还得请你大驾光临……"艾瑞笑着看了看黛西。老迈克投来惊喜的目光，黛西急忙笑脸相迎。

艾米拉的事竟然如此简单地画上了句号。黛西松了一口气，心情再度好转。

迈克知道父亲去艾瑞家做客，并未曾通知父亲和艾米拉，将计划提前一天。迈克通过自身的关系，在海关找到了环奇自己的码头仓库。

午夜时分，阴雨笼罩整个码头。灯光闪过的水面，如此黑暗深邃，雨点消沉地落在水面，溅起柔柔的涟漪，近乎使人迷醉。但因过分安静的渲染，又让人感到暗自发冷。

一辆汽车停在仓库门口，岗哨和汽车司机接头，似乎在确认对方身份。随后，守卫打开仓库大门，汽车缓缓驶入，躲在油桶后面的迈克急忙滚入车底，随车进入仓库。

迈克进入仓库后，躲在巨大的集装箱后面注意观察。除了司机，汽车后厢门打开后，又下来一位工人，开始卸货。

"周一最后一批货全部生产完成，晚上可以全部运到仓库，最快周二可以全部装船。"

迈克探出脑袋，看见仓库的守卫和司机窃窃私语。司机走进仓库里的一间小屋。工人在仓库门口探出头左右看了看，关上仓库大门，再次回到仓库。

随车的工人卸完货后，自觉地进了后车厢。迈克利用这个机会，抽查仓库里的货，在检查中，迈克发现了一箱子弹，接着发现了不同型号的枪支。

这时，司机走出小房间。迈克瞅准时机，一跃跳上后车厢。司机上前关好车门，和仓库的守卫打招呼开车离开。

而此时的迈克，早已躲进后车厢。汽车颠簸地离开仓库，驶入平坦的公路。

车厢内，工人被胶带封住了嘴，眼睛也被蒙住。迈克蹲在工人的旁边，用匕首在工人的脸上蹭来蹭去。

"我问一句，你回答一句，如果让我感觉你说错一句，我就在你身上留一个记号。"由于工人被蒙上了眼睛，所以在威胁面前，恐惧感要被放大无数倍。

迈克用匕首反复刮蹭工人脸上的汗珠，工人吓得躲闪，喉咙里不停地发

第七章 阴谋触角

出声响,似乎向迈克妥协。迈克犹豫着撕开了工人嘴上的胶带,没等迈克逼问,工人喘了几口气:"你想知道什么,快问吧!"

"刚才送来的是什么货?"

工人犹豫间,迈克的匕首向上移动了一点,工人不敢撒谎,只好乖乖回答:"是药品……不…不…准确地说是毒品"

"从哪里来的毒品?"

"环奇制药。"

"这么多都是毒品?"

"不全是……"

"怎么才能看出是毒品?"

"外包装的颜色……只有绿色的才是药品。"

"这批货要发到哪里?"

"我只知道发往牙买加,其他的我不知道,求你放了我,我保证什么都不说……我们这里值班的人相互都不认识,只认工号,所以只要我不说,就不会有人知道,求求你放了我吧。"工人央求迈克。

"军火是哪儿来的?"迈克再次追问军火的事。

工人连忙回答:"我平时只负责搬运药品,军火的事一概不知,真的不知道,求你放了我,我什么都不会说,真的不说……"

……

老迈克离开艾瑞家时天色已晚,已然沉醉的他勉强骗过艾瑞夫妻的眼神。见艾瑞夫妻回家后,老迈克摇摇晃晃走向自己的汽车。

对面楼里,那双不曾离开的监视眼,顺着枪管的瞄准镜对准老迈克。只见老迈克站在马路边,毫无意识地开始小便。

监视者放下枪,苦苦一笑。

远处的老迈克,倒在草坪里……

第八章 危机四伏

一

大卫带着自己的"黑客小联盟"正在角逐一个游戏开发的参赛名额。宽敞明亮的大厅内坐着两排选手，各自的小团队在身后为其加油。为了公平公正的比赛规则，游戏开发商规定同一款作用的软件，在规定时间内完成者，入选第二梯队，进行下一轮角逐。

胖妞、托马斯、阿呆三人推荐大卫作为代表，参与比赛。胖妞三人围在大卫身后加油助威。大卫目不转睛，忘乎所以地投入比赛，娴熟地操作键盘，巧妙将一个个字母连成数据。

这时，胖妞手中的电话响了，胖妞急忙捂住电话，看了看大卫，见并没有影响大卫，她又看了看托马斯和阿呆。托马斯瞪着眼将胖妞推向一旁，示意不要干扰大卫的比赛，胖妞紧走几步离开比赛大厅去接电话。

"彩铃？什么彩铃啊？"胖妞看着来电显示，接听了电话："喂……"虽然是在门外，胖妞还是小声接听。

"你谁啊？"电话里传出一个女声。

胖妞不假思索："我是大卫的女朋友啊，他现在正在比赛，你一会儿再打吧。"

"什么？女朋友？大卫什么时候有了新的女朋友？你告诉大卫，那我跟他分手了，不要脸……"电话里的女声骂骂咧咧，挂了电话。

胖妞拿着电话，忽然觉得说错了话，急忙解释："我是大卫的朋友……女的……就是女朋友……"胖妞觉得怎么说都别扭，"对了，那你是谁啊？"胖妞想到这里，再次拨通了对方的电话："喂，你是谁啊？"

第八章 危机四伏

"有病啊，还给我打电话……"电话又被挂断。

胖妞还在纳闷，却不知大卫已经站在身后，胖妞回身看见大卫，自己被吓了一跳，手机差点儿脱手。大卫伸手去抢手机，胖妞着急地问："比赛结束了啊？怎么样？我们晋级了吗？"

大卫没有回答："谁给我打的电话？"

阿呆对胖妞说："我们第一个完成，成功进入第二轮竞赛。"

大卫猝不及防，胖妞惊喜地上前亲了大卫一口："我就知道你最棒。"

大卫表情怪异地擦着脸上的口红，再次抢夺手机："快给我电话！"

胖妞交给大卫手机："是个女的……"托马斯和阿呆听说是个女的，仰头失望。

阿呆走到胖妞身边悄声说："是不是大卫的女朋友，你说了什么？"

大卫打了几个电话都没打通，他拿着电话冲着胖妞怒目而视。阿呆见大卫如此模样，推了推胖妞示意快跑，胖妞不明白阿呆的用意，看着大卫，自己还一脸无辜。

"她是谁？"胖妞怯怯地问大卫。

大卫瞪着双眼凑近胖妞狠狠地说了句："怎么不把你胖死呢……"

胖妞嘿嘿地笑了："我知道你不喜欢胖的，我正在减肥。"

"啊……"大卫一声大吼，胖妞吓得撒腿就跑，大卫在身后穷追不舍。

"你个死胖妞，我的彩铃儿……"大卫边追边喊。

大卫没有打通彩铃的电话，只好亲自上门。大卫拿着一束鲜花，嘴里叼着标志性的心形棒棒糖，脚步急促，表情严肃，衣服也没来得及换。灰色的爵士帽，绿色小衬衣让他那圆滚的身材尽显无遗，下身穿一条七分裤，脚上踏着一双拖鞋。原本怪异的着装，加上大卫急促的脚步，像是梅里埃原始电影里的小丑。

大卫忽然停了下来，顺着大卫的目光，一对情侣十指相扣，甜蜜相依，朝大卫的方向走来。大卫紧张地压低爵士帽，用花挡住了自己的脸，棒棒糖却不慎被花碰掉，落在了地上，不巧的是正好落在这对情侣的脚下，女孩的鞋子踩过棒棒糖，心形支离破碎。情侣踩着棒棒糖和大卫擦肩而过，大卫手中的鲜花落在了地上，正好盖住了破碎的棒棒糖。看着地上的鲜花，大卫谨慎地侧转身，看着远去的情侣，嘴里发出了轻轻的呢喃："彩铃儿……"接着，爵士帽下的双眼流下了伤心的泪水。

一位年轻妈妈带着儿子捡起了大卫的花，将花交给大卫，年轻妈妈想安慰安慰大卫，但见儿子捡起地上的棒棒糖往嘴里送，年轻妈妈急忙去拦住儿子，大卫手中的花再次落地。大卫伤心离去，年轻妈妈抱起儿子摇头不语，儿子却看着地上的棒棒糖，向往不已。

大卫天生胆怯，自以为是胖妞引起的误会，但在亲眼所见后，他明白胖妞只是点燃了自己和女朋友之间的那根即将断裂的丝线。面对女友跟别的男人相依而行，大卫也没有勇气横在他们面前，夺回自己的尊严。

无人理解，无处诉说，大卫没有回家，而是来到了露西家，向露西袒露心声。

露西作为大卫多年的朋友，在大卫的生命中扮演着非常重要的角色。露西不仅是大卫的好友，也是艾米拉的好友。三人幼儿园时期相识，在艾米拉幼年屡遭母亲打骂后，两人出现在艾米拉的左右，安抚同等幼小的心灵。大卫当时也找到了可以保护自己的港湾，艾米拉在饱受母亲的打骂后，性格倔强的她便在大卫被同学欺负时，站出来替大卫打抱不平，而露西天生一副伶牙俐齿。两人文武并用，在保护大卫的基础上，也奠定了三人一生的友情。

坐在露西家的沙发上，大卫伤心地说："我又失恋了。"

露西身穿粉色的卡通睡衣，递给大卫一张纸巾，如母亲般安慰大卫："哟，男人哭吧哭吧不是罪……"

大卫见露西一副幸灾乐祸的样子，伸出舌头朝露西做了个鬼脸。

"说吧，是不是女朋友又被别人抢走了？"

大卫抬起头，怯怯地说："你怎么知道？"

"你这个废物点心，你就不能胆大点儿啊，你说你这么多年了，还这么胆小，废物点心，废物点心……"露西生气地跺着脚。

"我……"大卫一脸委屈。

"就你这样，还暗恋人家艾米拉，小时候让艾米拉保护你，长大了还让她保护你啊，你还暗恋艾米拉，你先练练你的胆子吧！"

大卫难为情地低下头："谁说我暗恋艾米拉了……"

露西也朝着大卫做了个鬼脸："我又不是胖妞，还不知道你暗恋谁。"

大卫想回击，兜里的手机忽然响起，大卫咬牙切齿地冲露西发狠，露西见大卫如此模样，劈头盖脸地打了过来。大卫在混乱中直喊："别打别打，是艾米拉，艾米拉来电话了……"露西听见艾米拉，又恢复了平静。

大卫指着手机："艾米拉，是艾米拉的电话，嘘……"

第八章 危机四伏

露西看着大卫哼哈哼哈地接完电话,急忙追问:"艾米拉说什么?"

大卫转身要走,露西一把拉住大卫:"你干嘛去啊?说来就来,说走就走。"

"艾米拉,艾米拉让我帮她破解个密码,我得回去,我得回去赶紧帮她想办法。我先走了啊,你,你有空上我家玩,对了,我的棒棒糖又没了,你是不是可以再送我点儿……"大卫嬉皮笑脸,夺门而出。

没有收到大卫的破译密码前,艾米拉找到老迈克,商讨行动前后的具体细节。看到老迈克脸色凝重,神情严肃,艾米拉有种不祥的预感。顺着老迈克的视线,艾米拉看见监控屏幕的地图上,红色信号灯闪烁不停。

艾米拉凑近,仔细看了看地图上的信号灯位置:"是1号码头。"

老迈克点了点头:"这是迈克昨晚发信号的地方。"

"现在呢?迈克现在在什么位置?"

老迈克关了监控屏幕:"现在联系不上……"

老迈克意识到儿子可能出事,艾米拉也意识到状况突然转变。

因迈克随身携带微型定位器,通过特工小组的卫星追踪,确定了迈克昨夜发出信号的具体方位,老迈克和艾米拉赶到了1号码头。

两人赶到码头附近,老迈克拿着望远镜望向仓库。仓库沉寂在码头一角,看不出有任何异常的变化。

"为什么不去仓库那边看看?"艾米拉对长官站在远处观察的行为表示不解。

"如果迈克发现了什么,我们现在贸然行动,很有可能会让到手的线索就此中断,而且迈克的安全也无法得到保障。"

"可是我们现在并不能因为定位器出现在这里,就确定迈克也在这里啊……"

老迈克放下望远镜,交给艾米拉:"我们回去吧!"

老迈克上了车,艾米拉看着长官上车的背影,汽车发出几声催促的笛声,艾米拉也无奈地走上车……

二

大卫紧张地盯着电脑屏幕里正在传输的数据,托马斯和阿呆也神情专注地盯着电脑，胖妞站在门口偷看，却不敢进去。

露西突然出现在胖妞身后，吓得胖妞张大了嘴，一只胖手捂着心脏。露西急忙塞给胖妞一支棒棒糖，胖妞大惊失色的脸像是被棒棒糖所感染，露出了甜蜜的笑容。露西笑着将自己的小胳膊并在胖妞的胳膊上，胖妞的微笑又收了回去，露西得意地走进大卫的工作间，胖妞想拦已经晚了。

当传输数据显示99%时，大卫兴奋地直起了腰，口中的"成了"还没喊完，露西一巴掌拍在了大卫的肩膀上，大卫几乎从椅子上跳了起来。露西见大卫夸张的反应，笑得前俯后仰，躲在门外的胖妞急忙转身跑开。胖妞胆怯的不敢接近大卫，由于自己说话失误，导致彩铃误会大卫，和大卫分手。而胖妞根本不知，大卫和女友的主要分手原因并不是那个电话。当然，大卫在这件事上只会告诉露西，而不会告诉别人。

大卫转身看见是露西，虽然满脸的不高兴，但又无奈："你……你怎么不说一声啊，总是神出鬼没的，吓死人了……哎哟，糟了糟了……"大卫说话间，再次回到座位，手指熟练地敲打着键盘。

露西拆开一个棒棒糖，亲手喂大卫吃，大卫幸福得像个孩子，就差让露西亲他一口。旁边的托马斯和阿呆挤眉弄眼，露西伸手便打。

"干脆你们俩成了……"托马斯对露西说。

"就是嘛！看得我们酸死了！"阿呆和托马斯一唱一和，似乎很快就想看到大卫和露西的恋爱关系。

"去去去，你们懂什么，我们是好哥们！"露西一巴掌狠狠地拍在大卫肩头："你干嘛呢，跟谁这么近乎，我来了你都不好好看我一眼，敲敲敲，再敲你那破电脑，我给你……"露西端起大卫手旁的饮料就要浇在大卫的键盘上。

大卫忽然起身挡在露西身上，饮料洒在大卫的T恤上，大卫呲牙咧嘴的，却不敢说话。露西瞪着大眼凑近大卫："你你你，你干嘛？你想干嘛？"

大卫再次坐下，舔着棒棒糖，胖妞不知从哪儿窜出来，拿着纸巾就给大卫擦衣服。

"我正在给艾米拉破译一个服务器密码，你就知道捣乱！"大卫推开胖妞，再次操作电脑，并对托马斯和阿呆说了句："又不是第一次见她，看什么看，开始吧，数据传完了。"

托马斯和阿呆回到座位，进入工作状态。

露西听到艾米拉，便不再纠缠大卫，看着大卫专心工作。

第八章 危机四伏

艾米拉在另一头，紧张地盯着电脑屏幕，等待大卫最新的破译结果。

原本分头行动的计划，迈克忽然失去了联系，生死不明，迈克的失踪让老迈克有了一丝不安，艾米拉也感到了某种紧迫感。如果迈克身份暴露，所有计划会不会泄密？如果迈克不会泄密，环奇就不会知道已经被特工部队盯上。经过老迈克和艾米拉一上午的研究决定，艾米拉按原计划冒险前往两个地方，环奇制药的网络服务器机房，以及环奇制药的实验室。

为了追查环奇内部资料，艾米拉联系到大卫，将自己执行的任务重点告诉了大卫，希望大卫能帮自己破解环奇的服务器密码。

大卫利用艾米拉的磁卡成功找到链接环奇的网络结构，并通过环奇在线的工作网络，和艾米拉配合，准确地定位了环奇的服务器所在地。艾米拉惊奇地发现，环奇的服务器地址和环奇制药工厂地址完全吻合。

在大卫等三人的努力下，环奇的外围防火墙终于被攻破，大卫也顺利地破译了服务器密码。

"艾米拉，搞定了！你那张磁卡的信息，我在原基础的程序上做了改动，但是你得找一台识别读卡设备，只要读出里面的数据，就可以完成二次修改。我一会儿给你传点东西，你把这套程序拷贝覆盖掉原卡的程序，这张卡就会无限期使用。"

艾米拉听着大卫的交代，连连点头："我明白，剩下的事我来完成……"

"等等，最关键的在后面，关于服务器的事我只帮你破译了外围的防火墙，我现在给你发另外一套服务器内网的破译软件，你得亲自到服务器机房，把我给你的这套系统连接到主机，到时候就可以为所欲为了。"说话间，大卫将已经完成的软件程序传给了艾米拉。

众人欢呼时，胖妞撅着嘴躲在一角，很不开心。

"这么快就搞定了？"露西似乎对此有些不解。

"是啊，我是谁啊，搞定，剩下的就由艾米拉自己完成了。"大卫神气地绕着工件间走了一圈。

"到底是什么东西啊，艾米拉要干嘛？"露西追问，但大卫也意识到自己对艾米拉的任务并不了解。他想了想后说："我也不知道，不过我对后面的事情不感兴趣，重要的是我帮到艾米拉了，这就足够了。"大卫的余光发现了门口的胖妞，脸顿时沉了下来。

露西留意到大卫的情绪后，安慰大卫："哎哟，不就失恋了嘛，多大点儿事儿啊，失恋了说明你还可以继续追求下一个女朋友，就凭你大卫……"露西指着大卫的工作间，"这么有才华的电脑天才……"忽然，露西凑到大卫耳边轻声说道："我看胖妞对你挺有意思的，要不你就从了吧！"露西说完捂着嘴偷笑。

大卫歪头偷偷看了一眼胖妞，胖妞又是高兴又是害怕。大卫又缩回头，再次沉默。

"大卫，我有个好主意，能帮你化解失恋的痛苦，能帮你疗伤，要不要我说出来？"露西卖着关子挑逗大卫的兴趣。

大卫只是抬头看了看露西，似乎并不感兴趣。

"失恋后的状态，要么就是狂吃狂睡，要么就是大哭大醉，当然这些都是极端消沉的选择，越是这样，越难走出失恋的阴影。其实呢，也不难，可以反过来，那就来些刺激的，比如去蹦极啊，去马路边搞点行为艺术啊，当然你大卫也不是那种敢于裸奔的男人；还有就是去参加残酷的训练，比如生存游戏，拓展训练，军训等等，让脆弱的心迎接最残酷的挑战，两种极端相撞后，脆弱的心也会强大起来。你说你想选择哪种？"露西似乎也很享受自己的这番话，说得手舞足蹈，托马斯和阿呆也听得心花怒放，似乎也想体验一把失恋的感受，然后按照露西口中的这些疗伤方法去试上一试。

大卫时而抬头看看露西，时而低头沉默。露西说完后，托马斯和阿呆期待地等着大卫发话。大卫坐在沙发上，却一言不发。众人见并没有挑起大卫的兴趣，目光再次投向露西。露西也没想到自己的话对大卫并没起到任何作用。

但就在这个时刻，大卫的电话响了。

露西一把拿起桌上的电话，看了看："哎，彩铃儿啊，是不是你女朋友后悔了，又给你打电话，大卫，我跟她说，这种女人让她最好滚得越远越好。"

大卫听到彩铃的名字，伸手抢电话。

胖妞见此情景，转身跑出工作室。

露西将电话塞给大卫，大卫没有看，直接接通了电话："喂，彩铃你听我说……啊……噢，不是啊……是，我是……啊，是吗？……不是不是……没有没有，我也非常激动……好的好的，谢谢谢谢……"随着大卫丰富的表情画上句号后，托马斯和阿呆凑近大卫，满脸充满疑问。只有露西背对着大卫，咯咯直笑。

"我们上次的比赛又有新的通知了，官方通知我们准备第二轮比赛……"

第八章 危机四伏

大卫说完，再次跌坐在沙发上。

托马斯和阿呆愣了愣，接着两人击掌祝贺，只有大卫似乎并不关心。

露西转过头看着大卫，拿出一支棒棒糖："乖，伤心的时候吃颗糖，心里就会很甜！"

大卫不仅帮艾米拉破译了环奇的服务器密码，还在阿伦的磁卡里二次写入时效。但最关键的环节是需要艾米拉自跑一趟环奇的服务器机房。

在迈克失踪，消息不明的情况下，艾米拉的心情也蒙上了一层厚重的阴影。她担心迈克出事，如果迈克出事，那自己去环奇制药，会不会也有危险？但事已至此，不能因为胆小怕事而退缩，不论环奇是刀山火海，艾米拉都得去闯一闯。

天色已晚，艾米拉开车急速行驶在沿海公路。一身黑色的小皮衣，副驾驶座上，放着一把银色的G17枪……

晚上，海边的灯塔处，停着艾米拉的汽车，在汽车旁边，停着杰森的摩托车。两人坐在灯塔下，看着远方的漆黑的海平面，艾米拉依在杰森怀中，心事重重。

"迈克执行任务时失去了联系，不知道情况怎么样……"

"他从小受父亲的指导，应该能应付一切危难，相信他，应该不会有事。"杰森安慰艾米拉。

"时间差不多了，我得走了。"艾米拉起身便要离开。

"艾米拉！"杰森叫住了艾米拉，艾米拉看到了杰森眼神里的担心。

"我不会有事的，你放心吧，别告诉我爸爸我去执行任务的事。"艾米拉淡淡地微笑，也许是想缓解杰森内心的担忧和顾虑。

杰森抱紧艾米拉，亲吻艾米拉的头发："答应我，完完整整地回来。"

艾米拉幸福地点了点头，转身离去。

离开杰森后，艾米拉来到了环奇的服务器机房。

在机房内，艾米拉找到了服务器主机，并按照大卫告诉自己的密码成功入侵进入环奇的内部网络。当艾米拉插入U盘拷贝文件时，操作屏幕上忽然弹出系统自毁倒计时，原以为万无一失的行动，忽然在这一刻令人感到窒息。艾米拉努力尝试取消自毁程序，但自毁程序毫无动静，为了不浪费时间，艾米拉只好再次拨通了大卫的电话。

此时，在艾米拉后方，有一个身影慢慢移动，逼近艾米拉……

第九章 龙潭虎穴

一

丛林中，一队全副武装、身着迷彩服的战士，分不清男女，也看不见相貌，个个手持枪械，小心翼翼地向前移动。沿着茂密的丛林，战士们借着大树和途中的坑洼地作为临时掩护所，很有规律地向前推进。冲在前面的人发现了河流对岸的营地，兴奋地向身后的队友招手发信号。身后的几名战友也随即兴奋起来，逐渐放松了警惕。在大家放松时，几发子弹打在冲在最前面的人身上，中弹后的人无声倒地。后面的人蜂拥而上，将中弹的人拖回后面的安全区域。大家举着枪，瞄准了四面，开始四处寻找射击目标。静寂的丛林中，除了几声虫鸟的嘶鸣，便是这群人均匀的呼吸。

忽然，中弹的人大吼一声："蛇，有蛇。"中弹的人离奇复活，撒腿便跑。

众人也随即散开，纷纷摘下面罩哈哈大笑，原来是一张张熟悉的面孔——大卫、托马斯、阿呆、胖妞，被击中的人正是露西。露西摘下面罩，花容失色地站在高处，指着刚刚躺过的坑洼地："蛇，有蛇。"

大家踮着脚，站在露西刚刚躺过的地方，却没人敢上前去看。

这时，大卫的电话响了。大卫接通电话后，听到艾米拉着急地求救："大卫，我进入服务器了，但在拷贝文件时激活了自毁程序，现在怎么办？"

"还有几分钟？"大卫追问。

"十分钟倒计时开始，已经过去一分钟了，怎么办？快帮我想办法。"艾米拉一旦被人发现，不仅会有生命威胁，还有可能影响全部计划。

大卫二话没说，疯狂地跑出丛林，趟过小河，来到对岸的营地。众人见大卫眨眼间不见了踪影，纷纷追上去。

第九章 龙潭虎穴

大卫打开营地的电脑，再次对接艾米拉所进入的服务器："你别着急，我已经连上了，因为当时并没有进入到拷贝文件这一步，所以没有发现这个自毁程序，我马上想办法让它瘫痪。"

在大卫操作过程中，露西、胖妞、托马斯和阿呆已经围住了大卫，他们似乎明白大卫当前的任务，个个观而不语。

"艾米拉，你别着急，相信我，我一定能破坏这个自毁程序，艾米拉……"大卫一边安慰艾米拉一边马不停蹄地操作，编写篡改代码。

看着大卫额头渗出的汗珠，露西不再是那个吵吵闹闹的女孩，她拿出一张纸巾递给胖妞，示意胖妞去给大卫擦汗，胖妞接过纸巾，小心翼翼地给大卫擦汗。

而另一头的艾米拉，有人站到了她的身后，用枪指着她的后脑勺。艾米拉意识到威胁降临，只好举起双手缓缓转身，在艾米拉转身时，上身下蹲，右手抓住了对方的手腕，艾米拉想用力甩掉对方的手枪，但对方情急扣动了扳机，子弹射在了地板上。艾米拉再想夺过手枪，对方已经有了防范，两人扭打起来。

大卫连呼艾米拉，忽然听见枪响，大卫的手指也停了下来。露西急忙催促大卫："大卫，你别停啊，快帮艾米拉。"大卫如梦初醒，再次操作电脑。

艾米拉一脚踹倒对方，并抢到地上的手枪，枪手起身想还手，艾米拉的手枪已经顶在了对方的脑门。枪手服从地举起双手，艾米拉用枪托打晕对方，她收起手枪，再次回到操作台。

此时的操作屏幕上，自毁程序倒计时已经进入最后的 30 秒，艾米拉紧张地盯着屏幕。不远处，被打倒的枪手慢慢苏醒，他从长靴中抽出一把匕首，起身再次逼近艾米拉。

倒计时进入 5 秒的时候，艾米拉闭上了双眼。也许是意识到威胁，在艾米拉闭眼的瞬间，她猛然回头，手枪对准了面前已经举起匕首的枪手，子弹射穿对方的头颅，匕首掉落，艾米拉飞起一脚，匕首插入一侧的墙壁。艾米拉再次回头，屏幕里仅剩的最后一秒倒计时用完，操作屏幕上弹出一个新的文件夹……

大卫擦了一把汗，如释重负地大喊一声，其他几人顿时欢呼起来，胖妞情不自禁地上前亲了大卫，大卫没有反应，大家陶醉在胜利的欢乐之中。

艾米拉得手后，并没有及时回去复命。她换上了杀手的衣服，将尸体扔进了冷却室。按照事先的路线，接着前往环奇的实验室。

在实验室的封闭门外，艾米拉停下脚步，看着入口的守卫，艾米拉观察的同时在想如何进入。眼前的每一道安全门口都有专人把守，进入实验室的人不仅要通过自动安检程序，还要通过守卫。即便是利用伪装的身份电子识别卡通过安检程序，似乎很难通过守卫的排查。如果自己的面孔被发现，后果不堪设想。经过一番思考，艾米拉没有继续往前，而是寻找其他进入实验室的办法。

绕过守卫，艾米拉趁人不注意，拐入洗手间。在洗手间，艾米拉发现了上方的换气通道入口，她爬上换气通道，由换气通道进入电梯间，利用电梯内部的钢丝绳，艾米拉直接攀上了顶层。在实验室顶层，有一扇巨大的活动天窗。天窗每隔30分钟便打开一次，每次停留10分钟，如果想从这里通到下面实验室，就必须在打开的10分钟内回到顶层，再等待30分钟后，再次下去。如果10分钟以内无法上去，天窗关闭的时候就会割断救生索。艾米拉对眼前的天窗，似乎早有准备，她将专用绳索固定在楼顶的钢筋环上，然后固定好自己的身体，小做调试后，艾米拉在天窗打开后，记住了时间，挽住绳索，下降至实验室内部。

艾米拉落在地面，首先将眼前的环境记在心头。在确定没有危险后，一排排实验器皿进入艾米拉视线，她逐一检查试剂的标签。看着这些陌生的试剂，艾米拉再次环视周围，实验室一角的冷却柜引起艾米拉的注意。艾米拉走到近前，伸手便要开启冷却柜。手指刚刚贴在操作按钮上，艾米拉感觉某种威胁正在靠近自己。艾米拉举起手，转过身后发现拿枪对着自己的人正是迈克。

"迈克！"艾米拉惊讶地叫出了迈克的名字。

迈克也看清了艾米拉，但在认出是艾米拉的同时，迈克忽然倒地。

艾米拉推了推昏迷的迈克，迈克睁开疲惫的双眼，想要说话。艾米拉见迈克极度虚弱，便将耳朵贴近迈克嘴边，但依然没能听清迈克说什么。迈克吃力地从怀里掏出两支试剂交给艾米拉，挥手示意艾米拉快走。

"你是不是受伤了？"艾米拉问迈克。

迈克的手指向一个方向，艾米拉顺眼望去，只见地面上升起蓝色的烟雾，艾米拉犹豫之际。迈克奋力推开艾米拉："快走……毒气……"

艾米拉明白地面升起的那是毒气，迈克也许正是中了毒气，才无法脱身。既然试剂得手，就没必要继续逗留。艾米拉扯下绳索拴住迈克，在毒气即将

第九章 龙潭虎穴

淹没两人时，艾米拉抓紧绳索，绳索模式自动开启，两人沿着实验室顶层的天窗安全离开。

迈克再次醒来时，发现父亲对着自己微笑。

老迈克笑着问："还认识我吗？"

迈克脸色苍白，但还是冲着父亲笑了笑。

艾米拉走到床前，将一束鲜花放在床头，迈克侧头看了看："谢谢！"艾米拉心领神会地点了点头。

"如果不是艾米拉，也许我就看不到你了！"老迈克看着儿子语气沉重。

"是的，如果艾米拉不及时赶到，我可能会被环奇实验室的毒气毒死。环奇的实验室不仅制造毒品，还制造毒气。1号码头的仓库是环奇存放毒品的地方……"迈克想一口气将自己所知道的信息全说出来，但没说几句，便力不从心。

"我们已经去过了。"艾米拉告诉迈克。

迈克急切地追问："查到没有？"

老迈克摇摇头，转头吩咐艾米拉："艾米拉，晚上你带人进去看一看。"

艾米拉点头领命而去。

"你是怎么从1号码头到环奇的实验室？为什么不发消息……"

迈克在对工人逼问结束后，有些犹豫。

"如果留下活口，工人肯定会告密，不仅打草惊蛇，还有可能自身难保；如果杀了他，既可以保证短期内不会暴露身份，还可以争取更多的时间……"

离开仓库的汽车连夜赶回工厂，途中司机下车小便时，发现了箱车的后门有些松动，司机犹豫地打开车门，见车里的工人在睡觉，司机鄙视地笑了笑，再次关好门，开车离去。司机并不知道，此时的工人其实已经是迈克了。迈克在短暂的心理斗争过后，杀了这个车里的工人，换上了工人的衣服，在汽车拐入山路时将尸体推下山崖。

迈克一路跟随司机来到了环奇的秘密工厂。由于着装的掩护，迈克骗过了司机，顺利进入生产车间。

车间机器的马达作响，上百号工人正在按流程加工药品，迈克的出现，并没有打乱工人们各司其职的工作热情。迈克在通行中，余光扫过车间的每一个逃生通道，并铭记于心。除此之外，迈克必须在这个陌生的环境下，尽快找到新目标。

在仔细搜索后，迈克发现了正在运输成品药箱的工人，他机警地紧跟其后，来到仓库。仓库内所有箱子都是绿色外包装，根本没有工人所说的红色箱子。迈克又离开了仓库，在仓库外面，一名身穿绿色工服的工人走到近前，对着迈克小声说："这里不是你们的车间，快点离开。"

迈克猛然发现自己的红色工服和所处的车间工服完全不一致，自己是红色的，而这里全部都是绿色的工服。很显然，生产车间以衣服颜色划分生产区域。

在迈克前方的通道口，有位身穿红色工服的工人招手，迈克急忙走上去。身穿红色工服的工人问："新来的吧？"

迈克的喉咙里发出了模模糊糊的话："是！"

工人头也没回："新来的工人开始都会走错路，不过一定要记住，不是每次都这么幸运……"

跟着前面带路的工人左转又绕，来到了一扇防护门外，工人输入密码的时候，迈克看在眼里，记在了心里。厚重的铁门打开，展现在眼前的又是一个车间，但这里的车间远远不及刚才的车间空间大。的确，这里的工人个个身穿红色的工服。迈克不禁暗喜，这种喜悦被带路的工人看在眼里，带路的工人笑了笑，拍着迈克肩膀说："快去换上防护服，记住刚才走过的路，不要再走错了。"

迈克点点头，顺着手指的方向来到了换衣间，凭着自己工服上的编号，迈克在一位瘸腿大叔处领到了一套防护服。

再次回到车间，迈克发现了搬运货物的工人。于是，他再次跟随工人，终于找到了存放红色药箱的仓库。仓库里摆满了整齐的印着红字的箱子，迈克心中暗喜，他打开一箱药，发现和当初阿伦身上搜到的药盒如出一辙，药盒里所谓的药品，也跟阿伦身上的药品味道相同，迈克肯定这正是浓缩毒品。

二

翌日清晨，万物苏醒，生命再次迎接新的曙光。太阳露出慈祥的微笑，洒下万丈光芒。环奇从夜梦中苏醒，工人们穿梭的身影，让这里再次迎来繁

第九章 龙潭虎穴

忙的一天。查理早早来到地下的车间，急不可耐地督促工人们加快进度。

一名手下上前汇报："查理，根据送货的司机汇报，一直跟车送货的工人失踪了。"

查理听到这个消息，急忙回转身："人呢？在哪儿失踪的？什么时候？"

"目前还没有找到，不过已经派出人手在寻找，时间在1号码头送货的晚上，之后就没有了消息。"来人逐一解释。

"去把司机找来。"查理焦虑地来回踱步，可见这件事似乎非同小可。

手下带着司机走进仓库，查理不耐烦地向司机招手，司机胆怯地解释："我今天早上去叫大傻装货，才发现他昨晚根本就没回来，可我记得清清楚楚，我们是一起回来的。"

查理一把拉过司机，吓得司机直躲："你好好想想，你们一起回来后，你跟他说过话吗？"

司机想了想，摇摇头。

"途中你跟他说没说过话？"

司机又摇摇头，查理有些懊恼，举手要打司机，司机急忙跪下说："我想起来了，我在沿海公路2号出口下车小便的时候发现车门没关好，我关车门的时候大傻还在车里啊。"

"当时他在干嘛？"

司机挠挠头："他好像睡着了，我没管他，就开车回来了。"

查理有些不解："睡着了？"

司机点头说："他以前每次上车都睡觉，呼噜声比较大，后来嫌他烦，就让他去后面了。"

查理皱了皱眉："走，去你停车的地方看看。"

司机满脸疑惑，但还是跟着查理走出仓库。

由司机带路，查理来到沿海公路2号出口的位置。司机下车确定自己撒尿的地方后，查理观察周围的地形，走到公路边缘，向下探望。

"你们下去几个人去看看……"查理指着陡峭的公路下方。

几个手下谨慎地向下滑去，司机缩着身子往下看。

不一会儿，下面的人传来了声音："找到了，大傻，是大傻……"

查理看了看司机。司机瘫坐在地，两眼发直。查理让下面的人将大傻的尸体好不容易抬了上来，再看大傻的尸体，已经摔得血肉模糊，根本无法认清面容。查理挥了挥手,让司机过来辨认,司机吓得两腿发软,走到尸体旁边。虽然血肉模糊,但通过衣服和形体,司机确定了大傻的身份。

大傻怎么摔下山路成了司机无法揭开的谜团,但在查理看来,1号码头,包括环奇的实验室都有可能暴露。

查理回到环奇的实验室,通过三道把守的安全门,来到了艾米拉曾经救走迈克的地方。看见被打开的冷却柜,查理凑上去看了看,问旁边的守卫:"这是怎么回事?"

"冷却柜被打开,毒品试剂不见了,这里肯定有人来过。"守卫紧张地向查理汇报。

查理看了看上面的天窗:"走,去上面看看。"

众人再次随查理来到楼顶天台处的通风口,查理检查天窗周围时,发现了一些脚印,以及被破坏的天窗装置。

查理没有说话,拨通电话:"有人杀了送货的工人,来过实验室了……是!"查理挂了电话,挥手对手下人交代:"走,去1号码头。"

……

按照老迈克的命令,艾米拉趁着夜色,带了几名队员前往1号码头仓库,证实迈克所查到的证据。

此时的1号码头,万籁俱寂,一片漆黑。艾米拉等人悄悄潜伏在仓库周围,大家以时间为信号,时间到达时,特工队员从各个角落摸进了仓库。队员们在仓库仔细搜寻后,发现仓库内并没有迈克所说的大批货物。

艾米拉及时向老迈克汇报情况:"还是来晚了一步,货被转移了,没想到他们这么神速。"

艾米拉走出仓库,准备离开时,几声枪响打乱了众人的脚步,艾米拉下令隐蔽,枪声戛然而止。

在黑暗的角落,有几个身影向艾米拉的方向移动。

"撤!"艾米拉下令。

队员们悄悄靠近自己的汽车,一名队员伸手要打开车门,几发子弹打穿了队员的手掌,队员惨叫着撤回汽车后面。艾米拉见有两个蒙面人接近汽车后面的队员,伸手从靴子拔出一把匕首,在蒙面人即将靠近汽车时,甩出一把匕首,扎在蒙面人的脖子上,蒙面人倒在地上,另一人的枪对准了艾米拉。此时,躲在汽车后面的特工队员忍痛打飞了对方的枪,两人扭打在一起。艾

第九章 龙潭虎穴

米拉翻滚到车后,帮助队员将对方控制,受伤的特攻队员愤怒地将匕首插进蒙面人的心脏。

与此同时,另外两名蒙面人和其他几名特工队员打成一片。

"快上车!"艾米拉让受伤的同事急忙先上车,自己再次加入另一场激战。随着艾米拉的加入,蒙面人打光了所有子弹,双方空手对抗。艾米拉叫停了队员,和对方单打独斗。两名幸存的蒙面人不堪艾米拉的重击,连连被打。蒙面人似乎意识到自己的处境,开起早已准备好的汽车,仓皇逃走。特攻队员想要追击,被艾米拉制止。

艾米拉集中队员,发现几名队员身受枪伤……

老迈克站在会议室内,焦虑地走来走去。这时,桌上的电话响了,老迈克接起电话:"艾米拉,快汇报情况!"

"货已经被转移,我们离开时遭遇伏击,有队员受伤,对方两人被打死,两人逃跑。"老迈克愁眉苦脸地放下电话。

艾米拉撕开两个已死的蒙面人,搜身后并未发现任何有价值的东西。随后,艾米拉命人将两具尸体就地掩埋。

两名逃离的蒙面人虽然逃离,但其中一人身受重伤,命在旦夕。两人开车来到一处隐秘的地方,轻伤的蒙面人为重伤者简单处理伤口后,拨通了电话。

"我们失手了,两人被打死了,还有一个重伤,需要及时治疗,最好能给我们找个安全的地方……"轻伤者打完电话,疲倦地跌坐在地。

在另一处码头仓库,几辆大卡车陆续驶入仓库,紧跟其后的汽车正是前往1号码头送货的汽车。不同的是这个码头有军人站岗。

伏击1号码头的蒙面人开的车驶入码头,轻伤者下车走进仓库。仓库内灯火通明,工人们正在忙碌卸货,这批货正是1号码头仓库的货。

轻伤者走到一个背影身后:"我回来了。"

"有没有什么收获?""背影"没有回头。

轻伤者有些胆怯,不敢说话。这时,有人拍了拍他的肩膀,他吓得回头查看,后面站着一位身材高大的黑人,黑人冲着自己微笑,露出一嘴白牙。轻伤者见对方没有敌意,稍稍有些放松,却遭到黑人的一顿拳击。

"别打了,阿泰,你怎么自己来了?"说话的是"背影"。

黑人停手后,阿泰捂着腹部,吃力地回答:"我哥哥受伤了,他来不了……"

这时,背影转了过来,背影原来正是查理。查理从兜里掏出一沓钱,拽着阿泰的手，放在了阿泰的手中。

阿泰感激地看着查理，连连点头感谢。黑人拽着阿泰的衣服，拖出了仓库。

阿泰走后，查理向黑人交代："去找，不能让他们活着，办不好事，还添麻烦的人，一定要处理干净……"

第二天，艾米拉准时到达会议室开会研究环奇的案子。艾米拉的小组组长身份被取消，但依然是个普通队员。除此之外，迈克身体基本恢复，也赶来参加。

老迈克坐在中间，问艾米拉："受伤的队员怎么样？"

"没有生命危险……"艾米拉回答时，将塑封袋的弹头放在老迈克面前，"这是从队员身上取出的弹头，这种子弹似乎只有军方才有……"

老迈克拿起弹头辨认："这件事交给我来查，我们研究最近几天的进展。从一开始，我们就知道，这条线索的对手不仅仅只是为了贩毒，相信有一天，我们能把所有证据都挖出来，将他们绳之以法。为了避免走漏消息，其他人的参与权被我否了，但这样做并不代表他们不能参与其他工作。你虽然不是组长的身份，但在这件案子里，我会给你足够的特权……"

艾米拉打开电脑，打开拷贝的环奇资料："根据环奇内部的资料显示，最近有一批货要发往牙买加……我要补充的是，牙买加的客人不仅仅是这次出现，在这之前，环奇的账务里和牙买加的来往非常频繁。"

迈克淡淡地说："1号仓库的货也是发往牙买加，应该是同一批货。"

"从时间来看，应该是同一批货……"艾米拉做分析。

"我们目前掌握的信息已经足够了，迈克不仅证实了环奇贩毒的证据，还查到了环奇的仓库里有军械，也许毒品是意料之中，那军火便是意料之外，环奇只是个制药公司，为何仓库里藏有军火？我追查这么多年的军火走私案是不是环奇所为？"

"等环奇的毒品试剂分析结果出来，也许还会有更多的答案……"迈克说着话看向艾米拉。

第十章 生死交锋

一

"第二届环保峰会"的竞标会上,马丁带着自己的秘书麦琪参加竞标大会。

马丁的集团公司旗下拥有生物、制药、时尚、化工、运输,以及为集团业务所成立的基金会。基金会不仅扶持自主科研项目,还专门成立了慈善专项基金,面向少年儿童等未成年人群体展开援助,并提供专业的法律团队,维护这批弱势人群的社会权益。马丁对于慈善的贡献,深得业界的尊崇。

力争为环保峰会作出一份贡献,马丁拨款成立人道主义援助基金,想竞标入围,为大会提供医疗等各项援助。

由于此届环保大会涉及亚洲各个国家,参与竞标的集团公司在国际间均有不同的贸易往来,为了让更多的企业参与其中,环保组织设定竞标规则,公开竞标项目,不仅提高民众意识,同样也将环保的重要使命传达至世界各地。

"环境保护将成为全球各个国家面临的巨大挑战,目前,不仅是国际环保组织的,也是我们每个地球人的责任……"

马丁的发言完毕,掌声哗然。有人交头接耳,相互交流,麦琪看着众相,得意而笑。马丁在掌声过后,也面露欣慰。

忽然,在众多参与竞标人群中,有人站出说:"论维利集团的实力,毋庸置疑,但在近几年间,有很多关于维利集团介入毒品生意的传闻,试问这样的集团公司有什么资格参与竞标……"

马丁脸色难看,麦琪没等马丁发话,起身对答:"其实,听信传闻的人,正是制造传闻的人,一个活在传闻里的人,还如何取信于人,这位老板仪表堂堂,想必是被人蛊惑吧……"随着麦琪一番话,马丁的脸色有所好转,面带微笑。

麦琪不卑不亢的几句话再次引起会场一片哗然，竞标主办方为阻止事态的发展，急忙出面缓和双方的情绪。

"大家目标一致，都是为环保事业做一份贡献，请大家注意言辞，以和为贵。凡是出现质疑的，我们会公平公正地给大家提供一个良好的竞标平台，满足各位企业家的一片诚意……"主办方代表官方发表评论，平息了即将引发的口舌之争。

表面虽然平息，但马丁为此表现极为不满，他愤怒地带着麦琪离开会场，麦琪有些不解，急忙追问："老板，竞标大会还没结束，我们不必计较这些恶意行为……"马丁挥手，执意离去。麦琪只好停下脚步，看着马丁离开。

马丁突然离开，是因为一个极为重要的电话，马丁离开会场，找到一处僻静的走廊，开始接电话……

特工小组的监控大屏幕上，两个红色的信号源不停地释放信号。老迈克、艾米拉和迈克等特工队员注视着大屏幕上的信号源。

老迈克说："艾米拉昨天晚上和1号码头的蒙面人交手中安放了微型纳米跟踪器，我们通过全球定位系统，找到了这两个信号源。从信号分析，逃走的两个人很有可能分开了，根据我们排查，这个地方释放的信号是一处闲置的大楼，这里很有可能是对方藏身的窝点。而这另外一个信号，是军港附近的一个码头，走这个码头的货基本上都是经过军方，海关只是象征性地检查检查。这个闲置的大楼也许好查，但这个军港的码头，有些难度……"老迈克说话的时候，手指在两个信号源之间指指点点。

"如果按照迈克所说，留在这座闲置大楼里的人和军港的人之间，肯定有人是去报信，但不排除其中有人已经死了，我想有必要查清楚其中一方……"艾米拉说出自己的分析。

老迈克认可地点点头："军港的码头不好查，但我们可以利用这个人查出所有真相……"老迈克指着闲置的大楼信号灯，看向艾米拉。

"我先去这里，查清大楼里的情况，就能知道他们分开的原因。"艾米拉请命去执行任务。

老迈克看出艾米拉坚定的眼神，同意了艾米拉的请求："好，见机行事，随时汇报！"

第十章 生死交锋

会议结束后,迈克在走廊里叫住了艾米拉:"艾米拉,我想请你帮个忙……"迈克希望通过艾米拉的同意,前往艾瑞的实验室,分析从环奇拿到的毒品试剂。

艾米拉有些犹豫,但最终答应了迈克的请求:"我跟我爸爸说,你晚点去。"虽然艾米拉并不知道迈克这一次找父亲的目的,但迈克执着在父亲的实验室里找线索,已经被艾米拉默然接受。她感觉迈克的确有着不同常人的专业技能,以及职业敏感度。

艾米拉答应了迈克,并将迈克的想法告知了父亲。想到女儿第一次跟自己谈这件事,艾瑞隐约感觉到实验室背后的事似乎只有迈克能帮到自己。其实在迈克不断的追查和猜疑后,艾瑞也意识到了一些过去未曾发现的疑点,艾瑞也开始寻找关于安迪跳楼致死的真相,还有这个实验室背后到底有着怎样错综复杂的利益交织。

迈克再次出现在艾瑞面前时,艾瑞表现得很平静。

"我想找你有点事……"迈克看着艾瑞,似乎等待艾瑞发话同意自己坐下。

艾瑞似乎在思考,两人眼神来回对视,各自猜测。

"坐吧!"艾瑞给迈克让座。

迈克看了看没有关闭的实验室封闭门,艾瑞启动自动开关,实验室的门缓缓关闭。

"有什么事,你说吧!"艾瑞坐在迈克面前。

"给你看一样东西……"迈克递给艾瑞一支U盘。

艾瑞将U盘插入电脑,电脑显示各种试验公式和数据,并配有各种辅助说明。

"熟悉吗?"迈克见艾瑞看得入神,不禁提问。

"你从哪里得到的?"艾瑞头也没回,反问迈克。

"我还有一样东西给你。"接着,迈克掏出一支试剂,递给艾瑞。

"这是什么?"艾瑞有些诧异,接过试剂,仔细观察。

"你去分析一下就知道这是什么了。"

艾瑞盯着迈克,似乎很想知道。

"其实我也不知道,你是这方面的专家,我想请你帮忙!"迈克耸耸肩,似乎等待艾瑞马上去分析试剂的化学成分。

"可我不是你们的直属部门。"

"如果是别人查到的结果,便与你无关,我觉得你有必要亲自知道……"

迈克那双不可拒绝的眼神，让艾瑞无法抵抗。艾瑞起身走到试验间，开始做化学分析。迈克透过玻璃门，拭目以待。

不久后，艾瑞走出试验间："这份实验报告是安迪的，但这试剂的化学成分不完全是，准确地说这不是化学试剂，而是一份毒品提炼的液体，这份试剂可以加工成为固体毒品。"

迈克掏出环奇的药盒："如果我没猜错的话，这里面的固体药物正是从那瓶试剂提炼而成的。"迈克交给艾瑞，艾瑞拆开包装，取出一粒药，仔细端详。

这一次，迈克换上了衣服，随艾瑞走进了实验室，迈克看着艾瑞一步步地做完实验检测。

"没错，完全符合！"艾瑞摘下口罩。

迈克也摘下口罩："安迪生前和环奇集团是什么关系？"

艾瑞没有说话，径直走出实验室。

"想想你和安迪有没有跟环奇有关系的朋友，也许所有疑问都能解开。"迈克看着艾瑞情绪陡转，并无心回答自己的问题，更别说彼此探讨了。迈克便不再多问。

"是谁得到了安迪的'洋葱晶'成果？又是如何到了环奇制药的手里？安迪真正的死因是不是跟'洋葱晶'有关……"

这些问题瞬间闪现在艾瑞的脑海，原本沉寂多年的往事，在迈克接二连三的追查下，虽然扑朔迷离，但似乎也离真相越来越近。艾瑞隐隐感觉安迪的死似乎跟当年丢失的儿子并无关联，但这一切仅仅只是初步的线索，在真相没有水落石出时，自己又该如何面对？是等待迈克追查的结果，还是自己独立寻找线索？但艾瑞想到自己只是个科学家，跟迈克的职业大相径庭，虽然女儿身为特工，但在这件事上，他并不想连累女儿。

这一系列的问题，在和迈克见面后的几天里，一直困惑着艾瑞。艾瑞想了几天，忽然想起了一个人……

艾瑞告诉艾米拉："爸爸最近试验比较多，你替我多陪陪你妈妈……"艾瑞似乎在做某种安排。这一次，他没想好是否要将自己心中的安排告诉杰森，让杰森帮自己打理一些事情。艾瑞没有想好之前，他独自盘算着，并没有透露一句，甚至一个细微的行动。

艾米拉在卫星定位的帮助下，顺利地找到了那座被闲置的大楼。大楼周

第十章 生死交锋

围杂草丛生,除了楼前的一条马路,似乎找不到人们生活的痕迹。马路上偶尔穿过几辆汽车,艾米拉无心留恋这片荒地,更无心打量这处废旧的楼盘。艾米拉转动手表上的定位追踪指南,闪烁的信号灯表明正在接近,艾米拉拔出枪,轻声进入大楼。由于大楼电梯早已拆卸,艾米拉只能一层一层地爬楼。楼层不高,艾米拉在第五层的时候看了看手表,手表的卫星定位闪烁灯频繁闪烁,似乎已经接近目标……

五楼有一间房门,艾米拉推了推门,发现门被锁死,她绕近窗户,发现窗户虚掩。艾米拉推开窗户,跳窗而入。房间空间虽然很大,但光线昏暗,空气污浊。一张桌子,几把椅子,还有一支铁架,架子上挂满了各种男人衣服。艾米拉拨开衣服,眼前是一张大床,看不清床上的人,满地的带血纱布,一股刺鼻的血腥味扑面而来。艾米拉凑近,发现床上的人头部中枪,可以看出,死者已经死去多时。

艾米拉见无威胁,松懈地放下了枪。就在艾米拉放松警惕的时候,忽然发现对面的玻璃窗上,隐隐约约有人站在自己身后,与此同时,一支枪管顶在了艾米拉的腰间……

二

艾米拉去查闲置大楼,迈克便去了军港码头。

为了尽早让父亲完成这件大案,迈克跟父亲谈到了自己想去军港的想法。迈克的想法也得到了父亲的认可,但军港不同于其他码头,没有足够的特权,根本无法进入军港查货。老迈克无奈,如果请求上级的批准,不仅难度很大,而且时间已经来不及。既不敢贸然追查军港的货,也无足够的时间上报,所以,老迈克同意了儿子深入虎穴的想法。

迈克贴身携带了定位追踪系统、微型监听器等特工专用设备。迈克离开后,老迈克派人24小时监听儿子的去向。

靠近码头时,迈克观察并记录了军港的地形及出入军港的车辆规律、换岗的时间和人数等所有可以看到的变化。

艾米拉到了目的地,发现床上的人已经被枪杀多时,当发现身后有威胁时,艾米拉第一时间想到了被自己放走的另外一人。

"是你去了军港码头？"艾米拉试探地问，却依然不敢动身。

来人没有说话，再次逼近艾米拉。

艾米拉不敢贸然挑衅，只好放下了手枪。她试探性地转身，但很快被对方强硬地推在了墙边。透过玻璃窗的反光，艾米拉发现身后的人在检查床上的同伴，艾米拉趁对方转移目标，一个后踹，踢飞了对方手中的枪。

进来的人正是阿泰，阿泰离开仓库后，买了一些药品，便及时赶了回来。当他看到床上的弟弟已死，便以为是艾米拉所为，和艾米拉扭打起来。

艾米拉巧妙地绕开凶狠致命的招式，为了能得到一些消息，她得尽量不伤害阿泰。几招过后，阿泰已被艾米拉制服，艾米拉押着阿泰到床边，解释道："你听我说，人不是我杀的，我看到的时候尸体已经僵硬……"

阿泰看着床上死去的弟弟，瘫坐在地上的血渍里，近似崩溃。他用那双充满仇恨的眼睛瞪着艾米拉，一副视死如归的样子："开枪吧，我没什么可说的。"

艾米拉的枪对准阿泰，防止他的反击："如果不是你带人伏击1号码头，就不会有人找上门来杀人灭口。"说罢，从兜里掏出一条项链，收起了手枪。

阿泰夺回项链，惊讶地看着艾米拉："你怎么有我的项链？"

"我不仅有你的项链，我还知道你们离开码头后，来了这里。"

"你也跟踪我？"

"我在你的身上装了卫星跟踪器，72小时之内，你走到哪里都会暴露地点。"

阿泰听后开始脱衣服，似乎是想找出艾米拉口中的跟踪器。非礼勿视，艾米拉便侧了侧身做回避，不料阿泰竟然乘机去捡地上的手枪，艾米拉情急踩住手枪，和阿泰对视中又缓缓移开脚，阿泰捡起了手枪对准艾米拉。艾米拉镇定自若："试试看，谁先死。"

她原是想威慑阿泰，不动武力就能说服他，不想阿泰根本不信她，还是开了枪，但打出的是空枪，阿泰紧张地检查弹夹。

艾米拉从容地拿出弹夹："就你这样，还帮人行凶，谁用你你都会死……"

话音未落，艾米拉的余光发现了玻璃窗上闪过亮光。艾米拉意识到威胁将至，在子弹穿透玻璃窗的刹那，她推倒了阿泰，两人伏在地面，子弹射穿玻璃窗，密集地打在地板上，屋内瞬间变得尘土飞扬，凌乱不堪。床上死去的人也未免遇袭，子弹打在尸体上，阿泰看在眼里，咬牙切齿。他想爬起来，但自己没有弹夹，只好强忍怒火。

第十章 生死交锋

"有人跟踪你,这是要杀人灭口,如果你不想死,就跟我一起逃出去。"艾米拉躲在窗台下。

此时的阿泰似乎也明白了自己的处境,当艾米拉抛出弹夹时,阿泰眼疾手快接住弹夹,与此同时,装入弹夹的手枪向窗外射出仇恨的子弹。艾米拉也在同一时间,将所有的子弹都打了出去。两人躲在窗后,艾米拉开始换弹夹,窗外忽然变得安静。

"快走……"艾米拉靠近门口,门又被一阵密集的子弹射穿,两人再次退回了屋内。

无奈之下,艾米拉只好打开手表上的卫星呼救:"我有麻烦了,请求派人支援……"

老迈克接到艾米拉的求救信号后,第一时间派出待命的直升机接应艾米拉。直升机飞至楼顶,枪击渐渐消失,也许是杀手见实力悬殊,便自行离开了。

特工队员通知艾米拉上楼顶的天台。阿泰看了一眼弟弟,狠心地跟着艾米拉离开。

直升机没有飞回特工总部,而是将艾米拉和阿泰带到了一处隐秘的山头。老迈克似乎已经等待多时,艾米拉将阿泰介绍给老迈克。

老迈克凑近,打量阿泰。

"军港的信号是他,废楼的信号是他弟弟……他弟弟死了。"艾米拉向长官介绍说明情况。

老迈克没有直接问阿泰,他看了看艾米拉,艾米拉明白长官的意思,便开始问阿泰。

"在1号码头伏击我们的人是不是你?"

"原计划将来1号码头的人全部击毙,没想到我们的人被打死,我和我弟弟侥幸逃脱。"

"你们离开1号码头都去了哪里?"

"离开后,我弟弟重伤昏迷,我去军港码头去找查理,想让他帮我们找个安全的地方给我弟弟治伤……"阿泰伤心地低下头。

"查理?结果呢?"

阿泰摇摇头:"如果他愿意帮我,就不会随后派人杀我和我弟弟。"

"是查理让你去1号码头杀人?"

"是的……我和我弟弟都吸毒,我们都为查理干活……我知道1号码头被人发现了，转移货的时候我提出在仓库守株待兔，没想到……

"1号码头的毒品是不是转移到了军港？"艾米拉问出了最关键的一个问题。

阿泰抬头看着艾米拉，点头。

艾米拉看看老迈克，两人也点了点头。

其实，阿泰能活着离开1号码头，是艾米拉故意放走，为了得到活的线索，艾米拉在和对方打斗中，将卫星跟踪器贴在两人衣服上。阿泰带着受伤的弟弟离开1号码头，因无处可去，只好回到自己经常居住的窝点。简单处理了弟弟的伤口，他按照接应的地点前往军港码头，找到了接头人查理。

查理看着阿泰狼狈的样子，冷笑地问："事情办得怎么样了？怎么你一个人来了？"

"我们在1号码头遭到对方的还击，两个兄弟当场死了，我弟弟受了重伤……"

查理抬起眼皮，不再冷笑："这么说事情没办成？"

"是……"阿泰低下头，"我想请你帮忙给我们找个安全的地方，我弟弟需要抓紧时间治疗，晚了恐怕……"

"你为什么不带他一起来？"

"带着一个重伤的人，目标太明显，容易引起别人怀疑。"

查理诡异的思考让阿泰感到十分不安，查理拿出一沓钱交给阿泰："拿去，先治好你弟弟的伤……"查理打发走了阿泰，便暗中派人前往阿泰的窝点……查理充满杀气的眼神便是注定了阿泰兄弟的生命要走向终点。

杀手在阿泰赶到之前，杀了阿泰的弟弟。但在等待阿泰的时间里，艾米拉忽然出现，打乱了杀手的行动。

查理得知有第三者出现，发下狠话："等他们都进去后，全部干掉，不要留下任何痕迹。"

杀手没有完成任务，眼睁睁地看着艾米拉带着阿泰上了直升机。这一消息很快被查理所知，查理担心阿泰被带走后会说出毒品转移的事。其实查理心里清楚，最关键的不仅仅是毒品，而是走私军火。

老迈克一直以来追查的也正是军火走私案，但阿泰只知道毒品，却对军火一无所知。

"联系迈克，看他得到了什么新线索。"老迈克让手下联系迈克，手下接

第十章 生死交锋

通迈克的监听后,意识到已经无法联系到迈克。

"长官,迈克失去了联系,看不到他的定位地点,怎么办?"队员向老迈克通报了监听情况。

老迈克陷入沉思,艾米拉看在眼里,担心地说:"迈克出事了。"

"走,带上他,去码头。"老迈克最终下令,带着阿泰前往军港码头。

老迈克带人赶到军港码头时,适逢有人押着一个人准备离开。艾米拉认出了被押的人正是迈克:"长官,是迈克,怎么办?"

老迈克没有正面和艾米拉交流,命人将码头的仓库围了起来。

迈克白天了解了军港的情况后,选择在晚上潜入仓库。天黑后,迈克穿戴好潜水服,在离码头较远的地方入水,在靠近仓库的码头悄悄浮出了水面。迈克想进入仓库,等了许久,但严密的守卫似乎不给迈克任何机会。迈克游到码头的一艘货船边,悄悄爬上船头。迈克还未曾接近仓库,便被人发现生擒。

迈克被抓后,遭到搜身,监听器等全部被发现没收。不仅如此,抓住迈克的人给迈克戴上了黑色的头套,他什么也看不到,只能任人摆布。

"你是什么人?知不知道这里是军港?"

迈克不回答,便遭到一顿毒打:"如果你嘴硬,我会把你扔下海喂鱼,让你永远也没机会说话。"

迈克忍着疼痛迅速地思考:"如果自报身份,也许可以活命,但这条线索可能会再次中断;如果挺住不说,也许真会送命……"迈克想了想,决定拖延时间,不到最后关头,不说出自己的特工身份。其实,即便是特工,在秘密执行任务时,安全同样没有保障。

"把他带走……"有人拖着迈克离开船舱,在转移迈克的时候,遇上了老迈克和艾米拉一行人。眼前漆黑一片的迈克却不知离自己不远的前方,正是父亲带人来救自己。

第十一章 善恶沉浮

一

查理走出船舱，迎上老迈克等人："迈克队长，您带着这么多人，这是又执行什么任务？"

"他就是查理。"阿泰悄悄告诉艾米拉，艾米拉微微一笑。其实艾米拉早已知道查理，今天终于见到了活着的查理。

老迈克对查理说："据我所知，军港的仓库存着不该存的东西，我们过来核实核实。"

"是吗？消息可靠吗？"查理装模作样。

艾米拉将阿泰推上前："可不可靠你可以问他……"

查理打量阿泰，皱了下眉头，问艾米拉："他是谁？"

"阿泰！他在1号码头死里逃生，但自己的弟弟却被人杀害了。你是他老板，是不是应该关心关心他？"

"阿泰？死里逃生？被人杀害？老板，是吗？你回答我，她说得对吗？"查理盯着阿泰，阿泰眉头紧皱，直直地盯着查理。僵持中，阿泰扭头挪开了自己的视线。

当所有人都以为阿泰退却了，他却忽然夺过艾米拉腰间的手枪，对准自己的脑袋。随着一声枪响，阿泰倒地。

艾米拉目瞪口呆，看着倒在血泊中的阿泰，内心酸涩不已。老迈克也没想到阿泰会做出如此举动，但表面看来很平静。

查理哈哈大笑："他死了，他死了……"

老迈克话锋一转："你为什么要抓我的人？"老迈克的手指指向了被押的

第十一章 善恶沉浮

儿子。

"如果说他是你的人,你可以带走,如果说我们国防军的码头放着不该放的东西,你有什么权利查?如果有特里将军的书面文件,我倒是可以考虑考虑。"查理完全不把老迈克放在眼里。

老迈克很清楚,阿泰死了,一切都死无对证,硬闯仓库并非明智的选择。他打算先救回儿子,再从长计议。

"这样吧,特里将军正好在这里查岗,你要是能当面征得他的同意,你可以检查这里所有的仓库。"查理笑着拨通了电话。

过了一会儿,特里将军由几名警卫陪同,来到了双方僵持的地方。特里将军笑着对老迈克说:"我听说他们抓了一个间谍,特意来看看。"

"迈克队长说这个人是他的人,请将军定夺。"查理退在一旁。

特里走到迈克身边,伸手摘下他的头套,对着老迈克说:"你看清楚,他是你的人吗?"

不用看,老迈克也认得儿子。迈克的头套摘下,认出了父亲,也看到了一旁的艾米拉。

特里将军向前跨了一步,似笑非笑地说:"你的人跑到我的码头干嘛?执行任务吗?如果是执行任务,到了我的地盘,是不是应该跟我打个招呼,我也可以派人帮忙,这样偷偷摸摸的行为,如果我错杀了他……这样吧,为了公平起见,这个人交给国家安全局去处理……"

特里将军的人押着迈克便要离开,老迈克带的人端起枪,拦住去路,艾米拉看看老迈克,表情焦灼,神色凝重。

老迈克摆手示意,自己人放下了枪。

……

在双方僵持中,一行车队停在了码头,有人下车走了过来。来人正是国家安全局副局长山米,老迈克暗自松了口气。

山米局长向双方打招呼问好:"特里将军,迈克队长……"

"山米局长,你来得正是时候,这个人深夜潜入军港,我们怀疑是间谍,正要移交给你处理,迈克队长说这是他的人,但空口无凭。你说我这个将军难道没有权利处理一个间谍吗?"特里将军对山米局长,语气缓和了不少。

"特里将军,或许迈克队长的任务关乎重大,不便透露,你也理解理解。既然你说这个人是间谍,就交给我们安全局,我们来处理这件事。"山米局长几句话便起到了和风化雨的效果，剑拔弩张的气氛陡然消失。

山米局长挥手，手下上前带走了迈克。艾米拉见此有些不安，但看着长官表情平静，自己又不便多言，只好目送迈克被国家安全局的人带上了车。

山米局长带走迈克，老迈克也带着自己的人离开码头。一场暗中充满火药味的对峙随即散去，码头再次恢复了往日的平静。

特里将军看着老迈克离去的背影，嘴角露出一丝苦笑，更像是嘲笑。特里将军接过查理手中的电话，拨通后上了自己的汽车。

宽敞明亮的会议室里，马丁召集集团公司所有股东开会。麦琪和约翰作为马丁的秘书和律师，左膀右臂般坐在马丁左右。其他成员分列两边，围在亮白的圆桌周围，各人西服革履，手持纸笔文件，神情严肃，听马丁发表重要决定。

马丁面向大家，神情严肃地说："我们在环保峰会的竞标大会上被人诬陷，很有可能会丢掉竞标资格。官方虽然承诺秉公处理，但我们不得不做好下一步打算。如果我们的公平得不到维护，那损失的不是我们，而是主办方。"

科恩作为股东之一，虽然鼎力支持马丁的决策，但暗中却和麦琪眉来眼去。麦琪面带桃花，故作矜持，却也难掩眼角的狐媚。

约翰为人深沉，平常只与马丁单线交流，不与集团公司其他股东交流，故其他人对约翰的习性不甚了解。麦琪作为马丁的秘书，也对约翰了解不多，两人虽同为马丁工作，但形同陌路。约翰目光有神，时不时看看马丁，除此之外，在场的其他股东都入不了他的法眼。

"董事长言外之意，是不是想撤回这笔资金，转向其他领域？"科恩似乎对马丁的想法甚为了解，一语道破马丁的深意。

马丁冲着科恩微笑，点头继续说："如果这竞标大会资格被取消，我们打算把这批资金注入慈善基金会，加大对孤儿领域的慈善投入力度，今天开这个股东大会，想就这个提议征求一下各位的意见。"

股东们面面相觑，交头接耳，议论纷纷。马丁沉默不语，过了一会儿，目光转向麦琪，麦琪心领神会地点了点头。

"如果大家有什么意见，都可以提，现在股东都在这里，可以就不同意见进行商讨。如果没有意见，按照惯例，大家举手表决。"麦琪目光扫过众位，最终落在科恩身上。

第十一章 善恶沉浮

科恩像是弹簧似的起身发言:"我没什么意见,我坚决拥护董事长的慈善之举,既然竞标大会失利,尽早做出调整,将这笔准备好的资金注入慈善事业,我认为这是明智之举。"接着,科恩迫不及待地举手认同。

科恩的举手就像是哗众取宠的小丑,却没料到自己的举动并未赢得其他人的回应。大家目光聚焦在他身上,一直沉默,无人回应。科恩尴尬地放下手,默默地坐在原位。

麦琪急中生智,鼓掌发言:"科恩算一个,还有没有人有不同的意见?"

这时,在马丁对面站起一人:"既然没有最后接到主办方的竞标通知书,一切还有挽回的机会,咱们为了参加这个竞标准备了这么长时间,在最后关头放弃,难免有些前功尽弃,希望董事长和各位再加斟酌!"发言的人坐了下来。

这时,约翰从自己的文件夹里拿出一份文件推到麦琪面前,麦琪的目光投向了约翰,却发现约翰的目光早已转移。麦琪不再理会孤傲的约翰,捡起文件翻看:"这是大会主办方的最后通知……"麦琪将文件传给每一位股东,最后传回约翰的面前。约翰刚收起文件,电话响起,约翰起身向大家点头致歉,随后离开会议室去接电话。

麦琪看着各位股东,并不说话,科恩再次举起手。其他股东也纷纷举起手。

这时,约翰走到马丁身后,跟马丁小声交流几句,马丁起身对大家说:"剩下的时间由麦琪主持,我有事要先处理,谢谢大家今天的参与!"马丁说完,没给各位股东说话的时间,便走出会议室。

会议室外,约翰拿着手机,交给刚刚走出会议室的马丁。马丁走进密室,约翰站在门外守着。

马丁接通电话,电话里传来一个熟悉的声音:"环奇制药被人盯上了,这个公司已经不安全了,一旦被盯上,我这个保护伞也撑不了多久……"

特里将军对国家安全局的山米局长突然出现感到不安,便第一时间将电话打给马丁。

马丁得到这个消息,也十分震惊。环奇制药作为自己在东南亚地区发展的秘密工厂,在所有产业链中扮演着重要的角色。这个长达十多年的公司,利用制毒和走私军火,秘密和全球各地的恐怖组织联络,暗中组成强大的恐怖联盟。

拥有如此秘密的组织活动,主要是靠特里将军这个巨大的保护伞维持至今。特里将军作为国防军的将军，拥有大权，却和马丁为伍，私下贩毒，走私军火。两人合作多年，但在老迈克多年锲而不舍的追查中，这层神秘的面纱逐渐被撕裂。特里将军对老迈克恨之入骨，但因双方身份敏感，不易发生重大冲突。所以，特里将军抓到迈克后，在不能得罪老迈克的情况下，借着山米局长的出现，顺水推舟，不仅卖了个山米局长的人情，还巧妙地将此事化解。

但特里将军知道，老迈克的人潜入自己的军港，一定是得到了可靠消息。老迈克没能闯入仓库查个水落石出，主要是因为老迈克的身份地位不及自己。而山米局长莫名出现，似乎预示着老迈克和山米已经联手。一旦如此，自己的身份在不久的将来也许失去作用，环奇制药不仅会被暴露，自己也会岌岌可危。

查理将环奇制药丢失毒品制剂的事告诉了特里将军，将军第一时间命令将1号仓库的货转移至自己管辖的军港码头。与此同时，特里将这一消息告诉了马丁，马丁感觉事态逐步对自己不利，便通知艾瑞缩短试验周期，尽快完成实验，拿出科研成果。

二

在国家安全局监押室，迈克坐在空荡的屋子里，无聊地看看周围。这时，门忽然被打开，老迈克站在门口，迈克惊讶地站起了身。

老迈克招了招手，迈克明白是父亲要带自己回去。迈克走出房间，门口站着山米局长，迈克深深地向山米局长鞠了一躬。老迈克也向山米局长点头致意，随后带着儿子离开国家安全局。

"第一次进国家安全局，没想到是这种身份。"迈克调侃地说道。

"如果你想进，随时都可以。"老迈克说话的语气里带着几分严肃，同样也有几分调侃。

迈克不明白，摇摇头："如果是国家安全局的高级探员，也许我会考虑，但以这种身份出现希望是最后一次。我也不想都让你来带我出去。"

"你对现在的身份不满意吗？"老迈克的表情让儿子捉摸不透。

迈克想看清父亲表情里的用意，便停下脚步，站在国家安全局门口的台阶上，却见父亲不曾停留。迈克只好紧走几步："你不觉得我在你手底下干活

第十一章 善恶沉浮

已经引起很多人的不满了吗?"

"哦?是吗?"老迈克停在汽车旁,抬头盯着迈克。

"如果你及早退休是为了给我更大的发展空间,我宁可转行,离开特工部队。"这些话也许在迈克心里很久,那个所谓的帮助父亲了解退休前的大案,无非是要给父亲的工作画上一个圆满的句点。迈克所说的都是心里话,这些在心里搁置了很久,只是一直没有机会告诉父亲。这一刻,他觉得机会再好不过。

老迈克似乎被儿子的一番话所触动,他站在车旁边停了许久,似乎是在思考如何回复儿子。但最终没有说话,他上了车的后排:"我累了,开车吧。"

迈克知道父亲不可能会说,但父亲这个思考的过程其实已经给了最明确的答案。迈克上车后,没有再缠着父亲继续说任何关于这个话题的话。

老迈克睁着眼,看着汽车经过的地方,心事重重。

迈克故意开得很慢,想让父亲多看几眼这座城市。这座既快乐过又被伤过的城市,也许在每一个人心里都有着不同的认知。迈克小的时候,父亲一心扑在事业上,无暇顾及母亲与家庭。母亲最后受不了,便决定跟父亲离婚。迈克在选择父母的时候,既不想让妈妈离开,又觉得父亲太孤单。为了陪伴父亲,迈克在父母离婚后,选择留在了父亲身边,父子两人曾经度过一段艰苦的日子。

迈克后来认识了艾米拉。长大后的迈克,心里一直在想,艾米拉的出现也许正是上天公平的见证,艾米拉的出现再次让迈克的家里充满了生机。当时艾米拉深受母亲犯病的困惑,无处可去,便慢慢走进了迈克家。随着彼此接触的时间越长,感情越深,艾米拉与迈克家都发生着令人开心的变化。迈克不再像以前那样孤僻,渐渐有了笑容,还常常和艾米拉在一块儿玩耍;艾米拉也在迈克的陪伴下,不再那么害怕,不再那么担忧,心里有了依靠,生活也在慢慢变好。而对于老迈克而言,家又重新有了家的样子,有了笑声,有了哭闹声,有了幸福快乐的声音。看着两个形影不离的孩子,老迈克内心踏实了许多……

车开到了特工部队,迈克下车后发现父亲已经睡着。

"迈克。"艾米拉忽然出现在迈克的眼前。

迈克手打嘘声,轻轻关上车门,和艾米拉走到了离汽车不远的地方。

"你没受到什么伤害吧?"虽然和迈克解除了婚约,艾米拉依然把迈克当作最好的朋友。

"我觉得我从小到大受到的伤害只有两件事。"迈克盯着艾米拉,眼神忧伤。

"我知道,有我的一份。"艾米拉转过头,不敢直视迈克的眼睛。

"还是说点当前的事吧,没有比眼前的形势更重要的事了,明知军港的仓库里是毒品和走私的军火,我们却没有实力查处,如果不是山米局长及时出现,也许我真会被他们半路干掉。"迈克苦苦一笑,心情和艾米拉一样。

"军港的仓库去不了,我想可以去另外一个地方。"

"哪里?"艾米拉的话让迈克似乎看到一线曙光。

"艾米拉说得对!"声音来自于艾米拉和迈克的身后,老迈克走上前。

"既然你已经查到环奇制药的内部有制毒的生产车间,我们就不能拖延时间。你们闯入环奇的消息想必已经引起对方的戒备,军港有特里将军,环奇制药里恐怕没有第二个特里吧?"老迈克一语道破玄机。

"对呀!"迈克如梦初醒,兴奋至极。

"如果环奇制药还有特里将军阻拦,那足以说明我们的对手只不过是一群笨蛋。"艾米拉分析道。

"特里将军在军港出现,其实已经说明,他跟环奇有不可分割的联系,我想他不会愚蠢到自己去环奇证明他们的关系。"老迈克的眼神扫过艾米拉和迈克。

三人默契地点点头。

"不过还有一点,既然军港确实是1号码头的毒品和军火的转移地,一旦这批货离开码头,我们就查无此证,再想找到有力的证据,恐怕就更难了。"艾米拉说出了自己的担忧。

老迈克胸有成竹地笑了笑:"特里将军也只是国防军的一个将军,如果在这个时候出港,无非是自找麻烦。"

"如果不出港,他们再次转移了仓库的货,到时候我们还是抓不到证据。"迈克似乎有着说不完的担忧。

但的确如此,艾米拉顺着迈克的话,将质疑的眼神落在长官身上,她似乎明白,这件事在老迈克心里,早已想好了万全之策。

"你们是不是都忘了山米局长?"老迈克转身,艾米拉和迈克两人跟在身后。

"查了这么多年,不仅仅是为了找到毒贩幕后的保护伞,跟这个保护伞密

第十一章 善恶沉浮

切相关的是在他们背后，似乎还有个规模化的组织，想必特里将军只不过是其中的一枚棋子。"

"如果特里的身份还不够大，那我们岂不是将面临更大困难？"迈克的质疑，其实不是没有道理。

"功夫不负有心人，车到山前必有路。我不打无准备之战，我要撕下他们的面具，让他们现出原形。"老迈克的话很坚决。

艾米拉和迈克听得热血沸腾，他们似乎看见了自己血拼这帮恶魔的一幕。

……

在艾米拉对眼前的形势展开下一轮的追查时，杰森正在帮助黛西准备音乐会的事。

杰森的车里坐着一位琴师，两人进行简单的交流。

"挺好的主意，可怜天下父母心啊！"琴师感叹着，杰森的汽车眨眼间停在了艾米拉家门口。杰森让下琴师，两人走进了艾米拉家。

杰森进门前，习惯地回头看了看周围，却被一道刺眼的闪光逼了回去，杰森抬手遮住了眼睛，想看个仔细。

"杰森，快进来！"早已站在门口迎接的黛西叫了杰森的名字。

杰森转身进了屋。

而此时的远处楼层里，依然是那双诡异的眼睛透过望远镜看向艾米拉家的方向，他捡起桌上的笔，仔细地做着笔记。

当杰森进屋后，神秘人喝着咖啡，耐心地等待。一杯咖啡喝尽，神秘人有些坐不住了，他看了看表，再次拿起望远镜，发现杰森和琴师已经走出艾米拉家，黛西在门口相送。

杰森送走琴师后，回到了实验室。

艾瑞似乎心事重重，看着杰森，欲言又止。

"我找了琴师，又重新调了音色，这是伯母托我带给你的衬衣……"杰森将手里一个手提袋递给艾瑞。

艾瑞接过手提袋，心情似乎更加沉重。

这时，隔壁杰森的办公室电话响起，杰森去接电话。

艾瑞拿出衬衣，抚摸着衬衣，嘴角幸福的微笑里夹杂着某种溢于言表的痛苦。

杰森接完电话，再次走到艾瑞面前，艾瑞将衣服收了起来。

"实验室基金会来电话,要我们尽快完成实验,结束周期。"杰森将电话的内容告诉了艾瑞。

"知道了。"艾瑞的语气里,眼神里似乎对这一结果早有预知。

杰森并没有觉察艾瑞的情绪:"基金会可能会停止给我们提供援助。"杰森说出了最终的结果,满脸愁容。

"我已经在努力了……"

"如果没有资金的支持,实验室可能迅速瘫痪,我们……"

艾瑞接着杰森没有说完的后半句:"我们没有选择,我知道!"

感觉艾瑞对此好像早有先知,杰森感到莫名的不安,他没有接着往下说。

艾瑞转移话题:"艾米拉的生日快到了,你多费费心!"

简短的几句话里,杰森逐渐觉察到艾瑞的情绪低落,对自己也没有以往那么热情。"到底是什么让一个废寝忘食的科学狂人,在如此短的时间里变成另外一个人……"杰森想着,便听艾瑞继续说:"嗯,忙完这个实验,我想过点儿正常人的生活,不想这么累了,一辈子了,对不起老婆,对不起女儿……最近我要集中精力赶进度,你没事多帮帮伯母,算替我报答艾米拉的一份礼物。"

看着满面惆怅的艾瑞,杰森只点了点头,似乎千言万语都融入于这默默的理解之中。杰森看着艾瑞疲惫地走进试验间。

也许是艾瑞反常的情绪让杰森有些难以捉摸,他离开了实验室,想一个人静一静。

落日后的黄昏,杰森开着车缓缓驶向公路,一束束金黄色的余晖透过树梢,照在杰森的脸上。看不见杰森眼神里那份忧郁,是那副漆黑的眼镜片,掩饰了所有的情绪。汽车忽然加速,似乎代表着他的心声。

在杰森汽车的几十米开外,有一辆车紧紧跟随。杰森在行进过程中发现了这辆尾随的汽车,杰森没有紧张,只是淡淡笑了笑。

杰森来到了曾经和艾米拉浪漫无数次的灯塔附近,汽车稳稳地停下,杰森却久久不见下车。尾随的汽车停在不远处,两辆汽车僵持着,杰森的手摸向副驾驶座的座椅……

第十二章 生死考验

一

在一艘公务船头,老迈克举着望远镜看着远处的码头。虽然望远镜里是熟悉的军港码头,但此时的码头没有特里将军,也没有忙碌的运输货物。几艘军舰挂着旗号,偶尔有一列队形穿过画面,一切看似井然有序。

山米局长从船舱里钻了出来,老迈克放下望远镜。

"发现什么没?"山米局长接过老迈克手中的望远镜望去。

"没有任何反常的举动,不知道葫芦里卖得是什么药。"老迈克接过手下的一瓶水,咕嘟咕嘟喝了下去。

"根据天气,最近几天应该是出海的最佳时期,既然货就在码头,为什么不出船?"山米放下望远镜,对码头的情况有些担忧。

"他们也知道,货在仓库里最安全,没有特殊的身份和足够的证据,没人能进得了仓库。其实,我们期盼的也正是他们所担忧的,不急着出船也是情理之中。"老迈克分析道。

山米局长的眼神里带着许多疑惑,思索片刻。山米局长说:"仓库里的货是谁查到的?"

老迈克皱了皱眉头:"迈克!"

杰森在汽车里,和后面跟踪的汽车对峙。杰森看着后面的汽车,手摸出了一把藏在座椅下面的钳子。这时,后面的汽车缓缓启动,沿着一侧的公路驶离。杰森的手机铃声打断了紧张的情绪,他把钳子扔在了副驾驶座上,擦了擦额头渗出的汗珠,长吁一口气,接通了电话。

"杰森，我爸爸在哪里？"电话里是艾米拉的声音。

"他在做实验，不想被人打扰，就把自己关了起来。"

"有这么着急吗？"

"艾米拉，我在科研方面帮不到他……好的，我去找你。"话语间，艾米拉似乎打断了杰森的话。

汽车沿路返回，杰森摘掉了墨镜。没有墨镜的眼神，如此忧郁，像是天边那抹散不去的阴云。

艾瑞的实验室门前，停着一辆汽车，车里走出来的不是杰森，而是迈克。迈克摘下墨镜，左右张望，随即走进实验室。

穿过圆形走廊，迈克走进了实验区。拐过一个弯道，远远看见艾瑞站在走廊尽头的窗前打着电话。迈克没有惊扰艾瑞，轻轻地走了过去。

"什么时候回来……好……见面再谈……"艾瑞急匆匆地挂了电话，转身才发现迈克。艾瑞显然有些紧张，说话吞吞吐吐："你……你……你什么时候来的？"

迈克笑了笑："我也刚到，放心，没有偷听你的电话……"迈克摊开双手，表示一无所知。

艾瑞依然表现得极其不自然，眼神四处游离，有点魂不守舍。为了掩饰自己的反常，艾瑞迈开脚步，要离开。走了几步，似乎意识到自己有些失态，他回头看了看迈克，见迈克原地不动。迈克皱了皱眉，似乎对艾瑞的行为有些疑惑。

"你来找我？"艾瑞忍不住问迈克。

"你好像并不欢迎我？"迈克走近艾瑞，跟着艾瑞走进了实验区。

进了全封闭式的实验区，迈克按照艾瑞的指示，换上了防护服。艾瑞继续做起自己的实验，迈克无心看如何实验，便开门见山地问道："杰森去了哪里？"

艾瑞只是停了停，便头也不回地继续试验。

"你不想知道安迪的科研成果怎么会落到了环奇制药的实验室？"

艾瑞依然是停了停，继续做实验。

"难道你对这一系列的事都无动于衷吗……"迈克见艾瑞没有说话的意愿，有些着急："你允许我进入你的实验区，只是为了让我看你做实验？"

也许是这句话说中了艾瑞，艾瑞放下手中的容器："我想让你帮我一个忙。"

第十二章 生死考验

看着艾瑞的眼神，迈克似乎看到了一线希望。迈克点了点头："算我没有白进你的实验区！"

艾瑞给杰森做了简单的交代后，没回家里看望老婆，一直留在实验室，也很少与杰森联系。杰森对艾瑞的实验进度更是不得而知，对实验没有任何兴趣的杰森只好开车散心。

艾瑞闭门实验期间，艾米拉曾经来过一次，得知父亲为了最后的试验周期，废寝忘食地赶进度，又再次离开。看不到父亲，艾米拉只能多回家看看母亲，希望能弥补父亲对母亲的忽略。

黄昏时分，艾米拉回到了家里。

推开家门，站在客厅的黛西上前拉住艾米拉的手："艾米拉，你回来了啊！"看到女儿回来，黛西难掩那份急切的心情，似乎有千言万语。

艾米拉扶着母亲坐在沙发上："妈，最近身体感觉还好吗？"

黛西打量着艾米拉，开心得竟然忘记了回答艾米拉："越长越漂亮了！"

"妈……"艾米拉依偎在母亲怀里。

"对了，你爸爸呢，他怎么最近不回家看看我？"黛西想起丈夫多日不回家，情绪有些失落。

艾米拉急忙解释："妈，我爸爸可能忙着做实验，听杰森说，他的实验很快就结束了，最近在赶时间，结束了就可以多陪陪你了。"

黛西的表情逐渐好转，嘴角挂着微笑，目光却呆滞地看着前方："这样最好，这样最好！"

艾米拉看见母亲呆滞的眼神，有些心疼。

"杰森呢？那杰森去哪儿了？他怎么不来？"黛西的情绪时好时坏，艾米拉有些难过。

"伯母，我来了！"杰森推门而入，站在了屋里。

杰森的突然出现，让黛西感到十分惊喜。

同样感到惊喜的还有艾米拉："杰森！"

杰森向艾米拉点头打了招呼，便走到沙发，将一份小礼物放在了黛西的面前："伯母，这是我送你的。"

黛西很开心，她看看艾米拉，又看看杰森，显然已经被这份意外所感染。

但这短暂的美好被艾米拉急促的电话铃声所打乱。艾米拉接通电话，听到是工作的事情，她紧走几步，进了旁边的小卧室。

"艾米拉，马上回小组报道，有重要任务！"

"是的，长官！"艾米拉挂了电话，再次回到客厅。她为难地看着母亲，又将为难的目光投向杰森。

黛西见艾米拉去接电话，其实已经有些不开心，刚刚那种喜悦的表情已经荡然无存，她冷冷地看着女儿："你是不是又要走？"

艾米拉为难地叫了声："妈！"

黛西起身推开艾米拉，跑进了自己的卧室。

艾米拉满脸忧伤，她看着杰森。

"艾米拉，你去吧，我留下来安慰安慰她。"杰森抚摸艾米拉的长发，艾米拉难过地走出家门。

艾米拉来到特工部队，老迈克和其他队员早已等待多时。

"艾米拉，你听一下任务的部署情况。"老迈克让艾米拉坐下。

监控室内的大屏幕上，几张拍摄的军港码头图片层叠出现，图片里有岗哨和仓库周围的环境等。老迈克说："大家都看得出来，这是军港码头，这是我们拍到的情况，这些照片上，除了一些正常的岗哨巡逻，并没有其他的可疑迹象，我们进行过各方面的调查，应该可以肯定货还在仓库。"

一名特工队员有些不解，追问："既然知道货还在仓库，为什么不直接进去？"

老迈克解释："如果进去，什么也查不到，怎么交代？"

特工队员惊愕地看着老迈克，嘴唇微动，说："不是说货在仓库吗？"

"我们只能看见仓库外面的情形，并不了解仓库内部发生的情况，如果货是从仓库里被转移了，那该如何应对？"

"如果不进去查，又如何得知里面的货有没有被转移？"特工队员的话似乎引起了在座的共鸣，大家的目光齐刷刷地投向老迈克。老迈克想解释，艾米拉站起身，向长官点点头。

"我来回答这个问题，进入容易，交代很难，如果那不是军港码头，我们也没必要等到现在；如果进去了，不要以为查到了就能解决问题，要知道我们的对手是军方。如果进去后发现没有货，请问货哪里去了？"艾米拉目光扫过各位质疑的眼神。

"我明白，大家不要再纠缠这个问题了，如果进到仓库货不见了，关键的不是我们没找到货，而是我们很有可能失去这个线索。"迈克听出了端倪，也

第十二章 生死考验

站出来解释这个事情。

老迈克拍手示意大家集中精力,准备部署任务。

"如果大家没有其他疑问,我开始部署任务……"老迈克见大家的确没有了疑问,便接着说,"我们下一步会在码头周围进行严密防控,凡是发现仓库的货被转移上船,很有可能就是船要出海,我们再乘船拦截,抓现行,任何人都会无话可说。"

众人听得起劲,个个起身靠近监控屏幕,听老迈克部署……

任务当前,艾米拉不敢松懈。会议结束后,她来到射击场进行射击练习。清脆的枪声,孤独的身影,枪声令这个原本神圣的地方显得更加的冷清。艾米拉也想通过这种空旷中的枪声放空自己。

训练中,艾米拉接到最新指示,要她及时赶往下一个任务地点。

在一处山间别墅前,艾米拉停下车。

眼前这座别墅院墙高垒,整体坐落紧凑,由于地理环境位于山坡,加上高高的围墙,根本看不见别墅内部的结构。艾米拉习惯性地环视周围,在没有发现异常后,沿着卵石的坡路,一路走向别墅。

卵石铺成的坡路,尽显山水意境,那种禅意扑面而来。但此刻艾米拉的心情无心体验这种禅意的宁静致远,她对这座精致的别墅,依然充满未知的恐惧和不安。

山间别墅处于城市边缘,别墅群群落疏远,处处藏着神秘,但每一栋都令人神往。

通往别墅大门的途中,须经过一条长廊,长廊一侧是高不可攀的房屋墙体,另一侧是外围的围墙。步入长廊,艾米拉稍作调整,显然是对这种紧凑的空间有些不适应,她极为谨慎地走到尽头。刚刚看到别墅的院落,一声惨叫声打乱了艾米拉脚步,她停下脚步,又是一声惨叫声,艾米拉听出了这个熟悉的声音:"迈克!"

艾米拉伸手掏枪,却感觉到身后有人拿枪对着自己。不知对方的身份,艾米拉只好举起双手……

二

天色已晚,黄昏的落日仅剩最后一抹色彩,却依然漂染天边那朵淡淡的红云。白天洁白的云被晚霞浓妆艳抹，却不知那抹华丽的浓妆随着夜幕即将褪去。

艾瑞家门前的路灯乍然亮起，一首优雅的钢琴曲飘出窗外。

黛西的手指划过琴键，她陶醉在悠然流畅的琴声。一曲谈罢，黛西露出满意的微笑。杰森坐在对面，笑着站起身，连连鼓掌："应该早点欣赏伯母的琴艺……"

黛西起身说："你找的这个琴师技术真不错，替我谢谢他，这架钢琴已经闲置多年，期间修过几次，都没有达到预期效果，这次为了艾米拉的生日，没想到恢复如初了，真是谢天谢地！"黛西难掩心头的愉悦，话也多了起来。

"上帝也会帮你完成这个心愿！"杰森整理衣服，就要告别。

黛西见杰森要离开，虽然十分不愿，但还是客气地说："杰森，谢谢你，谢谢你为我们家做了那么多事，我替艾米拉谢谢你！"

杰森不知如何回答，用微笑收下了这份谢意。

杰森的离开使黛西的情绪再度低落。这种生活自从艾米拉出生不久，便延续了多年，黛西从一个大家闺秀演变成一个家庭主妇，两者身份的转换差距，似乎无法找到关联。但事实如此，黛西一个人度过了二十多年，得不到丈夫的关怀和陪伴，又无法与女儿和谐相处。自己的病时好时坏，她身心备受折磨。很多时候，只能一个人默默承受。

也许过于渴望亲人的关心，黛西跑出家门，喊住了刚刚上车的杰森。

"杰森，替我照顾好艾瑞……"

杰森说不出话，招手表示答应，手势的动作像是杰森的心情，此时如此复杂。

"让艾米拉注意安全！"黛西说完最后一句话，哭着跑回了家。

杰森离开后，夜色渐浓，城市的灯火点亮了每一条繁华的街道。汽车所到之处，尽显冷清。杰森拿出手机，给艾米拉拨打电话……

电话响了，有人从艾米拉的身上拿走了手机，手机被关机后收了起来。

艾米拉也看见了身后两名身穿黑衣的蒙面男子，除了身材身型，无法看清对方的五官。蒙面男子指挥艾米拉进入院落，艾米拉无法抗拒，只好乖乖地进入院落。院落虽然别致，却是危机四伏，几株吊兰爬满二楼的栏杆，吊兰的枝叶间，几支枪管对准了艾米拉。看不清持枪人的脸，但迈克的惨叫声却如此清晰。

第十二章 生死考验

"你们是什么人?"艾米拉被逼到墙角,转身后才试探地问道。

两名黑衣男子全副武装,看不清嘴脸,除了脸上那副墨色的眼镜,便是手中那把锃亮的枪。黑衣男子没有回答艾米拉的话,其中一人用手势示意艾米拉左转,艾米拉不敢反抗,只能再次按照对方所指的方向走去。

"迈克为什么会在别墅里,又为何被人所劫持……"在艾米拉思考的时候她被打晕拖进了地下室。其实,迈克和艾米拉同样经历了这些环节。

迈克被吊在昏暗的小黑屋里,衣冠不整,胳膊和脸上伤痕累累。因天色已晚,已经无法透过那扇可怜的小窗户借来一点光。房顶吊着一盏吊灯,随着橡皮棍抽打在迈克身上,吊灯也摇摇晃晃,似乎受到了前所未有的惊吓。迈克的惨叫声逐渐消失,他用另一种仇恨的眼神代替了叫声,令眼前的打手有些胆战心惊。

"说,你们的任务计划是什么,说出来就让你活着离开这里。"手持橡皮棍的打手那邪恶的嘴脸,让迈克十分厌恶。

打手接到了最新指示,便躲在一侧按着耳机一边听一边点头。听完了指示,打手放下迈克,拖进另一间小屋。

这间屋空间有所开阔,屋子中央是一把特殊的椅子,其他设置并无异常。迈克还没来得及打量这里的环境设置,椅子后面的两名打手过来将迈克固定在座椅上。

迈克抬起眼皮,看着眼前玻璃墙,一语不发。

玻璃墙的另一端,围着三个人,一人站在中间,左右分别站着一男一女,可以看出是两名手下围在首领左右。为首的人向左边的女子说:"开始吧!"

女子拿起桌上的对讲机说:"注射!"

一名身穿白大褂的人端着注射器走进关押迈克的屋子,迈克看了看戴白色口罩的人,嘴角带出一丝鄙夷。白大褂将托盘交给旁边的打手,他推了推注射器,一股液体从注射针头窜出,落在了迈克的脚上。迈克一动不动,眼睛始终不离开白大褂的注射器。

"你们是什么人?"迈克咬牙切齿地问对方,却没有得到任何回应。

注射针插入迈克血管,迈克咬着牙,表情痛苦,血脉膨胀。白大褂注射完毕后走出房间,迈克感觉自己的意识有些迷离,他努力振作,让自己保持清醒。

"说,你的任务计划是什么?"问他的依然是那个打手。

……

　　同样,艾米拉也遭遇了这样的待遇,但艾米拉并没有迈克如此坚强的毅力。白大褂可能是给迈克注射完毕后,再次来到关押艾米拉的房间,给艾米拉注射了同样的药物,同样的剂量。

　　注射药物后的艾米拉,没有迈克那么幸运。没过一会儿,艾米拉便没有了知觉,昏昏欲睡,隐约听见有人问自己:"你们要执行的任务计划是什么?"

　　艾米拉努力眨眼,想保持清醒。但通过一番努力,想要保持清醒,似乎有些难度。

　　"啪!"打手给了艾米拉一巴掌,艾米拉似乎被打醒,她努力睁开眼睛,恶狠狠地盯着打手,吐出一口带血的唾沫。打手没来得及躲闪,带血的唾沫吐了他一脸,打手愤怒地擦拭唾沫,抡起巴掌便要再次抽打,巴掌飞向艾米拉的时候忽然停在了半空。

　　艾米拉意识模糊,为了使自己神志清醒,她大吼一声,试图摆脱这种昏昏欲睡的感觉。果然,一声大吼,不仅让自己清醒了许多,也让迈克听到了艾米拉的声音。

　　迈克听到这声大叫,惊愕地瞪着双眼,心里已经明白,不仅仅是自己被抓,艾米拉也被抓到了这里。也许正是艾米拉的这一声大叫,让迈克增加了冲出去的勇气。

　　站在观察室的三人见坦白诱导剂似乎对两人没有什么作用,男子向为首的提出:"要不要加大剂量,再试一次?"

　　为首的人思考过后,点头同意了这个提议。

　　白大褂端着药剂再一次走进迈克的房间,但这一次,白大褂便没有上一次幸运。在白大褂即将注射药物的时候,迈克突然发力,挣脱手腕上的塑料手铐,夺过白大褂手中的针管,将针头插入了白大褂的脖子。白大褂惨叫一声,打手愣神之际,迈克已经打开了脚铐。

　　打手上前去抓迈克,迈克下蹲的身体猛然向前,抓住了打手的两只脚腕,用力向后托举,打手双手抓空,被迈克抛向身后。打手落在迈克的绑椅上,狼狈不堪。迈克虽然挣脱了束缚,但因被注射了坦白诱导剂,意识依然有些模糊,同时身体有些站立不稳,他摇摇晃晃走到门口,门口的两名打手听到了屋内的打斗,也朝着迈克冲了过来。两名打手抽出两把匕首,分别挡在迈克的左右,迈克虚晃一拳,打向右边的打手,右边的打手向后撤步,左边的

第十二章 生死考验

打手同时向前,迈克夺过左边匕首,并打落了右边的匕首,同时将左边的打手推向右边,正好撞上了右边的打手。两人躲闪之际,迈克趁机朝着艾米拉叫喊的方向跑去。

一路跌跌撞撞,迈克见门就砸,同时大喊艾米拉的名字:"艾米拉……艾米拉……"

迈克的呼叫声,也惊醒了艾米拉,艾米拉听出了迈克的声音。与此同时,迈克已经来到关押艾米拉的房间门口,迈克奋力砸门,艾米拉用尽全力,大叫一声:"迈克!"

两人得到了彼此的信息,看守艾米拉的打手准备迎击迈克。两人刚走到门口,却被推开的门撞倒在地。

迈克上前解开艾米拉的绑扣:"艾米拉,快走,我们离开这里。"

艾米拉见迈克浑身带伤,眼里充满了感激之情,但生死攸关,两人赶快相互搀扶着走出关押的房间。

在地下的走廊尽头,两人被五六名打手堵住了去路。艾米拉推开迈克,两人做好迎敌的架势。经过两人默契的苦斗,虽然打倒了几人,但两人已经极度虚弱。

看准了出口,迈克扶着艾米拉走到出口的闸门,却发现闸门根本无法打开。这时,身后已经有人追来,来人个个手持枪械,将两人围在闸门前。

围堵的人忽然分开,让出一条通道,一人走到艾米拉和迈克眼前。他摘下礼帽和墨镜,艾米拉和迈克见到来人,不仅大吃一惊,两人面面相觑……

第十三章 了此一生

一

迈克和艾米拉逃离时出现的人正是山米局长。山米摘下帽子和眼镜,迈克和艾米拉看得目瞪口呆。

"山米局长!"两人不约而同地叫出了声。

山米向两边挥手,手下的人放下枪,有人上前搀扶起二位。

"恭喜你们!"山米局长走上前与两人握手,艾米拉和迈克满脸疑惑。

"迈克!"山米局长握住了迈克的手,像是一场严肃的授勋仪式。迈克点点头。

山米局长又握住了艾米拉的手:"艾米拉!"

艾米拉未曾从药物中完全清醒,对于目前的形势,既恐惧,又惊喜。艾米拉点了点头:"山米局长,我们这是……"

山米局长的手下上前为两人各佩戴了一枚勋章。山米局长说:"恭喜两位通过考核,成为我国家安全局高级探员!"

迈克和艾米拉看了看彼此,刚刚那种惊讶的表情逐渐转为惊喜,两人激动地拥抱在一起相互庆祝。

"想成为一个高级探员,必须经过残酷的考验,想必两位会觉得刚才的考验很有意义吧?"山米局长严肃过后,转为轻松调侃。

艾米拉和迈克急忙回答:

"当然,当然,意义重大,意义非凡……"

"从今天开始,你们将脱离特工部队的管理,今后一切行动由我指挥,你们两人必须明白,国家安全局的高级探员身份不是人人可以胜任的,今天的

第十三章 了此一生

考验只是个开始,以后面临的考验也许会更多,如果没有过硬的专业技能和心理素质,时刻将面临生命危险。"山米局长的眼神扫过艾米拉和迈克。

"是!"

"是!"

艾米拉和迈克向山米局长敬礼,并表示完全服从组织安排。

这时,有人走到山米局长身后,窃声对山米局长说了一番话,而后退去。山米局长眉头紧锁,陷入两难。

"长官,是不是有什么任务需要执行,我……"迈克首当其冲,很想执行自己作为高级探员的第一个任务。

山米局长出手阻拦迈克后面的话:"迈克,告诉你个不幸的消息……"

迈克听到此处,有几分紧张。同样,艾米拉也为此感到紧张不安。

"你的父亲在执行任务的时候……"山米局长话没有说完,侧转身,不再说话。

迈克跨前一步:"我父亲怎么了?"

刚刚上前向山米局长汇报的探员对迈克说:"迈克队长执行任务时出了意外……"

迈克听到此处,如五雷轰顶。他倒退一步,艾米拉急忙上前扶住他:"迈克!"

"迈克队长出击追查军港码头的货船,没有查到任何证物,也许是深受打击……"探员没有说完最后的几个字,大家已经全然明白。

"我和你父亲是多年的好友,他追查多年的线索终于有了一线生机,没想到遭此劫难……"山米局长深感悲痛,但还是鼓励迈克,安抚迈克的情绪,"走,咱们去看看他……"

山米局长一行人来到医院的停尸房,见到了老迈克。老迈克的身体已经被清洗干净,盖着一面洁白的尸布。

迈克看见父亲的遗体,眼中噙满了泪水,艾米拉也两眼噙泪。在艾米拉和迈克心中,这位躺在面前的老人已经不仅仅是上下级关系,对于艾米拉而言,老迈克是自己成长经历中至为关键的人物,是他改变自己一生的命运,曾经那个伟岸的身影,如今躺在这冰冷的床上,无不令人伤心欲绝。

而对于迈克而言,躺着自己面前的是自己的亲生父亲。自从父母离异后,他一直跟随父亲,性格刚正的父亲承担了自己父母的两份责任,父子俩也因那段不堪回首的往事而有着不同寻常的父子之情。没想到父亲在退休之前，为自己的职业做出了如此巨大的牺牲。迈克伤心地抚摸父亲苍老的容颜，久久不愿离去。

这时，有人向山米局长悄声汇报。

片刻过后，一位老人出现在迈克面前，迈克扑进老人的怀抱，将所有悲痛化为一句简单的"妈妈！"

来人正是迈克的母亲，老迈克牺牲的消息不胫而走，很快传到了她的耳里。虽然夫妻两人离婚多年，但随着时光的推移，感情不减反增。她想来看看这个曾经叱咤风云的男人和如今无依无靠的儿子。

老人头发花白，没有说话，她抚摸着迈克的肩膀，用母亲独特的方式安慰此刻受伤的儿子。迈克忍住悲痛，扶着母亲来到父亲的遗体前。老人伸出手，轻轻抚摸老迈克的脸颊，表情悲痛，难以置信地摇着头。艾米拉上前扶住老人，老人认出艾米拉，慈祥地眨了眨眼。

根据山米局长的描述，老迈克的死因终于得以揭开。

在老迈克、艾米拉和迈克的会议结束后，迈克和艾米拉相继离开，而老迈克继续分析并布控码头。黄昏时分，也正是艾米拉和迈克刚刚被抓的时候，老迈克接到了最新消息，布控队员通报军港的码头有所行动。老迈克第一时间赶到了地点，并通过监控看到了军港码头仓库陆续搬出货物开始装船。老迈克吩咐队员，准备行动。由于他知道迈克和艾米拉将要接受国家安全局的严格考验，便没有通知两人。

军港码头的装船速度完全超出了老迈克的想象，在短短两个小时，货船已经整装完毕。在确定装船货物正是从仓库内搬出的货物后，老迈克也下达了命令。

货船开出不久，老迈克算准时间，带着十名队员乘坐执法艇，追向货船。同时，为了更好地完成任务，老迈克调动了一架直升机，直升机和执法艇上下呼应，追上了货船。

货船虽然比执法艇大，但也经不住三艘快艇和一架直升机的围追堵截。追上货船后，直升机第一时间喊话，亮明身份。货船在三艘快艇的围追堵截后，只好停船接受检查。

十名队员登船后，开始检查船上所装的货物。但在逐一检查中，队员们发现穿上除了药物还是药物，并没有所说的毒品和军火。这一消息令迈克难

第十三章 了此一生

以置信，他亲自下船舱检查，但结果和队员们所说的相同。

"货到底去哪儿了？"这一问题瞬间在老迈克耳边回旋，他感到天旋地转。便命令队员紧急撤回了地面。

回到地面后，老迈克再次分析，并第一时间追到了军港码头的仓库。这一次，他几乎孤注一掷，完全抛开了之前的顾虑和担忧。而也正是这一次，老迈克不够冷静的行动，让自己付出了生命的代价。

老迈克带人赶到军港码头时，虽然以执行任务为由，进入了军方的仓库，但仓库内的货早已清空。看着眼前空荡一片，老迈克感到遇到了前所未有的恐慌和无助。

站在仓库内，老迈克不知下一步该如何进行，队员看着长官的神情，也明白这次任务失手的后果有多么的不堪设想。

"长官，军方来人了！"队员的这句话再一次击痛了老迈克。

老迈克恍惚中回过神，特里将军带着查理已经站在了自己的面前。

"迈克队长，第一次是你儿子，第二次是你，是不是觉得我这里藏污纳垢，容你三番五次地带人来查？"特里将军的话虽然没有怪罪的意思，但言外之意，已经向老迈克兴师问罪。

老迈克抬起眼皮看着特里将军，没有说话，与特里将军擦肩而过。但特里将军的手下齐刷刷地举起了枪，枪口一致对准了老迈克。

"迈克队长，我想知道你到底想找什么？"特里将军回过身，站在老迈克的身后问道。

老迈克没有回答："让我的队员走，我留下来给你解释。"

特里将军想了想，摆手让手下让开一条路。

特工队员虽然可以离开，但让长官独自留下，队员们却不肯离去。

事出无奈，老迈克拔出手枪，对准了自己的太阳穴。"快走，离开这里！"老迈克的方法奏效了，队员们担心地离去，留下了老迈克孤独的身影。

就在队员们刚刚离开之际，老迈克的枪响了……

其实，老迈克派人监控军港码头的事情早已被对方所知，老迈克以为可以劫持出海的货船，抓个人赃并获，却没想到遭了对方的调虎离山之计。

老迈克布控的消息第一时间被查理得知，查理也观察了特工队员的布控情况，第一时间向特里将军汇报了情况。

经过特里将军的设计，他将真正的药品装船，按时出海。老迈克得到的消息，其实是特里将军的调虎离山。老迈克追击到货船后，强行检查。而就在此时，撤出布控的码头仓库变成了查理转移毒品的最佳时机。

老迈克开枪自杀，倒在码头的血泊之中，未曾走远的特工队员听到枪声，再次回到码头。特里将军带人已经离开了码头。

太阳渐渐升起，码头在日出的光芒下，褪去了昨夜的漆黑。特工队员们围着长官的尸体，众人一时间手足无措，惶恐不安。有人蹲在长官身前，很想唤醒他，但时间一分一秒地过去，只剩逐渐风干的血渍，还有逐渐冰冷的尸体。

二

一片公墓映入眼帘。公墓周围，稀疏的野花点缀满地的绿荫，令眼前的匝地繁花多彩。几幢朦胧的建筑矗立于城市边缘，如是葱茏之中拔地而起的幻城。加以晨曦洒满大地，清风徐来，令人心旷神怡。墓群边缘，一群身着黑色素衣的男女，表情凝重，肃穆地站在墓碑前。

墓碑上镶嵌着老迈克的肖像和生死日期，众人面对墓碑，哀伤静默。几名身穿黑裙的女孩怀抱黄菊和白玫瑰，向到场的各位分发下去。

山米局长，艾瑞夫妻站在前排，身着素衣，哀伤关切地向迈克母子握手致哀。黛西握住迈克的手，热泪盈眶。艾米拉也向迈克母子表达了自己的吊唁慰问，艾米拉搀扶着母亲再次回到原位。

大家井然有序地行礼完毕后，按照新加坡的丧礼习俗，迈克发表了自己对父亲的亲情感言："我亲爱的父亲，请你放下一切，愿天堂的你一路走好，永远安息！"

……

老迈克决策失误，付出了生命的代价。两次扑空，本已经造成巨大的心理压力，而特里将军不依不饶的态度，更令老迈克无法冷静。虽然开枪自杀属于逃避行为，但如果连续追查军方的事情没有人站出来平息此事，不仅会造成军方和特工部队的矛盾升级，而且再想追查这批神出鬼没的毒品，更难于上青天。

其实，老迈克当时已经做好了选择，他逼迫队员离开码头后自杀，不仅可以平息此事，而更为深刻的一层含义是：特里将军也会因自己的死承担部分责任。自己死了，虽然不是特里将军亲手所为，但老迈克一个人死在特里

第十三章 了此一生

将军的眼皮下，特里想要就此开脱干系，也并非简单的几句说明便能化解。老迈克想好了自己的死绝对不能毫无价值，便做出了最后的选择。

他这些想法，在山米局长那里得到了准确的分析印证。

已经成为国家安全局高级探员的艾米拉和迈克已经脱离特工部队，开始由山米局长的领导。山米局长不仅收下了艾米拉和迈克，还将老迈克的案子接管。

为了进一步展开追击，山米局长在打理完老迈克的葬礼后，召开了第一个紧急会议，全面分析老迈克生前死后的众多线索。

不再是特工部队的会议监控大厅，但国家安全局的办公环境似乎远胜于特工部队的环境。艾米拉和迈克作为探员身份参加第一次的全体会议。

"其实，在迈克队长生前，我们已经有着密切的配合，现在迈克队长离开了我们，我们应该同仇敌忾，将这股恐怖力量挖出，绳之以法。"山米局长面对众多探员，部署今后的工作计划，以及分析这个恐怖组织的来龙去脉。

山米手下的探员组长贝尔上前替局长解说会议提要："这里的其他探员应该都清楚，据我们多年的追查，逐步锁定了几个恐怖组织重要人物，但现在还不是公布的时间，时机成熟后，我们一举歼灭这帮恶魔。"

贝尔发言完毕，山米局长再次起身，向大家部署今后的任务计划："为了明确我们下一步的行动计划，我总结了几点，希望大家认真听。从今天起，我们要加快调查进度，绝不允许这帮恐怖分子在我们的眼皮底下逃之夭夭。（一）继续追查这批不翼而飞的货。（二）既然货是从军港消失，那必定会跟特里将军脱不了干系，我们目前没有充足的证据，但不久的将来，我们一定会让他输得心服口服。（三）特里将军到底和这个恐怖组织有没有关联，也是我们下一步需要证实，我们不放过一个好人，但绝不能姑息一个作恶多端的人。（四）全权接管老迈克遗留的重大线索，原来特工部队的工作将由我们国家安全局负责，我们将要更大力度找出恐怖组织的活动成员以及活动范围。（五）找出所有跟恐怖组织有关的产业和进出口贸易，并全程监控，他们既然要生存，最必需的便是钱，钱从哪里来，找到这个关键点，我们顺藤摸瓜，想必找出那些打着幌子做生意的人，也不是件难事……"在部署任务的时候，电子监控屏幕上，逐一出现特里将军的头像，其中包括查理等人。

山米局长部署完毕，大屏幕上再次出现老迈克的头像。

"老队长，追查这条线索多年，甚至牺牲了自己的生命，希望大家谨记，我们要对得起迈克队长的职业精神，完成剩余的任务！"山米局长面对电子屏幕里的老迈克，摘下帽子，大家也不约而同地摘下帽子，再一次向老迈克鞠躬！

老迈克感觉追查多年的线索背后背景庞杂，但自己临近退休，只好请求老同学山米的帮助，山米暗中帮助老迈克的同时，也愿意帮助他完成退休前的最后一个愿望。按照两人的商议，山米局长秘密考验艾米拉和迈克，将两人招为自己的部下。

1号码头的货物被转移到军港后，老迈克曾带人前往军港，但因当时迈克被抓，老迈克暗中得到山米的帮助，才得以保全迈克。

事后，老迈克请求山米局长接收艾米拉和迈克加入国家安全局。

"两个孩子在我这里得不到充分的发挥，通过这么多年的观察，这两个孩子性格互补，今后可能会有所作为。艾米拉分析能力很强，弱点是历练不够，还不够以大局为重；迈克粗中有细，但洞察能力没有完全得到开发。我发现他们两个在一起，经常会彼此得到启发，虽不算珠联璧合，但力量不容小觑。"老迈克说起儿子和艾米拉的时候，显得信心十足。

山米笑着说："看得出来，你在这两个孩子身上耗尽了心血，我答应你，答应你！"

老迈克如释重负，轻松地笑了笑。

"只要通过了考核，特工队员进入国家安全局不是一件难事，我也需要像他们这样又年轻，又有潜力的探员。我帮你完成这个心愿，你也要帮我找到这个追查多年的线索。"

"一言为定，这是我们的职责所在！"

"一言为定！有必要的时候我一定会出现！放心去干吧，在你退休之前，我们还在并肩作战！"

两只手紧紧握在一起。

两人边走边谈，不一会儿便走到了一座日式别墅。也正是这座别墅，让艾米拉和迈克成为了国家安全局高级探员，也是在这里，迈克得到了父亲不幸的消息。这一喜一悲，似乎说明上天是公平的，但这种公平永远不可能公平。

特里将军对于老迈克的自杀，似乎不以为然。他不但没有参加老迈克的葬礼，也没有向国家安全局表示自己对这件事的歉意。山米局长也明白，老

第十三章 了此一生

迈克虽然死在了特里将军面前,但毕竟是自杀,自己去查特里也毫无意义。特里将军调虎离山的计策,巧妙甩开了老迈克的监控,借着夜色的掩护,将仓库的军械和毒品转移。他不仅没有暴露目标,还让追查这件案子的老迈克付出了生命的代价。

也许是无法掩饰内心的喜悦,特里将军来到了海边的小木屋。海天一线,海滩上欢声笑语,特里抽着雪茄拨通了电话。

"事情已经解决,暂时不会有什么问题……不妥不妥,虽然暂时没有威胁,但夜长梦多,还是早点做好准备……对,有必要的时候我会配合……没问题,我认为可以执行……"特里将军挂了电话,满脸带笑。

通完电话,特里将军叫来了查理。查理不习惯闻烟味,可木屋里除了浓烈的雪茄味,没有其他味道,连海水的腥味都没有。

查理痛苦地用手挡住了鼻子:"我们下一步怎么办?"

特里知道查理受不了烟味,他将雪茄架在烟缸上,走到查理面前。"事情解决了,你也可以过正常人的生活了。从今天开始,你专心准备婚事,我手里的事情会找别人打理,多陪陪海伦!"此刻的特里将军似乎褪去了将军的身份,查理有些难以适应。

"好的!"

"你和海伦大婚后,就不要掺和我的事了,我想你们过正常人的生活……"

查理看到了特里将军不同寻常的眼神。这一刻,他觉得面前站着的特里,不是将军,更像是岳父大人。

海伦小姐在窗外的海滩上,穿着比基尼,躺在海滩床上晒着太阳。不知不觉中,查理来到了海伦小姐的身边,海伦惊讶地看着查理:"查理,你怎么来了?"

查理转身看了看岸边不远处的木屋,海伦小姐似乎明白查理眼神的含义:"是不是又有新任务?"

查理愁眉苦脸地蹲在海伦面前一语不发,海伦看了看远处的木屋,轻轻抚摸查理的脸。查理忽然抱起海伦小姐。海伦惊叫着,声音传向了大海,传到了特里将军的耳朵。

特里将军再次捡起雪茄,回到窗口,一股淡蓝色的烟雾飘出窗外。

沙滩上,查理和海伦小姐追逐嬉耍的欢乐感染着特里,特里嘴里的雪茄被取而代之的是那抹不去的微笑。

第十四章 明争暗斗

一

马丁的办公室内，约翰正在和马丁谈论公司的业务，两人你一言我一语，交谈甚欢。

"儿童专项基金会既然已经成型，就随时启动吧！"马丁轻松地端起咖啡，抿了一口。

"老板，我想说的是，最近我们海外的几笔生意最近都出了一点儿状况，这次针对儿童基金会拨出巨款，是不是时机有些过早……"约翰的话中肯而有责任感。

马丁稍作思考，便笑着说："哪里的生意都不好做，我们维利集团能有今天，是靠点点滴滴的成果汇聚而成，即便是今天拥有众多产业，但同样难免有些环节出现误差，造成一些经济损失。相信我，只要我在维利集团一天，就绝不允许生意上出现重大的失败，一些小小的挫折在所难免。"

约翰点点头："我相信，我会按老板的意思尽快落实到具体细节，基金会的各项指标我会严格按照老板的初衷去执行，保证每一个接受我们援助的儿童享受到自身权益。"

"换个角度，如果我们所有的生意都能赚钱，那让我们的生意伙伴怎么得到平衡，偶尔让他们尝尝甜头，也是一种生意策略嘛！"马丁妙语连珠，头头是道。

约翰在马丁的一番开导后也逐渐轻松了许多。

这时，马丁随身的手机响了，他拿出手机，皱了皱眉，约翰表示离开。马丁摆手示意约翰留下，约翰只好坐回了沙发。

第十四章 明争暗斗

马丁接通电话，简单地交流了几句，便挂了电话。

看着马丁面露难色，约翰起身问道："老板，是不是有什么难题？"

马丁悻悻地点头："说曹操曹操就到！"

"是不是那边出事了？"

马丁苦笑道："迟早的事，我想我该去了解一下了……"

夜色下，一辆汽车驶入军港码头。一人背着身站在船头，汽车停在靠近大船的码头。车门打开，一人下车看了看船头的背影，又回头四处看了看，压低了黑色的礼帽，沿着木板上了大船。

来人走进背影，向背影说道："久等了！"

背影缓缓转身，由于夜色的凄迷，遮住了此人的面目。两人没有多言，相互礼让后进了船舱。

船头的岗哨向汽车打了两次指示灯，汽车缓缓倒退离开了原位，在夜色下失去了踪影。

这时，船头的灯忽然熄灭，而船头的岗哨依然在黑暗中，注视着各个角落。一名岗哨走下船舱。

下了船舱的人在灯光的照射下，发现是一名黑人，而这名熟悉的黑人，正是在仓库曾经殴打阿泰的人。黑人瞪着眼睛走进一间雅间。雅间内，刚刚来的客人和船头等待的人已经坐下，一名女仆跪在雅间的门口。看得出来，这里的陈设洋溢着日本格调，木制的小隔间，木制的地板，暖色的灯光，顺从的女仆。

黑人探头向雅间报告情况："已经安排好了，可以开始了。"黑人说完后，眼神经过女仆的身体。其实黑人看女仆是因为女仆在黑人汇报后，将雅间的隔板轻轻地合上了。

雅间内，女仆为两人端上咖啡，自己也退出了房间。

客人摘下礼帽，露出了脸部的轮廓，原来是马丁。坐在马丁对面的人正是特里将军，女仆离开后，两人由原来的主客之分，瞬间变得轻松随意。

"似乎很安全！"马丁笑着端起咖啡。

"目前可以这么说……"特里将军阴险地笑了笑。

"到底出了什么状况？"马丁放下杯子，有些急不可耐。

"前不久，这里的情况一触即发，仓库里有一批货，被盯上了，不过现在相安无事了，至少现在没事了……"特里将军做了一个开枪的手势，"啪！"

马丁极其谨慎地追问："难道被查到了什么？"

"环奇制药已经被盯上，我一直都不明白，他们既然去过那里，为什么一直不采取行动，现在进退两难，继续生产的话担心会被突击发现。如果停止生产，又会影响我们的生意，万一他们不再追查，岂不是白白浪费掉了时间……"特里将军对这件事捉摸不透，似乎有一肚子的话。

马丁想了想："环奇制药一旦被发现，以环奇制药名义打造的产业链将会功亏一篑，现在没必要冒险，很多事情我了解得不太透彻，你还要以大局为重！"

特里将军没有理会马丁，接着说："有人去过环奇的实验室，并不代表去过环奇的车间。去过环奇的车间，未必能发现证据，我们的生产都是极为隐秘的，常人很难看出里面的文章。"

马丁面露难色："还是早做打算，避免不必要的麻烦，尽量要保证你的身份安全。"

特里将军不以为然，他轻蔑地笑了笑："追查我们的人已经死了，想必短期内能平静一些。"

"但往往是这种无声的平静，才更加令人恐慌。"

特里将军抽出一支雪茄，递给马丁一支。两人点燃雪茄，小屋内瞬间烟雾缭绕。

马丁说："人死了，他们不可能善罢甘休，我们也应该尽快做出调整……"

"静观其变吧！没有人敢在我的眼皮底下动手动脚，你放心吧！"特里将军固执己见，令马丁左右为难。

马丁离开特里将军的码头，次日便回到了维利集团。

回来的第一时间，马丁通知了约翰。有所区别的是，这次见面，两人选择在了晚上，约翰敲开了马丁的办公室，站在窗前的马丁转过身，直入主题。

"最近有两桩婚事要办，我想我们应该有所行动，不能光靠着别人。有些事，还得我们亲自去办。"马丁的眼神落在约翰身上，约翰明白这是在试探自己。

"老板有什么吩咐？"约翰一向少言寡语，即便是问也是问关键的一句。

"特里将军刚愎自用，这个人一定要小心，我有种不祥的预感，我想我们的计划要提前进行了，你尽快安排一下！"马丁的部署不是很直接，约翰听在耳里，已经明白自己将要去做什么。

第十四章 明争暗斗

"老板放心，我立即去办。"约翰退出办公室。马丁严肃的交代，约翰似乎明白这么多年平静的生活，将要从这一刻再起波澜。

马丁看着尽收视野的城市，心里正在展开一场巨大的阴谋。

约翰离开维利集团，连夜赶往某娱乐城。

途中，约翰心事重重，注意力被分散，以至尾随其后的摩托车一直跟随到了目的地。

没有发现跟踪者，约翰走进了坐落在城市边缘的娱乐城。

摩托车停在娱乐城外，跟踪者打了个电话，也跟了进去。

娱乐城内部灯火辉煌，人来人往。跟踪者进去后，发现内部过于庞杂，再找约翰的身影，早已不知去向。他摘下帽子，露出一张清秀的面孔，长发挡住了半边脸。尽管如此，另一只眼睛透着无形的杀气，环视着娱乐城内的每一个人。有人与他擦肩而过，跟踪者不以为然对方的"对不起"，眼神搜索每一个人群出入的通道。为了跟踪目标，跟踪者没有继续深入，他在自动取饮机上买了一罐饮料，站在门口一个不起眼的角落，再次戴上帽子，继续观察。

约翰并没有注意到这个一直跟踪来此的人，他走进娱乐城，娴熟地转了几个弯，来到了地下的"超人拳馆"。

前台的美女似乎对约翰极为熟悉，美女妩媚的笑容却没有引起约翰的兴趣，约翰径直走进训练大厅。行至门口，便听见训练厅内拳手们训练的声音。约翰站在门口，稍作调整，推门而入。

大厅内，灯火通明。约翰站在门口扫视大厅，其中有三人停止了训练，向约翰走了过来。约翰用余光瞄了一眼，三人已经来到了面前。

三人光着上身，汗水顺着结实的肌肉顺流而下，经过各自的刺身。三人身上分别有龙、虎、豹刺身，刺身栩栩如生，活灵活现。龙刺身的拳手平头，脸庞不大，但目光坚定；虎刺身的拳手光头无发，锃亮无比，眼神在浓密的眉毛下，显得聚光深邃，有种深藏不露的感觉；有豹刺身的与其他两人不同，他头发浓密，满脸的络腮胡，表象虽然狰狞，但看得出来，如果他剃掉胡子，便会出现一张清秀的面孔。龙、虎、豹三种刺身，正是三人的代表，阿龙、阿虎、阿豹。

"大哥！"三人异口同声地叫约翰。

约翰嘴角带出一丝微笑，但随即表情严肃。三人问道："今天怎么突然晚上过来，是不是有什么急事？"

约翰点点头："没错，以后的日子可能就没有这么太平了，我们有事要做了！"

三人摩拳擦掌："就等这一天了，在这里待了这么多年，除了训练还是训练，早就想出去走走了。"

约翰逐个审视面前的三人，最后点头道："我带你们去见一个人！"

三人见约翰严肃，也明白今后的生活也许从这个人开始改变。

约翰在前台对面的沙发上等了一会儿，换好衣服的龙、虎、豹三人来到约翰面前："大哥，我们收拾好了！"

再看三人，每人手里领着一个大包。约翰起身带着三人离开，前台那位妩媚的美女陶醉在约翰的背影中，不能自拔。

约翰带着龙、虎、豹三人走出娱乐城。三人上车，汽车开出不久，阿龙便发现了跟踪的摩托车。

"大哥，你看后面那辆摩托车！"阿龙提醒约翰的同时，阿虎、阿豹也看见了跟踪的摩托车。

阿豹有些不耐烦："要不要我们下去收拾了这小子？"

约翰沉默不语，掏出腰间的手枪，做好准备。也许是为了避免跟踪摩托车的怀疑，约翰保持着车速，似乎在等待时机。

汽车突然拐过一个弯，摩托车很快跟了上去。

约翰开到一条灯光昏暗的马路，这条马路没有行人，穿行的车辆也相对较少。汽车绕过几辆汽车，便钻进了一侧更为狭窄的街巷，停了下来。

摩托车急速前进，紧随其后。听着摩托车的声音靠近时，约翰的汽车倒出了街巷，汽车横在摩托车前方，摩托车急踩刹车。与此同时，约翰下车后借着汽车的掩护，朝跟踪者开枪……

二

跟踪者没想到对方会朝自己开枪，由于担心寡不敌众，便无奈地骑车离开。

约翰钻进车里，坐在前排的阿龙问："会是什么人跟踪我们？"

"不知道，看来老板说得有道理，我们已经被人盯上了。"约翰有些不悦，其他三人也不再多问。

约翰带着龙、虎、豹三兄弟来到了一条空旷的公路交叉口，四人陆续下车。

第十四章 明争暗斗

一辆汽车打着双闪停在交叉口，有人站在汽车的内侧，只露出了上半身。但因背对着身，龙、虎、豹三人看不清对面的人是谁。

也许是听到了汽车的刹车声音，早已等候的人侧了侧身。

约翰带着龙、虎、豹三人上前，几人在夜幕下交谈……

这边静得令人发冷，而在城市的另一个地方，大卫正在盛情款待朋友，祝贺自己成功成为网游开发的一员。作为"黑客小联盟"的带头人物，大卫彰显老大的身份，宴请自己的成员托马斯、阿呆、胖妞。除此之外，作为多年好友的露西也在其中。

酒店的大包间内，环境优雅，众人围坐在一张大圆桌周围，高谈阔论，似乎忘记了这里相对安静的环境。

大卫见胖妞贴着自己，不耐烦地推开胖妞："哎呀呀，烦死了烦死了，天这么热，你靠那么近干嘛！"

胖妞撅着嘴又挪回了自己的位置，托马斯和阿呆捂嘴偷笑，露西却放声大笑。

"大卫，我看胖妞对你挺好的，你就别总相亲了，相了那么多，也没见你看上几个。"露西将一块点心，放在大卫的餐盘里："吃了这块点心，废物！"

大卫看看子左右两侧的这两个女人，顿时趴在桌子上不起来。

"哎呀，我怎么这么命苦，遇到你们这样的朋友，真是人生之一大不幸啊！"大卫带着哭腔趴在桌上。

露西听后站了起来："大卫，你敢说遇到我是你的不幸，小心我把你那点儿花花肠子给你拿出来晒晒太阳。"

大卫听了抬起头问道："什么花花肠子？"

这时，托马斯和阿呆似乎对露西口中的花花肠子很感兴趣，两人急忙给露西盘中添水果："露西，这是你爱吃的水果，你吃，润润喉，然后给我们分享分享。"

阿呆也嬉皮笑脸地对露西说："对对对，今天是个好日子，给我们分享分享，毕竟我们是大卫的朋友，知道太少了对不起我们这位又是老大又是朋友的朋友。"

"去去去，啰嗦不啰嗦！"大卫拿起一枚圣女果扔向阿呆。

露西伸手从大卫手里轻松地夺过圣女果，喂入自己的口中。

大卫看着露西得意地吃着水果，面带哭腔，无奈至极。

"好，拿了人家的手短，吃了人家的嘴短，吃都吃了，我就爆料一件事吧。"露西说着走到胖妞身边，拍着胖妞的肩膀。胖妞先是可爱地笑，而后又是紧张地看着露西和大卫。

"我印象中，胖妞现在坐的这个位置，原来是另外一个女孩。"露西贴近大卫，"你记不记得啊？"

大卫睁着眼睛盯着露西："你是说艾米拉？"

"哈哈哈哈，这可是你自己说的啊，我没说是谁。你们都听见了，他说是艾米拉。艾米拉是谁啊？"露西再次贴近大卫，一脸无知地问大卫。

托马斯和阿呆站了起来。胖妞听到艾米拉这个名字，脸色大变，托马斯和阿呆看见胖妞的表情，又乖乖坐回自己的位置。

大卫明白自己中了露西的圈套，埋头不语。

"好，既然你不想说，我就替你说了啊……"露西见大卫不说话，便接着说，"艾米拉是我和大卫共同的好朋友，幼稚园的时候，大卫就暗恋艾米拉，哈哈哈，都这么多年了，大卫，你说你不会是还在等艾米拉吧？"露西凑近大卫，大卫猛然抬头，冲着露西张牙舞爪。露西吓得蹦蹦跳跳跑开很远。

大卫起身要走，忽然传来手机的铃声，大家都静了下来，随声寻找是谁的手机。

铃声来自露西的挎包，露西急忙接听电话："喂……"接通后，露西进了洗手间接电话。

大卫使了个眼色，托马斯和阿呆几个大步跑到洗手间门口。大卫也凑近，三人偷听露西的电话。胖妞见状，也上前凑热闹。

不一会儿，露西打开洗手间的门，被眼前的几人吓得退了回去。

露西再次打开洗手间的门，忽然发现几位都安然无恙地坐在自己的位置上，露西似乎怀疑自己的眼神。正在露西陷入质疑的时候，胖妞忍不住扑哧大笑，接着，大卫三人也忍不住，笑了出来。

露西冲到大卫面前，两只手挥舞落在了大卫的身上。大卫抱着头，哇哇乱叫。

"好了好了，别闹了！"大卫推开露西，嬉皮笑脸地看着露西。

大卫端起酒杯，露西依然瞪眼看着大卫，大卫劝露西："行了，我什么都没听见，没听见哈……"大卫的眼神扫过托马斯和阿呆，最后落在胖妞身上，胖妞点点头。

第十四章 明争暗斗

"我们的小联盟成功晋级了国产网游项目，今天是庆功宴，希望我们今后一起合作，用我们的实力为小联盟打造更响亮的品牌口号……也谢谢你，露西，谢谢你能来跟我们一起庆功！"大卫将露西的酒杯端给露西，依然怯怯地看着露西。

露西笑着说了句："废物点心，我们是好朋友嘛！"

大家举杯，所有的快乐都化作杯中酒，一起入怀……

露西满脸挂着幸福，急匆匆地回到了家。推开家门，露西看到了坐在吧台前的约翰。

"亲爱的，我好想你！"露西花痴地扑在了约翰怀里，约翰抚摸着露西的脸。

"这么晚了，还在外面啊？"

"给好朋友庆功，那还不是一个人在家太无聊，你最近都在忙什么，白天也看不见你！"露西起身端起约翰的酒杯，在约翰面前晃了晃。约翰点了点头，露西抿了一口酒。

"最近公司事情多。"

"听说麦琪要和科恩结婚了。"露西的八卦消息又来了。

约翰冷笑："你的消息真灵通！"

"讨厌！"露西推开约翰，却被约翰再次拽入怀中。露西娇哼一声，抱着约翰的脖子，深情地看着约翰，似乎在等约翰深情地一吻。

约翰没有亲吻露西，而是抱起露西走进了卧室……

露西说得没错，维利集团的秘书，也正是马丁的秘书麦琪大婚在即，而新郎正是掌管维利集团财政大权的总监科恩。露西作为维利集团时尚总监，不仅在时尚界声名显赫，也在维利集团举足轻重。生活中的露西大大咧咧，和众多女孩子一样，花痴如醉。自从看见约翰出现在维利集团，她不惜一切代价，辞掉原来的工作，通过各层选拔，成功胜任维利集团的时尚总监，专门负责维利集团时尚领域的各项活动。但露西进入维利集团，仅仅是为了一个自己喜欢的男人。

维利集团业务范围中，不仅有慈善专项基金，还走在时尚界的尖端前沿。

露西作为时尚总监，很快融入维利集团业务范围，在花痴的内心魔化下，顺利地接触到了约翰。而对维利集团的新闻而言，一个时尚八卦的女人，似乎在这一特长里更有发言权。

同样，因为露西在维利集团的身份，麦琪大婚期间，露西全程策划了婚礼全程。

维利集团拥有一片属于自己的高尔夫球场,麦琪作为马丁的得力助手,利用这一环境,让婚礼显得浑然天成。

脚下是整齐的植被,由于高尔夫球场的人工地貌,山丘绵延起伏,一眼望去,蓝天白云,青草绿地,洁白的婚纱,美丽的新人。

球场一片平坦的地段被划出作为婚礼现场,一道布满鲜花的心形彩门让现场变得格外清新。

这副浑然天成的美景,因为每个人愉快的心情更加赏心悦目。婚礼仪式全程由司仪主持完成,麦琪和科恩这对新人在逐一接受在场宾客的祝福后,最后感谢证婚人马丁的成全之美。

马丁为这对新人致新婚祝福词。随后,两人交换礼物,相拥而吻。

在球场完成了第一道婚礼程序后,接着转向酒店,大设酒宴,款待各位宾朋。

就在刚刚进入酒店时,马丁在约翰耳边耳语几句,两人借故离开,找了个人少的角落。

"事情已经安排好了。"约翰向马丁交代之前所办之事。

"麦琪大婚后,肯定有一段日子工作状态不佳,你要多费费心。"马丁说。

"还有一件事……"约翰左右看了看,再次凑近马丁,"有人跟踪过我,不知道是什么人。"

马丁惊讶,陷入沉思:"看来我的预测是正确的,如果真的有人开始留意我们,想必此时此刻我们已经在对方的视线之内。"

约翰听到马丁如此分析,难免有些紧张,他再次左右观察:"如果真有人跟踪,我会立刻把他找出来。"

马丁悻悻地点了点头:"今天人多,找出来的困难比较人,你多派些人手,如果能找出最好!"

约翰答应了老板的指示,在马丁离开后,拨通了电话:"你们带几个人过来……"约翰安排的人必定是阿龙、阿虎、阿豹三人。

在地下停车场,约翰见到了龙、虎、豹三人。

"今天是老板秘书大婚的日子,我怀疑跟踪我们的人会乘虚而入,再次出现。有几个重要的地方,你们找人盯紧点,一旦发现可疑的人,立即向我汇报,有必要时,先出手抓人。记住,要抓活的!"约翰向三人交代的时候,车库

第十四章 明争暗斗

入口开进一辆汽车，刺耳的刹车声打乱了几人的交谈。

阿龙、阿虎、阿豹三人纷纷拔枪，约翰按住阿龙即将拔出的手枪。

"记住，不到万不得已！"约翰急忙嘱咐。

三人点头，约翰转身离开。

"酒店大门，地下车库，酒店的洗手间，这三个地方肯定是必经之地，我们只要守住这三个地点，一定能发现他……"阿龙说。

"我去监视酒店门口。"阿虎说。

"我去酒店内部。"阿豹说。

"好，我留在这里，见机行事，千万不要惹麻烦！"

三人打手势，各自离开……

第十五章 姻缘杀机

一

　　阿龙的推断没错，在酒店门口的对面马路边，一辆摩托车停了下来。阿虎在酒店外的某个角落，见这名男子始终没有摘下头盔，觉得行迹可疑，但他拿捏不定，只好继续观察。一名脚踩独轮单车的小女孩由远而近，经过摩托车时，不慎剐蹭到了摩托车，小女孩摔倒在地。男子急忙上前搀扶，小女孩所幸并无大碍。男子弯腰搀扶小女孩时，阿虎发现了别在男子腰间的枪。阿虎确定这名男子正是跟踪者，便暗中拍了一张男子侧身的照片，传给了其他几人。

　　约翰正在酒店陪同马丁参加婚宴，忽然手机响起。他看到了手机图片里的人正是跟踪者。约翰暗中发出信号："行动！"

　　得到命令的阿龙从地下车库里来到了酒店内部，和阿豹接头。两人在洗手间决定，由阿豹继续留在洗手间，阿龙出去策应酒店外面的阿虎。

　　跟踪者对已经为自己布下天罗地网的酒店，全然不知。他警惕地观察了周围，便摘卜头盔走进了酒店。

　　进入酒店后，跟踪者似乎在和别人通话。阿龙随即发现了男子这一怪异的举动。

　　男子穿过人群，来到新娘新郎面前，佯装和宾客举杯庆祝。随后，又转向酒店一侧的走廊。

　　阿龙注意到男子走向洗手间，便急忙向洗手间里的阿豹打了招呼。为了防止男子从门口逃走，阿龙没有通知阿虎。

　　男子没有去洗手间，而是拐入另一条走廊，停在了一间房门外。他四处

第十五章 姻缘杀机

看了看，便刷卡进了房间。阿龙担心自己被暴露，急忙撤出了监视。在回婚宴的走廊里，阿龙和新娘子擦肩而过。新娘委婉地一笑，阿龙觉得心里美滋滋的，他沉浸在美丽的幻想之中，不由得回头多看了一眼新娘。新娘拐过走廊时，回头和阿龙再次对视而笑。阿龙忽然发现新娘和跟踪男子走的是同一条走廊。想到这里，阿龙有些好奇，便返回跟了上去，阿龙不敢跟着拐过去，他在拐弯的时候，从怀里掏出了眼镜，故意掉在了地上。阿龙弯腰捡眼镜时，借着眼镜片的反光作用，看到了新娘进了一间房门。阿龙不敢确定新娘走进的是跟踪男子的房门，只好躲在一个相对不被人怀疑的角落喝酒假装通电话。

过了许久，阿龙发现跟踪男子不出来，更为奇怪的是新娘也不出来。阿龙觉得蹊跷，开始四处观察，却发现婚宴现场新娘和跟踪男子正在举杯交谈。

阿龙十分惊讶，只好拨通了约翰的电话："大哥，对方和新娘好像在交谈。"

约翰听到此处，也感到十分蹊跷。但随即想了想，急忙发出暗号："不要伤害新娘，等他们分开了再找机会下手，不要伤及无辜，更不要暴露身份。"

阿龙得到约翰的指示，同时将这一消息传达给依然守在洗手间附近的阿豹，而酒店门口的阿虎依然守在酒店门口。

跟踪者和麦琪简单交谈后，走进了洗手间。阿龙得到阿豹的消息后，端着酒杯走进洗手间。

洗手间的镜子前，男子整理衣冠。而在男子右侧，阿豹正在蒙头洗脸，阿龙故作酒醉，将酒杯放在台前，也开始洗脸。男子作为职业杀手，对自己两侧各有一人感到十分不安，他转身要走。但此时的阿龙和阿豹的手已经抓住了对方的肩头，男子伸手想甩开两人，阿龙和阿豹的另一只手正好抓住了男子的手腕，男子顺势前空翻，想挣脱两人的控制，但阿龙在对方前空翻的时候，瞅准时机，抬起一脚将男子踢晕。男子倒在了地上，此时，正好有人走进洗手间，阿龙和阿豹赔笑，指着地上的男子，阿龙笑嘻嘻地说："喝……喝多了！"

进入洗手间的人赔礼而笑，便不予理会。

阿龙向阿豹使眼色扶起男子，阿龙将杯中酒泼在了男子的上衣，两人拖着男子走出洗手间，沿着另一侧的通道离开了酒店，直接拖入地下车库。

阿龙和阿豹将跟踪者拖入地下车库，先塞入汽车。阿虎得到消息也回到了地下车库。阿龙这才发消息给约翰，约翰也来到了地下车库。

约翰看见了昏迷在后座的跟踪者，陷入了沉思。也许抓人过于顺利，他有些难以适应。因担心自己决策失误，他不得不将电话再次打给马丁："老板，跟踪我们的人已经抓住了，怎么处理？"

马丁余光扫过周围的人，借机离开酒店大堂。

"先转移到安全的地方，问出是谁派来的，不要再联系我，有些事情你可以做决定。"马丁将部分权力交给了约翰，由约翰自主处理。

约翰得到了老板的许可，决定转移跟踪男子。

"走！"约翰带着龙、虎、豹三人，押着跟踪男子离开了酒店停车场。

在车里，坐在后排的阿虎和阿豹对跟踪男子进行了搜身，除了一部手机，别无他物。阿虎将手机的事情告诉了约翰。阿龙接过手机，发现了一个最近的联系号码，阿龙试探着拨了过去，电话里传来："您拨打的电话已关机……"

跟踪约翰的男子叫阿健，麦琪虽然是婚礼的主角，但其实这只不过是掩饰自己的最佳办法。科恩是维利集团的财务总监，只有掌握资金流动，才能摸清维利集团到底与哪些海外组织有密切联系。麦琪深知马丁老谋深算，仅靠自己，似乎很难潜伏在马丁身边。科恩为人忠厚，心思细腻，但细腻仅仅是在工作中。生活中，甚至感情中，科恩不入麦琪的法眼。

其实在婚礼前后，麦琪派阿健追查马丁身边可疑的人。约翰虽然作为维利集团的律师，但此人深不可测，行动诡异，根本无法抓到他的把柄。自己不利于出动，但麦琪手下，有无数个神秘的职业杀手。

麦琪到底是什么人？为何潜伏在马丁身边，追查马丁的行动？约翰根本不知道麦琪的角色，也许连马丁都没有意识到自己身边有一双看不见的眼睛正监视着自己的一举一动。

麦琪借透气之名，走出酒店。酒店对面的马路边，阿健那辆摩托车映入眼帘，麦琪似乎已经意识到阿健遭遇不测。她回到酒店洗手间，给另外一名杀手发出了通知："阿健可能出事了，去处理一下！"麦琪发完这个通知，便将手机卡摘掉扔进了马桶，随手按下了冲水键。

接到通知的另一名杀手W，在接到麦琪的通知后，通过阿健体内的定位芯片，很快找到了阿健的去向。

W和阿健的行动方法如出一辙，W骑摩托车追上了约翰押送阿健的车。但W聪明的是，因为阿健体内的定位芯片已经明确地告诉W准确位置，所以，他没必要跟得太近。

第十五章 姻缘杀机

约翰的车开进了一处废车场。W 的摩托车停在了废车场入口附近,他下车爬上了停车场围墙的一处制高点。

进入废车场后,在一栋废旧的大楼前,约翰等人下车,押着阿健往里走去。也就在此时,W 果断出击,开枪打死了阿健。约翰没来得及审问,阿健已经倒在血泊之中。龙、虎、豹三兄弟急忙散开寻找枪击的方向。但因为白天,W 开枪精准,一枪毙命,也未曾暴露火力点。W 骑摩托车离开的时候,约翰等人也听到了摩托车声音。几人开车追了一段,跟丢了摩托车。约翰停下车,放弃了追击。

"怎么办?人死了。"阿龙问约翰。

约翰想了想:"回去,把尸体处理了,不要让人发现。"

四人再次开车回到废车场,这里依然是刚刚来过的地方,不同的是,刚刚被打死的阿健不见了踪影。

约翰气急败坏地环视周围……

偏僻的郊外,W 蹲在阿健的尸体旁,默默不语。一辆小汽车开近 W,W 没有起身,似乎知道有人要来。

从车上下来的人正是麦琪,麦琪走到 W 旁边,看着死去的阿健。

"阿健的死对你来说也是个教训,我们对付的人并不是一般人物,所以行动时务必注意安全,千万不能小觑我们的对手。"

W 起身,看了看麦琪,眼神看向远处的夕阳。

夕阳染红了半边天,像是少女哭红的双眼,残留的几抹夕阳,将最后一点光明留给人间。光线渐渐昏暗,远处城市若隐若现的建筑有些迷茫。W 回过头,看着麦琪,似乎在问下一步的计划。

麦琪心领神会地点了点头:"废除阿健体内的芯片,送阿健走吧!"

W 点头,蹲下身,撕开阿健左侧的袖子,从靴子里拔出匕首,割开阿健的左臂。阿健死去多时,尸体已经冷却,匕首割开皮肤后,只渗出一点血渍。W 取出一颗微型的芯片,看了麦琪一眼,他在阿健的衣服上擦拭后,随手装入自己的口袋。

"时刻监视约翰的行踪,看来他们要行动了。"麦琪嘱咐 W,随即上车离去。

W 孤独的身影伫立在荒芜的郊外,随着夕阳西下,影子也消失得无影无踪。

二

　　灯光忽明忽暗,闪烁不停。一位长发美女推着轮椅来到一面硕大的电子屏幕前,轮椅上坐着一位老人,老人的左眼镶嵌着一块金属,也许是眼睛被掏空,颅骨缺损,连半边的头皮都被金属外壳包裹。老人的右手被一弯形的铁钩代替,稀疏的白发散落在仅剩的头皮上,说话时,嘴里的牙齿零零落落。

　　电子屏幕在一阵信号接触过后,逐渐明显。在屏幕里,也许因为信号的故障,屏幕里出现的人模模糊糊,无法看清对方脸部的轮廓。声音经过处理,也听不出对方的真实声音。

　　"老大,我损失了一名杀手。"声音是从屏幕里传出来。

　　轮椅上的老人,口齿不清,虚弱地说道:"暂时让 W 帮你,我另外派四个人给你……"

　　在轮椅老人的身后,走过四名性感的女郎,分别站在轮椅老人的身后。四名女郎身穿短打的皮裤,皮制的紧身裹胸,但依然看不清脸部。

　　"时间不多了,你要抓紧行动!"轮椅上的老人嘱咐完,长发美女推着轮椅离开了密室。

　　电子屏幕在一阵闪烁后,信号中断。此刻,在马丁的办公室,马丁正给麦琪安排工作:"近日我要拜访几位合作伙伴,我不在的时候,你多多费心!"

　　麦琪赔笑:"公司的事也是我的事,老板请放心,我一定会全力以赴,尽职尽责!"

　　马丁笑着从抽屉拿出一只小礼盒:"按常理,你应该好好去度度蜜月,享受新婚的快乐,但我们公司人力匮乏,除了你,没有人更能胜任。为了不影响公司平时业务,我决定暂时取消你的蜜月计划,希望你不要介意,这是我一点小心意,算是我的补偿。"马丁将小礼盒推到了麦琪眼前。

　　麦琪看着礼盒,急忙感谢:"谢谢老板,我还要感谢老板对我的重任,也谢谢老板的礼物!"

　　麦琪说话间,约翰从外面走了进来,约翰和麦琪微笑打招呼,麦琪知趣地退出马丁办公室。

　　约翰上前一步:"老板,去新加坡的事情已经安排好,随时可以动身。"

　　马丁点点头:"这种事以后不要在办公场所说……"

　　约翰应声不语。

第十五章 姻缘杀机

"前面的事情处理得怎么样了？"

"还是没有找到被灭口的人，活不见人死不见尸。"

"确定人死了没有？"

"确定！"

马丁想了想，继续说："我们已经暴露了，这次去新加坡你留下来继续执行慈善活动的具体工作，为麦琪分担一些工作，不要引起更多的猜疑。"

"是！"

马丁似乎又想起什么，再次交待："科恩很快就成为麦琪的人，想办法保住公司的账目，不要伤害科恩！"

"明白，我会处理！"约翰答应了马丁，离开了办公室。

在公司走廊的尽头，约翰注意到麦琪正在和科恩亲密地交谈。约翰的嘴角露出一丝冷笑，走进了电梯。

约翰在电梯间，给龙、虎、豹三兄弟打了个电话："阿龙，晚上老地方见！"

……

马丁离开香港，飞往新加坡参加特里将军女儿海伦的婚礼。

和麦琪的婚礼不同，特里将军女儿的婚礼堪称皇家级别。

酒店后方，有一处水上乐园，婚礼全程在这片水上乐园举办，脚下是湛蓝湛蓝的海水，头顶是湛蓝湛蓝的天。不仅如此，洁白的云和清新的空气也成为婚礼最为享受的风景。

远远望去，婚礼现场如是行走在水中的游船，除了人来人往的穿梭，还有喷水的音乐池。音乐池的两侧，围坐着乐团，各式各样的乐器，管弦、提琴、钢琴等。音乐池中，随着喷水的节奏，音乐缓缓而出，喷水变化着颜色，有节奏地此起彼伏。在水上乐园的入口，由玫瑰花扎成的彩门赫然显立，人们穿梭于彩门内外。除此之外，水中飘起的各种彩带，迎风飘扬。

现场在鲜花的装扮下，温馨浪漫，几名七八岁的小朋友欢快地穿梭在人群中。他们穿着小礼服，打着蝴蝶结，小女孩们穿着洁白的裙子。

一阵欢笑过后，新娘新郎由伴郎伴娘陪伴，通过彩门，进入水上乐园。这时，全场宾朋致以热烈的掌声，祝贺新娘新郎。

到场的宾客包括了特里将军在军方和政界的高官，还有海伦小姐和查理双方的亲朋好友。即便是特里将军身份显赫，但为了女儿的婚礼，婚礼现场全程开放。到场的政界官员西服革履，也许是为了掩人耳目。

参加婚礼的宾客中,也有几位熟悉的身影。山米局长作为国家安全局副局长,也应邀出席了海伦小姐的婚礼。山米局长不仅亲自前来,还带着迈克一起参加,带迈克来,其实是醉翁之意不在酒,表面是前来参加婚礼,但其实迈克是带着任务而来。

老迈克死前追踪的线索,因为特里将军的出现,在老迈克自杀后暂时中断。但这只是表象,山米局长暗中接管了老迈克生前未曾查完的线索,虽然还未曾公开追查,但山米局长的权利和行动范围远远超越于老迈克。

特里将军洋洋得意,自认为可以高枕无忧。可他并不知道,山米局长参加他女儿的婚礼,其实已经离真相越来越近.

山米当然不会放过前来参加海伦小姐的婚礼,他带着迈克前来,其实是为了找到特里和可疑人物的蛛丝马迹。

迈克很快发现了杰森,他想到了杰森和海伦小姐的同学关系,并未在意。但随着杰森和马丁的接触,迈克察觉这一幕,似乎更有价值。

杰森在特里将军的引荐下,正在和马丁谈得热火朝天。

马丁在迈克眼里是个陌生人,但马丁的名字迈克并不陌生。他并没有想到这就是马丁。

海伦小姐和查理走到马丁和特里将军面前,由特里将军介绍:"这是马丁叔叔,是我的朋友。"

"马丁叔叔好!谢谢你能来参加我的婚礼!"马丁看见海伦长得可爱机灵,他从怀里拿出一只精美的小礼盒,从盒子里取出一串钻石项链。

"这是我送你的见面礼,同样也是你的新婚礼物。"马丁将项链戴在了海伦的脖子上。

看着马丁赠送的项链,海伦小姐心花怒放,她的眼神看到了杰森。

"杰森,你也认识马丁叔叔吗?"海伦小姐问道。

杰森上前一步:"还记得我说过在你婚礼上送你的神秘礼物吗?"

海伦小姐惊诧地捂嘴:"原来你们早就认识,难怪你是我父亲的客人……"

"祝你们新婚快乐,白头偕老!"杰森送上了自己的祝福。同时,他的眼神落在了查理的身上。

查理感到十分的不自然,急忙向杰森鞠躬致谢。

"祝贺祝贺!祝贺海伦小姐新婚快乐!"话音刚落,山米局长带着迈克来到了特里将军面前。山米局长面带微笑,向海伦小姐送上祝福。

第十五章 姻缘杀机

特里将军没有料到山米会在此时此刻前来祝福，他看着旁边的马丁，似乎有些慌张。为了转移注意力，特里将军急忙向女儿介绍山米局长："这是国家安全局的山米局长，山米局长……"

海伦小姐在和山米局长打完招呼后，余光扫过了迈克，迈克礼貌性地点头祝福，海伦小姐以礼相还。

马丁在特里将军和山米局长打招呼的时候，借故转身离开。

山米看着马丁的背影，问特里："刚才这位是？"

特里看见山米盯着马丁，急忙解释："朋友，是一个朋友。来来来，我们喝一杯！"特里拉着山米喝了一杯酒。

山米局长带着迈克穿过花门，来到相对安静的角落。

"注意到了吗？刚刚和特里将军谈话的人……"山米局长问迈克。

迈克点点头："注意到了，这个人似乎有意躲着我们，而且我注意到你和特里将军说话的时候，特里将军明显有些紧张，语无伦次。"

"查查这个人，也许能打开我们所有的谜团。"

迈克的手指按住眼睛边缘的拍照按钮，拍到了马丁和杰森谈话的情景。

躲在某处监控车里的艾米拉，收到迈克传来的照片，认出杰森和马丁正在谈话，不由叫出了口："马丁？杰森？"

第十六章 敌友难辨

一

约翰将龙、虎、豹三兄弟约在了"超人拳馆"。拳馆原来是三兄弟的地盘,似乎没有比这里更为亲切的地方。约翰来的时候,已经是晚上,三人早已在拳馆内等待多时。等待的期间,三人各自在练拳。

约翰疲惫地走进训练厅,三兄弟迎了上来。

"大哥,是不是有什么新的事情要办?"阿龙三人围上来追问。

约翰摇摇头说:"不着急,我们慢慢说。"

龙、虎、豹三兄弟将约翰带进一间休息室。休息室内看似简单,但空间很大,一圈儿沙发,中间摆着几张茶几,茶几上放着各种各样的功能饮料。约翰起开一听饮料,喝了一口。

阿龙看出了约翰眉宇间的一丝忧愁,便试探性地问道:"大哥,是不是有什么心事?"

约翰看着阿龙,又看了看阿虎和阿豹说:"自从我们家出事后,你们三个也跟我一起隐姓埋名至今,我很欣慰还有你们三个兄弟。"

三人围坐在约翰身边,阿虎说:"大哥,我们师兄弟的,过去的事,就别再想了,任何时候,你都还有我们三个;任何事,我们三个都会为你全力以赴。"

约翰端起饮料说:"我跟了老板这么久,你们也跟了我这么久,在后来的一段时间,你们一直在这里默默地等待时机。现在时机来了,但这个时机也许是一条不归路,你们随时可以退出,我不想失去你们三个兄弟。"

阿龙说:"大哥,不管你跟谁,我们都没有意见,不管是什么路,跟着你就是我们的路。"

第十六章 敌友难辨

阿豹也表态道:"没错,虽然我们是兄弟,但马丁也帮过我们,我们兄弟正因为能在一起,就是懂得知恩图报。大哥,你放心地干吧,龙哥说得对,不管是什么路,跟着你走,就是上刀山下火海,我们绝不退缩。"

龙、虎、豹三兄弟坚定的目光落在约翰身上。

约翰见三兄弟态度如此坚决,便举杯代酒表决心。四人举起各自手中的饮料一饮而尽。"老板外出办事了,明天我想去看看父母……也该回去看看他们了!"约翰言语中带着几分惆怅和无奈。

龙、虎、豹三兄弟听到此处,表情严肃凝重,夹杂着一种莫名的哀伤。四人均低头不语。

翌日清晨,蓝蓝的天上飘着几朵淡淡的薄云,如腾空而起的棉花糖粘在了天空。太阳逐渐升起,第一缕阳光普照大地。嗅着昨夜残留露水的空气,如此清新。

一辆洁白的汽车,停在山头的一处墓地。从车里相继走下四人,为首的正是约翰,跟随其后的正是龙、虎、豹三兄弟。

约翰成为维利集团的律师前,有一段往事。约翰于1978年在香港出生,香港未回归前,时局混乱,冤案错案比比皆是,约翰做律师的想法因此而起。1997年7月1日香港回归后,约翰进入香港大学法律系,学业期间,成绩皆优。毕业后初生牛犊不怕虎,接了几个疑难杂案,以胜而结,在法学界名气大振。

约翰父亲从商,在当时的社会背景下,熟识之人五花八门。因担心约翰受人欺负,父亲在约翰小时候便培养其学习功夫,在强身健体的同时,也可以保护自己。约翰早年便在"超人拳馆"跟随自己的教练习武。在逐渐接触功夫后,开始钟爱于泰拳、空手道、跆拳道等武学。在中学开始,约翰便开始代表学校参加业余泰拳比赛,获取过优异的成绩。大学毕业后,由于约翰的武学底子好,便顺利受聘拳术俱乐部任泰拳教练。

也许是自幼练拳脚的原因,在约翰的成长中,出现了严重的叛逆心理。因为有功夫护身,开始出现暴力倾向。尤其在比拳中,如一头猛兽,一发不可收拾。

有一年,约翰照常参加业余比赛,在比赛中失手打死了自己的对手。而随后,约翰被查出使用刺激兴奋剂,媒体纷纷报道。约翰违反比赛规则,根据赛前规定,约翰不仅要承担死者的赔偿金,还将面临刑事调查。与此同时,约翰的暴力行为也连累了父母,父亲的生意往来一夜之间崩溃。不仅如此,由于生意伙伴的撤出，约翰父亲还负债累累。死者势力强大，亲属虽然接受赔偿，但依然不肯善罢甘休。约翰面对多重压力，在陷入没钱没势的困境之时，马丁伸出了援手。

约翰父亲的生意瞬间垮塌，债主轮番讨债，逼得两位老人精神崩溃，住进了医院。即便如此，债主受死者势力的压迫和挑唆，穷追不舍。约翰父母只好变卖家产，还债的同时，还想为儿子解围。但父母在变卖资产后，所得到的钱，还没来得及帮助约翰，就已被债主们瓜分完了。

父母病情加重，死者的势力步步紧逼。在即将面临牢狱之灾的前夕，马丁力挽狂澜，不仅平息了约翰的事，还帮助约翰的父母偿还了大笔的欠债。但唯一不幸的是，约翰的父母因这件事，双双离开了人世。

此时，马丁暗示可以帮助约翰重新找回生活，但面对家破人亡的残酷现状，约翰万念俱灰，婉言拒绝了马丁的好意。他一头钻进"超人拳馆"，数月不曾离开。在此期间，经常前来练拳的龙、虎、豹三兄弟，结识了约翰，四人成为莫逆之交。

马丁为了约翰，暗中以约翰的名义买下了拳馆，当约翰得知自己已经成为拳馆的老板时，却陷入沉思。他想了一夜，便找到了马丁，证实了收购拳馆的事实。

当时见面的时候，马丁所经营的维利集团已经如日中天，约翰不敢高攀，只表示日后能报答马丁的恩情。

原以为马丁收购拳馆只是为了讨好自己，但在马丁口中，收购拳馆却是为了送给约翰一个平台，让他东山再起。

约翰欣然接受了马丁的再次相助，但在经营中，约翰并没有父母的生意头脑。

约翰成为拳馆老板的消息不胫而走，媒体报道铺天盖地而来。有人将约翰打死对手的新闻再次渲染，拳馆大受影响，不仅没有盈利，还连续亏损。约翰不想再次面对往事，只好关闭拳馆，成了弟兄们的私人练功房。

没有收入，就无法生存。约翰走投无路，开始四处寻找生计。自己虽在法学界曾小有名气，但依然碍于死者的强大势力，约翰的求职路跌跌撞撞，最终以失败告终。

约翰看不到自己的未来，满心的志向得不到展示，几经绝望。但幸好有龙、虎、豹三兄弟一直陪伴左右，三人虽没有马丁的实力，但正是因为地位平等，

第十六章 敌友难辨

约翰才感觉到彼此的真诚关照。

看着约翰每况愈下的斗志和精神气，三兄弟也一筹莫展。三人通过自己的人脉，也帮助约翰找过几份工作，但事后不久，不是约翰对新工作不甚满意，便是对方得知约翰的过去后，婉言辞退。

偌大的香港，一时没有约翰立足之地。而之后，马丁再也没有出现过，也没有帮助过约翰。约翰无奈之下，只好向马丁求助。

马丁得到约翰的约请见面消息后，主动找到了约翰。约翰不想再得到马丁在金钱和物质上的施舍，只好提出："我希望通过自己的能力，报答您对我的恩情。"

马丁没有拒绝，也没有答应，约翰摸不清马丁的心思。

这也许正是马丁用人的高明之处。马丁卖了个关子："很感谢你愿意为我做事，作为我个人，我愿意给你足够的平台，让你施展自己的才华。但如果涉及集团公司，我想通过董事会的表决同意。这样一来，今后你在维利集团的地位不仅仅是因我而成，我希望维利集团每一个人都仰视你的工作岗位。"

马丁的话说得巧妙之极，令约翰深感佩服。

通过马丁的举荐，约翰进入维利集团，利用自身的专业特长，担任了维利集团首席律师。

约翰进入维利集团的背后，其实隐藏着巨大的玄机。马丁帮助约翰渡过难关真正的目的并不仅仅是为了得到约翰。

被约翰打死的拳手叫阿轩，阿轩的家族在香港时尚界名气很大。维利集团虽然在其他领域深入渗透，但在时尚界还处于摸索中。维利集团想要跻身时尚界，阿轩的家族便成了最大的障碍。阿轩的家族不论在业界的影响，还是背后无形的势力，都是维利集团不可忽视的力量。为了彻底摧毁对方的防线，马丁经过多方的打探，发现了阿轩和约翰有所关联。

马丁得知约翰在法学界的名气后，暗中摸查约翰资料，深知约翰为人忠诚，做事执着，孝顺家人。但唯一的缺陷是约翰不善交友，喜欢独来独往，而这一点正中马丁下怀。马丁决定将约翰纳为己有，便开始精心策划，利用约翰为自己铲除路障，并同时得到约翰本人。

在约翰的比赛中，马丁派人暗中给阿轩下毒，给约翰服下兴奋剂。在约翰打死对方而陷入麻烦时，马丁又按照原计划向约翰伸出援手，帮助约翰渡过难关，随后又收购拳馆赠予约翰。尽管如此，马丁依然没有主动邀请约翰进入自己的集团公司，他一手策划将约翰制造成焦点人物，并导致约翰没有了生存空间。约翰走投无路，投靠马丁，这也是马丁最终想要得到的结果。

但在这件事里，马丁并不知道，约翰打死的拳手阿轩，正是自己的秘书麦琪的男友。

二

迈克随副局长参加海伦小姐的婚礼，发现了马丁。迈克在现场拍摄的照片传回到艾米拉的监控车里，艾米拉认出了马丁和杰森。

婚礼未结束，山米局长便带着迈克离开了现场。

走出酒店大门，山米局长意味深长地说："我们等这一天等了好久！"

迈克没有说话，父亲的死跟特里将军有着密切的关联。而今天，自己还在参加他女儿的婚礼，迈克心里很不是滋味。

山米局长看出来迈克的情绪，便安慰他："你父亲的事也是我的事，让你进入国家安全局也是你父亲的意思，我想他已经想好了结果，所以希望你能完成他没有完成的事情。接下来我们也该行动了。"

山米局长走到自己的车前停下了脚步，他回头看了看迈克，迈克露出淡淡的微笑。这时，从马路边开来一辆汽车，两人上车离开了酒店。

"艾米拉，我们已经离开了现场，你继续监控！"山米局长在车里向艾米拉传达命令。

"是的，长官！"

艾米拉在监控车里两名探员的协助下，调出了婚礼现场的监控视频。

监控视频里，艾米拉留意更多的似乎是杰森和马丁。当发现马丁随着特里将军离开了现场，艾米拉急忙催促探员："跟着找到特里和那个客人的去向。"

探员调试过后说："没有摄像头，找不到他们的去向了。"

艾米拉坐了下来，余光扫过监控画面时，发现酒店门口的一辆汽车忽然爆炸。艾米拉凑近观看爆炸的场面，探员忽惊道："局长的汽车！"

"迈克，迈克！"艾米拉急忙呼叫迈克。

从监听设备里，传来迈克断断续续的声音："艾米拉，放心吧，我们很安全。"

迈克说话的时候，冲着局长笑了笑。迈克的车停在酒店前方的远处，他们看着酒店门口的汽车燃起熊熊大火。门口的安保人员和路人躲在远处，不

第十六章 敌友难辨

敢靠近。

"这是送他们的第一份大礼！"山米局长看着远处的大火，眼中燃起复仇的火焰。

迈克将一只遥控器扔出窗外，汽车启动，遥控器被碾成粉碎。

山米局长走后，特里将军密会马丁，再次讨论关于环奇制药的事情。

"山米局长身后跟随的年轻人正是特工部队队长的儿子，他父亲死后，进入国家安全局，成为国家安全局的高级探员。我忽然感觉到，海伦的婚礼邀请他们参加，是个错误。"特里将军有些担忧地说道。

"你是说他们会发现我？"马丁听出了特里将军的言外之意。

特里将军不否认，点了点头："如果只是我，他们一时半会儿查不出什么，你的出现也许会引起他们的注意，环奇制药丢了毒品配方，万一他们将这件事连起来，会不会挖出多年前安迪的事……"

马丁默默点头，对特里将军的分析有所动容。"看来，此次前来，的确有些贸然，我们该采取行动了，绝不能让他们走在了前面。"

"想必你现在已经进入他们的线索名单了！"特里将军苦笑，看着马丁。

两人交谈中，有人来汇报："酒店门口有辆汽车爆炸了。"

特里将军和马丁对视了一下，特里起身说："看来有人要对我们下手了。"

马丁没有动，也没有说话。

特里将军走出房间，婚礼现场的人骚乱不安，特里将军走到骚乱的人群中说："大家都不要慌，酒店里面是绝对安全的，只要不走出酒店，就不会受到任何伤害……"

大家又退了回去，特里将军转身走出酒店。

透过车窗玻璃，山米局长和迈克看见特里将军走出了酒店。酒店门前的汽车在安保人员的扑救下，火虽熄灭，但汽车已面目全非。

有人上前跟特里将军汇报："将军，没有人受伤，汽车爆炸原因还得进一步调查。"

"知道这是谁的车吗？"特里将军问话时，扫视周围。

"目前还不得而知。"手下的汇报似乎对于特里将军已经不再重要。

"我们走！"山米局长见特里四处观望，命令司机开车，离开了海伦小姐的婚礼。迈克随着山米回到了国家安全局，召开紧急会议。

迈克指着大屏幕上的视频："在监控视频中可以看出，马丁和杰森是认识的。"

"马丁是我父亲实验室的基金发起人，杰森认识马丁也在情理之中，我认为没有什么问题。"艾米拉坚持自己的立场。

"如果我们能知道马丁和杰森的谈话，就可以排除其中的嫌疑。"迈克见艾米拉盯着自己，将眼神转向山米局长。

"艾米拉，你必须做出决定！"山米局长看着艾米拉，等待答案。

"好，我去办！"艾米拉有些情绪，但任务当前，除了服从没有其他选择。

离开国家安全局，艾米拉来到了父亲的实验室。

杰森见艾米拉心情不好，主动上前安慰。艾米拉趁两人亲密时，在杰森的衣服上安装了微型窃听器，完成了任务中的其中一个环节。艾米拉没有见父亲，便匆匆离开了实验室。

艾米拉离开实验室后，杰森随即也离开了实验室。艾米拉按计划回到指定位置，等待山米局长的命令。

因为有着监听设备的定位性能，山米局长安排跟踪杰森的汽车找到了赴约的杰森。尽管如此，山米局长依然没能找出任何蛛丝马迹。

日近黄昏，新加坡的茶馆便是一天中最为忙碌的时刻，有闲谈的老人，有谈工作的年轻人。除了谈工作，更多的年轻人聚集在这里谈情说爱，当然也有孤斟自饮，享受这里的闲情雅致的。人们借喝茶放松自己，调节一天中忙碌紧绷的神经，在体验茶文化的同时，也可以联络感情。

新加坡的茶文化主要以"长茶"反响内外，马丁和杰森挑选了一家客人较少的茶馆。落座后，和往常一样，立刻有人上前表演茶艺。马丁似乎第一次体验这种茶艺文化，显得十分好奇，而杰森似乎习以为常。杰森在新加坡上学，后来进入艾瑞的实验室工作，也许对新加坡的各种地方文化相对了解些。

茶师傅将泡好的红茶加入鲜牛奶，而后将奶茶导入特制的茶罐，师傅左手端起空杯，右手端起茶罐，两手之间保持相对的距离，开始斟茶。在反复几次的斟茶工序完成后，马丁和杰森终于喝上了茶。

监控车内，山米局长带着迈克和艾米拉监听杰森和马丁的谈话。

马丁说："试验接近尾声，我们研究多年的成果也即将问世，艾瑞也可以回到正常人的生活了，你有什么打算？"

第十六章 敌友难辨

杰森长叹一声:"目前还没有好的计划!"

"如果你不介意的话,可以去我的集团公司谋一份差事。"

那头的杰森没有回话。

艾米拉与迈克和山米局长视线相对,艾米拉说:"似乎没有什么问题。"

山米局长示意继续监听。

"虽然集团公司决定要暂停所有试验项目,但鉴于还有几个项目没有完成。你告诉艾瑞,我还会继续提供资金,但务必要尽快完成。"马丁的语气里带着几分无奈。

"教授已经在赶进度,他在实验室废寝忘食,也没法回家……"

"真是难为他了,你替我安排一下,我想见见艾瑞!"

听到此处,山米局长点头,似乎有所收获。

在杰森的安排下,马丁前往实验室见艾瑞。

马丁突然出现在艾瑞的面前,令艾瑞十分震惊,他看着杰森和马丁说:"马丁,你怎么没说一声儿,我……"

马丁笑着揽住艾瑞的胳膊:"我知道催得太紧,杰森都跟我说了,为了不影响你的工作,我来给你个惊喜。"

艾瑞惊喜过后,对马丁的出现显得极为平静。他看了看杰森,令杰森有些茫然。看不懂艾瑞眼神的情绪,杰森在想:艾瑞是不是在责怪自己没有提前通知,便将马丁带进了实验室。

实验室内,艾瑞陪着马丁边走边聊。

"希望能再给我点儿时间,这个项目耗尽了我毕生的心血,不想就这么前功尽弃。完成这个项目后,我想带着老婆到处走走……"

"应该的,你为我们的项目付出了一辈子的心血,也该是时候享受享受生活了,黛西的病近年怎么样?"马丁的语气十分诚恳。

"黛西最大的病根是孤独,我不是个称职的丈夫,唉……"艾瑞谈至此处,不免有些伤感。

马丁回身看了看杰森,笑着说:"我觉得杰森这个年轻人不错,不知道教授有没有想法?"

艾瑞没有回头:"杰森年轻有为,我的项目完成后,希望他能留下来继续管理实验室。"

"难道你就没有别的想法?"

艾瑞笑了笑,似乎听懂了马丁话里的意思:"儿女私情,我只是个旁观者……"

两人的谈话因为渐渐远离杰森,监听设备里,声音逐渐模糊。而此时的艾米拉,因为避嫌,并不在监听车内。

第十七章 硝烟四起

一

马丁离开后,迈克再次找到了艾瑞。

两人再次见面,艾瑞显得平静了许多。迈克开门见山说:"据我们调查,马丁,也就是你的实验室基金发起人,他跟特里将军早年相熟,而特里将军掩护环奇制药制造毒品。'洋葱晶'既然是安迪的科研成果,为什么最后落在了环奇制药?环奇制药和特里有关,也可以说跟马丁有关。马丁作为安迪生前的实验室基金发起人,应该对'洋葱晶'的成果了如指掌,而安迪死后,'洋葱晶'成果一度销声匿迹。"

"'洋葱晶'最后部分是我完成的,完成后你不是也不得而知嘛!"

"这也是我这么多年想知道的,除了你,还会有谁能泄密成果?"

艾瑞虽然没有回答,但心知肚明。

马丁在离开新加坡的前夕,接到了一个神秘的电话。次日,马丁返回了香港,第一时间见到了通话人。

也许担心被人觉察,马丁和见面的人约在了一艘快艇上。马丁按指定时间和地点来到了码头,被一艘豪华游艇接走。

阳光明媚,马丁带着墨镜和遮阳帽,而接应的人二十出头,个子不高,长相英俊,但眼神诡异,透着一股邪气。

"迪伦,具体什么情况?"马丁见快艇已经远离码头,主动发问。

迪伦向马丁致敬,马丁拍了拍迪伦:"好了好了,不要这样,说你掌握的情况。"

"老板，据我观察，埃斯博士似乎已经完成了试验培养，我感觉他偷偷摸摸在联系转移样本。"迪伦将几张照片递给马丁。

照片有两个人，一人约四五十岁，大圆脸，皮肤黝黑，花白的头发长至脖颈，戴着一款黄色的太阳镜；另外一张照片上的人相对年轻，三十来岁，小平头。个头相对较高，面部轮廓比前面的人要小一号，小鼻子小眼，小嘴，但眉宇间透着十足的英气。

马丁拿起长发的照片说："这个我认识！"

"是的，老K你见过，他是组织派来直接领导埃斯博士的人，但另外一个人我没见过，不知道老板见过没有。"迪伦指着另一张照片上的平头。

马丁辨认了良久，摇头道："这个人我从来没见过，最近很少和组织的人有交集，想必那个老东西又召集了不少人。"

"我该怎么办，老板？"

马丁将照片装在了自己的口袋，看着游艇后面划开的水浪，陷入沉思。

迪伦继续说道："他们已经开始接洽，看来时间不多了。"

"你继续回去监视，最好准确掌握他们的转移时间和地点，当然还有关键人物，我会立即派专人负责和你接洽。有情况及时联络，万不得已不要找我，记住了！"马丁再三叮嘱迪伦，以保证自己的身份不会提前暴露。

"老板，我有个主意，不知道是否可行？"迪伦露出阴险的神色。

马丁说："你在埃斯博士的身边时间最长，应该对他比较了解，你的主意也许可以采用，说吧！"

"老板，我现在只是得知他们可能要转移样本，但实验室毕竟在您的基金会名下，即便是埃斯博士想直接交给组织，但也必须给您一个说法……"

马丁觉得迪伦的话说得很有道理，频频点头。

"按照正常的关系，如果有必要，我希望你亲自和埃斯博士谈谈实验进度的问题，打探虚实后，我们也可以更加明确将计就计的策略。"迪伦说。

"你说得好,说得好！"马丁连连赞成迪伦的建议，迪伦得到马丁的认同后，笑得更加阴险，甚至令人厌恶。

"就按你说的办，找埃斯博士的事你不要参与，我自有安排……"

游艇远去，马丁和迪伦谈论的声音也随着水声和游艇的马达声渐渐消失。

马丁和迪伦见面后，按照两人预谋的计划，马丁来到了埃斯博士的实验室，见到了这位怪异的博士。

第十七章 硝烟四起

埃斯博士留着一头花白的长发，凌乱不堪，也许是因为执着于实验，完全不顾及头发的生长和颜色。跟头发类似的是花白的胡茬，像是秋天的稻草丛，毫无章法，生长无序。除此之外，埃斯博士的鼻梁上架着一副金边眼镜。但从埃斯博士看人的举动来看，这副眼镜似乎只是脸部的一件摆设，眼镜架在鼻尖，瞄着眼看人。配合那副永远好奇的表情和嘴型，举止怪异。

马丁走进埃斯博士的实验区，埃斯博士扶了扶眼镜，原以为他要扶起眼镜看所来之人，但很快发现扶眼镜只是他长期以来形成的一个小动作，因为眼镜纹丝未动。埃斯博士放下手中的试验器皿，惊讶地问："你怎么来了？"

马丁笑着说："我来看看你，可以吗？"马丁走近埃斯博士，但博士却频频向后躲闪。

"what's the problem？"这句话作为博士经常说起的英文口头禅，在马丁看来，早已耳熟能详。

马丁摇摇头说："博士，实验进展得怎么样了啊？"

埃斯博士吞吞吐吐地说："还在进行，还在进行……"

"还记得我们约定的时间吗？"

埃斯博士连连点头："记得，记得，很快就完成最后的试验，很快！"

"埃斯博士，你和艾瑞的试验也即将结束，实验室基金会准备要从集团公司撤出股份。完成实验后，你有什么打算？"马丁面露难色说道。

埃斯博士被突如其来的问话，问得无从回答："啊，我啊，我……我不知道，我一辈子都在做实验，实验结束了，我……"

马丁拍了拍埃斯博士的肩膀，吓得他躲闪："不过你放心，你和艾瑞干了一辈子的实验，等项目全部结束了，我不会亏待你们的！"

埃斯博士神经兮兮地点头。

"博士，我能看看将要完成的样本吗？"马丁忽然提出观看实验样本。

埃斯博士有些慌张，急忙掩饰说："样本还在无菌实验室培养，不到时候不能观看，很危险，很危险……"

马丁皱眉，看着埃斯博士。

埃斯博士继续说："培养期间，任何人都不能进入无菌室。人一旦被感染，治愈性几乎为零，而且培养的样本将前功尽弃。"

马丁抬起质疑的眼皮："有这么恐怖？"

埃斯博士点头："恐怖至极，你看到的感染远比你目前想到的感染要恐怖很多，还是不要进去得好！"

马丁忽然哈哈大笑："这方面你是专家，培养期间，你要保证实验室内的所有人人身安全！"

埃斯博士有些不明白，但还是点头同意："放心放心，我不会让任何人进入实验室。"

"为防止意外发生，我会给你派几个人，看管实验室培养的母瓶，你没意见吧？"马丁用诡异的眼神盯着埃斯博士。

埃斯博士目瞪口呆，看着马丁说不出话。

马丁没有和博士道别，直接走出了实验室。

"what's the problem？ what's the problem……"埃斯博士对此不能理解，站在原地呆若木鸡。

马丁走后，埃斯博士躲在自己的实验室，将电话打到了艾瑞的实验室。

接电话的并不是艾瑞，而是杰森。也许正是这个贸然的电话，加快了马丁所有的行动计划。也正因为这个电话，让埃斯博士和艾瑞双双陷入麻烦之中。

"艾瑞啊，我是埃斯博士……"埃斯博士在电话里恨不能把自己所有的质疑说出去。

"你好，我不是艾瑞，您找艾瑞教授吗？"杰森礼貌地问对方。

博士迟疑片刻，随即转换语气："你好，我想找一下艾瑞，麻烦你帮我找找他，我有急事！"

杰森皱着眉头说："艾瑞教授最近实验很忙，方便的话能不能留言给他，我帮你传达。"

埃斯博士有些不悦："哦，好吧……"在他犹豫之际，又听到电话里传来"埃斯博士，还在吗？"

埃斯博士急忙回应："在，不过不需要传达了……"

"埃斯博士，你找我？"电话里传来另外一个声音，正是艾瑞。

博士惊喜地拍桌子，桌上的一只器皿倒在桌上，淡蓝色的液体顺着桌面缓缓流动，随着流动的液体，一缕薄烟升起，散发出刺鼻的味道。埃斯博士嗅着鼻子，忽然发现了流出的试验液体，原本惊喜的情绪瞬间变为惊恐："哎呀，糟糕……"埃斯博士从旁边拿起一瓶白色的液体，浇了上去。薄烟渐渐散去，埃斯博士捂着鼻子继续通话。

"艾瑞啊，我想和你说个事儿……"

"什么事这么着急,说吧!"

"马丁来找过我,他催我赶快拿出成果,我想问他是不是也催你赶紧拿出成果。"

"哦……这事儿啊,没错儿,有这事儿。"也许是因为杰森在身边,艾瑞和埃斯博士的对话不太方便,简单的对话后,艾瑞便挂断了电话。

"马丁为什么忽然间让所有的实验室都尽快拿出科研成果?"艾瑞和埃斯博士通完电话后,这个问题开始困扰艾瑞。

"怎么了?"杰森见艾瑞苦恼地思索着,试探地问了一句。

艾瑞急忙掩饰说:"没事,我在想如何缩短实验周期。"艾瑞离开了办公室,回到了实验区。

杰森看着艾瑞踌躇地离去,也陷入沉思。杰森伸手在衣架上拿自己的衣服,一颗纽扣掉在了地上,杰森看着滚落的纽扣,探身捡起。而那只掉落的纽扣正是艾米拉暗中放置的窃听器……

二

埃斯博士从艾瑞的通话中,似乎听出了彼此的处境。由于艾瑞没有透露过多,埃斯博士并没有听出艾瑞对此事的想法。经过一番思考,他便找到了老K。

老K正是迪伦交给马丁的两张照片中其中的一人。埃斯博士胆怯地说:"有件事,我想和你商量商量。"

老K回过头,盯着博士。

"组织让我试验的样本现在已经出来了,马丁是实验室基金会的负责人,这个样本我到底交给谁?"

老K紧盯埃斯博士:"这还用说,当然是交给我,我是组织派来负责帮助你完成科研的人,你完成后东西应该交给我,为什么要交给马丁?"

"马丁来找过我,我……"

"样本什么时候完成?"老K追问。

"还在最后的培养周期,顺利的话,培养完成后,只要不存在泄露问题,应该算大功告成了。"

老K笑着点头,埃斯博士却一脸迷茫。

埃斯博士走了，老K默默地念叨："马丁，马丁算个什么东西，还想霸占组织的科研成果……"

老K进入一间密室，打开了墙上的屏幕，信号断断续续，最终没能看清屏幕里出现的人。

"埃斯博士的试验样本即将完成，下一步该怎么办？"老K问屏幕里的人。

屏幕里传来一个苍老沉重的声音："我会安排人接应你，把样本送回组织。记住，带着样本和埃斯博士，行动要秘密进行……"

"埃斯博士汇报，马丁想占有样本……"

"不要管他，样本和埃斯博士只能归组织所有，任何人不得私自占有，否则后果自负……"一阵激烈的咳嗽声后，屏幕画面信号中断，老K起身在屋内徘徊。

马丁没有回维利集团，而是直接来到了约翰的"超人拳馆"。恰逢约翰和龙、虎、豹三兄弟都在拳馆。

约翰见马丁没有提前通知，就明白马丁有事要谈。约翰向龙、虎、豹三兄弟使了个眼色，便带着马丁进了休息室。龙、虎、豹三人得到约翰的指示，便在休息室外面徘徊站岗。

马丁交给约翰几张照片后说："长头发的人叫老K，那个瘦高个目前还不得而知，你想办法查出他的来历，他们可能很快就会有所行动，盯紧他们的去向。"

约翰接过马丁的照片瞄了一眼。照片正是迪伦交给马丁的照片，马丁原封不动地交给了约翰。

"我离开的时候，公司有没有什么事情发生？"

约翰汇报："没有，一切正常。"

马丁迟疑片刻："从今天开始，你不属于公司，只归我管，所有事情都由我来安排……"

"是，老板！"

"还有，关于公司的业务，要安排大量的公益活动新闻发布会，同步增加媒体的宣传力度。"

"是。"约翰虽然不知道马丁安排的用意，但马丁所言，自己无可挑剔。为了报恩，约翰唯命是从。

第十七章 硝烟四起

艾瑞和埃斯博士通完电话后,心里隐隐感到不安,但又不知如何应付。为此,艾瑞只好加紧实验进度,在紧张忙碌一段时间后,艾瑞终于腾出时间,简单地收拾了行李,回了趟家。老夫老妻多日不见,依然如胶似漆。

艾米拉没有回家,艾瑞夫妻站在房子前面的空地上,手中端着红酒,赏月饮酒,享受着这来之不易的相聚。

而在对面的楼里,那双眼睛依然窥探着这里的一切。

虽然艾瑞隐藏得比较深,但黛西还是感到了丈夫那种不安的情绪。"你是不是有什么难题?"黛西一语道破艾瑞的心事。

艾瑞看着老婆,微微一笑:"凡事都逃不过你的眼睛。"

"我能为你分担吗?"黛西靠近艾瑞,倚在丈夫的怀里。

两人如此相依,走进了屋里。

窥探的人透过望远镜看着艾瑞夫妻进了房间,笑着抛出一个亲吻。

"实验项目差不多完成了……"

"那不是挺好啊,你终于可以不用这么操劳了。"

黛西的欣喜无法打动艾瑞,艾瑞叹气道:"是啊,原本每天盼望能结束,但真正到结束的时候,似乎还有些依依不舍。"

"马丁还会让你继续做其他的实验吗?"黛西有几分担忧,但担忧中又带着几分关切。黛西关心的并不是繁重的实验项目,而是丈夫的身体。

夫妻倚在沙发上,看着窗外的月亮。艾瑞说:"听说实验室基金会要撤了,应该不会再有项目。我想最近回趟香港……"

黛西听闻丈夫回香港,有些惊讶:"有什么事吗?"

艾瑞沉重地点了点头:"有些事情需要我去处理处理。"

黛西听出艾瑞所说的事情有些沉重,便不再追问到底是什么事情。

次日,艾瑞辞别了老婆,带走了昨夜带回的行李。艾瑞离家后,没有立即返回实验室,而是去了一个地方。

艾瑞去了迈克的家里,迈克还没来得及上班。

面对艾瑞的突然来访,迈克隐约感觉到要有事发生:"找我是不是有事?"

艾瑞接过迈克递过来的饮料,沉思许久说:"还记得上次你答应帮我的忙吗?"

"记得!"

"越快越好,帮我安排。"

迈克想了想："只要你愿意，随时都可以。"

艾瑞将自己的小箱子交给迈克："等你办成事后，我来拿走它。"

迈克点点头："你放心好了！"

两人秘密长谈结束后，迈克开车送了艾瑞一程。艾瑞回了实验室，迈克车来到了警察局，找到了帕克。

帕克和迈克长谈后，带着两名警察再次来到了艾瑞的实验室。有了警察的身份，帕克顺利地进入了实验室，杰森得知警察要见艾瑞，只好通知了正在试验的艾瑞。

艾瑞见到三名警察，惊诧地问道："你们找我有什么事吗？"

帕克出示证件后，告诉艾瑞："有些事还需要您亲自到警察局一趟，希望您能配合！"

帕克的官腔令艾瑞和杰森十分不解，两人面面相觑，但艾瑞还是乖乖跟着警察离开了实验室。临走时，艾瑞用忧郁的眼神看着杰森，似乎在交代杰森看管好实验室。杰森心领神会，默默地点头答应了艾瑞。

当艾瑞再次出现的时候，便是机场大厅。艾瑞手里提着交给迈克保管的箱子，他戴着一顶礼帽，一副几乎覆盖整张脸的墨镜，消失在机场安检入口。

那只箱子里，其实正是艾瑞的科研成果。在迈克逐渐找到安迪之死的前因后果，以及"洋葱晶"跟环奇制药的关联后，艾瑞意识到马丁和安迪的死有着千丝万缕的联系，但自己没有充足的证据。为了不使自己的成果再次沦落到他人之手，艾瑞之前废寝忘食地试验，其实是最后的冲刺。当试验完成后，他决定找个安全的地方保存。

艾瑞意识到问题所在，将科研成果带回香港，并秘密见到了博士。

艾瑞没有直接去埃斯博士的实验室，而是将博士约到了自家的老宅。

埃斯博士对艾瑞的突然到访有些意外，但两人走进老宅后，都迫不及待地拉开话题。

"我这次是秘密回来的，安迪的死虽然过去了这么多年，但最近我结合很多事情，忽然觉得安迪的死历历在目，一切都那么清晰，我心中十分不安，可身边没有一个可以信赖的人。我们都是给马丁工作，我想你应该和我有同感。"艾瑞在埃斯博士面前，似乎找到了可以说话的人。

埃斯博士依然神经兮兮，他瞪着眼看艾瑞："你知道了点什么？"

"安迪的科研成果落到了环奇制药。"

第十七章 硝烟四起

"你怎么知道这件事的？"

"环奇制药的贩毒线索已经被特工部队盯上，他们从环奇实验室找到了毒品配方，我化验分析后，得出的结果和安迪的'洋葱晶'成果基本吻合。他们利用安迪的'洋葱晶'成果，从中提炼毒品。"

埃斯博士凑近艾瑞，小声问："你认识特工部队的人？"

艾瑞点头认同。

"可是就算'洋葱晶'落在了环奇制药，又能说明什么呢？你还是找不到环奇制药和安迪的死因有什么关联啊！"

"我这次来正是要跟你说这个事。"

"好混乱好混乱。"埃斯博士表现得极其没有耐心。

艾瑞没有理埃斯博士，继续说："至少可以说明安迪的死跟环奇制药是有关系的。"

"环奇制药那么大，那么多人，你又不知道是谁，等于没说。"埃斯博士索性转过身，似乎很不情愿再和艾瑞探讨这个话题。

"在安迪跳楼自杀的消息之前，'洋葱晶'的成果已经完成，之后为什么落到环奇制药？有没有一种可能，是因为'洋葱晶'才导致了安迪的死？"

这句话打动了埃斯博士，他像是忽然明白了艾瑞的话："你说得对，如果这样的话，我们每个人的成果即将结束，都会遭到同样的命运。"

"我们的实验室都在他们的掌控之中，在基金会里，唯一能起决定性的人是……"

埃斯博士的手指停在空中。

艾瑞继续说："我还知道，马丁和环奇制药早有联系……"

埃斯博士惊讶地摘下眼镜："原来他催我完成实验，看来并没有那么简单。"

艾瑞点点头："安迪死得不明不白，我们不能再走安迪的路……"

两人对视中，眼神间传递着一种心照不宣的共识……

第十八章 各自为阵

一

艾瑞被警察带走,杰森觉得事情不妙,便及时通知了艾米拉。艾米拉第一时间赶到了父亲的实验室。

面对艾米拉的盘问,一无所知的杰森显得言语苍白:"我也不知道,警察没有说明具体情况就带走了教授。"

"我爸爸临走时对你交代了什么?"

杰森想了想当时的情景,摇头说道:"没有,也许是因为警察在场,说话不太方便吧!"

艾米拉想了想,告诉杰森:"你记得两个警察的面貌吗?"

杰森急忙拿出纸笔,根据回忆将帕克的肖像画在了白纸上。艾米拉拿起帕克完成的肖像,忧郁地走出实验室。杰森看着艾米拉的背影,追了出去。

"艾米拉……"艾米拉回头,杰森继续说:"我记得这个警察跟上次带走教授的警察好像是同一个人。"

艾米拉思索后,没有回答杰森的话,走出了实验室。

艾米拉离开实验室后,去找了迈克。艾米拉到国家安全局的时候,迈克正在和同事分析情报。办公大厅里,一面巨大的电子屏幕上,特里将军和查理的头像挂在左侧,从环奇制药得到的毒品试剂不停地旋转,并附有化学公式。

迈克问正在操作电脑的同事:"密码破译了吗?"

同事没有回头,口中回应:"还在努力中,不过应该可以安全破译。"

艾米拉凑近迈克:"有什么新进展?"

第十八章 各自为阵

迈克回头发现是艾米拉："还没有，你在环奇的服务器里拷贝的文件里，隐藏着一个链接，通过链接，我们找到了另外一个服务器文件，但为了避免启动自毁，我们试图找到捷径，得到里面的信息。"

艾米拉点点头，向迈克使了个眼色，迈克跟随艾米拉来到大楼的一处通道。

"这里已经没有监控了，可以说了。"迈克叫停艾米拉。

艾米拉将帕克的画像交给迈克，迈克明白了艾米拉的用意。

"帕克，你警察局的朋友。"艾米拉一连串的话令迈克无法逃避。

迈克只好点头承认："没错，艾米拉，帕克只是例行公务，但不会给艾瑞教授带来任何伤害，我想问题解决后，艾瑞教授会安然无恙地返回实验室。"

"如果你不愿意回答，我可以找到警察局。"艾米拉撕碎了帕克的画像。

"好好好，我告诉你……"迈克看看周围，便拉着艾米拉走出了办公大楼。

两人走出办公楼，坐在马路边的公园里，继续交流。

迈克问艾米拉："马丁和杰森有没有别的关系？"

"马丁是我父亲实验室的基金发起人，平时实验室的事务都由杰森处理，他们认识，并不奇怪。这个问题上次开会已经说过一次。"

"问题不在这儿。"

艾米拉回头看了看迈克："你想说什么？"

"杰森和马丁的确存在你说的关系，但马丁和特里将军认识，这里面到底有没有我们不得而知的事情……"

艾米拉想了想："应该查查马丁和特里将军有没有其他方面的交集。"

迈克摇摇头："没有任何交集，这件事第一时间已经做了缜密的调查。"

艾米拉又想起父亲被警察带走的事："既然他不在警察局，我爸爸到底去哪儿了？"

"帕克说艾瑞教授早已离开了警察局，但离开警察局后，到底去了哪里，我也不知道。"

"难道说我爸爸去了香港？"艾米拉暗暗嘀咕。

"你是不是想起了什么？"

"妈妈说，父亲可能要去老宅看看，但并没有确定具体时间。"

"有没有一种可能？"

"什么可能？"

"去找马丁？"

"马丁？去找马丁没必要这么神秘吧？！"

答案是无解的。

两人分别后，艾米拉回到了实验室。

杰森上前询问："有没有什么消息？"

艾米拉看着杰森："没有，警察说我爸爸早就走了，但后来去了哪里，没有任何消息。难道这件事你一点儿都不知道吗？"艾米拉为了查清楚父亲的去向，将电话打到了马丁的办公室。

失望的是，电话那头的马丁以为艾瑞可能来香港，十分欣喜："如果你爸爸来香港，我一定会好好招待，你们不用担心，我会全程安排的……"

这并不是艾米拉想要的答案，至少马丁给出的信息并不能证明父亲要去找他，有些失落。

杰森急忙安慰："你不要着急，我会和马丁继续联系，如果教授一旦见到了马丁，我及时通知你。"

艾米拉默默地点点头，心事重重。

几天后，艾瑞竟然回到了实验室，艾瑞回到实验室像是得到了解脱，心情大好，大量的时间都在陪伴黛西。一直孤独的黛西得到陪伴，异常开心，虽然不知道艾瑞变化巨大的原因，但这种有人陪伴的幸福感，让她什么都来不及想。

只有在旁的杰森心存疑虑，是什么事情令艾瑞起了这样的变化？是有了最新的实验项目调整？

这些，他是不方便问艾瑞的，只能从马丁那里旁敲侧击。马丁接到杰森的电话后，告诉杰森："你找机会和艾瑞教授谈一谈，再次转达我的意思，基金会很快就会做出调整，一旦资金链断了，试验项目夭折的可能性很大，千万不要前功尽弃，不要白白浪费了我这么多年的心血……"

马丁语重心长的嘱咐，也令杰森觉得试验项目非同小可。为此，他走进艾瑞家，将马丁的意愿传达给艾瑞。

艾瑞听后，小有不悦，便将自己一直质疑的事情告诉了杰森。

"杰森，你应该也知道，我们的实验室前身是什么人在做实验……"

杰森对艾瑞的话有些难以理解，投去困惑的目光。

艾瑞接着说："在我没有来到这个实验室之前，是安迪在这里进行试验项目，但后来安迪死了。安迪死后，我开始接管，有人说是我夺去了安迪的科

第十八章 各自为阵

研成果。安迪死后，剩余的实验的确由我完成，但完成后的成果并不归我主导，可我最近知道了一些事情，发现安迪的科研成果竟然落在了别人手上。虽然我不知道具体的来龙去脉，但我觉得这里面一定有阴谋，我怕我的成果出来后，也会和安迪的下场一样……"艾瑞说着，难过地侧过头，黛西见艾瑞情绪低落，急忙上前安慰。

杰森急忙道歉，转身要走。

"等等……"艾瑞叫住杰森，"明天我就去实验室，完成最后的实验。你转告马丁，我会有始有终的，请他放心！"

和往常一样，杰森走出艾瑞家的一幕被对面楼里的监视者尽收眼底。他冷笑着，在本子上做了时间记录，还极有兴趣地画了个杰森的头像。

马丁接到迪伦的线报，得知了埃斯博士离开实验室和别人见面。但迪伦并不知道他见的是什么人物。马丁瞬间拼凑，便得出埃斯博士所见之人，必定是艾瑞。想到此处，马丁有些坐不住了。

马丁作为实验室基金方，自感有权利拥有所有实验室的科研成果。而埃斯博士由于痴迷于科研，神经兮兮，多年来一直很难控制此人。想了很多，为了不让埃斯博士的实验成果落入他人之手，马丁决定先下手为强。

在"超人拳馆"，马丁再次找到了约翰："有些事，可能要提前行动！"马丁的语气沉重。

约翰意识到马丁遇到了比较棘手的问题："老板，有什么事，你尽管吩咐吧！"

"埃斯博士的科研成果很有可能已经完成，但博士身边一直有组织的人盯着，一旦我们不能及时得到科研成果，已经研制出来的样本很有可能落入他人之手。"马丁说话间，将一张照片交给约翰。

"他就是埃斯博士，我在香港地区的实验室项目负责人，你想办法找到他完成的样本，我会安排人接应你。"马丁一脸严肃地说。

"老板可知，我们有多大的把握？"

"我们先投石问路，我不会让我出钱进行的科研成果付之东流。这是第一步棋，只要拉开序幕，我想我可以控制局面。"马丁目光坚定，似乎已经胸有成竹。

马丁走后，约翰召集龙、虎、豹三兄弟。四人在一处不起眼的角落的地毯下，打开一间暗阁，从里面拿出了四只箱子。

四人分别打开箱子，箱子里摆满了各式各样的枪支和军刀匕首。

阿龙兴奋地说："没想到这些东西放了这么久，还是这么锃亮。"

阿虎笑得合不拢嘴："好东西，好东西。"

约翰从里面挑选了一把 AK 手枪："挑选最适合自己的，不要带太多，以免惹上麻烦。"

拳馆的练功房里，调试枪械的声音不绝于耳……

二

深夜，约翰带着龙、虎、豹三人来到了埃斯博士的实验室外。等待接应的迪伦发现有人前来，急忙用灯光发出信号。约翰收到信号后，由迪伦带路，进入了实验室。

进入实验室后，迪伦将几套防护服递给了约翰四人。四人换好衣服，悄悄进入了实验区。

正在实验室专心试验的埃斯博士对此毫无觉察。由于迪伦对实验室内了如指掌，在迪伦的操作下，实验室的自动门缓缓打开，约翰带人进入实验室。而此时的迪伦因不能过早暴露自己，便躲在外面观察情况。

当约翰四人站在他身后时，埃斯博士依然毫无反应。约翰的手搭在了博士的肩膀，博士伸手抖了抖肩头，继续工作。龙、虎、豹三人见此，要打断博士，约翰打了个手势，三人停在原地。约翰走到博士面前，将他手中的试验工具夺了过来。博士看见面前穿着防护服的人，吓得差点摔倒。

"谁啊你是……你们是什么人？"博士见前后都有人，便左右躲闪。但无论他躲在哪边，都被人团团围住。

埃斯博士被困在其中，躲在远处的迪伦不停地阴笑。

"what's the problem……what's the problem？"埃斯博士一脸茫然地看着四人。约翰给了埃斯博士一拳，博士眼冒金星，摸着嘴角流出的血，有种要拼命的势头。

阿龙伸手打晕了博士。迪伦几个箭步，跑了过来，他蹲在地上看了看，并伸手拍了拍脸，埃斯博士昏迷不醒。迪伦用手指了几个方向，龙、虎、豹三人便散开四处搜索。搜索中，三人恶意地破坏试验器皿，更为严重的是，

第十八章 各自为阵

洒在地上的化学液体,散发着难闻的气味。三人搜遍了实验室各个角落,再次回到约翰的面前,冲着约翰摇头。

约翰看了看迪伦,迪伦双手摊开,表示不知。

约翰又看了看昏迷不醒的埃斯博士:"把他弄醒!"

阿龙一脚踢醒了埃斯博士。博士醒后摸了摸头,随后趴在地上寻找自己的眼镜。他的手刚刚碰到眼镜,一只皮鞋踩就在了眼镜上,将眼镜踩得破碎。博士抬起头,看着眼前这位,他也分不清是谁。

踩眼镜的人是阿虎,随即,阿虎抓起博士。

约翰审问:"说,你把完成的实验样本藏在哪儿了?"

博士紧皱眉头,扭头不语。

约翰继续追问:"你前几天见面的人是谁?"

博士看了看约翰,似乎依然没有回答的意思。

"不说,是吧?!"约翰见博士一句不答,愤怒地拿过桌上的一瓶黄色液体,液体瓶上写着 H_2SO_4。博士看见这瓶液体,有些害怕。约翰向被踩碎的眼镜片上倒了一滴液体,眼镜片升起一缕白色的薄烟,散发出刺鼻的异味。

约翰将液体瓶在博士面前又晃了晃,博士不停地倒退。约翰又从一侧拿过一支注射器,将瓶中的液体吸入注射器,注射针头窜出一股液体,喷在了阿龙的防护服上,防护服立即被烧出一个洞。阿龙拽过博士的胳膊,约翰的针头对准了血管。一滴液体滴在他的皮肤上,博士吓得急忙开口:"我说,我说……"

约翰将针管交给旁边的人:"说吧,回答我刚才的问题。"

博士胆怯地说:"前几天见面的人是艾瑞……"

"艾瑞找你干什么?"约翰追问。

"他说……他说……"博士语塞,为难得说不出口。

约翰紧逼:"舍不得说,是吗?"

博士只好全盘说出:"艾瑞来找我问关于试验项目的进展情况,我说我的项目在最后阶段了,我们约定项目完成后,一起出去走走,搞了一辈子实验,我们都累了……"

博士似乎赢得了约翰的信任:"你把完成的实验样本藏在哪儿了?"

埃斯博士连连摇头:"样本还在无菌实验室培养,不信你们去看。"

约翰带着埃斯博士来到无菌实验室,埃斯博士指着里面:"你们看,样瓶还在培养期，在没有完成最后的培养时，是不能离开无菌室。"

其实，里面除了大型的培养设备，没有人知道所谓的样本为何物。

约翰指了指内部的设备，博士点头。

阿龙要进去，博士急忙拦住了："不要进去，进去不但人会被感染，而且培养周期作废，一切还得重新再来。"

阿龙看着约翰，约翰摇摇头。

约翰带人走了。在约翰带人即将走出实验室时，埃斯博士喊着问道："你们是什么人？凭什么打我？你们是谁啊，what's the problem？ what's the problem……"

视线里，约翰四人消失，埃斯博士似乎想起自己的眼镜，急忙蹲在地上哭着找眼镜。

实验室外面，约翰四人脱掉防护服，迪伦上前，听约翰小声交待……

离开实验室，约翰回到了维利集团，进入了马丁的办公室。

马丁正在处理文件，见约翰进来，他停下手头的工作。

约翰回头看了看门口，准备向马丁汇报。马丁摇摇头，示意不要说话。就在此时，麦琪从自己的办公室走了出来，麦琪和约翰微笑打招呼。

麦琪走出办公室后，马丁开口问约翰："进展得怎么样？"

"老板，埃斯博士见的正是艾瑞……"

"那实验样本呢？"

"我查看了，还在无菌室培养，埃斯博士应该没有撒谎。唯一令人质疑的是艾瑞来找埃斯博士，到底是为了什么？我觉得最不可思议的是艾瑞既然来了香港，也没有跟您打招呼……"

马丁悻悻地点头，坐了下来。

"我让迪伦严密看着埃斯博士，有情况会随时汇报。"

马丁沉重地说："实验室基金会的几个实验室，只有艾瑞和埃斯博士的工作最为关键，如果他们的科研项目有什么闪失，我在这方面的投入就全部白费了。几十年，费尽了多少心血，一定要保证顺利完成科研成果。"

"老板，你放心吧，有迪伦在那边，应该不会出什么问题。"

埃斯博士被约翰四人逼问后，便将此事告知了组织的接头人老K。

第十八章 各自为阵

埃斯博士并不知道逼问自己的人就是约翰："有四个人，认不出他们是谁，逼我交出样本，他们到底是谁的人？我到底是交给组织，还是交给马丁……"

"实验室是组织的，不是马丁一个人的。马丁也是为组织办事，我受命作为组织派来帮助你完成项目的人，必须是我验收你的科研成果，并将成果带回组织。"老 K 立场很明确。

埃斯博士看着老 K 陷入两难："噢，那可怎么办呢？如果那四个人再出现，我可真是害怕……"埃斯博士偷偷瞄了一眼老 K，似乎在察言观色。

老 K 走到埃斯博士面前："不管是什么人，不管是什么威胁，已经完成的培育样本绝不能落入他人之手，包括马丁。如果东西从你这儿不见了，第一个受苦的人就是你……记住了！"老 K 摘下埃斯博士的眼镜。

埃斯博士急忙夺回自己的眼镜："这是我的新眼镜，你小心点儿，可别给我摸坏了……"老 K 转身走了，埃斯博士还在嘀咕："艾瑞说得没错，看来你们都不是什么好东西。"

老 K 离开后，在自己的密室里再次连线组织，汇报情况。

电子屏幕里，随着闪烁的信号："埃斯博士的实验样本即将完成，好像已经有人盯上了，我希望组织能派人接应我……"老 K 的汇报，其实是向组织求助。

"你继续监视埃斯博士，不要让东西从他手里流出。我马上安排人去接应你，具体接应路线和地点，有人会跟你联络……"电子屏幕里模糊不清的人声音嘶哑，语速缓慢。

"一切听组织安排，我会顺利带回样本，不让样本落入他人之手……"老 K 坚定地回复。

"埃斯博士对我们还有用，一定要保证他的人身安全，按计划把样本和人转移到安全的地方，继续大量研发我们的秘密武器。"

画面闪烁，逐渐失去了信号。忽然，门外有响动，老 K 从怀中拔出手枪，轻轻走到门口，枪口对准门缝，慢慢打开了房门……

第十九章 秘密集结

一

老K打开房门，发现门外并没有人。他收起枪，左右查看了一下，很不甘心地走回了密室。

实验室楼上的拐角处，迪伦见老K进了房间，露出阴险的嘴脸。而在试验间的玻璃门内，埃斯博士盯着鬼鬼祟祟的迪伦，忽然发现迪伦转过身看向自己的方向，埃斯博士装作做试验，将一滴滴液体滴入几支试管。

深夜时分，埃斯博士站在楼上的通道处，看着整个实验室。楼下虽然亮如白昼，但此刻令他感到十分的不安。

进入无菌室，埃斯博士操作系统，将正在培养的绿色液体瓶子从实验舱里取了出来。绿色的瓶子由底座和瓶身以及瓶口三部分组成，底座由金属材料构成，瓶身透着翠绿的颜色。里面的液体晶莹剔透，看不出任何杂质。瓶口同样由金属材料构成，但瓶口的金属镶嵌部分有明显的缺口。埃斯博士打开一只银白色的箱子，从箱子里取出一款同样的瓶子，替换了实验舱的瓶子。

埃斯博士随即走出无菌室，发现老K就站在无菌室门外。他没有理会老K，两人擦肩而过。看着埃斯博士的背影，老K跟了上去。一前一后，两人保持着距离，走出了实验室。

走出实验室后，两人依然保持着距离，走了大约二十分钟。埃斯博士在一处十字路口停了下来，老K紧走几步，来到埃斯博士的身旁。从马路左侧开来一辆黑色的小汽车，停在了埃斯博士的面前。老K打开车门，埃斯博士钻了进去，老K上了副驾驶座，汽车消失于夜色。

第二天上午，迪伦在实验室四处游荡，发现实验室比以往安静了许多。

第十九章 秘密集结

他几乎找遍了所有试验间,除了埃斯博士的几名助理,埃斯博士和老 K 都不见了踪影。迪伦想了想,迅速下楼,进入了老 K 的密室。密室的门是虚掩的,迪伦顾不上安危,直接推门而入。密室内除了简单的桌椅陈设,便是那面信号墙。迪伦四处检查后,似乎明白老 K 和埃斯博士已经离开了实验室。

走出老 K 的密室,迪伦拨通了马丁的电话,但迪伦随即挂了电话。迪伦又拨通了约翰的电话。

"约翰,不好了,埃斯博士不见了……"迪伦没等约翰确认,便将这一消息告诉了对方。

约翰当时正在参加维利集团的董事会。当然,马丁作为维利集团的董事长,同样也在会场。约翰听了迪伦的汇报,觉得事情比较严重,便凑到马丁耳边小声说了几句。

马丁离开了会议室,带着约翰直接回了自己的办公室。

"老板,埃斯博士离开了实验室。"

马丁脸色大变:"什么时候?"

"迪伦刚刚发现,但埃斯博士什么时候离开的,还不知道。"约翰机智的眼神,似乎也在思考。

"事关重大,你亲自去了解一下,找找埃斯博士去了哪里,和什么人一起走的。"

"应该是和老 K 一起走的。"

马丁思索着,点点头:"还是晚了一步……"

约翰的手机再次想起,约翰接通了电话,便听见迪伦说:"约翰,你告诉老板,无菌室的东西好像还在,但我还不敢进去……"

约翰挂了电话,告诉了马丁:"老板,迪伦说无菌室的东西好像还在……"

"你马上去实验室,证实迪伦的话。"马丁神情严肃,极为不安地嘱咐约翰。

约翰带着龙、虎、豹三人赶到了实验室。埃斯博士的几个助手正在收拾行李,准备离开。约翰没有理会他们,径直走进了无菌室。迪伦正在这里琢磨如何打开实验室的门,约翰没有理会迪伦,拔枪打开了无菌室的门。迪伦害怕无菌室的细菌会感染自己,躲在约翰和龙、虎、豹四人身后,约翰鄙夷地看了看迪伦,来到实验设备前。正在培养的样本依然安静的躺在实验舱里,约翰试了几次,却无法打开阀门。迪伦凑上前说:"有指纹识别,没有埃斯博士的指纹,无法启动打开程序。"

约翰盯着迪伦，迪伦不敢正视约翰，急忙转过头。阿龙微微一笑，上前开始操作连接实验舱的电脑，阿龙想通过电脑打开实验舱，但一番努力后，似乎无济于事。约翰愤怒地砸开实验舱。

舱门打开，一股冰寒的白雾飘出舱外。迪伦以为是毒气，第一时间跑到了门外。约翰站在原地并未移动，龙、虎、豹三人见约翰纹丝不动，三人也没有离开。

白雾散开后，约翰伸手取出了绿色的样本瓶子，仔细观察。

忽然，约翰举起瓶子摔在了地上，龙、虎、豹三人倒退几步，看着支离破碎的瓶身。只见地上躺着一整块冰柱，约翰一脚踹飞绿色的冰柱。

阿龙脱口而出："假的？！"

约翰走出无菌室，一把抓住迪伦："这就是你看了这么多年的结果！"

迪伦吓得直晃手："我，我不知道它是假的，这个我真不知道……"

约翰放开迪伦，招呼龙、虎、豹三人离开了实验室。迪伦凑上前，查看冰柱，他小心翼翼地用手摸了摸，试着用舌头舔了舔："甜的？！"

约翰站在实验室门外，向马丁电话汇报："老板，埃斯博士临走时，应该已经带走了培养完成的样本，他在实验室留下了假的样本蒙混我们。"

电话里，马丁愤怒地骂道："这群该死的科学家，就该早点把他们……"马丁没有骂出口，继续说道："别着急，埃斯博士身上有我们早年安置的定位芯片，不管他走到哪里，都逃不出我的手掌心。我安排人立即定位埃斯博士的位置，你做好准备，随时行动。"

"是，老板！"约翰挂了电话。

此时的埃斯博士和老K乘坐一辆黑色的轿车来到了码头。两人又在夜色的掩护下，登上了一艘船。一切似乎早已安排妥当，两人上船后，相对而坐。埃斯博士扶了扶眼镜，看了看老K手中的箱子。老K一声不响，只是盯着船外的海平面。

埃斯博士有些憋不住了："我们这是要去哪儿？"

老K回头看着埃斯博士，但依然不说话。

"为什么突然要离开实验室，what's the problem？ what's the problem？"埃斯博士开始絮叨不停。

老K见他没完没了，有点烦躁地说："如果你想回去，现在你可以回去了。"

埃斯博士目瞪口呆，起身要拿箱子。

第十九章 秘密集结

老K瞪道:"你干嘛?"

"我要和我的成果一起回去。"埃斯博士执着地拽着箱子。

老K从怀里掏出手枪:"你问问它同意吗?"

埃斯博士见老K有枪,只好乖乖坐回了原地。

"我告诉你,从你走出实验室的那一刻起,你不可能再回去了。你回去,那就是找死,我们要去一个安全的地方,把东西交给接应我们的人,你要是想活命,就得听我的。否则,我会成全你。"老K说完,不再理会埃斯博士。

埃斯博士极不情愿,但也无可奈何,他也看向广阔的海平面,似乎对自己的未来堪忧。

马丁利用卫星定位很快找到了埃斯博士逃走的路线,并精确地找到了船行的经纬度。根据船的航行线路,马丁断定,埃斯博士跟着老K要去新加坡。

马丁对老K和埃斯博士的意图不明,便立即安排了约翰带人前往新加坡。与此同时,马丁给新加坡的暗线人物下达了命令,准备拦截老K和埃斯博士。

部署妥当后,马丁从当初的焦虑逐渐变得轻松。

约翰按照马丁的指示,召集龙、虎、豹三人在拳馆等候马丁。马丁如期来到拳馆,派出约翰和龙、虎、豹三人即刻前往新加坡,由新加坡的暗线接应,彼此相互配合,抢回成果。马丁掏出一张照片,放在了约翰面前:"照片上的人,就是接应你们的人,都记在大脑里,见面之后有固定的暗语,如果暗语对不上,就……"马丁做出一个杀头的手势,继续说:"我会立即安排其他人配合你们,完成这次任务。"

照片上的人,三十来岁,身材高大,体型匀称,双眼炯炯有神,皮肤黝黑,大方脸,满脸的络腮胡子,但英气十足。他上身穿一件白色T恤,两只胳膊是密密麻麻的英文刺身。此人,正是特里将军曾经的客人——简。

马丁把约翰叫到身边,小声叮嘱一番,随后离开。

为了抓紧时间布控任务计划,约翰和龙、虎、豹四人当即定了飞往新加坡的飞机,并在当晚赶到了新加坡。四人在机场按照行动计划,等待接应的人。

逗留片刻后,阿龙便从人群中发现了照片中人。约翰钻入人群和接应者打暗语对接。

一切进行顺利,接应的人将约翰四人安排在了一个游乐场附近的公寓。临走时,他告诉约翰:"根据线索分析,他们可能会在游乐场进行交易,你尽快带人熟悉这里的地形,有情况我会随时联系你。"接应者将一部手机交给了约翰，并告诉了自己的名字："大家都叫我简。"

简是新加坡人的姓，约翰告诉自己的兄弟："他应该是新加坡人，大家在这里人生地不熟，不要轻易惹事，误了老板的大事，谁都承担不起。"龙、虎、豹三人和约翰的关系非同小可，约翰的话他们唯命是从。即便是马丁，龙、虎、豹三人也不可能如此信服地遵守。

二

山米局长召集所有探员，召开紧急会议。几十名探员到位，坐着的，站着的，每个人都意识到这次会议的重要性，大家集中精力，表情严肃。

山米局长站在大屏幕前，讲述任务计划。"我们破译了环奇制药服务器里的保密资料，发现重大线索。其中有一个名单，我们通过大量的信息组合，分析出名单里的每一个人都和二战战犯有关，我想这正是迈克队长曾经想要得到的答案。这是一批二战余孽逐渐形成的恐怖组织，下面大家认识认识这些人的真面目……"

大屏幕上，逐一出现几个人物，首个出现的是一位坐着轮椅的古稀老人："从身份和年龄分析，他应该是这个组织的最高头目……"接着，老K的头像也出现在大屏幕上："这个代号K的人，应该正是我们接到的情报里即将出现的人物。与此同时，还有一个人可能也会出现在这次行动中……"下面是一个三十来岁的人，满脸杀气："这个人代号Q，应该在这次行动中和代号K的人有所接触，我们会严密监视这几个人的出现，并准确得出他们的行动内容……"之后的照片里，循环播放着恐怖组织的几个重要人物。

"环奇制药打着生意的旗号，不仅贩毒、走私军火，还暗中跟恐怖力量勾结，当初导致迈克队长自杀的那批货依然在我们的视线范围内。为了一举端掉坏奇，我们需要点儿耐心，抓他们个人赃并获。但此次任务的关键不在环奇制药，这个组织的几个头号人物同时出现，肯定有重要的事情要在我们的地盘发生，大家提高警惕秘密布控，不能打草惊蛇。"

艾米拉起身汇报："M酒店的线报称，已经有人入驻酒店。"

山米局长马上做出指示："好，严密监控，尽快掌握他们的见面地点，摸清他们的见面目的。"

众人散会后，山米局长留下了艾米拉和迈克。

"你们两个跟随迈克队长多年，应该对这个案子的起始了解很多，追踪了

第十九章 秘密集结

这么多年，总算得到了这么个机会，可不能掉以轻心啊！"山米局长严肃中，又带着几分沉重，也许是对迈克队长的怀念。

约翰的突然失踪，也引起了麦琪的注意。为了探听最近公司的新闻，麦琪利用和老公晚间恩爱的时机，展开了地毯式的打听。

麦琪穿着性感的睡衣，极具诱惑地倚在科恩的怀里，手指抚摸科恩棱角分明的脸颊。

"最近公司的业务有些杂乱，我一个人真是有点忙不过来，但又不能辜负了董事长的期望。科恩，听说你那边最近资金流动性很大，是不是公司的业务有很大的调整？"

"马丁要暂停实验室基金会的所有项目，不知道是何缘故。"科恩无意间说出了公司财务的最新变化。

麦琪好奇地追问："虽然我是董事长的秘书，但一直对公司业务了解不够，除了日常的几个行业，实验室基金会的事根本不了解。"

"这么多年，实验室基金会都是由董事长亲自过手，我也只是知道关于资金方面的流动情况。不知道实验室的科研项目，更不知道里面的秘密。董事长在实验室上投入了大量的资金，最近突然要停止所有项目资金……"

麦琪抢过科恩的话："是不是公司其他项目出了什么变故？"

"应该没有，从资金运转来看，其他业务的经济走向都趋于正常。"

"基金会下面一共有多少个实验室？"

"具体我不知道，但在基金会的账目上看，一个就在香港，一个在新加坡，其他的几个实验室已经名存实亡，名义上依然是基金会所属，但从没有经济输出，也从来没有听董事长提起过。"科恩的手顺着麦琪的长发抚摸，逐渐往下移动。

麦琪娇柔地说："我想在时尚界多下点儿功夫，再引入一批新人……不知道董事长能不能同意我的方案，投入一笔资金做强做大。"科恩的手即将伸入麦琪的胸部时，麦琪忽然起身："老公，我想请你帮我个忙。"

科恩愣住了，麦琪继续说："我想让你在公司的账务上，暗中给我们的活动多划一点钱，我想引进一批优秀的模特，打造公司的专属秀场。等公司的慈善晚会那天，我要让董事长眼前一亮，董事长在业界有面子了，我的努力也算没有白费。"

科恩有些为难，麦琪立即撒娇道："老公……"

次日，麦琪推门走进马丁的办公室，发现马丁不在办公室。麦琪不假思索，关门而出。

麦琪在自己的办公室整理了几份文件，便带着一份文件来到了公司的活动专场大厅。她找到了公司的时尚总监露西，露西正在为即将举行的慈善晚会布置现场。

麦琪上前叫住露西，露西回头见是麦琪，急忙打招呼。麦琪将手中的文件交给露西："这是董事长最新批示的活动设计方案，你结合一下，看看有没有需要二次调整的环节。"露西接过文件，麦琪已经转身离开。

在一条繁华的路段，W 的摩托车紧紧跟随在麦琪的车后。麦琪在一处停车场停了下来，W 骑车跟过去，停在了麦琪的身边。麦琪没有下车，透过车窗向 W 交待任务。

"约翰神秘离开，不知道又有什么大事发生，这是他去的地方，你尽快去一趟，看看能不能发现点儿什么情况。"麦琪递给 W 一张纸条。

"还有，别忘了原计划中的任务，继续追查安迪死后遗留的东西，以及艾瑞到底在为马丁搞什么科研项目，行动中千万不要暴露身份，一旦有人发现……"麦琪做了一个杀人的手势，W 点头答应。

麦琪又交给 W 一样东西："这是你的护照，不要轻易联系我，遇事机动处理！"W 收起护照，目送麦琪离开。

老 K 二人到达新加坡后，到达了指定的交易地点——M 酒店。埃斯博士对离开实验室之后的一系列行动，有时候紧张，有时又觉得好玩，情绪也时好时坏的。

经过短暂的调整。黄昏时分，老 K 化妆离开过酒店一次。离开前，他向埃斯博士交待："我现在告诉你我们这次来的计划……"埃斯博士一脸迷茫，老 K 继续说道："为了不让你的科研成果落入马丁之手，我受组织的命令，要将你的成果安全转移，交给组织前来接应的人。因为香港是马丁的地盘，行动起来不是很方便，万一被马丁得知，我们可能都会送命。这里有我们的人，而且离马丁相对较远。不要离开酒店一步……"

埃斯博士不仅没有重视老 K 的交待，还因老 K 的女性打扮破涕而笑："你这身打扮出去，不怕被哪个酒鬼给调戏了啊？好端端的，非要打扮成女人……"

第十九章 秘密集结

老K离开酒店，在一处偏僻的桥下，见到了接头人，双方用电子识别器验明身份后，开始沟通具体事宜。

接应的人戴着帽子和墨镜，看不出脸部的轮廓。他压低了帽子说："游乐场，鬼屋，以灯为信号，带着东西和人，我拿到东西后，你们掩护我离开。事成之后，你继续回到香港，监视马丁的行动。"接应者从口袋里掏出一张照片，让老K看了看："他是接应你的人，记住了！"老K看清了照片上的人，接应者便将照片撕成粉碎，撒在了脚下的水坑。

两人离开桥下不久，有人便再次出现在此。他看着水坑的碎片，便弯腰捡起，装入随身携带的密封袋。

桥头的路边，艾米拉在车里等候。片刻过后，桥下的人上来，钻进了艾米拉的车。此时，艾米拉接到最新指示。

"艾米拉，我已经查明，他们要在桥东的游乐场交易一样东西，具体交易物品目前尚不清楚，你马上过来，我们在桥西的十字路口……"通报情况的是迈克。

"好，我马上过去！"艾米拉开车及时赶到了桥西的路口。

局长乘坐的监听专用车停在路旁的教堂门口，艾米拉上了局长的车。

"这是我们发现的东西。"艾米拉将散碎的照片交给局长，局长看了看，立即交给旁边的探员。几名探员迅速拼出散碎的照片，一张扭曲的照片再次呈现在众人面前。

"Q！"迈克认出了照片里的人正是破译的环奇制药文件里的恐怖组织成员。

"他应该就是接应的另一方，艾米拉，调出游乐场所有监控探头，24小时全程监控，并立即布控游乐场所有出入口。目标人物出现，第一时间向我汇报！"艾米拉接到局长的命令，下车赶往游乐场。

黄昏时分，小雨淅沥，Q带着十余人蒙面人出现在离游乐场附近的一处楼顶天台。他举着望远镜，远处的游乐场尽收眼底。手下端着各种式样的长枪短枪，围在Q周围。Q透过望远镜，正在观察游乐场里的变化。

Q身穿一身灰色的西服，手下穿着一身的黑衣，由于蒙面，看不清嘴脸。

一名手下问道："老大，我们什么时候进入游乐场？"

Q放下望远镜："为了保证明天的行动万无一失，今天晚上我们就要进入游乐场潜伏起来，但不知道里面安不安全……"

Q的话音未落，一声枪响，Q后背中枪摔倒在地……

第二十章 伏击失利

一

离Q最近的楼顶天台上，几支狙击枪对准了Q剩余的手下。

Q被暗枪打中后，十多名手下持枪四处寻找枪声来源。但所发现的除了一览无余的城市群楼，并未发现任何威胁。接着，又是一枪，一名手下栽倒在地，剩下的人有点慌乱。

"散开，趴下！"有人喊了一声，所有人都四散开来，趴倒在地……

这时，从天台的入口处，迅速冲上五六个人，手持长枪，将所剩的手下一阵扫射。仅剩的几人没来得及反应，便死在了对方的枪口下。

为首的一人带着一张魔鬼嘴脸的面具，面具遮住了大半张脸，无法看清此人的五官。他向身后的手下挥手，近十名手下冲上去，持枪检查。一息尚存的人再次遭到枪击。

在Q的前方，一支手枪躺在水坑里，Q身受重伤，慢慢向前爬去。一名Q的手下，躺在Q的前方，看见一双花纹皮鞋走进Q。他挣扎着想掩护Q，却遭面具人补了一枪而命丧黄泉。

面具人走到Q身后，踢翻了Q。倒地的Q惊恐地看着对方，毫无反抗之力。来人伸出左手，从Q怀中掏出一张身份识别卡："剩下的事我来帮你办！"话音刚落，来人对着Q的胸口便是一枪。

正在游乐场附近进行监控的迈克听到枪声，立即向山米局长汇报："局长，周围好像有枪声，是不是他们在其他地方进行交易？"

局长在办公大厅，看着逐一接通的游乐场的监控视频，听到迈克的汇报，做出指示："迈克，你带几个人迅速查出枪击的情况。"

第二十章 伏击失利

迈克根据判断，带人向有枪声的地方靠近。

迈克等人靠近大楼，面具人率人撤离现场。同时，周围楼顶的几名狙击手接到命令，也带枪离开。

迈克虽然找到了事发现场，但行凶的人已经离开。迈克带人检查尸体后，发现十几人无一幸免，全部中枪身亡。看着死去的Q，惊恐地瞪着眼，迈克脑海中迅速闪出那个拼凑照片里的人。

"局长，Q带的人全部被杀。"迈克站在楼顶，向局长汇报。

二

艾瑞换上了一套崭新的西服，里面穿一件净白的衬衫。他红光满面，精神抖擞地来到杰森的办公室。

杰森正在整理文件，艾瑞问杰森："杰森，音乐会上我穿这身怎么样？"

看见艾瑞焕然一新，杰森笑了："这么多年，今天可是让我看到了教授的另一面阳光，伯母要是看见，还能专心弹琴吗？"

艾瑞听了杰森的调侃，有些不自然："你这个年轻人啊，我们都老夫老妻这么多年了，还怎么可能像过去一样？杰森，艾米拉联系到没有？"

"没有，我给她留言了，应该不会有什么问题。"杰森走到艾瑞面前。

艾瑞得知还没有女儿的消息，大好的心情似乎瞬间变回了原来那般忧郁："这个艾米拉怎么回事，经常失去联系，明天可是她的生日，怎么就一点不重视呢……"

"教授，艾米拉身份特殊，我们不能左右她的时间。联系不到她，也许是在执行任务，她每一次任务都很危险，希望她能平安回来。"

艾瑞看着杰森，满意地点了点头："是，是，我们都该理解她的工作。好了，你今天安排一下实验室的工作……对了，让你帮忙邀请的人都通知到了没有？"

"教授您放心，您交待的事从来都不会忘记，伯母的音乐会上，你见他们就OK了。"

艾瑞笑着点头："我想你说得没错……"说笑间，艾瑞走出杰森的办公室，还不忘回头向杰森打招呼告别。

艾米拉此时正在参与任务后的第一次全体会议。山米局长精心布置的任务，以失败告终，迈克身负重伤，昏迷不醒。虽然艾米拉要接受停职处分，但这一结局，并不是所有人想要看到的结果。艾米拉也许不明白，自己为何要承担所有责任，但山米局长的一个举动似乎让艾米拉明白了局长的用心良苦。

面对所有探员，山米局长深深鞠躬，向在场的参与者表示歉意。

"这次任务的失败，主要责任应该是我对全局的准备工作不够详细。虽然掌握了对方在游乐场接头，但因鬼船的空间狭小，我们没有事先进入内部布控，当发生枪战时，完全被对方牵制，无法主动进行出击。最重要的是面对突如其来的帮手，完全出乎我们的预测，不仅丢了那个神秘的箱子，还导致我们的人员伤亡惨重……"

这时，从外面进来一名探员，将一个密封袋交给局长。局长继续说："我们只对游乐场内部进行了布控，却忽略了游乐场周边的有利建筑物，对方逃走后，我们连对方的影子都没找到。这次任务失败，是直接向我们发起的挑战……这是艾米拉在现场收集的证物……"山米局长将密封袋里的弹壳举在手中，向大家展示。

探员们见是弹壳，纷纷议论。艾米拉看见局长手中的弹壳证物，没有任何表情。

山米局长继续说："如果不仔细看，这只不过是一颗普通的弹壳，但经过仔细检查，这个弹壳大有文章。这是典型的军方专用弹壳，也就是说，这帮恐怖分子使用的枪械跟军方有关系。当然，这个关系目前尚不明确。也许是军火流失到这帮人手里，也许是他们和军方有着直接的联系……"

探员们再次开始议论。山米局长示意下属打开电子屏幕，屏幕里出现两张Q的头像，但其中一张，是艾米拉撕下Q脖子上的一块皮。

"可以肯定，在游乐场行凶的人是Q的冒充者。因为Q被提前暗杀，由此推论，冒充者肯定就是杀Q的凶手，他杀了Q，冒充其身份进入游乐场杀了K，夺走了那个箱子。但有一个疑点，他为什么不杀埃斯博士，而是带走他，这是我们不知道的一个细节……"屏幕上又出现埃斯博士的头像。

"托尼，通知机场和码头的警方，将他们的信息传过去，严密监控出境人员……"托尼领命而去。

会议结束，众人散去，艾米拉也悄然离开了会场。山米局长看见艾米拉的办公位置上，放着枪和证件。

第二十章 伏击失利

埃斯博士被突如其来的人控制带走,天黑时分押至军港的码头。

埃斯博士面对几名持枪的蒙面人,既害怕,又好奇。他不停地追问:"你们是什么人?为什么要抓我?是不是你们杀了老K?为什么?"

几名持枪的人,根本不理会埃斯博士。不仅如此,几人将他拽下车,推向码头停靠的船。埃斯博士不敢走连接船头的木板,被两名手下架起,强行押进了船舱。

进入船舱,埃斯博士对船舱内的结构感了兴趣,他左右观察,还不时地摸来摸去。好奇过后,似乎还是对眼前这帮人的身份产生更大的兴趣,他已经没有了起初的那种恐惧,上前直接拽着一人的衣角:"喂,你们到底是什么人啊?"对方没有回答。埃斯博士不甘心,继续纠缠。

就在此时,从船上走下一人。埃斯博士看着进来的人,惊讶地张开了嘴:"是你?!"

站在面前的人是约翰。约翰朝埃斯博士笑了笑,拿下他的眼镜:"你的新眼镜不错!"

"啊……你,你怎么知道我的新眼镜?"埃斯博士惊讶中,似乎明白了什么,"原来上次的人也是你!"

"如果你还想跑,我可以放你走……"约翰拍了拍埃斯博士的脸,埃斯博士听说可以放自己走,有点欣喜若狂,转身便跑。当他跑到船舱口时,又停下脚步,回头看了看约翰等人。除了约翰一脸平静,龙、虎、豹三人的枪口对准了埃斯博士。

埃斯博士又知趣地跑了回来:"那我不跑了,不跑了……"

"你今天要是离开了我的视线,下次你再看到我,就不会幸运地坐在这里听我说话了。"约翰说完最后的这句话,埃斯博士乖乖地坐在椅子上……

约翰完成了任务,夺回了埃斯博士和他的科研成果。他躲在特里将军安排的保护船上,向马丁汇报了战果。马丁却突然出现在船舱口,龙、虎、豹三人警觉地举枪对准船舱的人,约翰发现是马丁,急忙挥手让三人放下枪。

马丁来到船舱内:"时间比较紧,没来得及通知你们,不要怪我唐突!"

埃斯博士见马丁突然出现,又是惊讶,又是害怕。

马丁走到埃斯博士面前:"你说你跟着那些人到处乱跑,多危险啊,如果不是我让约翰把你救出来,恐怕你早被特工抓进大牢,你后半辈子就在暗无天日的监狱里度过吧!"马丁揪起埃斯博士的表演服,对约翰说:"赶紧给他把这身衣服换了……"马丁又对着埃斯博士说:"你是科学家,怎么能穿这种奇装异服呢,快脱了……"

埃斯博士见马丁不温不火,说:"我……我……你想干什么?"

"乖乖地给我回去,继续做你的实验,不要再想着往外跑了,下次我可不想冒着这么大的风险救你了。"

马丁说得认真,埃斯博士态度立即转变,点头道:"好,那谢谢你们!"

阿豹拿来一身西服,催促埃斯博士换上了新衣服。

马丁将约翰叫上了船舱,约翰好奇地问道:"老板,你怎么突然来了?"

"我来是要和艾瑞好好谈谈,顺便应邀参加艾瑞老婆举办的音乐会,联络联络感情。这里应该是安全的,等过几天,你带埃斯博士回去。我们在郊外还有一个实验室,回去后迪伦会接应你们。让埃斯博士继续为我们工作……"马丁忽然想起什么,扭头问约翰,"东西到手了吗?"

"老板,都到手了。"

马丁满意地点头:"善待埃斯博士!送回他后,你带人立即返回,我还有更重要的事要你去办。"

"是,老板!现在全城搜捕我们,你在这里注意安全!"

马丁笑了笑:"放心吧,既来之则安之嘛!"

约翰看着马丁胸有成竹,再无多言。

马丁如约参加黛西的音乐会。音乐会设在酒店的一个专属活动空间,音乐喷泉,五彩缤纷的水柱,环绕立体的音响装置,以及极具高科技的灯光布置。

扇形的台阶周围,由一片喷泉环绕,钢琴摆放的位置正好被喷泉呈半包围结构包围,黛西坐在钢琴的位置,面带微笑。四周的灯光照在黛西的脸上,同时映出身后五彩斑斓的水柱。现场宾朋满座,服务生来回穿梭,为来客斟酒。

台下的宾客席上,艾瑞和马丁坐在黛西的正对面,同桌的还有杰森。杰森不时地抬起手腕,查看时间。除此之外,马丁的秘书麦琪坐在马丁的身边。

黛西全神贯注,优雅地弹着钢琴。宾客们聚精会神地聆听,在后排的位置,部分宾客端着酒杯站着听琴。黛西弹琴的同时,不时看看前排空着的座位。同样,艾瑞不时回头看看音乐会的入口,又看看杰森。杰森焦虑地等待艾米拉尽快出现。

第二十一章 引火烧身

一

艾米拉因任务失败造成的后果而心情沉重。她似乎忘记了今天有妈妈的音乐会。记得几天前，艾米拉回家和父母吃饭，妈妈一再强调，一定要按时参加。

一路之上，艾米拉心不在焉，在十字路口差点和过往车辆相撞。回到家时，家里冷冷清清，茶几上散落着几张请柬。艾米拉忽然意识到今天有母亲的音乐会。进入自己的卧室，艾米拉简单收拾着装后，开车一路疾驰，来到举办音乐会的酒店。

走进音乐会的现场，黛西已经弹完一曲，宾客们正在相互寒暄。黛西的几位朋友围着黛西，有说有笑。

艾瑞和马丁也站起身，开始闲聊。麦琪恭敬地站在马丁身后，杰森站在艾瑞的身旁，不时回头张望酒店的入口处。

马丁对艾瑞说："杰森这年轻人不错，你应该好好培养培养，今后可以替你分担一些工作，你我年纪都大了，应该培养个接班人了。"

艾瑞笑着回应："杰森的确是年轻人中难得的人才，不仅工作能力强，还善解人意，有他在我身边这么多年，真是为我办了不少实事。"

马丁又对杰森说："杰森，能在艾瑞教授的手下工作，应该是件荣幸的事，他可是当今难得的科学家，你可是找了个好老师啊！"

艾瑞接着马丁的话："你就别客气了，这一切都是你的功劳，如果没有你的基金会支持，我和杰森也没有缘分能有今天啊！"

"教授说得是，应该谢谢你给了我这个机会！"杰森端起酒杯敬马丁。

马丁和艾瑞对杰森的理解，相视而笑。

大家寒暄之时，艾米拉出现在音乐会的入口。杰森的余光发现了艾米拉，急忙迎了上去："艾米拉，你怎么才来啊？伯母都等不及了，音乐会都要结束了……快走！"杰森拉着艾米拉来到了艾瑞的面前。

"爸爸！"艾米拉向父亲打招呼的同时也看见了马丁。

艾瑞也有点儿责怪的意思："你这是去哪儿了，怎么这么晚了才来……"艾瑞低语责怪后，急忙向艾米垃介绍马丁："艾米拉，这是马丁叔叔！"

"马丁叔叔你好！"艾米拉躬身向马丁问候。

"哎呀，艾米拉都长这么大了，真漂亮！"马丁简单地和艾米拉打了个招呼，便示意艾米拉快去和母亲打招呼："快去跟你妈妈说句话！"

艾米拉面带愧疚地看向母亲，黛西端着香槟正和一位朋友交谈。母女眼神对视后，黛西继续和朋友交谈。

"艾米拉……"艾米拉回身时，艾瑞拿出一个精致的礼盒："今天也是你的生日，这是爸爸送你的生日礼物……"艾瑞打开了礼盒，一串精致的项链映入眼帘。

"喜欢吗？"

艾米拉感动地看着父亲："谢谢爸爸！"艾米拉拿着礼物，亲吻父亲的脸颊，走向母亲。

马丁对杰森说："杰森，我什么时候能喝上你和艾米拉的喜酒啊？你要好好把握！"

杰森难为情地低头微笑，艾瑞急忙替杰森解围："来来来，我们喝一杯！"艾瑞和马丁举杯交错。

马丁和艾瑞走了几步，错开了宾客，两人开始谈关于实验室和科研项目的话题。

马丁说："咱们现在这个项目成果不仅在生物仿生学方面有很强的应用，还在其他很多领域有可开发性，但某些应用可能是我们不能去碰的……"

"是啊，你说没错，一旦进入其他领域的科研，不仅会对社会造成某些破坏，还有可能会给社会带来不利。这一点我和你想法一致，我们相互监督，一定不能让实验成果流入社会，让一些人有利可图。"

"对，你的担心也是我的担心，就目前而言，虽然项目接近尾声，但我会全力以赴，让你的项目顺利完成，资金上你不要有顾虑，我还是会暗中支持

第二十一章 引火烧身

你！"马丁凑到艾瑞耳边。

艾瑞和马丁交谈的时候，余光扫到了艾米拉和黛西。

艾米拉一脸的愧疚，但黛西对此不以为然。

黛西看着艾米拉："你忘了今天是什么日子吗？"

艾米拉知道自己迟到了，顺从地听母亲训斥："妈！我知道我迟到了，今天是您的音乐会……"

"你知道还迟到，音乐会都结束了，你来还有什么用？"黛西话语间有些不满。

"我……我这几天有任务！"

"每次都是这个理由，你知不知道今天也是你的生日？"

"知道！"

"我为你的生日辛辛苦苦准备了这么久，没想到你……"黛西忽然看见艾米拉的脖子有伤，不由地伸手过去："你脖子是怎么回事？怎么每次执行任务都带着伤回来，是怎么回事？"

艾米拉下意识地往后躲闪，伸手拦住了母亲的手。也许正是这个动作，让黛西更加恼怒。

黛西大声叫道："艾米拉！"

这一声，引来周围宾客的注视，众人的眼光投向艾米拉和黛西的身上。艾米拉发现众人看着自己，情急之下转身跑出音乐会现场。

黛西大喊："艾米拉，你给我回来……"

艾瑞见艾米拉和老婆发生矛盾，急忙示意杰森去追艾米拉。杰森没来得及向艾瑞道别，便追出了酒店。

黛西看着艾米拉离开酒店，情绪低落地坐在钢琴边抽泣。黛西的朋友递上一杯水，安慰黛西。

黛西名为举办自己的小型音乐会，但实为女儿过一个惊喜的生日会。没想到现场发生了不愉快的事情，母女再次引发矛盾，不欢而散。母女多年形成的隔阂依然成为不可跨越的障碍，准备多时的音乐会，最后并没有达到目的，黛西烦躁不安。

艾瑞见老婆精神状况不好，既不敢多言，又显得无奈。多年以来，老婆被精神病困扰，如今两人年过半百，艾瑞夹在老婆和女儿中间，更加为难。

当晚，艾瑞平息了老婆的心情后，再次找到马丁。两人就实验室的项目进展再次展开深入探讨。

"艾瑞，具体什么时候能完成最后的环节？"马丁表情严肃。

艾瑞犹豫地回答："我还需要一些时间。"

马丁嘴角露出一丝苦笑："艾瑞，我们相识这么多年，你是不是有什么事瞒着我？"

艾瑞看了看马丁，摇了摇头："没有……"

"说吧，艾瑞，说出来我们聊聊。我这次来也不仅仅是参加你老婆的音乐会，最主要的是我想和你谈谈我们的合作。"马丁调整了自己的状态。

艾瑞想了想，终于愿意说出自己心里的疑虑："马丁，有件事虽然过去了多年，但一直是个心病……"

"你是不是想问关于安迪的事？"

"你怎么知道？"

"我相信，安迪的死不仅仅是你一个人的心病，你可以说，可能我无法为你治愈这个心病。"

"安迪当年科研的成果最后经我之手，完成了最后的环节。最后去向不明，你是不是应该知道这件事？"艾瑞带着几分试探的口吻，看着马丁。

"你想问的是，科研成果最后都归了我，应该由我来解释它的去向。"

"我知道你是生意人，有权利将每一个成果卖到全世界，但我还是想不明白，安迪的死到底和他的科研成果有什么关联？为什么安迪的科研成果会出现在环奇制药？环奇制药到底和你有没有关系？"艾瑞将一份化验报告扔在了马丁的面前，"这是环奇制药的毒品配方，完全吻合安迪的'洋葱晶'成果，他们利用'洋葱晶'技术提炼毒品，我不知道这件事是不是你所为……"艾瑞扭过头。

马丁将手中的化验报告撕成粉碎："艾瑞，你听我说！"

"马丁，你口口声声告诫我禁止开发一些危险的领域，可他们利用安迪的成果配制毒品，我想这件事不会和你没有关系吧？"

马丁起身，盯着艾瑞："你是不是担心你的成果也会走上这条路，所以故意拖延试验周期？"

艾瑞没有解释。

"6月30日之前，我必须见到成果，否则你要负责所有造成的损失。"马丁愤怒地甩手而去。

第二十一章 引火烧身

马丁离开后，艾瑞心头沉重，冥冥之中有一种不祥的预感。艾瑞当晚没有回家，而是直接返回实验室。

杰森看出艾瑞心事重重，便试探地询问："教授，你是不是哪里不舒服？"

艾瑞摇摇头："没有，我好象做错了一件事。"

杰森递给艾瑞一杯水："教授，如果你愿意告诉我，我可以帮你分享。"

艾瑞忽然说："我和马丁闹翻了……"杰森愣住了，艾瑞接着说："我还没有考虑好要不要把完成的成果交给他……"

杰森坐在艾瑞面前："教授是不是已经完成了最后的试验？"

艾瑞点点头，杰森有些为难："马丁一再强调早日完成实验，如果我们交出成果，会不会打消马丁的焦虑。也许他现在操之过急，才在这个问题上和你意见不合。"

艾瑞想了想，又摇头："不行。"

"最后的试验已经完成，既然你不想给马丁，如果你把成果留在实验室，岂不是很危险？"

"成果不在实验室。我现在很乱，不知道该怎么办？"艾瑞的不安，甚至感染了杰森。

"这件事要不要告诉艾米拉？"

"不要，不要告诉艾米拉，这是我自己的事，不要影响她，我会处理好，我会处理好……"艾瑞起身，神经兮兮地走出办公室。

二

艾米拉在离家的这几天里，每天都呆坐在海边。看着海浪和远处隐约出现的轮渡，心情渐渐平静，原有的烦躁和不安也渐渐散去。

一天，艾米拉坐在岸边的石头上，不知不觉中，天色已近黄昏。海浪拍打着脚下的巨石，海浪声此起彼伏，艾米拉心情逐渐平静，海浪的声音吞没了艾米拉内心的伤痛。

杰森的车停在岸边的公路，杰森下车后看了看远处的艾米拉，快步走了过去。

杰森抱住艾米拉："我知道你在这儿。"

艾米拉依偎在杰森的怀里，这一刻变得如此顺从娇柔："这次任务失利，对我打击很大，迈克重伤，我要承担全部责任……"

"艾米拉，你的工作我也帮不上忙，执行任务危险性大，肯定有突发情况，难以掌控。伯母的音乐会其实主要是为了给你过个愉快的生日，都怪我提前没有给你讲清楚。你调整调整，我们回去吧！他们都很担心你……"

"好了，我们不要再谈这些了……"艾米拉吻住了杰森，两人亲吻缠绵。

在海边的另一处栈桥边，W站在桥头，举着望远镜看着艾米拉和杰森。

清晨的街道处，W骑着摩托车来到路边的一辆汽车旁。这里相对偏僻，除了远处几个保洁工人清扫马路，还没有行人上路。汽车似乎停了许久，W的摩托车来到近前，车窗玻璃徐徐摇下。W警惕地看了看周围，将艾米拉和杰森亲吻的照片递到了车里。

车里传出一个女声："干得不错，但不要只盯着他们，你的任务是在找到艾瑞真正研发的项目内容。同时，你要严密监视马丁在新加坡的动作。"

W点头答应，戴上头盔，环视周围后骑车离开。

摩托车停在艾米拉家远处的树丛旁边，W利用大树的掩护，举起望远镜看向艾米拉家。

这时，天色大亮，阳光笔直地穿透树叶，照在地面。

W在望远镜里，忽然发现了艾米拉家对面的楼里的一道闪光。他拿下望远镜，思考片刻，再次举起望远镜找到了对面楼层里发出的反光。W收起望远镜，戴上头盔，骑车离去。

W骑着摩托车出现在一栋小区的居民楼前，他推了推门，发现门被上锁，便从兜里掏出一个微型的电子设备，在门禁识别器上晃了晃，门禁被解锁，W成功进入楼内。进去后，他没有乘坐电梯，而是逐层爬楼，并且在每一层的窗口都向外面看看，视线里，艾米拉家的房子呈现在眼前。

在第十层的时候，W停下脚步，分析发现反光的楼层后，来到了1002房门前。W听了听里面的动静，轻轻推了推门，发现门被反锁。W向后倒退一步，一脚踹开房门，两把枪刀同时弹出袖口。屋内已经有人觉察，拔枪冲向W，W眼疾手快，进入房间的时候，两腿跪地，滑进房间。屋内的人刚冲出套间，W的枪刀已经扎进对方的心脏。

收起枪刀，W将刀上的血渍擦了擦，捡起对方的手枪，卸下弹夹，不屑地将手枪扔在了地上。

第二十一章 引火烧身

W走进里面的套间,只见弧形的阳台上摆着一张桌子和一架高倍望远镜,桌上摆着凌乱的笔记,还有一部手机,地上散落着参差不齐的烟蒂。W走到阳台前,透过高倍望远镜,艾米拉家的房子一览无余。不仅如此,还能隐约看见窗户里走动的人影。记录的纸张,密密麻麻地记着关于出入艾米拉家的人和对应的时间。翻看时,马丁的名字引起注意,W仔细查看,拨通了电话……

约翰送回埃斯博士后,返回新加坡,见到了马丁。两人再次在码头的船舱内见面,龙、虎、豹三人站在船头观察周边情况。

"老板,你有什么吩咐?"

"今天晚上,你带人控制黛西,用黛西家里的电话给艾瑞打几个电话。记住,只打不说话,也不要发出任何声音……"

"老板的意思是让艾瑞回家?"

"对,艾瑞回到家,立即控制他们。如果他带着东西回家,肯定是最近完成的成果,如果空手而归,我会给你安排接应的人。必须找到科研成果,这么多年的资金和心血不能就这么化为泡影。"

"老板,艾米拉是艾瑞的女儿,她的身份是国家安全局的高级探员,如果这件事触动了国家安全局,我们是不是得想好如何化解?"

约翰的话也引起了马丁的注意:"你说得有道理,但你有没有想过,国家安全局涉及的案子跟这种事情毫无关系,他们不会因为丢了个人就出动探员,顶多是当地的警方跑跑腿。既然要做这件事,我就会处理好。你放心,在你办事的时间里,如果艾米拉回家,我会安排人拦截,给你更多的时间。"

"好,多谢老板的缜密计划,我这就带人去……"

马丁给约翰做了精心的计划安排后,再次约特里将军谈事。因之前游乐场事件影响很大,全城戒备森严,马丁也不宜过分张扬,四处走动。为了避免不必要的麻烦,马丁选择了军港码头停靠的大船。其实,这个地方也是特里将军的地盘,马丁出入新加坡都离不开特里将军的安排。同样,约翰带人在游乐场制造混乱,也是因为特里将军的帮忙,约翰等人才得以顺利离开。

马丁见到特里将军,因形势紧迫,便不再客气:"我想再找你帮个忙。"

特里将军笑着说:"帮什么忙你尽管说,直接让简传个话就行了。"

"这次事关重大,可能得您亲自安排。"马丁很严肃,特里将军也不再说说笑笑。马丁继续说:"我要办点儿事,想让你找几个比较可靠的人……"

特里将军想了想，点头答应。两人凑在一起继续沟通细节……

黄昏时分，路灯刚刚亮起，约翰带着龙、虎、豹三人乘车来到艾米拉家附近。约翰开枪打碎了路口的摄像头，带着三个兄弟进入了艾米拉家。

黛西面对几个突如其来的人，原本心情不悦的她，更为烦躁。她冲着约翰几人大喊："你们是什么人？快出去……"黛西的嘴被阿龙捂住，接着被打晕在地。看着倒在地上的黛西，约翰找到艾米拉家的电话，拨通了艾瑞实验室的电话。

正在实验室发呆的艾瑞被电话声吓到，他缓过神后，才意识到办公室的电话响起。艾瑞接通了电话："喂，哪位啊？"

电话里没有声音，艾瑞"喂"了好几声，只好挂了电话。可刚刚挂了电话，电话再次响起。这一次，艾瑞没有马上接听，而是先看了看来电的号码，发现是家里的号码，艾瑞轻松地接通了电话："喂，老婆。"电话里依然没有声音，艾瑞继续"喂"了几声，还是没有声音，艾瑞好奇地拿着电话嘀咕："怎么回事，接通了又不说话。"

连续三次，电话再也没有响，艾瑞坐不住了，拿起自己的衣服，匆匆离开实验室，打了一辆车赶回家。

刚进家门，早已埋伏在门口的阿虎和阿豹伸出两支枪，对准了艾瑞的太阳穴。艾瑞不敢吭声，也没看清左右拿枪的人。一个戴着面具的人走到艾瑞面前："你终于回来了。"

"你们……你们是什么人？"艾瑞被逼着走到客厅。与此同时，他看见了倒在沙发上的黛西，焦急如焚："你们想干什么，你们把我老婆怎么样了，她身体不好，你们有什么事冲着我来，不要伤害她！"

约翰抓起艾瑞："你把实验成果藏到哪儿去了？"

艾瑞面对约翰如此的问话，惊愕地问道："你们，你们是什么人？"

约翰用枪指着黛西的脑袋："你说不说？"

艾瑞不顾阿虎和阿豹，扑在了老婆身边，用自己的身体挡在了黛西的身前……

第二十二章 一路追凶

一

艾米拉在杰森的劝说下，终于在第三天的晚上，由杰森护送回家。

一路之上，夕阳穿过马路一侧的树丛，照在艾米拉的脸上，杰森不时看看艾米拉，嘴角流露出幸福的微笑。车速带起的微风拂过艾米拉长发，映衬于夕阳的光线中，透着丝丝的金黄色，拍打着车窗玻璃。

杰森开车和艾米拉先是去了一趟父亲的实验室，想接上父亲一起回家，但两人赶到实验室后，发现父亲根本不在实验室。离开实验室后，经过一条马路时，他们的车忽然被几辆大卡车堵死了去路。两人焦急下车查看，发现司机正趴在车身前检查汽车。两人回到车里，杰森想倒出这条路，后面又开过来几辆车，将杰森的汽车困在马路中央。

艾米拉看了看前后的车，觉得有些蹊跷。这时，一辆警车从后面开到大卡车前，停了下来。警察跟司机交涉一番，大卡车发出启动的声音，似乎将要开动。

前面的车终于开走了，杰森终于离开了拥堵的马路。

汽车开到了家门口，艾米拉向杰森告别，两人拥吻，难舍难分。杰森下车，看着艾米拉回家。艾米拉看着家门，似乎发现了异常，她示意杰森别动，自己轻声凑了上去。

躲在对面大楼里的监视者已经被 W 替换，W 通过高倍望远镜，看着艾米拉小心靠近家门。

房门虚掩，艾米拉轻轻推开。屋内光线昏暗，艾米拉摸索打开了墙上的开关。客厅里凌乱不堪，茶几的杂物散落在地。艾米拉立即意识到，家里发生了变故！她在客厅的柜子里摸出一把银白色的贝雷塔手枪，警觉地进入卧室，搜索屋内各个角落。

再次回到客厅，艾米拉在茶几的拐角发现了散落的药片还有母亲的"氯氮平"药瓶。艾米拉将散落的药片装入药瓶，顺手塞进了自己的口袋。这时，沙发上传来手机铃声，艾米拉发现了一部手机。拿到手机的同时，一段视频开始自动播放。

视频里，一间破旧的仓库内，艾瑞被绑在一根柱子上。在艾瑞的身后，黛西被绑在椅子上，身边站着两名看蒙面的看守。为首的面具人正在向艾瑞逼问着什么。

"说，把东西藏哪儿了？"为首戴着面具的人用枪指着艾瑞的胸口，厉声逼问。

艾瑞头部血迹斑斑，他挣扎着挣脱双手抢过面具人的手枪："我跟你拼了……"随着艾瑞一声大叫，子弹穿过艾瑞的心脏，艾瑞当场毙命。

枪声惊醒了昏迷中的黛西，黛西见丈夫被杀，惊恐中带着极度的悲伤，扑向丈夫。身边的两人急忙捂住黛西的嘴，再次把她摁回了椅子。

父亲被杀，母亲歇斯底里地哭喊。艾米拉再难以抑制自己的情绪，眼泪如雨，模糊了双眼。视频中断，艾米拉放下手机，拨通电话求助。

"帕克，我是艾米拉，你帮我查查我家附近路口的出入车辆……"

艾米拉哭着跑出家门，扑进杰森的怀里。杰森急忙追问："发生什么事了？"

艾米拉没有回答，直接拉着杰森上车："我们去小区监控室。"杰森调转车头，急速离开。在小区的管理室外，艾米拉跑进了监控室。杰森紧跟其后，但还是没能赶上艾米拉。几个保安有说有笑，对着监控视频打游戏。艾米拉推开坐在椅子上的保安，保安被突如其来的陌生人推开，愤怒地伸手要抓艾米拉。艾米拉没有回头，伸手使出反擒拿，将对方错身摔倒在地。艾米拉没有理会，继续操作监控视频，其他几名保安见艾米拉动手打人，抄起橡皮棍要动手。

"都别动！谁动我打碎谁的脑袋。"门口有人举枪对着几名保安。

艾米拉余光扫过门口的人，继续操作。门口站着的人是帕克，帕克举枪见保安停了下来，随即掏出自己的证件晃了晃："警察，正在执行公务，请大家行个方便。"几名保安嬉皮笑脸地退在一边，帕克示意他们出去。几人退出监控室，和杰森撞了个满怀。

第二十二章 一路追凶

艾米拉调出家门口附近的监控。视频里，一辆黑色的汽车驶入自己家，身穿黑色西服的人头戴面具，下车后开枪打碎了第一个摄像头。在另一个相对较远的监控摄像头里，可以清楚地看到有四个人进入了自己家。过了一会儿，四人押着父母上了汽车，汽车驶入监控范围。

帕克站在艾米拉旁边："调出这辆车，我们去交通监控中心找这辆车的所有行驶路线。"

在帕克的帮助下，艾米拉来到了交通监控中心。巨大的监控墙上，无数个监控画面出现在眼前，令人眼花缭乱。

操作人员找到了那辆黑色的汽车，发现汽车在多个路段行驶出现。工作人员将所有时间顺序排列后，汽车最后开向艾瑞的实验室，从此再无任何记录。

艾米拉认出了父亲的实验室。帕克上前关心地问艾米拉："艾米拉，我带人和你一起去吧。"

艾米拉告诉帕克："这件事不是单纯的绑架案，你不要声张出去，我需要你帮忙的时候希望你能帮帮我就行。"

帕克看着艾米拉，无奈地点了点头："我是迈克的朋友，也会像迈克一样帮你，如果你有需要，一定告诉我。"

艾米拉和杰森一路开到了父亲的实验室外。

黑色汽车停在实验室门外，右侧的车门打开，后面的车门也高高扬起。艾米拉警惕地举枪检查了汽车。汽车里是空的，在后车厢的边缘，艾米拉发现了斑斑的血渍。

杰森看到了实验室门口的监控被打碎："艾米拉，你看！"艾米拉顺着杰森手指的方向，也发现了被打碎的探头。

两人跑进实验室，经过值班室，发现值班人员中枪倒在地上。艾米拉上前摸了摸两名值班保安，除了冰冷的尸体，便是那干结的血渍。

在实验室的第17层里，一只戴着黑色手套的手正在四处安放定时炸弹。而在同一层的另一片办公区域，W正在翻箱倒柜，寻找有价值的资料。

进入实验楼层，杰森直接将艾米拉带进了艾瑞的办公室。办公室内满目琳琅，从资料柜的凌乱程度推测，这间办公室早已被人搜查过。艾米拉四处检查，发现了一串家里的钥匙，她想了想，随手装入了自己的口袋。除此之外，桌上的一本台历引起艾米拉的注意，6月30日的日期被红色的笔圈了起来。

杰森在文件柜里没有发现重要的资料,他转向试剂的冷藏柜。冷藏柜里,只剩下几支洒落的化学试剂,其他均被抢劫一空。

艾米拉和杰森正在查找有用的资料和线索。他们不知道,在他们进入大楼的同时,有个神秘的黑衣人在此装置了定时炸弹。但艾米拉和杰森并没有发现这个神秘的黑影,此时,炸弹,倒计时的秒表只剩下六分钟。

正在两人翻找资料时,杰森的手机忽然响起,艾米拉警觉地拔出了枪。

W听到了动静,急忙停了下来,不慎打落了桌上的一只实验器皿。清脆的玻璃器皿摔碎声传到了艾米拉和杰森的耳里,艾米拉看了看杰森,上前挡在了杰森的面前。艾米拉示意杰森不要乱动,自己拿着枪走出了办公室。

根据刚才听到的声音位置,艾米拉悄悄摸进了另一间实验室。躲在上面的W居高临下,看见艾米拉举着枪一步步进入。艾米拉没有发现异常,便要转身。在艾米拉回转身时,W一跃而下。艾米拉的警觉告诉她有了威胁,艾米拉躲开W的袭击。

实验室的灯光忽明忽暗,两人打在一起。W出手凶狠,招招致命,艾米拉本想活捉此人,却因对方招式狠毒,只好放弃了这个念头。两人打斗中,打碎了桌上许多试验器皿,化学液体便成了两人利用的攻击武器。

艾米拉被W一脚踢开,艾米拉起身顺手举起灭火器,喷向W。W躲闪中,退至屏风页后,怒视着艾米拉。艾米拉瞅准屏风后面的W,一脚踢去,W被踢中倒地。艾米拉追进屏风,W亮出了刀枪,朝艾米拉连发两颗子弹。艾米拉躲闪过后,一发子弹打碎了天花板,从天花板里掉下一只公文包,两人见突如其来的公文包,出招争夺。

艾米拉和W抢夺公文包时,杰森拼命地跑来,并大声喊叫:"有炸弹,赶紧走,艾米拉,快走,有炸弹……"

此时的炸弹倒计时已经进入十秒。

艾米拉的余光看到了杰森,情急之下,艾米拉大喊一声:"别过来,你先走!"艾米拉走神的时候,W射出刀枪上的匕首,直奔杰森。艾米拉眼疾手快,伸手接住了匕首,而此时的刀尖离杰森的眼睛差之毫厘。W利用这个机会,抢走了公文包,另一把匕首弹出,击碎了实验室的玻璃,W跳窗而出。

炸弹爆炸了。艾米拉甩出匕首,射穿玻璃。与此同时,她将消防软管缠住杰森的腰,爆炸的火焰直奔艾米拉,艾米拉抱着杰森奋力逃出窗外。

艾米拉和杰森跳至地面,滚落躲避喷出的火焰和杂物。实验室发出巨大的爆炸声。杰森扶起艾米拉，检查艾米拉是否受伤。

这时，一辆摩托车轰鸣。W 背着公文包和艾米拉擦肩而过，艾米拉和杰森看着嚣张的 W 从眼前飞过，看到 W 那双充满仇视的眼神。

实验室燃起熊熊大火，爆炸声不绝于耳。杰森搀着艾米拉离开实验室。

二

艾米拉和杰森离开实验室，途中遭遇堵车，其实是特里将军的特意安排。艾米拉身为国家安全局高级探员，即便是特里将军，也不敢公然挑衅。堵车是自然现象，不会造成伤害。艾米拉被几辆车围在中间，延误了最佳时机，也就在这个时候，绑架艾瑞的约翰等人接到通知，匆忙将艾瑞夫妻带上了车，离开了艾瑞家。

约翰等人带走艾瑞夫妻，W 站在对面的楼里看得真真切切。但 W 并不知道，绑架艾瑞的人正是约翰。W 一路跟踪约翰的车，直接找到了艾瑞的实验室。如果不是杰森的手机声响，W 也很有可能会成为实验室的陪葬品。

W 离开实验室，于清晨时分，骑车再次停在了一辆汽车旁边。

车里的女声问道："有没有什么新发现？"

W 摘下公文包，递进了车里。

车里的人检查了公文包后，对 W 说："很好，这里的事情办完后，还有更重要的事情要做。找出绑架艾瑞夫妻的人，随时掌握艾米拉的行踪，必要的时候我会派人接应你！"

W 点头答应。

汽车开走后，W 按原路返回，来到了一条老街。

艾米拉和杰森正坐在街头的咖啡馆门口谈论如何寻找线索。咖啡馆门口的地上，一群白色的鸽子悠闲地转来转去，发出咕咕的叫声。路人走过，鸽子下意识地躲避，但并没有飞走。

W 在对面的路边停下摩托车，仔细观察。而在离艾米拉不远的另一端，缓缓驶来一辆汽车，停在了艾米拉侧面的路旁。靠近艾米拉方向的车窗玻璃缓缓摇下，留出了一条缝隙，车里的驾驶员带着一副硕大的黑色墨镜，耳朵里插着一只耳机。由于戴耳机的一侧正好对着 W，在艾米拉和杰森交流的时候，车里的人还不时拽着耳机说话，这一幕 W 看得真真切切。

艾米拉手里拿着那只从家里捡起的药瓶，杰森左右观察，似乎不知所措。艾米拉忽然发现了瓶子里有字，她凑近瓶口。果然，在瓶子的内侧，有一张贴纸条上写着清晰的 HD902，艾米拉皱眉思索。这时，杰森起身去吧台端来两杯咖啡，艾米拉见杰森过来，收起了药瓶。杰森抚摸着艾米拉的长发，以示安慰。

"杰森……"艾米拉侧脸看着杰森，杰森坐了下来。

"你和我爸爸到底在做什么科研项目？"

杰森对艾米拉突如其来的提问似乎没有任何准备，他不知如何回答。其实，杰森只是艾瑞实验室的行政助理，对于艾瑞的科研内容，杰森知道的并不多。

杰森没有回答，艾米拉继续追问："你跟了我爸爸这么多年，应该多少了解他的工作。"

杰森无奈地点点头："我平时只负责实验室管理和行政上的工作，对于试验的内容，我知道的不多。我……"

"我知道你们的工作性不同，算了……"艾米拉有些沮丧。

"艾米拉……"杰森的手紧紧握住艾米拉的手。

"我爸爸办公室里的台历上 6 月 30 日的日期被圈了起来，你知道这一天是什么日子吗？"艾米拉以为杰森会知道这个日期和实验室的某件事有关，但见杰森摇摇头，艾米拉伤心地扭头："我不知道他们找我爸爸要什么东西，我不知道 6 月 30 号是个什么日子，现在我爸爸已经……我妈妈被他们绑走，她一直身体不好，万一……"艾米拉伤心地低头抽泣，杰森凑近艾米拉，将艾米拉搂在怀中。

一名踩着滑轮的小女孩朝着艾米拉滑了过来，艾米拉和杰森都没注意。小女孩的手甲拿着一样东西，她滑到了艾米拉的桌前，将一个盒子放在艾米拉桌上。

艾米拉抬头看见小女孩，小女孩没等艾米拉说话，便摇手说了句"拜拜！"随后转身滑走，小女孩经过的地方，鸽子扇动翅膀，向两边散开。小女孩滑走后，鸽子再次落回原地。

小女孩离开后，艾米拉打开盒子，发现是一部手机。杰森似乎意识到周围有人监视自己，便转身四处观察。

的确，那辆监视的汽车在杰森的目光四处搜寻时关上了车门，汽车缓缓启动，离开了咖啡馆。

第二十二章 一路追凶

W也担心自己被发现，戴上头盔，骑车离开。

小女孩送来的手机忽然响了，艾米拉查看手机，发现一条信息："如果想让你母亲相安无事，就乖乖听我们的，不要耍小聪明！"艾米拉迅速将电话回拨了回去，电话里发出："您拨打的电话已关机……"艾米拉警觉地扫视周围。

艾米拉思考片刻，对杰森说："我要去趟香港……"

杰森不解，艾米拉继续说："既然马丁是我爸爸实验室的基金会直接负责人，我想先从我爸爸的实验项目查起。"

"我和你一起去。"杰森握住艾米拉的手，坚定地说。

艾米拉满意地点了点头，起身和杰森离开了咖啡馆。

离开咖啡馆，艾米拉独自去看了迈克。

迈克虽然已经苏醒，但还躺在重症监护室里，迈克的母亲全程陪护。艾米拉送给迈克一束鲜花。

迈克的母亲说："迈克醒了，意识都很清楚，只是身体比较虚弱，说话有些累。"

艾米拉坐在迈克母亲让出的位置，她握住迈克的手，小声说道："迈克，让你受苦了！"

迈克看着艾米拉，微微一笑，嘴唇微动，却没有发出声音。

"迈克，我要出趟门，你好好养伤，等我回来看你。"

迈克的表情似乎有所转变，也许是疑问艾米拉要去哪里。

"我去执行任务！"

迈克的手指微微一动，似乎提醒艾米拉要注意安全。

艾米拉和迈克毕竟有过多年的友情，历经中学和大学，又一起进入特工部队。刚刚进入国家安全局执行任务，便遭到首次失利。与此同时，杰森的出现，一度让两人感情破裂。尽管如此，两人早年形成的默契并没有因此而减少。

艾米拉走出迈克的病房，适逢帕克前来探望迈克。帕克被艾米拉叫到楼道的走廊里。

"帕克，暂时不要让迈克知道我家的事。"

帕克点点头："艾米拉，我能帮到你什么吗？"

艾米拉思考着，勉强地笑了笑："暂时不需要！"

"艾米拉，如果你有什么需要，我以我个人名义……"帕克指着自己，告诉艾米拉自己的心意。

"真的不需要，有必要的时候我会联系你！谢谢你，帕克！"艾米拉勉强地微笑，转身离开，两人挥手相互告别。

任务失败后，山米局长加紧了情报的搜集。通过卫星追踪的搜索，探员们将拍到的监控视频进行整理，开会讨论。

山米局长召开紧急会议，在人员到齐后，山米局长似乎忘记了曾经对艾米拉停职的处分，他问自己的助手托尼："艾米拉呢？她怎么没来？"

托尼凑近山米局长的耳边，轻声说："局长，艾米拉正在接受停职处分，今后的会她都不会来参加了。"

山米局长恍然大悟，便问托尼："迈克的情况怎么样了？"

"迈克情况有所好转，目前已经脱离生命危险，还在继续观察。"

山米局长点了点头："开会吧！"

大屏幕里，鬼船的入口处，行凶杀人的人出现在排队人群的前排。

山米局长走到大屏幕前，开始分析："他应该就是这次行动的执行者，但这张面孔是经过精细的特效加工而成。也就是说，是他杀了Q，并且拿到了Q的身份识别卡，然后做了一张和Q一模一样的面具。然后按照双方事先预定好的时间地点，进入了鬼船，当他得到东西后，便开枪杀了老K。"大屏幕里的鬼船，老K被打死的照片出现在行凶者的另一侧。

山米局长将一块面具拿在手中，向大家展示："迈克因为这次任务重伤，艾米拉也被停职，到目前为止，我们毫无头绪……"

山米局长话音未落，一名埋头工作的探员惊呼："长官，快看，我们追踪截获一段视频……"

"快，连线！"山米局长下令让探员连接到大屏幕墙上。

视频中出现了那个长相恐怖的老人。"我的人见到Q的时候，已经被人所杀，后来有人冒充Q，在游乐场抢走了东西，还开枪打死了老K。杀人行凶的人得手后，下落不明，不知道这里面到底隐藏的什么阴谋。"女声似乎在汇报情况。

老人带着苍老厚重的声音说："其他人不重要，重要的是我们的病毒样本下落不明。为了不影响我们的'飓风行动'，你要尽快找到是谁抢走了东西，还有埃斯博士，我们不能没有他……"

第二十二章 一路追凶

"我会继续查找埃斯博士的下落……"

"计划的时间越来越近,我再给你派四个人,帮你一起完成这次行动……"老人转身,向身后的四个美女交待:"你们四个,全力以赴这次任务,一切听她指挥。"

四名身穿皮衣皮裤的美女,齐声应答:"是!"

视频中断,山米局长说:"这段视频对我们很重要,这个所谓的'飓风行动'应该是有具体的时间和地点,那么这个时间会是什么时候?如果实施计划,他们肯定会出来,但这帮恐怖分子的活动范围目前还不明确,经过这次的失利,想必他们会更加谨慎。托尼,把这几个人的信息整理出来……"山米局长问刚才发现视频的探员:"这段视频来源是哪儿?"

"是……是通过军方卫星拦截发现的。"

山米局长若有所思地点点头:"原来如此……"

第二十三章 千里行第

一

时隔几日，在军港码头出现了一辆黑色的汽车。

黄昏下的码头，虽有晚霞的光彩，但难以遮掩即将到来的黑暗。一辆汽车从远处驶来，孤独地停下，车里下来三个持枪的蒙面男子。接着，一位带着头套，双手被绑的女人被推下了车，三人推推搡搡把她押进了码头停靠的大船。这时，副驾驶下来一人，戴着面具，朝着汽车挥了挥手。汽车开走后，戴面具的人上了大船。

被绑的女人正是黛西，而押送黛西的人正是以约翰为首的龙、虎、豹三兄弟。

几人将黛西押入船舱，绑在了椅子上。船头发出深沉的鸣笛声，舱内的吊灯开始晃动，光影随着行驶的船而摇摆不定。阿虎、阿豹三人中的两人守在黛西的左右，约翰和阿龙借着船舱口的光线交谈。

约翰说："回去后，你们不能再明目张胆地回拳馆，今后做事要小心谨慎。"

"大哥，你怎么安排我们照做就是。"

"老板有交代，会把你们安排在维利集团内部，这样调动起来比较方便。"

"都听你的，我们是你的人，也就是你老板的人。"

约翰点点头："去，把她弄醒，我有事要问。"

黛西缓缓醒来，意识到自己被绑，便挣扎着大喊大叫，阿虎和阿豹将黛西按在椅子上。

约翰走到黛西前面，问道："你到底知不知道你丈夫把东西藏哪儿了？"

黛西两眼发呆，精神恍惚，又昏昏欲睡靠在了椅子上。

第二十三章 千里行第

约翰无奈，只好放弃了审问。他走到船头，拨通了电话："老板，这个疯女人什么也不说，我看也不知道，干脆把她扔到大海里喂鱼算了。"

电话里交待："留着她，如果没有她，就不可能得到我们想要的东西。这个女人有精神病，你们注意她，保证她的人身安全。"

约翰挂了电话，看着漆黑的海平面。

几天来，一直忙着查找线索，艾米拉不敢回家，她害怕看到家里凌乱的一幕。而且，现在的家里，只剩下了自己。父亲死后还没找到尸体，母亲至今生死不明。

其实，在家里出事后，艾米拉很想和迈克说，但迈克躺在病床上，还未痊愈。艾米拉和杰森是亲密的恋人，但这件事她没有和杰森分享。而更多的时候，是杰森用他无言的安慰，支撑着艾米拉最后一道精神防线。

因为要去香港，艾米拉告诉杰森想回家，杰森陪着艾米拉回到了家里。如果没有杰森，难以想象艾米拉如何度过那个冰冷恐惧的夜晚。

看着艾米拉伤心痛苦，杰森将屋里的陈设摆件全部恢复原样。艾米拉感谢地看了看杰森，走出家门给大卫打电话。

大卫正叼着棒棒糖和托马斯、阿呆在电脑前，疯狂地破译一组密码，胖妞站在大卫身后，咧着嘴，紧张地看着电脑里滚动的程序代码。这时，放在大卫旁边的手机响起，大卫又想看手机来电，又不能放弃破译比拼。

胖妞凑到近前，看了看手机来电提示："艾米拉……"

也许是大卫听到了艾米拉的名字，伸手夺过胖妞手中的手机，急忙接听："喂，艾米拉啊……"大卫将电话夹在耳朵边上，一边接电话，手指还噼里啪啦地敲打键盘。

"谁是艾米拉啊？"

"艾米拉是谁啊？"

托马斯和阿呆听出见艾米拉的名字，好奇地问大卫……

艾米拉笑着说："大卫，我准备明天到你那里。"

大卫惊喜地瞪大双眼，手指敲击键盘，瞬间停滞，侧头告诉托马斯和阿呆："我完了，我完了，完了，完了……"

再看大卫的电脑，破译成功，成功奖励的小红旗插在大卫卡通头像的脑门上，卡通形象的大卫白牙闪闪发光。阿呆和托马斯不屑地凑了过来，证实大卫的同时，围在大卫旁边起哄。

"啊，什么完了，不欢迎我吗？"

电话里传来艾米拉的声音，大卫急忙解释："哎呀，不是不是，我是说我破译程序完了……哎呀，呸，意思是我成功了……"

"对了，我还得谢谢你上次帮我的忙，让我立了大功。"

大卫满心欢喜，又有些不好意思："哎呀，是吧，我做的程序，那是万无一失啊……"

托马斯、阿呆和胖妞听出了是大卫在炫耀自己，三人撅着嘴向大卫卖萌。

大卫转过脸，躲开三人的挑逗："艾米拉，你什么时候来啊？"

"明天下午五点到，记得接我哦……"

"哎哎哎，对了，你来住哪儿啊？"

"如果你不介意的话，我想住在你家，我还有事想找你帮我。"

"啊？住我这儿啊，好好好，住我这儿，住我这儿好啊！"大卫几乎从椅子上跳起来。

托马斯和阿呆听到艾米拉要住在大卫家，举起手向大卫示意："住我这儿吧！"两人争先恐后地对着大卫喊："住我这儿，住我这儿……"

胖妞站在一旁，撅着嘴，沉默不语。

托马斯和阿呆太吵，大卫伸手示意两人安静："啊，没问题，没问题，就住我这儿……"

艾米拉挂了大卫的电话，将电话打给露西。艾米拉和大卫，露西在幼稚园时期相识，三人的感情随着时间的沉淀，依然那么牢固。

露西正在忙着布置集团公司举办的慈善晚会，现场的工作人员和不少靓模穿梭于人群之中。服装造型师、化妆师们正在给模特们上妆，工作人员正在布置舞台。露西作为时尚总监，不但要把关参与的靓模，还要对会场的风格做到严格把控。露西穿梭在人群中接听艾米拉的电话，一时忘记了自己所在的场合，当听到艾米拉时，兴奋地扯着大嗓门，周围的人投来异样的目光。露西急忙躲在一角，和艾米拉通话。

"艾米拉，你怎么想到要来？"

"我想你们了，去看你们不行吗？"

"哎呀，当然行了，我想死你了！你什么时候到？"

"明天下午五点到……"

第二十三章 千里行第

"好，我和那个废物点心一起去接你……"这时，有人拿着文件来找露西签字，露西甜蜜地笑了笑，以示歉意。

在露西身旁的墙上，一面巨大的LED背投正在直播马丁和约翰的采访新闻。马丁和约翰在维利集团门口接受媒体记者的采访。采访的屏幕下方，滚动着"第二届亚洲环保战略峰会"的新闻提示：6月30日"第二届亚洲环保战略峰会"开幕式将在三号体育场举办，有关部门正在全力以赴，确保开幕式顺利进行……

一名女记者对着摄像机介绍："正在接受我们栏目专访的是维利集团董事长马丁先生，马丁先生你好，能不能介绍一下这次慈善晚会的一些情况……"

露西的余光扫过电视墙，接着和艾米拉通话："那是…那你带不带你男朋友啊…"

"到时候你就知道了，你要不要带着你的那位来接我啊？"

露西看着约翰站在马丁身边，正在接受记者采访。露西露出幸福的笑容："……我的啊，嘿嘿……放心吧，等你来了，我会介绍你们认识的……"

"一言为定！"

这时，麦琪拿着一份文件走了过来，露西和艾米拉结束通话："嗯，好！机场见！"

麦琪将一沓资料交给露西："露西，这些靓模是这次晚会的新人，你过目一下，有必要的话调整一下。"

露西接过资料，将手中的另一份资料递给麦琪："等等，这是慈善晚会的嘉宾名单，你给老板确认一下！"

麦琪回应道："老板正在接受采访，采访完毕后我会尽快落实，落实后找你。"

露西点头，开始翻看模特资料。大腿上分别有梅、兰、竹、菊刺青的四名女模特引起露西的兴趣，露西开心地拿起资料向正在彩排的现场走去。

露西临走时，依依不舍地看看正在接受采访的约翰。约翰站在马丁身旁，面对采访记者，精神饱满。看着约翰，露西又犯花痴，回身时送出一个香吻。

马丁西服革履，容光焕发："这个主要是分三部分，首先是慈善基金的发起，我们希望做一个关爱孤儿的专项基金，定期给予孤儿群体以物质和精神的帮助，包括医疗卫生、生活和教育方面，帮助他们建立社会责任感等；其次，我们会在晚会上，将慈善的概念与时尚界结合，邀请各界慈善家捧场助阵，联名发起一个更为强大的慈善组织；最后，我们还将有一个专项的法律援助计划，律师可以详细地为大家说明一下。"

约翰不甘示弱："孤儿是社会的弱势群体，我们维利集团将特批专项基金，推出针对孤儿的法律维权计划。维护他们的自身权益，让他们得到同样的社会福利，同时帮助他们感受到社会各界的关爱，谢谢！"

记者向约翰表示感谢，便转向针对马丁继续提问："您对这次活动有什么期望，给大家说一下吧。"

马丁笑着继续说："希望各界朋友，能加入我们的队伍，一起致力于慈善事业。此次活动，更多的是依靠我们维利集团的资源，聚集更多的人投入到这次慈善活动中。预祝我们的晚会在各界名流的支持下，能够圆满完成……"

露西走到模特的人群中，寻找资料里的四名靓模。没有发现四人，露西感到好奇，她拐过前台，发现后台的拐角处，麦琪正在和四名模特交谈，旁边还不时走过其他模特。露西仔细辨认，发现了其中有梅花刺青的女模特。露西觉得有些奇怪，心中嘀咕："不对啊！麦琪怎么直接和模特交流……"

二

知道艾米拉要来，大卫开始有些坐不住了，他不再坐在电脑前工作了，而是开始打扮自己。

托马斯不禁发问："大卫，今天你妈又给你安排相亲了啊？"

大卫扭头对托马斯说："相什么啊，我换身衣服就得相亲啊？"大卫嘟嘟囔囔地说，还是不停地换衣服，一套接着一套。阿呆和托马斯见一套不如一套，两人便从开始的撇嘴惊讶，转为后来的捂嘴偷笑。

胖妞明白大卫今天去接艾米拉，在一旁努着嘴。即便是大卫的服装搭配令人大跌眼镜，但胖妞内心对大卫的爱慕也不会磨灭。

大卫换衣服期间，露西打电话催促大卫快点去机场接艾米拉。大卫手忙脚乱地穿好衣服，跑出家门。胖妞失落地坐在地上，两眼发直。托马斯和阿呆相互使使眼色，阿呆大喊一声："哎呀，有蟑螂！"

"哪儿呢哪儿呢？啊！可恶的小强，你们快把它消灭掉！"胖妞吓得跑出了房间，托马斯和阿呆击掌哈哈大笑。

第二十三章 千里行第

大卫和露西在机场大厅门口相遇，露西埋怨大卫："让你早点出来，你差点儿又迟到。"

"什么叫差点儿迟到啊，差点儿迟到就是没有迟到，你着急什么啊，又不是你男朋友。"大卫拿出嘴里的心形棒棒糖，不屑地瞥了一眼露西。

"哎哟，几天不见，你嘴巴变厉害了，谁教你的？"露西上前捏住大卫的耳朵，大卫躲闪中，撞上了别人。大卫急忙回头看了看撞到的人，对方头也没回，似乎从没发生。大卫嘴里喃喃地说："对不起啊，对不起！"

大卫和露西根本没有想到，刚才走出机场的人正是W。W生性冰冷，也许是受到家庭的影响，父母离异后，自己跟随父亲生活。父亲去世后，母亲杳无音讯，他四处漂泊，乞讨为生，后来被人收留，但因养父母生活窘困，他不得不自食其力。少年时，进入拳击俱乐部陪练，天赋异常，后来自学成才，拜师学艺，进入专业跆拳道俱乐部进行专业训练。期间，师傅因病去世，W发狠宣泄情绪，久而久之，练就一身功夫。W因受几重打击，开始少言寡语，从不和陌生人说话。

大卫看着对方的背影连说几个对不起，露西拉过大卫："快走吧，人家都没怪你，你说个没完没了，赶快走……"

大卫责怪露西："都怪你，人这么多你还对我动手动脚的，小心我喊人了我……"

露西转身就走，大卫急忙小跑步追了上去。露西回头看见大卫追了上来，撇着嘴说："你个废物点心，你看看你穿的这是什么啊？"

两人站在接机口等待艾米拉，露西又不屑地看着大卫的衣服："你的衣着怎么总让我有种迷失的错觉呢？"

大卫神气地抬头挺胸，刻意显示自己的衣着："哪儿错了？不懂就别乱发言，什么也不懂，还错觉，这叫品味，懂不懂啊你……"

大卫头戴一顶花边礼帽，上身穿一件绿色的T恤，脖口扎着一款黑色的蝴蝶结。下身穿一条格子的短裤，脚穿一双绿色的帆布鞋。除此之外，戴一副绿色边框的大眼镜。远看，颜色搭配令人耳目一新，但近看大卫圆滚的身材，被这身衣服包裹起来，显得滑稽可爱。

"艾米拉要住你那儿，你是不是很高兴……"露西说话的时候，一脸坏笑。大卫却没有发现露西的异常，还不好意思回答。露西笑着说："等一下还有更高兴的！"露西看着大卫坏笑。大卫不知道露西的用意，有些难为情。

正在这时，艾米拉走出出站口，露西瞪大了眼睛，张开双臂扑了上去，大卫跟在后边傻笑，不知如何开口。

"哎哟！艾米拉，终于来了，想死我了，嗯嗯……"露西抱着艾米拉，撒娇卖萌。

"露西，好久不见了，你又变漂亮了啊，我也好想你！"艾米拉抱着露西两人进行短暂的问候。

这时，露西发现了一个小细节。

"艾米拉，你脖子的伤怎么回事？"露西担心地问道。

艾米拉不想解释，急忙掩饰："哦，没事没事……"艾米拉摸了摸脖子的伤痕。艾米拉在游乐场执行任务时，脖子被抓伤。也正是这个伤痕，在黛西的音乐会上，再次引发母女冲突。

"阿姨的病还没好吗？"露西想起了小时候艾米拉经常受母亲发病时打骂，因此脱口而出。艾米拉没有正面解释，露西判断得出自己的质疑也许依然存在。为了缓解艾米拉的情绪，露西转移话题，小声问道："你男朋友呢？怎么还不出来？"

"讨厌！"艾米拉和露西分开，跟大卫打招呼，"大卫！"

大卫紧张得手心出汗，将手放在裤子上擦一擦。杰森拖着行李走到艾米拉身旁，亲密地挽住了艾米拉的手。大卫的眼睛投向了杰森和艾米拉十指相扣的手。

杰森和露西打招呼："你好，我是杰森。"

杰森戴着墨镜，身穿一件白色T恤，外面穿一件灰白色的西服，西裤皮鞋，整体简单清爽。露西打量一番，又犯了花痴病，她色眯眯地看着杰森："哟！好帅哦！你好你好！我是露西，艾米拉的朋友！"

杰森赔笑："艾米拉经常说起你……"

露西介绍自己后，便介绍大卫："他是大卫。"大卫看着杰森和艾米拉亲密的动作，期待的眼神瞬间变得绝望，完全没注意杰森的手伸向自己。

露西见大卫发呆，推了推大卫："快握手，这是艾米拉的男朋友，杰森。"

大卫的棒棒糖从嘴里滑落，红心造型摔碎。大卫勉强地和杰森握手："我是杰森……"

"什么你是杰森，大卫，他是杰森。"露西纠正语无伦次的大卫。

大卫苦苦一笑，自从他懂事以来，就对艾米拉有了深深的感情。而那种

第二十三章 千里行第

感情并没有随着距离而淡化,相反,对艾米拉的爱慕更是深藏不露。露西最为了解大卫,大卫的秘密在露西眼里,便不再是秘密。

看到杰森的瞬间,大卫天旋地转,他感觉掉进了万丈深渊。其实,在和露西赶到机场时,露西早已暗示了大卫,说一会儿见了艾米拉会有惊喜,但大卫根本没想到惊喜其实不是惊喜,而是心痛。

虽然见到了艾米拉,但大卫美好的心情在杰森的出现后,全然崩溃。一路之上,露西和艾米拉亲密地交谈,大卫偶尔偷看一眼艾米拉。他不想看杰森,但又忍不住,看到杰森时,自己却难以接受这个突然出现的情敌。

为了给艾米拉接风洗尘,露西和大卫事先商议将第一站定在了露西家。家里不仅有生活气息,更容易增进感情。

吃饭时,大卫和露西围坐在艾米拉两侧,而杰森被大卫排挤,坐在了艾米拉对面。大卫利用回忆三人过去的趣事故意站在杰森旁边,手舞足蹈,不时地撞一下杰森。杰森被撞得莫名其妙,但又碍于艾米拉的面子,不能表现出不满的情绪。杰森被撞后,依然向大卫赔笑,此举令大卫更为反感。于是,大卫对杰森的人身攻击愈演愈烈。

大卫夸张的表演再次被露西打断:"没想到你见了艾米拉话这么多,真是重色轻友……"

露西毫不掩饰的话令大卫有些难为情,他偷偷看了一眼杰森,只好乖乖地坐了下来:"这是咱们小时候的一贯坐法,终于又坐回来了……"

艾米拉眼神扫过露西家,酒柜上摆着各式各样的红酒,衣架上挂着一条蓝色的领带,衣架下方的鞋柜上,摆着两双情侣款拖鞋。

艾米拉笑了笑:"看起来感情挺稳定的啊,有机会请出来让我们见见。"

露西故作矜持地说:"嘿嘿,会有机会的!会有机会……"

杰森发现了在酒柜的旁边,放着几支印着维利集团公司名称和 Logo 的手提袋。

大卫终于忍不住了:"有个什么机会啊,到现在我都不知道你男朋友长什么样。"

露西回击道:"谁让你知道了,你还有脸说我,你个废物点心!你倒是继续说啊,怎么一说到艾米拉你就不敢说话了。"

大卫要还嘴,被艾米拉打断:"哎呀,你俩怎么还是跟过去一样,吵来吵去的,都这么大人了,也不嫌累!"

这时，露西又看见了艾米拉脖子的伤痕："艾米拉，这么多年了，难道阿姨的病还没好转吗？我记得小时候，你就经常受伤，现在……"

听到露西再次提这件事，大卫急忙站出来转移话题："行了行了，你婆婆妈妈的，问点儿现实的问题好不好，艾米拉，走，去我们家……"

第二十四章 蛛丝马迹

一

大卫神气地带着艾米拉参观自己家，露西发现大卫家既整洁又干净，伸手拍了大卫一下："哎哟，这么多年我就没见你们家这么干净过……"露西又拽着艾米拉的胳膊说："你看，还是你面子大，我都来过那么多次，他从来都没有因为我专门打扫过房间……"露西冲着艾米拉坏笑。

艾米拉笑了笑："大卫，谢谢你，我暂时住在你这里，等我找到房子后，就搬出去住。"

大卫仗义地说："哎，搬什么搬啊，你就住我这儿，想住多久就住多久，我这儿房间多，反正空着也是空着……"

说笑间，大卫带着艾米拉走到了卧室门口，他指着旁边的一间卧室："艾米拉，这间是你的卧室，看见没，隔壁那间就是我的……嘿嘿……"大卫冲着艾米拉傻笑。

艾米拉点头感谢大卫。

大卫接着又对杰森说："你的房间在楼下左手第一间，一会儿你自己去看看。"杰森象征性地向大卫表示感谢。

艾米拉握住杰森的手，杰森亲密地亲吻艾米拉的手。大卫见此，吃醋地收回了目光。

这时，露西的手机响了，大家的目光落在了露西身上。露西示意要接听电话。艾米拉见露西神秘的举动，调侃地笑了笑。

露西接通了电话，满脸洋溢着幸福："你回来啦？嗯，没事啦……马上过去。嗯，等我啊！嗯，知道了嘛……"露西挂了电话，便向众人道别："艾米拉，我……我……"露西有些难为情。

艾米拉看出了露西必定是去约会，并没有为难她："去吧，什么时候还变得不好意思了！"露西抱着艾米拉难舍难分："艾米拉，改天再来看你啊！"

露西下楼，艾米拉和杰森纷纷向她挥手告别。大卫看着杰森，得逞地偷笑。

露西走后，大卫催促杰森去自己的房间。无奈，杰森拎着行李下了楼。艾米拉站在楼上看着杰森，大卫却躲在一角幸灾乐祸。

给露西打电话的人的确是露西的男朋友，但艾米拉并不知道，露西的这个男朋友有着特殊的身份。

露西年轻貌美，时尚潮流，但生性八卦，心里藏不住事。也许是接触时尚领域，经常犯花痴，见了帅哥就走不动道。但她性格直爽，为人善良，朋友圈儿里是个简单快乐的人。

她进入维利集团后，对律师约翰产生了兴趣，并心生爱慕，逐渐成为约翰的地下恋人。

露西赶到海边时，太阳刚刚下山。最后一缕夕阳，残留在海天相连的地方，不肯散去。早已等待多时的约翰将露西抱在怀中，露西幸福地送上香吻，两人激烈深情的拥吻让这片海滩变得浪漫有色彩。

露西紧紧地贴在约翰的怀里："你终于回来了？你到底去哪儿了？"

约翰看了看露西，没有回答。露西似乎对此并不在意，继续说道："我有几个朋友最近都在这里，跟他们一起吃顿饭吧！"

约翰冷冷地看着露西，没有说话。露西原本期待的眼神，因为约翰的冷眼而变得黯然失落。但随即，露西又满脸微笑地贴在约翰的怀里："好了好了，当我没说，以后我不会再勉强你见我的朋友了。"

约翰抚摸露西的脸颊，看着天边渐渐褪色的夕阳。

艾米拉和露西、大卫短暂相聚后，要继续寻找母亲。经过一夜的考虑，艾米拉决定将家里的遭遇告诉大卫，大卫虽然童心未泯，但和露西不同。大卫小时候虽然胆小懦弱，但他不像露西那样八卦，大是大非面前，还是较为尊重别人的秘密。

次日清晨，艾米拉和杰森、大卫早餐过后，三人坐在阳台上，艾米拉将此行的目的告诉了大卫。

大卫知道事态的严重，惊讶地看看艾米拉，又看看杰森，不知如何安慰

第二十四章 蛛丝马迹

艾米拉如何帮助艾米拉："艾米拉……我……"

艾米拉看着群楼林立的城市，高高升起的太阳也无法温暖她此时伤痛的心。

杰森拿着药瓶，陷入思考。艾米拉将神秘手机递给大卫，大卫看见短信内容："拿东西来换人，轻举妄动的话后果自负……"大卫问艾米拉："他们到底要什么东西啊？"

杰森脸色难看："他们所要的应该是你爸爸的科研成果。"

艾米拉眉头紧皱，看着杰森。

大卫却不屑地冷笑："开什么玩笑，这么多年，他爸爸的成果那么多，到底要哪个啊？"大卫见艾米拉和杰森都不说话，便继续说："我觉得吧，我们应该先找人，救出人来，这才是关键。"

杰森说："找人，我们现在一点儿线索都没有，不知道该从哪儿下手……"

大卫打断了杰森的话："那找东西就有线索了，你说是要科研成果，那你给艾米拉她爸爸干了那么长时间的助理，你知道要的是什么成果吗？"

杰森无言以对。

大卫摊开双手："原来你什么都不知道，真是……"

"好了，你们别争了，我知道该怎么办……"艾米拉见两人意见不同，急忙站出来调解。

大卫收了收情绪，埋头不语。

艾米拉对大卫说："大卫，这事儿暂时别让露西知道，我们得保密。"

"你放心，我不会给你添乱的。从今天开始，我听你的，你需要什么帮助，尽管给我说，只要我大卫能办得到的，我一定全力帮助你，我办不到，我想办法也会帮你。既然你都告诉我了，这事儿就有我的一份儿……"大卫语气坚定，起身扶着天台的栏杆，看着空旷的城市。

艾米拉摆弄着手中的钥匙，发现一把陈旧的钥匙有些与众不同。她想了想，似乎想起了什么，默默点头："我要回趟老宅看看。"

艾米拉来到老宅，看见老宅院内陈旧的桌椅，不仅想起小时候和大卫、露西三人的时光。

艾米拉幼年时期，正是母亲病发最为严重的时候。为了安抚艾米拉，大卫和露西会经常来艾米拉家和她一起玩。就是那张桌子，大卫和露西坐在艾米拉的左右，抚摸艾米拉头发，安慰艾米拉，大卫将自己的面包分给艾米拉和露西。在艾米拉和露西不注意时，大卫凑上去亲了艾米拉，不料被艾米拉反手打了一巴掌。大卫捂着被打的脸发呆。

艾米拉想到这里，露出曾经的微笑，走到老宅的门口，她拿出那把陈旧的钥匙，试着打开了家门。

门被打开，一股清凉的细风乘虚而入，吹醒了灰尘，飞落在艾米拉的脚下。室内的家具陈设简单，但井然有序，窗帘随风摆动，扬起一缕灰尘，迎面扑来。艾米拉错了错身，躲开灰尘。客厅靠墙的地方，摆着一架钢琴，钢琴被一套透明的塑料遮盖。艾米拉的眼神落在了这架印在内心多年的钢琴上，她掀开钢琴的覆膜，琴键似乎也随着被搁置的年限，显得有些陈旧。手指抚摸琴键，又见一层薄薄的灰尘。艾米拉的手指不慎按响了琴键，发出一种久违的声音，小时候坐在妈妈腿上学琴的画面随即闪现在艾米拉的脑海里。

合上钢琴，艾米拉走进卧室，看见了自己的那张小床。想起妈妈给自己喂饭、擦嘴的往事。

艾米拉触景生情，童年的许多快乐和伤痛一拥而上。记得小时候经常躺在父亲的腿上，听着父亲的故事进入梦乡。虽然过去多年，但往事历历在目。

走进父亲的书房，艾米拉想起父亲临死前的那段视频，不仅潸然泪下。这间书房里，曾经有妈妈犯病时追打艾米拉的情景，同时，也有父亲保护艾米拉安慰母亲的往事。凡是父亲在家时，只要母亲发病，艾米拉都会跑到父亲的书房寻求保护。母亲得不到情绪的释放，多少次将父亲书桌上的书籍物品推倒在地。而今天的书桌，似乎早已沉寂了往事的吵闹，安静得令艾米拉感到莫名的孤独。

书桌上摆着一幅全家福，艾米拉拿起来擦了擦上面的灰尘。全家福上的父母如此的慈祥可亲，而这一刻，父亲被杀，母亲去向不明。

艾米拉翻开父亲的日记，一篇父亲的日记再次让时光倒流。她摸了摸父亲在音乐会上送给自己的生日礼物，继续翻看日记。

父亲的日记里写道：自从把艾米拉送到了寄宿学校，老婆开始为自己无意识伤害女儿的行为感到愧疚不安。病情因此加重，根据医生的嘱咐，只能长期服用药物控制。其实，我知道老婆这是为了保护女儿，才愿意把女儿送到寄宿学校，我能理解她做这个决定的时候应该非常痛苦……

沉浸在父亲的日记里，艾米拉忽然听到了窗户有响动。她警觉地放下日记，

第二十四章 蛛丝马迹

看见窗外闪过一个身影。艾米拉下意识地拔出枪，迅速躲在门口，听外面的动静。

二

跟踪艾米拉的不是别人，正是W。W不慎被发现,艾米拉走出老宅的时候，W已经匆匆离开。虽然没有找到跟踪自己的人，但艾米拉意识到，自己的行踪随时都在别人的掌控之中。

尽管如此，艾米拉并没有躲闪，而是走上街头，故意让自己的行踪暴露。因为她知道，与其自己去找线索，不如让跟踪自己的人逐渐浮出水面。这样可以减少寻找的过程，而且还能更为准确地得知母亲的下落。

在老宅门口，艾米拉给杰森打了个电话："你陪我去一个地方。"

因为想到还没有去找马丁问及父亲试验项目的事，艾米拉和杰森来到了维利集团。

坐在马丁的办公室，艾米拉没有直接告诉马丁父亲已死，而是绕过父亲生死的话题，询问和父亲试验项目的事宜。

"我爸爸离开实验室后，现在还没有联系家里，我以为爸爸来找你汇报工作……"

麦琪进来给艾米拉和马丁续咖啡。麦琪在音乐会见过艾米拉，但当时的艾米拉并未留意麦琪。所以，艾米拉对麦琪的印象不深。反之，麦琪对艾米拉的印象相对较深。麦琪客气地冲着艾米拉微笑，艾米拉礼貌性地表示感谢。

麦琪走后，马丁继续说："实验室出了这么大变故，你爸爸去向不明，所有科研项目全部终止，我现在也顶着巨大的风险……"

艾米拉认为，眼前的马丁依然是过去父提到的那个合作伙伴，但并不知道马丁真正的身份和所作所为。艾米拉此行，只是想从马丁和父亲的试验项目里找出蛛丝马迹。她知道父亲在和绑匪争斗的时候被杀，所以对于马丁口中的去向不明，艾米拉听不进去，她也不想听马丁想说因为父亲而造成的项目停滞，甚至损失等。

"我爸爸到底研究的是什么？"艾米拉打断了马丁的话。

容不得马丁思考，他告诉艾米拉："我们主要研究一种新型的生物激素，用以修复坏死的细胞，激发细胞的二次生长，让原本坏死的细胞变异，从而改善机体组织，增强生命活力。我们目前只在农业、生化领域尝试性开发，你爸爸还在研究试验开发其他未知领域。"

艾米拉听了马丁一连串专业的讲述，半信半疑地看着马丁："杰森知道这些吗？"

这句话问得突然，令马丁也没有想到，马丁故作镇定说："哦，你是说你爸爸的那个助理啊，我不知道你爸爸在平时工作中跟他有没有谈及这些，对了，上次我还对你爸爸说，杰森挺不错的，希望能早日喝上你们的喜酒。"

艾米拉平静地一笑，并未作出任何回应。

马丁也没有再提杰森，他转移话题："你爸爸的事也是我的事，我们不但是工作上的关系，也是多年的朋友，于公于私我都责无旁贷。这件事可能对你妈妈的打击很大，照顾好你妈妈！"

和马丁的交谈中，艾米拉没有得到任何有用的信息，只好离开了维利集团。

走出维利集团的大楼，艾米拉有些失落。等待多时的杰森迎了上去："怎么样，有没有什么新的线索？"

艾米拉看着杰森，摇摇头说："我们回去吧。"

再次回到大卫家，几人围坐在阳台上，各自翻看日记，寻找线索。

艾米拉发现一段内容里，"埃斯博士"这几个字被圈了起来。

一段内容引起艾米拉的注意：今天，安迪的儿子在花店门口失踪了，老婆很着急，安迪说等忙完重要项目才能回来。老婆为此疯狂张贴寻人启事……

杰森翻看日记的时候，发现了一张照片，照片里是两个人在山里的合影。其中一人正是安迪，安迪斜挎着一只皮包，手里拿着一只怀表式的罗盘，照片颜色暗淡，看似年代久远。在照片的夹页面，有一段日记内容：安迪和埃斯博士临时要去科考，安迪又把儿子放我家寄养……

杰森看到这里，紧锁眉头。

大卫翻看日记时，有些不耐烦，他将手中的日记摔在小桌上，生气地说："看日记有什么用？看日记能把妈妈看回来吗？找人吧！OK？"

艾米拉和杰森也纷纷放下日记，杰森接过大卫的话："我不认为找人是第一选择，找东西快过找人，东西找到人的安全才有保障，现在找人也毫无线索。如果坚持找人，就目前我们掌握的线索，根本不知道从哪儿入手。"

大卫瞪着杰森，显得十分不满："没线索也得找，救出人了，东西还有那么重要吗？你说先找东西，那你说说，你在他爸爸身边这么久，你知道绑匪

第二十四章 蛛丝马迹

要的是什么东西,全说出来!"

杰森正要辩解,放在桌上的那部神秘手机忽然响起,艾米拉打手势让两人安静。接通手机后,发现是对方发来的一段视频。

视频里,黛西被关在一间小屋,手脚被绑着。看得出来,黛西并未受伤。黛西身后的一名看守用枪指着黛西的脑袋对镜头说:"限你五天内拿激发器换你母亲,不然等着收尸吧!"

视频播放结束后,杰森翻看神秘手机,大卫拿出自己的电话,给托马斯等人打了个电话:"托马斯,你们快上来,干活了!"

大卫召集了托马斯、阿呆和胖妞进入自己的工作间,开始追踪艾米拉收到的这条视频线索。但当时并未在线定位,信息来源根本无从查起。

在艾米拉的主张下,大家改变策略,从视频的环境开始寻找突破。

大卫调出视频,艾米拉和杰森站在大卫的身后,紧盯电脑屏幕。通过视频里的环境,艾米拉发现了一点线索:"大卫,把这一帧放大……"

大卫将视频调至高清,便可以清楚地看到后面透光的窗帘。透过窗帘的缝隙,隐约可以看见一块巨大的广告牌,通过再次调试,广告牌的图像被放大,大家发现是"第二届环保峰会"的活动广告。

"停,看见了吗,这是一块广告牌,查查城内所有的广告牌,筛选出所有相同的广告牌,并定位它们的所在位置。大卫,你再回到刚才的画面里……"

大卫将刚才的原图调了回去。

"看,桌子上有外卖盒,看看是哪家外卖公司……"

大卫迅速调出外卖盒上的公司名称。

"找出全市这家快餐公司的所有分店,并匹配出相应的地址和配送范围。"

大卫将这张图发给托马斯和阿呆:"你们快查,我们四个,一人一组,分别在东南西北四个方向查,最后集中起来筛选。"

托马斯、阿呆和胖妞即刻投入工作,噼里啪啦地敲击键盘,开始查找快餐店的有关信息。工作中的胖妞,还不时地回头看看大卫,托马斯和阿呆看见胖妞偷看大卫,暗暗偷笑。

阿呆抢先查到:"我筛选完了,我这儿有一块广告牌跟这张图上的很像……"

随后是托马斯:"我这也有一块……"

"我这儿……没有……"胖妞没有筛选出,挠了挠头,说话也没了底气。

"好，我也查到一块，大家都发上去，我们比较一下。"大卫让托马斯和阿呆将筛选出的广告牌发到了公共屏幕上。

艾米拉和杰森看后，点头认同。

"我们走……"艾米拉拉着杰森离开大卫的工作间。临走时又嘱咐大卫："大卫，你帮我继续查，我们随时联系。"

在车里，艾米拉问杰森："你知不知道激发器是个什么东西？"

杰森想了想，对艾米拉说："激发器是靠合成纳米浓缩的微型镭射装置，通过镭射激光激发细胞活力，目前适用于农业领域的科研试验……据我了解，也可用于其他的领域……但具体细节我并不知道……"

杰森的话没有说完，艾米拉接到了胖妞的即时通讯："我们刚通过卫星地图查了，三块广告牌中，三号公路入口的周围没有等高建筑物，可能性不大，我们认为可以排除。"

"好，尽快查一查剩下的两块广告牌周围，快餐店分布的位置，并根据他们的送餐范围，得出准确的地理信息。"

在公共屏幕里的电子地图上，大卫和托马斯几人分别调出剩下的两块广告牌周围快餐店的地理位置，被确认的分店在电子屏幕里逐渐以绿色闪烁信号灯扩散点亮。在得出分店和广告牌之间的地理位置后，大卫发现了一个问题："你们看，靠近海边的那个广告牌离这些分店的距离相对较远，根据我们得出的送餐范围，这个广告牌可能超出了送餐范围，我认为这个可以排除。"

"艾米拉，经过我们分析得出，现在还剩下最后一块广告牌，但最后一块也是难度最大的一块，因为它的周围分布着许多分店。"大卫将这一消息及时告诉了艾米拉。

"我知道了，大卫，你找出和广告牌距离重合的几家快餐店，利用他们的送餐名单，找出名单里的可疑对象。"

大卫操作电脑入侵快餐店内部网络，电脑弹出内部订餐表。

此时，艾米拉和杰森已经赶到了最后一块广告牌的附近。艾米拉下车后，对比视频里的环境，发现在广告牌的对面楼层是"五号街三号楼"。

艾米拉继续和大卫连线："大卫，我找到了，你现在马上查能配送到'五号街三号楼'的快餐店，以及它所匹配的送餐楼层、房间号。"

"我马上筛选！"大卫调出"五号街三号楼"的最近三天的订餐表，筛选出十多份订餐楼层。在进一步的筛选中，仅剩下最后两个名单有最大嫌疑。

第二十四章 蛛丝马迹

"艾米拉，303和919的送餐信息里可以看出，他们连续三天都有订餐记录，最可疑的是，他们送餐频繁，好几个送餐时间都不是正常用餐时间……"

"我知道了。"艾米拉得出最后的信息后拉着杰森走进了大楼。

杰森得知两层楼的信息后，告诉艾米拉："我去九层，你去三层。"

"不用了，我已经知道了是哪一层，919楼层太高，通过视频的拍摄角度，应该是平行拍摄。根据刚才看到的广告牌位置，以它的高度，即便是站在九层，以视频拍摄的角度，根本不可能看到。但是，在三层的位置结合广告牌的位置，角度应该最合适。"艾米拉的分析，杰森信服不已。

杰森随着艾米拉来到303房间门口，艾米拉将杰森挡在了身后，她拔出手枪，慢慢靠近……

第二十五章 紧追不舍

一

艾米拉用枪推开 303 房间虚掩的房门，屋里的人已经离开。

屋里仅有的一张椅子倒在地上，桌上摆着杂物，在椅子的旁边，有两副塑料手铐。桌上放着快餐盒，艾米拉看了看，发现和视频中的餐盒完全吻合。桌子下面，一只垃圾桶里，扔着各种食品残渣，同样与视频里的垃圾桶吻合。除此之外，艾米拉还发现，地上有一支烟灰完整的香烟，香烟挣扎着飘起一缕烟雾。

艾米拉走到窗户边，撩开窗帘探身看了看楼下，楼下并无异常。窗外不远，正是那块巨大的广告牌。

杰森蹲在地上，捡起了一个"氯氮平"的药瓶，他将药瓶递给艾米拉："艾米拉，你看！"

艾米拉看着药瓶上的 RX（处方药）字符，若有所思。

"应该就是这里！"杰森跟艾米拉说。

艾米拉点了点头，接通了大卫的在线通讯："大卫，你帮我调出本市最近一礼拜的所有'氯氮平'的处方信息……"

大卫得到艾米拉的信息后，立即告诉大家："托马斯、阿呆，现在我们要帮艾米拉查出本市所有能开具'氯氮平'处方药的医院……"

阿呆和托马斯得到大卫的指令后，立即投入到查找工作中，而胖妞坐在一旁发愣，她看着大卫，似乎在等大卫提到自己的名字，但大卫投入到工作中，完全忽略了胖妞的存在，胖妞有些失望，只好无奈地加入团队，一起帮艾米拉找线索。

第二十五章 紧追不舍

经过大卫几人的筛选追踪，发现了全市具备"氯氮平"处方药开具资格的五家医院，几张同步医院的大楼图片被集中在公共屏幕上。

五号街三号楼下，停着一辆摩托车，车上的人穿着一件黑色的大衣，头戴一顶红色的头盔。艾米拉和杰森下楼后，摩托车上的人低下了头。艾米拉和杰森离开后，摩托车上的人摘下头盔，原来是W。

W四处看了看，走进了五号街三号楼。同样是303房间，W推开房门，走了进去。W没有发现任何有价值的信息，很快离开了。

停在马路对面的一辆黑色箱车里，黛西的嘴被胶条封了起来，双手被反绑，有两个蒙面人左右按着黛西。透过玻璃窗，黛西看到了艾米拉和杰森出入三号楼，却无法叫喊，身体也动弹不得。直到W离开，汽车才缓缓驶离。

坐在副驾驶座的蒙面人拨通了电话："大哥，应该有人跟踪我们。"

电话里传来："不要打扰他，让他跟着，我需要知道得更多。"

艾米拉和杰森扑空后，再次回到了大卫家。

大卫将筛选出的结果展示给艾米拉看："这几家都是精神病院，艾米拉，下一步怎么办？"大卫有些着急。

杰森看着几家医院："这五家医院，可能需要时间查出有问题的处方药……"

"不用，大卫，你试试看，能不能进入这几家医院的网络系统，找到对应的处方信息。"艾米拉灵机一动，急忙告诉大卫另辟蹊径。

大卫也恍然大悟，再次查询五家医院的网络系统。在大卫一番努力下，连续攻克了三家医院的内部网络，但另外两家根本无法找到他们的网络。

"找不到这两家的网络，怎么办？"大卫有些失望。

艾米拉想了想："大卫，从目前的这三家处方病例里，找找看有没有可疑的处方记录？"

大卫再次筛选，却没有发现任何可疑的记录，大卫摇摇头。

无奈，艾米拉和杰森离开大卫家，前往无法通过网络查到处方记录的两家医院。艾米拉和杰森来到其中一家名叫仰山路精神病院。这家医院规模甚小，艾米拉在门口问询了医务人员，直接找到了病案室。艾米拉通过病案室的独立管理系统，找出了其中的端倪。在处方记录中，其中6月20日有一条为维利集团医务科的处方单据引起艾米拉的注意,艾米拉用手机拍摄了这张处方单,便和杰森匆匆离开仰山精神病院。

赶到另外一家精神病院的时候,艾米拉用了同样的方式,找到了同样的信息。依然是维利集团医务科,但不同的是日期为6月21日。

"维利集团医务科在相连的时间、不同的医院开具相同的处方药物,这里肯定有问题……"艾米拉思考着跟杰森交流。

杰森沉思中,默默地点点头,似乎对艾米拉分析极为认可。

艾米拉再次打电话给大卫:"大卫,你再仔细查一查,查出的三家医院的处方信息里,有没有维利集团医务科的记录?"

大卫再次筛选,发现有一个名为约翰的男性,在三家医院的处方记录中,曾在6月17、18、19日三天时间分别在三家医院开具"氯氮平"的处方药。

大卫将这一消息告诉了艾米拉:"艾米拉,从处方记录看,这几家医院开具的氯氮平药物处方都是一天的量,所以他们会每天换一家医院,这样做可能是避免引起医院的注意。最后一天的时间是19号,说明最近两天的药很有可能是在另外两家医院开的……"

艾米拉看了一眼自己找到的线索,从时间看,和6月20、21的日期正好吻合,而这两天的开具信息是以维利集团医务科的名义拿走了"氯氮平"。

整理完这一切信息,艾米拉决定去维利集团查证此事。

回到大卫家,艾米拉将大卫拉到了阳台,并将此事告知了大卫。大卫告诉艾米拉:"露西是维利集团的时尚总监,如果得到露西的帮忙,进入维利集团应该不成问题。进去后,我帮你控制他们的监控系统,让你有足够的时间和空间去查。"

"好,我去跟露西说,这件事除了你和我,目前不能对任何人讲。"艾米拉严肃地说。

大卫瞪大了眼睛,指着屋里:"那……他呢?……"艾米拉明白,大卫是指杰森。

"到时候他会跟我们一起去,你和杰森在安全的地点等待接应,如果出现情况,我们在固定地点集合。在我进入大楼期间,你要保证我的行踪只有你能看见,只要有时间,我就有机会进入医务室……"

大卫坚定地点点头:"你放心,我会给你准备所有装备,保证顺利完成任务。"

第二十五章 紧追不舍

艾米拉忽然想到一个问题："明天晚上是他们的慈善晚会，穿的肯定是晚礼服，这样的话就没法带东西进去。"

这确实是个难题，两人陷入深深的思考之中。

艾米拉想了想："我想把逃生装备事先安置在电梯间顶层，等维利集团的慈善晚会开始后，我通过电梯进入大楼顶层，在电梯行进中，换上装备，这样就不会留下任何东西被人发觉。但关键是如何把东西放进去……"

大卫眼珠一转："这个我来做，我进入维利集团的电梯系统，破坏电梯正常运行，再冒充电梯工人，进入他们的电梯，把你需要的东西提前放好。"大卫突发奇想，艾米拉想了想，同意了大卫的建议。

和大卫谈过之后，艾米拉想好了计划，便独自去会见露西。

露西下班后去了游泳馆，艾米拉也来到了游泳馆。

艾米拉看着露西独自游来游去，便悄悄地坐在了泳池的一端。露西到达后，发现是艾米拉，有点大惊小怪："艾米拉，怎么是你？！"

艾米拉故作惊讶，和露西拥抱在一起。两人坐在泳池边，开始闲聊。

"什么时候让我见见你的那位啊？"艾米拉用调侃的眼神盯着露西。

露西淡淡地说："以后有机会吧，有机会一定！"

艾米拉凑近露西："怎么了，不开心？是不是工作遇到了什么问题？什么时候邀请我去你们公司参观参观啊？"

"啊！艾米拉……"露西拉住艾米拉的手，"我们公司明天有个慈善晚会，会有一个酒会专场，你想不想去，我可以带你进去。"

其实，艾米拉来找露西正是为了此事。

"真的吗？这么巧，我能去吗？"

露西抱紧艾米拉："你这么漂亮，如果去了，一定会吸引很多的帅哥，啊……"露西陶醉于被帅哥包围的梦幻之中。

按照大卫的计划，杰森和大卫带着托马斯、阿呆来到了维利集团的附近。大卫在自己的监控车里，远程操控，破坏了维利集团的电梯系统。

过了一会儿，维利集团内部打出的维修电话被大卫拦截，大卫假冒电梯维修人员，答应对方很快就到。

这时，早已准备好的托马斯和阿呆，身穿橘色的工人服装，手里提着维修设备，进入了维利集团。在维修过程中，托马斯将准备给艾米拉的装备放在了电梯顶的夹层中。一切放置妥当后，两人离开了电梯。走到维利集团大厅的时候，两人紧张地走错了门，正在巡视的龙、虎、豹三人叫住了托马斯和阿呆……

二

自从艾米拉找到了五号街三号楼，约翰也感觉到了艾米拉已经逐渐接近维利集团。虽然及时转移了黛西，但通过手下当时的汇报，除了艾米拉，还有人同样在追查维利集团。

约翰找到马丁，马丁早已有了下一步的安排和计划。为了谈话内容安全，马丁带着约翰来到了大楼顶层的密室。

密室的中间位置，摆着一张长条桌，除门的墙体外，另外三面摆着大大小小的保险柜。

"人转移得怎么样？"马丁问约翰。

"已经转移到安全的地方了，不会让上次的事再发生。不过，那个女人身体越来越差，不知道是不是应该找个医生给她看看。"

马丁紧锁眉头："她有多年的精神病史，一定要保证她的安全，尽量不要伤害她，艾瑞毕竟给我干了那么多年。没想到他那么倔强……"马丁谈及此事，带着一丝忧伤。

"这是我的失误，让他得手开枪自杀。"约翰低下头，向马丁认错。

"算了，事情都过去了，就不要再提了。没有拿到东西，不能伤害那个女人。你要盯紧了艾米拉，一旦发现她找到了东西，不惜一切代价，都要拿到它。"

"老板放心，一切都在我的掌控之中。不过，除了我们，好像还有人跟踪艾米拉，我觉得这个跟踪的人不仅仅是跟踪艾米拉，同样也在查我们。要不要查出这个人是什么来历。"

马丁苦苦一笑说："不用查了，到时候自然会出来，不要惊动他。你尽快把样本交给埃斯博士，让他抓紧时间量产培养，计划越来越近，想要顺利地站到高处，必须明白我们面前的敌人是谁。这是一次巨大的转折，不容任何闪失。"

"是！老板！"

"明天晚上的慈善晚会，你趁着人多，把东西带出公司，送到实验室。"

第二十五章 紧追不舍

马丁看了看保险柜，又看了看约翰。

托马斯和阿呆将艾米拉的装备放置于电梯间后，完成了大卫交代的任务。但在即将走出大楼时，两人被龙、虎、豹三人拦在了公司的大厅，阿呆心跳加速，手心冒汗，托马斯故作镇静。

"干什么的？"阿龙上前瞪着托马斯两人，伸手拽了拽托马斯的衣领。

阿呆的手在托马斯的屁股捅了一下，托马斯急忙回答："我们是维修电梯的工人，电梯已经修好……"

"对，维修电梯，维修电梯。"阿呆赔笑，随声附和着。

这时，龙、虎、豹三人的对讲机里，传出："电梯恢复正常，电梯恢复正常……"

经过精心的准备和线路规划，维利集团慈善晚会当晚，杰森开着大卫的监控车，来到了直通维利集团大楼的地下车库。大卫坐在后面的操作仓里，逐一调出维利集团监控视频。

画面里，艾米拉通过露西的帮助，已经出现在慈善晚会的酒会现场。艾米拉披肩长发，一身红色的连衣裙，身材性感，惊艳诱人。众多男嘉宾围拢在艾米拉周围，相互敬酒寒暄。

T台上，露西正在观看模特走秀，一群比基尼模特迈着性感的步伐，扭动腰臀，带着一股芳香迎面而来，一双双狐媚的眼神，俘获无数台下的宾客。几台摄像机对着T台，记者站在摄像机前，直播慈善晚会的每一个环节。

露西不忘和台下的艾米拉挤眉弄眼，艾米拉甜蜜一笑，眼神却扫过现场的每一个角落。这时，艾米拉的微型耳机里传来大卫的声音："艾米拉，所有监控已经控制，可以行动了。"艾米拉看了看表，错身离开围拢的嘉宾。

这时，监控里出现四位身穿旗袍的模特，在一身贴身的旗袍下，曲线优美。旗袍分别以梅、兰、竹、菊，对应红、紫、绿、黄四种颜色。颜色鲜艳亮丽，唯美大方的气质令人耳目一新，在场嘉宾掌声哗然，不绝于耳。

龙、虎、豹三人被吸引到台下，目不转睛地看着。其实，除了龙、虎、豹三人，还有一些嘉宾同样垂涎欲滴。

监控车里，大卫操作设备，完全掌握维利集团的监控后，大卫录制了五分钟的监控视频，并将这五分钟视频作为实时监控，反复播放。大卫端起咖啡，看了看杰森，继续观察晚会现场。"你们认识多久了？"大卫终于忍不住，开始问杰森。

杰森看了看大卫，没有回答。

"你知道我和艾米拉是什么关系吗？"大卫斜着眼又问杰森。

杰森看着大卫，淡淡地问："那你知道我和艾米拉是什么关系吗？"

大卫有些气愤，但没有发作，他咬着嘴唇，向杰森翻白眼："艾米拉，都搞定了，你一定要在规定的时间内完成任务。"

艾米拉看龙、虎、豹三人色眯眯地看着模特，便靠拢过去。艾米拉经过三人，贴着胸挤过了阿虎的身体，阿虎下意识地回头看了看。艾米拉甜蜜地笑了笑，三人看到艾米拉丰满的胸部，忘乎所以。

"对不起！"艾米拉又贴着阿龙的身体挤过人群，阿龙感到艾米拉柔软的胸部擦着自己的肩膀而过，陶醉其中。艾米拉利用这个机会，顺手取走了阿龙裤兜里的门禁卡。艾米拉回眸一笑，阿龙正对艾米拉柔软的身体想入非非，却不料腰间的手枪裸露在外。

艾米拉离开晚会现场，来到了维利集团的办公区，她用阿龙的门禁卡刷开了办公区的大门。这时，耳机里传来大卫的声音："艾米拉，现在你进入的是办公区，今晚办公区没人，进电梯后直接上第108层，你的装备在电梯里。"艾米拉看了看手表，将倒计时调整至10分钟。

艾米拉走进电梯，按了108层的按钮后，便打开了电梯顶层的夹板。她将事先放好的背包取了出来，随后脱下自己红色的性感礼服。

大卫看见视频里的艾米拉要换衣服，瞪着大眼往前凑了凑，艾米拉伸手挡住了摄像头。杰森推了一把大卫说："你看什么看啊？"大卫回头撇着嘴瞪了一眼杰森，又恢复了坐姿。这时，艾米拉已经换好衣服，戴上了面具。

监控画面里，维利集团的楼层里有一个红色的目标正在逐层移动，大卫聚精会神地同时盯着几个屏幕的监控，由于所有画面都在大卫的掌控之中，万一有一格视频被维利集团内部监控人员发现，艾米拉的行踪就会暴露。

杰森的手机铃声响了，监控画面被电磁干扰开始闪动，大卫不耐烦地说："出去出去，不知道我干嘛啊，别在这儿干扰我，出了事你负责啊……"杰森冷眼看了看大卫，跳出车厢。

在维利集团的监控室内，几名保安人员正在盯着监控里的模特走秀，他们个个儿瞪着大眼，垂涎欲滴。在其他各个楼道、电梯间等监控画面里，重复播放大卫设置好的视频。

第二十五章 紧追不舍

杰森出去后，大卫剥开一只棒棒糖，叼在了嘴里。大卫发现艾米拉乘坐的电梯在第 107 层停了下来，大卫急忙追问："艾米拉，什么情况，为什么在 107 层停下？"

艾米拉告诉大卫："108 层的电梯好像被锁死，上不去了，我想办法从 107 层爬上去……"大卫没来得及说话，便看见了在 107 层的楼梯里，有两个安保人员正朝着艾米拉身后走来："艾米拉，艾米拉，注意了，在你的身后走廊里，有两个巡逻的安保人员，你快点躲一下！"话音刚落，艾米拉从画面中消失了，两个保安人员走过艾米拉刚刚消失的地方。大卫喝了一口咖啡，惊叹："好险！"

艾米拉挂在楼道的上方，见两个保安拐过楼道，便轻跃而下。

画面里，艾米拉再次出现，大卫催促艾米拉："艾米拉，时间有限，你要抓紧行动，上 108 层。从大楼的结构来看，医务室就在楼顶，按照你目前的方位，应该在你左边的第一个房间，怎么上去，你看你的了，不过要争取时间。"

艾米拉试着推了推通往顶层的门，门被锁死。她放弃了走楼梯，转为从大楼的窗户爬上顶层。她推开窗户，探头看了看楼上，确定方位后，艾米拉爬出窗外，沿着窗户边缘的棱角慢慢移动。移动中，忽然脚下踩空，艾米拉伸手抓住窗户边缘，身体悬在了空中。

大卫惊恐地盯着监控画面，不敢出声。

108 层的高度，如果掉下去，足以令人粉身碎骨。艾米拉定了定神，双手缓缓移动，同时，脚下摸索踩住了窗户边，终于爬上了 108 层。幸运的是 108 层的窗户没有被锁，艾米拉推开窗户，探身跳进了医务室的房间。

第二十六章 雪中送炭

一

马丁坐在办公室里悠闲地抽着雪茄,约翰站在马丁的面前,两人似乎在交流着什么。马丁目不转睛地盯着电脑,电脑里是一处孤岛的照片。

"按照原计划,这件事情完成后,还有更重要的计划我要跟你讲。"马丁吐了一口烟,交给约翰一张磁卡。

随后约翰离开,不久后,麦琪直接推门而入,马丁犀利的眼神盯着麦琪。麦琪意识到自己又忘记敲门,连忙说:"对不起,老板,我忘了敲门了。"

马丁没有发怒,只是淡淡的一笑:"你有什么事吗?"

麦琪胆怯地说:"老板,晚会的下一个环节该您讲话了,我来提醒您准备一下。"

马丁掐灭了雪茄。

艾米拉进入医务室后,她打开了医务室的电脑,翻找病例。这时,医务室的玻璃门外有两个人影闪过,艾米拉蹲下身子,不敢出声。身影是两个巡逻的保安,两人走过医务室后,艾米拉起身,再次翻找。

搜寻中,一个被加密的文件引起了艾米拉的注意。她试图进入,但几次均以失败告终。无奈之下,她忽然想起自己随身的破译软件,软件是大卫之前开发的。艾米拉将U盘插入电脑,启动破译程序后,不到一分钟,加密的文件被成功破译。艾米拉在文件夹里发现了对应的五家精神病院"氯氮平"处方单。

不同的是,在这个文件夹的病例里,每一份病例里都填着埃斯博士的名字,

第二十六章 雪中送炭

艾米拉想起了父亲的日记里这个名字被圈了起来,便多看了几眼。病史里的描述大概是患有精神失常二十余年,长期服用"氯氮平"等信息。

艾米拉将这些信息传到了大卫的监控车里。她看了看手表,所剩时间不到两分钟,艾米拉整理装备准备离开。

大卫催促艾米拉:"艾米拉,剩下的时间不多了,你要抓紧离开,我们去接应你……"

监控画面里,身穿旗袍的四位模特摇身一变,脱去了外面的旗袍,露出光滑白皙的肌肤,一身清爽的比基尼引人入胜。大卫眯着眼,似乎忘记了自己当前的重要使命。他盯着屏幕里四位模特,手里的咖啡撒了一身,他却全然不知。

现场更是火爆异常,除了阵阵掌声,还有很多嘉宾唏嘘叫好。龙、虎、豹三人夹在人群中,色眯眯地盯着模特。

大卫注意力分散,没有看到走廊里的两名保安和艾米拉即将相遇。杰森上车后,站在大卫的身后,杰森发现了两名保安和艾米拉即将相遇,大喊一声:"大卫,你在干什么?!"

"啊?什么……"大卫惊醒,发现了身上的咖啡。

杰森指着监控,艾米拉正和两名保安后交上了手。

大卫埋怨杰森:"都怪你,你吓我一跳你知道吗?你看看,现在糟了,这……这事儿你负责啊……"

杰森狠狠地瞪了一眼大卫:"你是干什么的,你来就是负责看美女吗?"杰森气愤地下车上了驾驶座。

大卫自知理亏,盯着监控屏幕,不再多言。

"哎,你是什么人?"两名安保人员发现了艾米拉。

他们向艾米拉扑了上去,艾米拉下蹲身子,双手抓住了两名安保人员的腿,将两人摔倒在地,与此同时,艾米拉左右挥拳,一人被打晕。艾米拉不敢逗留,急忙离开。

"有人在108层袭击我们,快派人增援!"倒在地上的保安急忙呼叫。

龙、虎、豹三人听到了呼叫,迅速离开了秀场。露西看见龙、虎、豹他们紧急离开,不仅有些担心,她四处寻找艾米拉的身影,嘴里嘀咕:"她人呢?"

监控室里的保安也接到了支援请求,急忙出动所有保安,向108层集合。

楼道里，走廊里，瞬时间传来急促沉重的脚步声。

艾米拉知道自己已经暴露，急忙告诉大卫："准备第二套方案，快到指定地点接应我。"她穿过走廊，却遇上了约翰。

约翰离开马丁后，也上了108层。但约翰去的是108层的密室，他拿着马丁交给自己的门禁卡打开了密室的门，拿出了一只银白色的箱子。

打开箱子，里面装着一只特别的瓶子，瓶子两端是金属衔接，瓶内是绿色的液体。约翰摸了摸瓶身，再次锁好箱子。这只熟悉的箱子，正是游乐场混战中，约翰假冒Q抢到的箱子。

这时，密室的门被打开，约翰的枪口对准了门口，进来的人是迪伦，约翰放下了枪。

"你怎么来了？"约翰问迪伦。

"老板让我来的！"迪伦摇头晃脑，左右观察。

迪伦无视约翰的举动，激起约翰的不满，他将枪口再次对准迪伦："你是来监视我吗？"

看见约翰满脸杀气，迪伦有些害怕："不是，老板让我以后跟着你。"

约翰放下枪："好，想要跟着我，就好好跟我学，我不想再看到你这个样子出现在我面前……"约翰扯下迪伦的耳机，甩手扔了出去。

这时，走廊里传来了打斗的声音，约翰和迪伦侧耳细听。声音伴随着对讲断断续续的呼叫，再次传入密室。约翰把箱子推到迪伦面前："看好了，我出去看看！"

迪伦上前抱住箱子，约翰瞪着迪伦走出了密室。

约翰在碰到艾米拉的瞬间，已经拔出了手枪。艾米拉眼疾手快，出手卸下了对方的弹夹。手枪再无用武之地，约翰扔掉了枪，两人打成一片。艾米拉不敢恋战，处处躲闪，找机会想离开这里。约翰出手凶狠，拳脚相加，一脚踢出，艾米拉挡在身前。看着约翰的花纹皮鞋，艾米拉觉得这双皮鞋很眼熟。她想起在游乐场执行任务时遇到的对手也穿着这款皮鞋，艾米拉恍然大悟。楼道里的人蜂拥而上，艾米拉无心恋战，边打边退，一不小心，被约翰摘下了面具，艾米拉乘机跑上天台。

约翰没想到艾米拉戴着两层面具，他气愤地甩掉面具，追上天台。

艾米拉跑到天台时，约翰带着龙、虎、豹等人也追上了天台。众人蜂拥

第二十六章 雪中送炭

逼近，艾米拉仰身跳下。在下降的瞬间，艾米拉打开了身后的伞包。

约翰夺过一把枪，向下降的艾米拉开枪，子弹擦着艾米拉的耳朵呼啸而过。约翰连开几枪，打断了一根伞绳，伞失去平衡，在空中乱晃。艾米拉急忙控制绳子，调整落点。

楼下的马路上，杰森开车向艾米拉冲了过来。艾米拉落地的瞬间，杰森甩开了后车门，艾米拉割断了伞包，安全地钻进了汽车。大卫拽住艾米拉的胳膊，将艾米拉拽进了车里。汽车加速，离开了维利集团。

艾米拉回到大卫家后，大卫帮助艾米拉调出了约翰的资料。看到约翰是维利集团的律师后，艾米拉显得心情沉重，她坐在阳台一语不发。大卫以为艾米拉受了伤，但从艾米拉的行为举止，似乎看不出有伤在身。大卫不解，但见杰森陪着艾米拉形影不离，自己也无法得知艾米拉到底为什么突然如此沉默。其实，杰森也对此无能为力，艾米拉也没有对杰森说话。

进入维利集团得到的信息，让艾米拉感觉到了离绑架父母的真相似乎更加接近，但与此同时，这种真相似乎更加令人难以置信。经过短暂的深思熟虑后，她打了一个神秘电话。随后，艾米拉离开大卫家。临走时，她拒绝了杰森的陪伴。

艾米拉回到了老宅，打开房门的瞬间，艾米拉惊讶地停下了脚步："迈克，原来是你！"

迈克站在客厅："怎么，突然吗？"

艾米拉上前亲切地问候迈克："你的伤好些了吗？"

迈克点点头："应该没有问题了，怎么样，有没有发现重要的线索？"

艾米拉坐在客厅的沙发，满脸忧愁："迈克，我好像找到了游乐场那个行凶的人。"

迈克凑近，坐在了艾米拉的对面："他和绑架你妈妈的线索有关？"

"迈克，马丁出现在特里将军女儿的婚宴上，你还记得这件事吗？"艾米拉开始抽丝剥茧，将自己所有的疑虑和迈克探讨。

"是，这个人一直是个疑点，到目前为止，还没查出他和特里将军在其他事情上的交集。"

"我想我发现了一些事情的关键……"艾米拉思索中，和迈克继续交流，"环奇制药制造毒品，跟特里将军应该是有着密切的关联，而这条线是队长追查多年的线索，我们进入国家安全局后，确定了这条线索直接关联着一个恐怖组织。如果这样推测，特里将军也和恐怖组织有染……"

"艾米拉，其实我这次来，也是想告诉你一些事情，你家里的事帕克都告诉我了。经过我的梳理，我觉得你家的变故应该不是偶然……安迪的'洋葱晶'在环奇制药，安迪身前是马丁旗下的科研项目负责人之一，安迪死后，成果去向不明……"

"你是说是马丁把安迪的科研成果交给了环奇制药？你如何得知环奇制药的毒品配方是和'洋葱晶'有关？"

"安迪死后，你爸爸曾经做完了最后的部分试验，环奇制药的配方我也请你爸爸做过试验检测，结果和'洋葱晶'完全吻合。"

"假设马丁和环奇制药有关，那他和特里将军的关系也会顺理成章……"

"我觉得他们本来就是一伙的！"迈克盖棺定论的一句话让艾米拉对马丁的怀疑更加明确。

"差一点儿就找到我妈妈了，但到了现场，人已经被转移。后来我顺藤摸瓜进入了维利集团，没想到碰见的人和游乐场枪击事件的凶手完全吻合，那双花纹皮鞋，还有动作招式，都一模一样。没想到这件事最终回到了维利集团，虽然不能肯定约翰和马丁的关联，但至少可以肯定，约翰是绑架我父母的最大嫌疑人……"艾米拉显得有些疲惫，她靠在沙发上，呆滞地看着窗户。

"如果约翰背后的人是马丁，那所有的疑惑将全部解开。"迈克从口袋里掏出一样东西，交给艾米拉。

"这是什么？"

"这是你爸爸生前留下的一样的东西，他让我在必要的时候转交给你，发生了这么多事，我觉得现在正是那个有必要的时候。"

二

一个十字路口，随着黄灯的闪烁，约翰开车疾驶抢在红灯前穿过了马路。红灯亮起后，一旁指挥车流的交警拦住了一辆摩托车，摩托车戛然而止，车手掀开头盔，原来是 W。

约翰通过后视镜，看见 W 被拦在了红灯下，不禁苦苦一笑。他摸了摸副驾驶座上的银白色箱子，盘桥而下。而 W 就在桥上，眼睁睁地看着约翰开车

第二十六章 雪中送炭

消失。

约翰开车来到一处郊外的实验室，实验室外，几名持枪的守卫来回巡逻。巡逻的人见约翰开车而来，急忙上前敬礼打招呼。有人过来打开车门，拎着箱子随约翰进入了实验室。

实验室里，迪伦正在给埃斯博士和两名科学家训话："你们几个想要活着从这儿离开，就乖乖地待在这儿，老板让你们干什么，你们就干什么。干好了不会亏待你们，干不好，我会慢慢折磨死你们！"

约翰走近，迪伦住嘴，急忙向约翰打招呼。约翰没有理会迪伦，拿过箱子，将埃斯博士拉进了一间实验室。

约翰指着箱子："认识吗？"

埃斯博士点了点头，伸手要打开箱子。

"你先别急，会让你看到的，但事先我得申明，从今天开始，你带着那两个助手，开始大批量地复制培养这个生化细菌！"

埃斯博士不说话，惊恐地盯着约翰。

"如果你不想干，我可以另找别人。"约翰拔出手枪，对准了埃斯博士的脑门。埃斯博士吓得急忙点头。

约翰留下了箱子，告诉迪伦："你盯着他们，一定要尽快完成，如果细菌的培养出了问题，我拿你是问！"约翰摸了摸腰间的手枪。

迪伦点头哈腰："您放心，老板交代的事我一定会尽力完成！"

约翰瞪了一眼迪伦，转身离开了实验室。

迪伦冷哼一声，表示对约翰的不屑。

迈克交给艾米拉一张特殊材料的纸，艾米拉打开折叠的纸，发现是一首歌的谱曲。

艾米拉从小受母亲的音乐教育，对音律谱曲略懂一二，但无论怎么看，这些音符都无法唱出一首歌，艾米拉试着哼了几句，便放弃了。看着这些奇怪的数字："这些音符很奇怪，好像这个曲谱并不是一首歌。"艾米拉告诉迈克。

迈克对音乐根本不懂，所以更别提他去参透里面的玄机："一个月之前，你爸爸回过一次老宅，但他回来的目的是什么，我想这需要你去寻找，这个东西应该有它特殊的用途。"迈克在追查安迪之死一案上，逐渐和艾瑞有了共识。由于当时艾瑞陷入迷茫，又不能惊动女儿，又没法托付给杰森。迈克虽然在和女儿的事情上有些过激，但艾瑞最后还是信任迈克，托付迈克安排自己回港办事。艾瑞回港的事，是迈克一手安排。

此行的任务完成，迈克向艾米拉辞别："艾米拉，你的事我会回去向局长汇报。"

"迈克，谢谢你能来看我，这是我自己的事，不想让局长操心。"

"其实，这次不仅仅是来送你父亲的东西，也是局长让我来的！"

艾米拉看着迈克，迈克看到了艾米拉眼中的感激之情。

送走了迈克，艾米拉没有直接回大卫家，她留在了老宅，继续参透这张奇怪的曲谱。揭开了钢琴，她试图弹奏这张曲谱，随着钢琴发出的声音，艾米拉陷入了久远的童年回忆。不仅没有参透曲谱，还闪现出曾经和母亲的各种往事，艾米拉陷入痛苦的挣扎之中。

为了缓解自己心烦意乱的情绪，艾米拉走出房间，坐在了门口的台阶。看着这短短的两行数字，忽然，艾米拉发现了曲谱右下角的HD902。艾米拉走进老宅，急忙打开电脑联系大卫。

"大卫，你帮我查一下，本市关于HD的所有信息……"

艾米拉走后，大卫排斥杰森。杰森只好坐在了阳台，独自神伤。大卫在工作间追踪约翰所属的维利集团，忽然接到艾米拉的电子讯息，大卫将艾米拉的需求告诉几位成员，托马斯、阿呆和胖妞接到大卫的指令后，开始大面积的搜寻。

搜索完成后，大卫将筛选的信息传给了艾米拉。艾米拉坐在电脑前，盯着这些庞杂的信息。在众多信息中，艾米拉发现了一处地标建筑物，通过电子地图，艾米拉找到了和HD902吻合的海东路902号。

这时，艾米拉所带的神秘手机响了，艾米拉看了看手机，匆匆离开了老宅。

途中，艾米拉通知了杰森在海东路和金三街的路口等她。杰森见到艾米拉，急忙追问："是不是查到了什么？"

艾米拉把手机里收到的激发器平面图给杰森看。

"这就是激发器？"杰森对激发器的平面图也不认识。

"这是一张平面图，应该就是他们所指的激发器。"艾米拉收起手机，四处观察周围的建筑地标。

"你找什么？"

"跟我来！"艾米拉带着杰森走到海东路。没走几步，HD902的路标映入

第二十六章 雪中送炭

眼帘，艾米拉停下脚步，对杰森说："就是那里！"

杰森脑海里也闪现出药瓶里的那个贴条，便跟着艾米拉来到了 HD902 门牌号对应的 BZB 银行门口。艾米拉掏出在实验室带回的那一串钥匙，惊奇地发现了一把带有 BZB 标志的钥匙。她再次拿出曲谱，似乎明白了其中的奥妙。

艾米拉明白这张曲谱里一定藏着这家银行的开户账号，但为了求证，艾米拉只能通过大卫证实。在银行门口，艾米拉拍下了这张曲谱，杰森问道："这是什么？"

"一会儿你就知道了……"艾米拉回答杰森的同时，拨通了大卫的电话。

"大卫，收到我的图了吗？"

"艾米拉，你给我发这个干嘛，我又不懂音乐。"

"大卫，它不仅仅是一张曲谱，你先查出对应 HD902 门牌号银行的开户行里，有没有我父亲艾瑞的户名，如果我没猜错的话，账号就在这张曲谱里。"

大卫笑了："好嘞，这事儿我最拿手，你等会儿，我马上给你查。"

大卫入侵了这家银行的服务器，果然查到了艾瑞的开户名。接着，大卫将曲谱的两行数字输入了电脑，不一会儿，筛选成功。大卫对照了曲谱，发现了银行账号在曲谱里的排序正好是倒叙。大卫将查到的信息反馈给了艾米拉，艾米拉通过这些信息，顺利地进入了银行。

艾米拉有一把保险箱的钥匙，配上值班经理的一把钥匙，两把钥匙同时开启，保险箱被打开。但随之在输入密码的环节里，艾米拉和杰森陷入了麻烦。

艾米拉和杰森面面相觑，都不知道密码是多少，杰森开口说："我知道你爸爸在实验室常用的一组密码，试试？"

杰森不敢确定，但在毫无头绪的时候，艾米拉只能同意杰森冒一次险。杰森输入密码，艾米拉发现是自己的生日"870619"。

"我的生日？"

杰森点点头，但随着提示密码错误，两人失望地不敢直视保险箱。

这时，W 骑着摩托车停在了银行门外，他看着银行大门，开始拨打电话。

而在另一侧，约翰和龙、虎、豹四人坐在一辆黑色的轿车里。约翰戴上他那黑色的手套，龙、虎、豹三人正在检查枪支，枪栓的摩擦声，似乎预示着一场即将到来的火拼。

第一次失败后，杰森和艾米拉两人均陷入沉思，都不敢轻易尝试。艾米拉看见保险箱位置偏低，便心生好奇："我爸爸为什么会把保险箱选择在这么低的位置？"

杰森向后退了几步，看着一格一格的保险箱，杰森想起了贴在艾瑞办公室里的一张元素周期表。通过仔细观察，杰森发现保险箱竖排位置在第6行，横排在第4排，这个位置也正好吻合元素周期表里的化学元素"铀"的位置。

"这个柜子的位置，如果对应化学元素周期表，应该是铀的位置！"

"铀？"

"对，你爸爸在同位素研究中主要研究的元素就是铀，你还记得他的办公室里贴在墙上的那张化学元素周期表吗？"

艾米拉点了点头，眼神再次锁定在保险箱的位置："铀的原子量取前6位是多少？"

"238028！"

艾米拉上前，试着输入了"238028"，但密码验证再次错误。

三次密码仅剩最后一次，两人更加谨慎，紧张也随之而来。

"我没有记错啊，金属中间部分，六行四排，是铀啊！"杰森嘀咕。

艾米拉陷入沉思："等一下，六行四排？铀的序号是多少？"

"92。"

"试试060492！"

杰森犹豫不决，艾米拉上前，忐忑地输入了这组密码。随着两颗加剧跳动的心脏，屏幕上显示"密码正确"，保险箱自动弹出。两人看到密码正确，相视而笑。

保险箱里有一把手枪，艾米拉将手枪交给杰森，自己打开了下面的一只金属盒子。盒子里的东西正是激发器，艾米拉掏出手机再次确认，发现手机里的平面图和实物完全吻合。两人满意地笑了笑，艾米拉收起盒子，走出了银行。

走出银行，两人拐过路口。W的摩托车轰鸣着冲向艾米拉，艾米拉回头时，摩托车已经到了身边，W伸手要抢艾米拉随身的小包。艾米拉急忙躲闪，摩托车擦着艾米拉呼啸而过，W折返再次冲向艾米拉。艾米拉推开杰森，跳起身越过W，将W拽下摩托车。摩托车滑出数米，熄火没有了动静。W亮出手中的匕首，艾米拉挡在杰森面前，和W打在了一起。

打斗中，W伸手拽下艾米拉的项链，艾米拉夺过匕首反手划向W的脸，W丢下了项链，捂住了左脸。

第二十六章 雪中送炭

等待多时的约翰几人见艾米拉和 W 打斗，示意龙、虎、豹三人行动。

艾米拉捡起了项链，看着 W 满脸是血。这时，杰森推起 W 的摩托车，艾米拉跳起骑上了摩托车，杰森跳上摩托车后座，摩托车发动，他们扬长而去。

"追！"约翰一声令下，汽车发动，追向艾米拉。

第二十七章 风云突变

一

艾米拉离开后，W的身后开来一辆汽车，车门打开，W钻进了汽车。

摩托车的后面，两辆车争先恐后地逼近艾米拉。W的汽车里，几名蒙面女子伸出长枪扫射艾米拉，而约翰的汽车里，却向W的汽车开枪。坐在后座的杰森盲目地向身后的汽车开枪还击。艾米拉加大油门，一边躲避后面的子弹，一边躲避马路上的车辆。

约翰的汽车和W的汽车在争抢中，不停地发生碰撞。艾米拉利用这个机会，甩开了两辆汽车。摩托车穿过一座大桥，后面的两辆汽车又追上来，呈两面夹击。前方停着一辆抛锚的运水车，艾米拉分析路况后，采取紧急刹车，躲过两辆汽车的夹击。

W的车躲闪不及，钻进了水桶，汽车熄火停下。

约翰的车擦着W的汽车驶过，忽然调转车头，想拦住艾米拉的摩托车。但摩托车一跃而过，超过了约翰的汽车。约翰再次开车追击，杰森向汽车连开几枪。

前方的道路上，一辆油罐车和另一辆汽车发生车祸起火，两辆车堵住了去路。艾米拉调整摩托车速度，跃起飞过了燃烧的汽车。冲过大火的瞬间，油罐车发生剧烈的爆炸，约翰的汽车不敢靠近，只好紧急刹车。摩托车消失在火中，约翰命令走一侧的辅路。

W看着远处的熊熊大火，捂着血迹斑斑的左脸，拨打电话。

麦琪接通了W的电话，神色凝重："我知道了，撤回来吧！"

艾米拉骑着摩托车穿过隧道，终于摆脱了追击。

第二十七章 风云突变

摩托车停在了空旷的湿地上,艾米拉熄了火准备下车。这时,杰森的枪顶在了艾米拉后脑勺。

"杰森,你要干什么?"艾米拉下车,站在摩托车一侧,向后倒退了两步。

杰森没有说话,伸手拽艾米拉的包。艾米拉下意识地躲闪,惊愕地看着杰森。杰森上前一步,抓住艾米拉的小包,示意艾米拉松手。艾米拉用一双泪眼盯着杰森,杰森见艾米拉不肯放手,用枪砸在了艾米拉的头上。鲜血顺着艾米拉的头皮流了下来,艾米拉满脸惊恐。杰森用力夺过艾米拉的包,再次用枪示意艾米拉退后。这一次,艾米拉没有反抗。杰森夺过包后,骑上摩托车,夺路而走。

摩托车的反光镜里,艾米拉站在原地,一动不动。

杰森拿到了艾米拉从银行取出的激发器,来到了马丁的办公室。马丁悠闲地坐在椅子上,似乎已经知道事情发生的经过,他对杰森笑了笑:"我就知道你会来。"

杰森将激发器的盒子放在桌上,推到了马丁的面前。

马丁打开盒子,嘴角露出满意的笑容。他见杰森情绪低落,起身走到杰森身旁,拍了拍杰森的肩膀:"这么多年的付出总算没白费,终于把你爸爸的成果拿回来了……"

杰森面无表情,没有回应马丁。

马丁见杰森衣衫不整,伸手给杰森整理衣领:"是不是时间长了,你们有感情了,今天突然有些舍不得?"

杰森依然没有说话。

"不要再想儿女私情了,不要忘了,是艾瑞夺走了你父亲的科研成果,直接导致了你父亲跳楼自杀。现在你终于报了父仇,完成了任务,应该感到高兴才是。女人到处都有,不要因为她让你迷失了自己!你回去好好休息休息,等我的消息……"马丁一番话说完,杰森也没有说一个字。

杰森只是象征性地点了点头,便走出了马丁的办公室。

按照马丁的话,杰森拿回了父亲的科研成果,也许真是件大快人心的事。但此刻的结束意味着下一秒的开始,自己从小被马丁收养,这一刻的转变,真的不知道自己下一步将踏向哪里,杰森根本开心不起来。他用枪指着艾米拉的时候,内心的矛盾犹如万箭穿心。跟了艾瑞多年,直到和艾米拉相爱,两人像是上天恩赐的缘分。但这一切随着一次背叛,全部消失了。

杰森沉重地走出办公室，千头万绪，萦绕在心头。在走廊里，杰森和麦琪擦肩而过，麦琪回头看了看沮丧的杰森，没有太在意。

杰森下楼后，发现摩托车钥匙不在身上，他想起刚刚丢在了马丁的办公室，便二次返回。

麦琪推开马丁办公室的门，马丁放下了手中的盒子，带着几分怒气："你每次都这么大摇大摆地走进来，有没有觉得不妥？"

麦琪苦苦一笑，走到马丁的办公桌前："马丁，难道你忘了你的身份了吗？"

"哦？"马丁注视着麦琪，平和了许多。

麦琪当仁不让，继续对马丁说："马丁，老大让你拿的东西你拿到了吗？"

马丁皱眉，欠了欠身："有意思，你好像有点来历啊！"

"你知不知道'飓风行动'的计划很快要到了，可你到目前为止，还没有拿出东西，你怎么向组织交代？"麦琪对马丁的话不以为然，将自己所有的话说了出来。

马丁对麦琪的身份突然转变，显得平静了许多："你终于现身了？"

"组织交给你的任务到现在还没有完成，现在组织派我接管你的任务。"麦琪冲着马丁，显得十分嚣张。

这时，杰森来到了办公室的门外，听见办公室里有人说话。杰森站在门外，侧耳细听。

"别以为我不清楚你的所作所为，你骗得了杰森和艾米拉，你以为能骗得了我吗？安迪的死因你以为我会相信是简单的跳楼自杀吗？还有艾瑞的死，不要以为别人不知道。别以为我不知道，安迪的死和艾瑞的死都跟你脱不了干系，还有，埃斯博士去了哪里？"

"看来你知道的不少！"

"埃斯博士失踪，是不是也被你杀了？"麦琪咄咄逼人，根本不把马丁放在眼里。

马丁坐在椅子上，不动声色。

杰森听到麦琪一连串的话，眉头紧锁……

艾米拉一脚踏进大卫家，便失去了重心，瘫坐在了地上。胖妞见艾米拉倒在地上，急忙上前搀扶。

第二十七章 风云突变

"大卫，你快看看艾米拉怎么了！"胖妞急忙呼叫大卫。

大卫从楼上跑了下来，几人将艾米拉扶着坐在了沙发上，胖妞端来一杯水，关心地问道："艾米拉，你是不是生病了？"

艾米拉眼神呆滞，没有反应。

大卫发现杰森没有回来，他找了一圈儿，依然没有发现杰森，便问艾米拉："艾米拉，杰森呢？"

众人也开始四处寻找杰森，胖妞也问道："是啊，杰森怎么没回来，他没和你一起回来吗？"

"他不会再回来了！"艾米拉有气无力地说了一句，便独自回到了阳台。

众人面面相觑，却不敢多问。见艾米拉独自去了阳台，胖妞努着嘴看大卫，似乎在问大卫应该怎么办。大卫见艾米拉如此伤心，只好让大家不要去打扰她。

一个人坐在阳台上，艾米拉翻开了手机里和杰森的生活照。一张张照片记录着过去的时光，艾米拉脑海中也涌现那些曾经发生过的事。

杰森为什么突然拿枪对着自己？银行外面，W抢包的时候，约翰同时出现。目前看来，所有人都针对自己在银行取出的激发器。母亲被劫持，同样是为了激发器。激发器最终被杰森拿走，杰森又会将激发器交给谁？杰森还会不会出现……

艾米拉思前想后，决定放弃寻找杰森，而是将一切矛头指向约翰。既然几方力量都针对激发器而来，而约翰又是绑架父母的人。艾米拉分析认为约翰才是这盘局的关键人物，只要找出约翰背后的力量，就能连线目前所有的线索。

大卫不知不觉中站在了艾米拉旁边，他见艾米拉满脸泪水，双手轻轻地放在了艾米拉的肩膀，他学着杰森的动作，亲了亲艾米拉的头。艾米拉靠在大卫的身上，难过地抽泣。大卫难过地咬着牙，尽量不让自己哭出来。杰森不在艾米拉身边，而艾米拉的朋友里，只有自己一个男人，他想给艾米拉最后的支撑。

杰森离开了维利集团，再次回到了自己年少时居住过的小黑屋。屋子阴暗潮湿，仅有的一扇窗户，也因周围的高楼大厦而少了阳光。桌上摆着一些陈旧的杂物，沙发上落着一层厚厚的灰尘，屋内凌乱不堪。杰森环视着小屋，又想起多年以前，一个人埋头寻找生父死因的一幕幕往事。

在一面墙上，贴着各种各样的资料，那是杰森多年前整理的线索。杰森将马丁和约翰的照片贴在了墙上，耳边传来麦琪那句清晰的话："安迪跟艾瑞的死和你脱不了干系……"

杰森看着马丁，想起多年前马丁嘱咐自己去监视艾瑞，侍机找回父亲的科研成果。而麦琪的口中又说父亲的死和马丁脱不了干系，这里面到底谁是谁非，杰森一时无法判断。

监视艾瑞多年，但艾瑞的日记里似乎对父亲的死因同样不解。杰森翻开手机里拍到的艾瑞日记内容："我还是觉得安迪的死有些蹊跷，因为丢了儿子跳楼自杀？想想怎么可能！还有，安迪口中的重大项目，到现在还是个谜团……"而那张日记里父亲和埃斯博士的登山照又为何在艾瑞的日记里？如果艾瑞是杀父仇人，艾瑞又为何收藏父亲的照片？

千丝万缕的关联，到底哪句是真，哪句是假，杰森无法分辨，他痛苦不堪。

黄昏的码头，雾霭笼罩，水面一片迷茫。一辆汽车闪着灯停在码头，在车灯的前方，马丁正在向约翰交代任务。

约翰对麦琪的出现，难以接受："老板，没想到躲在我们背后的这双眼睛就是麦琪，既然她敢出来跟您作对，要不要我……"

"哎，不要，我早就看出她另有目的，为了接近我，打入公司，竟然舍身和科恩结婚，不过科恩知道的也有限，想必麦琪也没有从科恩那里得到什么有价值的信息。我倒想看看她有多少本事。"

"原来麦琪和科恩结婚是假戏真做？"

"先不用管她，你尽快将完成的东西转移出实验室，最后别忘了埃斯博士！"马丁看向约翰，再次强调自己的用意。

"一切听老板吩咐！"

"实验室的事情完成后，可以让迪伦多帮你做点事，可以重用他！"马丁意味深长地看了看约翰。

二

艾米拉躲在角落，拿着望远镜注视着远处的实验室。实验室外面，约翰从车上下来，指挥手下的人往两辆大卡车里搬运木箱，随后，约翰进了实验

第二十七章 风云突变

室。艾米拉绕过实验室门口的守卫，跟了过去。

约翰进入实验室，迪伦急忙上前对约翰说："我监督得还不错吧，你看，都已经完成了量产。"约翰没有理会迪伦，直接走到试验间。

在试验间的门口，约翰碰上了埃斯博士。约翰拿出艾米拉在银行取出的激发器交给他，埃斯博士拿着激发器，打量一番，又开始神神叨叨地说："哦，我终于知道你们留这个口是干什么用的了，可是上次的东西我已经成功复制量产了，你现在插这个还有用吗？"

埃斯博士带着激发器进入试验间，和两名助手试验把激发器插入绿瓶的上方缺口。操作完成后，绿瓶似乎并没有因为激发器的作用而发生变化。埃斯博士瞪着眼，再次嘀嘀咕咕："我就说嘛！根本没什么用……"他拿着激发器交给约翰。

约翰疑惑地思索着，随即收起激发器，拍了拍埃斯博士的肩膀。约翰戴上黑色的手套，眼神示意迪伦。

迪伦心领神会，将埃斯博士的两名助手推进试验间，并将门锁死。埃斯博士对迪伦的行为甚为不解，摊着双手满脸质疑。迪伦按下手中的遥控器，试验间里的绿瓶冒出一股绿色的烟雾。埃斯博士终于明白迪伦是要毒杀两名助手。他跑到迪伦面前说："喂，你们这是要干什么？为什么要这样对待我们？为什么？what's the problem？"埃斯博士见迪伦不理自己，又去追问约翰："你们这是为什么啊？你们让我干的活我们都完成了，为什么又要杀人啊？"

试验间里，绿色的烟雾弥漫，包围了两名助手。他们痛苦地拍打着玻璃门，眨眼间，两人七窍流血，倒在了地上。

埃斯博士有些害怕，他倒退了几步，却被迪伦一把抓起，推进了另外一间试验间。门被关上，迪伦阴险地冲着埃斯博士微笑，埃斯博士大喊："放我出去，你们不能这样对我……"

约翰将一颗定时炸弹放在了玻璃门上，启动后带着迪伦离开。埃斯博士捶打着玻璃门，大骂约翰和迪伦。

艾米拉趴在实验室顶层的通风层，见约翰和迪伦走出实验室，她放下绳索，轻跃而下。艾米拉开枪打开了关押埃斯博士的试验间，埃斯博士惊讶地看着艾米拉，似乎忘记了危险。艾米拉拽出埃斯博士，两人离开了实验室。

实验室的几个角落，被安放的炸弹倒计时进入两分钟。

艾米拉带着埃斯博士绕过实验室的前门，上车离开。

正要离开的约翰等人发现了艾米拉的车，众人举枪扫射。艾米拉急速驶离实验室。从汽车的反光镜里看到，随着几声剧烈的爆炸，实验室火光冲天。

汽车急转弯时，埃斯博士没有坐稳，惊叫一声："啊……他们为什么要杀我？你又是谁啊？你带我去哪儿？是不是也要杀我……"

埃斯博士还想说，但艾米拉的拳头挥向埃斯博士的脑袋，埃斯博士闷哼一声，没有了动静。

麦琪和马丁翻脸后，觉得马丁老谋深算，自己对付马丁，似乎有些势单力薄。为此，她想到了杰森，经过深思熟虑后，麦琪派W去约杰森。

W找到杰森后，故意露出破绽让杰森发现自己跟踪。当杰森觉察有人跟踪自己后，很快发现了W。W一路将杰森引到了麦琪等待的地方。

杰森追到摩天轮下，W忽然消失。在杰森四处张望时，麦琪忽然出现在杰森的身后。

杰森回头，认出了麦琪："原来是你！"

"能和你谈谈吗？"麦琪坐在了圆桌旁边。圆桌上摆着饮品和一只破旧的公文包。

杰森看了看圆桌上的东西说："原来你早安排好了。"

麦琪首先坐了下来，杰森观察周围，似乎是担心麦琪会暗算自己。

麦琪轻蔑地一笑说："放心吧，我不会伤害你！"

杰森坐在了麦琪的对面。

麦琪将公文包推到了杰森的面前："给你看一样东西。"

杰森质疑地看着麦琪，麦琪说："这里面有你父亲被马丁害死的部分证据。"

杰森觉得好奇，但随即对麦琪的行为有所怀疑："我凭什么相信你？"杰森看着麦琪。

"如果我想骗你，就没必要找你来，如果我想和你合作，就没必要弄虚作假。真诚是我们合作的基础。"麦琪盯着杰森，似乎在争取杰森的信任。

麦琪从公文包里掏出几张图纸说："多年前，马丁害死你父亲，杀父之仇不共戴天……图上的东西对我们很重要，帮我们搞到手，需要什么条件都可以提，不管东西还是人，我都会满足你……"

"你就这么相信我？"

"如果你相信我，可以带走这个公文包，如果你不相信我，我们今天的谈

第二十七章 风云突变

话全部作废，从今往后，我们井水不犯河水。"麦琪站起身，便要拿走公文包。

杰森的手按在了公文包上。

远处的摩天轮里，透过玻璃窗，有人举着望远镜，朝着麦琪的方向观察，并不时地通过耳机汇报情况。

这个监视的人正是马丁的手下，其实在杰森追踪 W 时，马丁派去监视杰森的人尾随其后。并在杰森到达摩天轮时，监视的人登上了摩天轮，密切关注着杰森和麦琪的一举一动。监视者将情况汇报给马丁。马丁正在酝酿一场生死游戏。

杰森带回了公文包，公文包里装着安迪生前登山用的罗盘，一副眼镜，一张录音带，一张和艾瑞日记里相同的合影照片，照片里是安迪和埃斯博士。除此之外，便是麦琪交给杰森的几张圆柱形设计图纸。杰森将录音带放入录音机，由于年代久远，录音带发出断断续续的歌声。杰森坐在沙发上，盯着墙上的照片思考。录音带里忽然有人说话，杰森急忙起身，倒带重听。

录音带里再次回放一个模糊的声音："这是个两难的选择，如果我交出成果，无法向组织交代，如果不交，儿子又在他手上……万一我发生意外……和马丁脱不了关系……"

杰森的目光再次投向墙上马丁的照片。

这时，杰森的手机响起，杰森接通电话："杰森，来码头一趟，老板找你有点事……"

来电话的人是约翰，杰森想了想，决定前往码头探个究竟。

在集装箱码头，一辆车停在杂乱的集装箱中间，集装箱的不同角落站着不少马丁的手下，他们手里持枪，围在马丁的汽车周围。

马丁已经知道麦琪和杰森联手，但有些事，约翰还是不明白："既然杰森已经和麦琪联手，说明杰森已经对我们有所怀疑，我们为什么还要把东西交给杰森？"

马丁胸有成竹地说："如果他们不联手，东西就不能交给他。联手是因为他们会目标一致，而他们的目标无非是想得到原来丢失的箱子，你有没有想过，这个箱子最终会落在哪里？"

"如果麦琪得到了箱子，肯定会送回组织，但杰森得到这个箱子，好像并没有什么用途。"

"没错，这就是麦琪和杰森合作的关键，我们把箱子送给杰森，我们把人送给麦琪……"

这时，埋伏在制高点的狙击手向约翰汇报，约翰又向马丁汇报："老板，他来了！"

马丁和约翰下车，杰森颓废地走进了集装箱阵群。

"看样子精神状况不好，是不是身体不舒服？"马丁一脸关心地问杰森。

杰森微微一笑："我挺好的！"

"这几天发生了很多事情……"约翰将箱子拎了过来，站在马丁旁边。马丁看着箱子，继续对杰森说："我这里有一样东西，放在我这里很不安全，你是我最信任的人，而且你的身份不太明显，应该不会有人发现你，我想让你暂时保管。这东西关乎着你爸爸的科研成果，没有人比你更可靠，我想来想去，觉得还是放在你那里比较放心！"

听马丁装腔作势，杰森握紧了身后的拳头，但随即又松开了拳头。杰森不知道马丁为何又要把东西放在自己这里："马丁葫芦里卖的是什么药？"杰森似乎还看不明白。

杰森接过约翰手中的箱子，余光环视四周站在集装箱上的枪手。

"杰森！"马丁在杰森即将转身离开的时候叫住了杰森。

杰森回过头，看着马丁。

"回去好好保管，注意自身安全，等我消息！"

杰森没有回应，拎着箱子离开了码头。

马丁看着杰森离去，眼神落在了约翰身上，约翰明白马丁的意思，向四周的狙击手示意，几个角落的狙击手放下了枪。

杰森离开的时候，在马丁的汽车旁边蹲下假装系鞋带。在系鞋带时，杰森将一枚微型的跟踪器抛向了马丁的汽车底盘，跟踪器吸附住汽车底盘，开始闪烁微弱的红色信号灯。

看着杰森拿走了东西，约翰不放心，再次表示质疑："老板，这样做真的没事吗？"

"你不用担心，我自有打算。埃斯博士到底被谁救走了，你还得尽快查，他知道得太多了，这件事你还是要尽快处理！"

"我明白！相信他跑不了！"

杰森安放的跟踪器，在麦琪的密室内收到了信号。麦琪欣慰地一笑，她接通了另一块显示屏，老钩的声音再次出现："找到东西后，尽快上岛，准备

第二十七章 风云突变

实施我们的计划。"

"是,我已经和杰森联手,想必很快能找到丢失的东西,东西一到手,我立即安排上岛计划。"

"按原计划,带着安迪的儿子上岛见我。在这期间,你要严密监控马丁的动作,东西到手后,立即处理掉他,绝不能因为他,影响到组织的计划……"

老钩的话说完后,视频信号中断。

麦琪向旁边的 W 交待:"听见了吗?"

W 点头。

麦琪再次向 W 解释:"杰森背叛了艾米拉以后,肯定想挽回自己的过失。艾米拉最想找的就是杰森最想找的,我们要在他们之前找到人,这样才有和杰森合作的筹码,这也是控制杰森的王牌……"

第二十八章 死亡陷阱

一

杰森背叛艾米拉后,从马丁和麦琪的争论中听出关于自己身世的只言片语。但激发器落入马丁之手,想再拿回激发器,仅凭一己之力,似乎不可能完成。为此,杰森接受了麦琪的合作邀请。杰森明白,两人只是暂时的彼此利用。

父亲的死因在记忆中,唯一的信息就是从马丁的嘴里得知。多年的猜想,在一瞬间被推翻。如麦琪所言,马丁和父亲的死有着一定的关联。

杰森五岁那年,安迪的科研项目即将完成。安迪欣喜之余,准备上报组织。作为实验室基金管理人,马丁图谋想将安迪的科研成果据为己有。马丁和安迪多次交涉,安迪也看出了马丁最终的意图。安迪对马丁的信任也因这件事大打折扣,马丁背叛组织的想法令安迪惶恐不安,但当时无法摆脱马丁的纠缠,只能表面默许和马丁达成一致,但暗中加快了向组织的汇报工作。

不幸的是安迪的想法被马丁发觉,马丁老谋深算,和安迪摊牌。安迪和马丁翻脸,关系一度降至冰点。

为了阻止安迪将科研成果"洋葱晶"交予组织,马丁安排手下劫持安迪的儿子杰瑞,以此威胁安迪。

当艾瑞告知杰瑞失踪的消息时,安迪已经得知儿子被马丁控制。安迪担心儿子遭遇不测,只好暂时封锁了自己的科研成果。他知道若是马丁得到了科研成果,自己也会遭遇不测,儿子只是马丁威胁自己的王牌。如果将此事过早告知艾瑞,艾瑞一旦做出行动,势必会遭到马丁更为疯狂的报复。安迪担心艾瑞受此牵连,便录下一段磁带,准备将磁带和科研成果送出实验室。但马丁捷足先登,在安迪送出科研成果之前,抢走"洋葱晶"配方,并一手

第二十八章 死亡陷阱

制造了安迪跳楼自杀"真相"。安迪死后,马丁找媒体大肆宣扬,并为嫁祸于艾瑞埋下伏笔。

马丁逼死安迪后,组织怀疑马丁另有所图,但因没有掌握充足的证据,为避免打草惊蛇,只好暗中安排一个女人接近马丁。

在马丁和安迪周旋期间,马丁发现了自己的第二个老婆其实是组织安排的眼线,就一气之下杀了老婆。老婆死后,马丁才知老婆已怀身孕,可后悔已晚。

马丁的第一个老婆美子遭人强奸,美子不忍其辱上吊自杀。后来,马丁查出是自己人所为,而第二个老婆又跟组织有关,马丁对组织心生仇恨,开始加快复仇计划。

第一个老婆死后,当时的马丁羽翼未丰。为了拥有属于自己的力量,马丁暗中收买杀手。马丁巧妙地借刀杀人,还收买了约翰。

第二个老婆死后,也正是杰瑞被绑架的时间,马丁想起自己的孩子胎死腹中,杰瑞才幸免被杀人灭口。

为掩人耳目,杰瑞被改名为杰森。随后被马丁灌输错误信息,称其父亲即将完成的科研项目被艾瑞抢走,安迪被逼于绝境才跳楼自杀。马丁为了证明自己所说属实,他拿出当年安迪死后艾瑞接管实验室的媒体新闻稿,以及艾瑞获奖报道等证明。马丁将仇恨植入杰瑞幼小的心灵,让杰瑞从小怀恨于艾瑞。马丁编造自己和安迪的友情,并承诺会将杰瑞抚养成人。杰瑞幼年毫无分辨是非的能力,便相信了马丁编造的所有故事。

父仇,不仅是马丁一直强调的任务,也成了杰森成长过程中设定的目标之一。杰森懂事后,深知自己并不是马丁的亲生儿子,但马丁对自己有养育之恩,因此杰森表面对马丁唯命是从,但私下也四处搜集有关父亲自杀的信息。

在马丁的安排下,杰森在新加坡学习,毕业后顺利进入艾瑞实验室。马丁之所以让杰森在新加坡学习,是为了让杰森早日熟悉新加坡的人文环境。一旦杰森进入艾瑞实验室,可轻车熟路地和艾瑞相处,也许可缩短艾瑞试验周期。而杰森的专业也可在今后为己所用。

杰森潜伏在艾瑞身边多年,不仅获取了艾瑞全家人的信任,还额外得到了艾米拉的芳心。两人一见如故,逐渐成为恋人。

马丁的计划中,除了杰森,还有约翰。

约翰打死的对手，正是麦琪的男友。麦琪的男友其实也是组织的秘密线人。马丁杀了组织安插的人后，麦琪不仅带着组织的任务，还带着私仇秘密潜入维利集团。麦琪一边监视马丁执行组织任务的行动，一边暗中调查马丁和约翰私下的动机。

约翰打死对手是马丁布局中的一枚死棋，正是这枚死棋盘活了马丁收买约翰的全局。但马丁并未觉察麦琪已经悄悄潜伏在自己身边。

麦琪八面玲珑，为图目标不择手段。利用自己的优势，她多次为维利集团摆平公关难题，能力深得马丁欣赏。两人一拍即合，麦琪顺利成为马丁的秘书。取得马丁的信任后，她全权负责集团公司公关业务。麦琪表面是维利集团的秘书和公关总监，私下拥有阿健、W 等一批杀手围绕左右，但阿健在自己大婚之际，不慎暴露行踪，麦琪为了保住自己的身份，便派出 W 将阿健灭口。

游乐场一战，组织不仅丢失了重要的生化样品，还损失了两名重要成员。此事引起组织内部的重视，麦琪掌握的信息中，游乐场被杀的组织成员和马丁似乎有着千丝万缕的关联。为此，麦琪派出 W 从艾瑞查起。

W 在艾瑞家楼对面，杀了多年监视艾瑞家的人。W 亲眼所见艾瑞夫妻被绑架带走，但到底是不是马丁所为，当时的麦琪只是推测。在随后的追查中，麦琪也逐渐肯定，艾瑞的遭遇也是马丁所为。

马丁慢慢发现麦琪是组织派来的人，但一直小心翼翼，并未揭穿。直至麦琪亮明身份，马丁才揭穿麦琪。与此同时，马丁加快了生化样品的量产，埃斯博士再次被重用，但量产完成后，埃斯博士同样遭遇了被灭口的危险。

艾米拉救出埃斯博士后，带回了老宅。艾米拉拿出埃斯博士和安迪的登山合影，想和埃斯博士了解一些情况。

埃斯博士看到照片，伸手抢了过来："你怎么会有安迪的照片？"

"你认识照片上的人？"

"当然认识，这个是我，这个是安迪，我们是好朋友！"埃斯博士指着照片，向艾米拉解释。

"那你知不知道都有谁有这张照片？"

埃斯博士看着照片，不理会艾米拉在说什么，他拿着照片哭诉："安迪啊，你知道吗？我差点儿被他们给杀了……我为组织效力这么久，到头来还要杀我，安迪你说说我该怎么办呢……"

第二十八章 死亡陷阱

"埃斯博士！"艾米拉想叫停他。

埃斯博士一脸惊讶地看着艾米拉。

"你到底在给马丁做什么实验？"

"我……你是谁啊？"

艾米拉觉得埃斯博士对自己还不放心，只好拿出全家福照片给埃斯博士看。

"艾瑞？"埃斯博士看见艾瑞，惊讶地叫了出来："你怎么有艾瑞的照片？你是谁？"

艾米拉指了指照片上的小女孩，又指了指自己。

"啊？你是艾瑞的女儿？"

艾米拉点了点头。

埃斯博士凑到艾米拉耳边："你爸爸上个月来找过我，他现在在哪儿？他怎么没来？"

艾米拉迟疑地盯着埃斯博士："我爸爸被人杀了。"

埃斯博士惊恐地往后挪了挪身子："啊，死了？是谁杀了你爸爸？"

"和要杀你的人应该是同一个人。"

埃斯博士想了想："我明白了，他们先杀了安迪，然后杀了你爸爸，现在要杀我……"

"你能告诉我你到底在为马丁做什么实验？"

埃斯博士带着哭腔："我给他们研制生化细菌，没想到东西弄成了，他们要杀我……"

艾米拉惊讶地瞪大了眼睛："埃斯博士，你还记得游乐场的枪击事件吗？"

埃斯博士猛地回头看着艾米拉："你也知道啊？"

"你能告诉我，你是被谁带到了这里的实验室？"

"还能有谁，那个该死的约翰，是他在游乐场逼我，把我带到了这里，我按照他们说的做了，没想到他们还是要杀我……"

艾米拉思考片刻，默默地说："我明白了！"

几辆汽车疾驶穿过山路，马丁坐在汽车里，取出激发器，发现了坐垫的下面的夹层。马丁打开夹层，夹层里有几张图纸。马丁展开图纸，忽然发现图纸其实正是激发器的剖面图。通过对比激发器的平面图和剖面图，马丁惊奇地发现自己手里的激发器只不过是整个激发器的一部分而已。而另一部分就像镶嵌的钻石形状。马丁这才想起黛西的音乐会上，艾瑞送给艾米拉的项链很像激发器的另一部分。而那串项链，艾米拉来维利集团登门拜访时，似乎戴着那款项链。

马丁想到这里，收起激发器和图纸，告诉司机："通知约翰带着黛西，让艾米拉来换人。"

二

艾米拉在埃斯博士口中得知了一些马丁的秘密，她开始针对维利集团查找关于马丁的所有信息。

老宅里，艾米拉打开电脑，拨通了大卫的电话："大卫，帮我做件事，维利集团一定跟外界有联系，你想办法找到维利集团的服务器，通过服务器找出可疑的登陆身份。维利集团背后一定有不为人知的秘密交易，只要能找到这个突破口，不但能挖出他们内部的许多隐身人物，还可能有其他收获。掌握了维利集团背后的秘密，就能确定马丁的真实身份……"

大卫立即召集托马斯，阿呆和胖妞，开始针对艾米拉所说的线索，入侵维利集团的网络服务器。大家进入紧张的工作状态，大卫伸手摸了摸放糖的盒子，见盒子里被吃空了，而最后一只棒棒糖却在胖妞嘴里，大卫厌烦地瞪了胖妞一眼，拨通了露西电话："露西啊，你在哪儿呢？你能不能给我买点儿棒棒糖回来……对啊，就你上次买的那个口味，快点儿快点儿，没有棒棒糖，我血糖低了会很难受！"

露西在电话里说："你自己怎么不去？"

"我在忙，我要帮艾米拉查点东西，求求你快点儿！"大卫哀求露西，露西勉强答应。

"好吧，看在艾米拉的份上，那你等着……"

埃斯博士拿着照片，蜷缩在沙发后面嘀咕。

这时，传来大卫的消息："进去了，在维利集团的网络服务器终端，有一个来自远程操作的虚拟服务器，每次使用都以不同的 IP 地址进入。这个应该就是我们要找的目标，只要我们追踪这个虚拟服务器，就能找到它所有的使

第二十八章 死亡陷阱

用记录，以及内部数据。"

胖妞有些担心："万一被他们发现了我们，那该怎么办？"

大卫没有棒棒糖，嘴巴动来动去："我们跟踪锁定正在使用的地址，在对方即将退出时悄悄伪装成对方，就可以浏览服务器里的任意资料。但我们伪装时间不能太长，而且要速战速决……"

托马斯手打嘘声："说曹操曹操就到，有一个 IP 地址进来了。"

大卫伪装 IP，进入对方的服务器，但对方进入后随即退出。

"快点儿找，找到马上退出，小心被发现。"

阿呆发现文件被加密，失望之极："大卫，有几个文件被哈希算法加密，怎么办？"

大卫告诉艾米拉："艾米拉，有几个单独的文件用哈希算法加密，给我一点时间……我用最短的时间给你最有价值的信息……"大卫盯着电脑，由于时间紧迫，大卫过于紧张，额头上开始冒汗，胖妞急忙给大卫擦汗，大卫忽然尖叫："搞定了！"

一段早年的恐怖宣言跳出电脑，视频模糊不清，还不停地晃动，看似年代久远。一座日式的建筑物前，一位三十多岁的人，半边脸惨遭毁容，右手带着铁钩，坐着轮椅发表宣言："我们极为严肃地宣布，'黑暗联盟'组织正式迎来我们独立自由的时代，我代表组织成员坚决创造属于自己的力量和财富，誓死维护自身利益，确保不受威胁。我们会为组织的未来扫除一切障碍，开始为结盟、通商等采取一切行动。我们拥有全世界最恐怖的生化细菌，有能力与任何力量抗衡，让敢于挑衅的力量看到我们的恐怖实力……"

大卫将这段视频传给了艾米拉，艾米拉凑近观看。

埃斯博士听到宣言，也凑近观看："这是年轻时期的老钩。"

"你见过他？"

"没有，我看过他的照片。"埃斯博士又恢复了正常。

这时，大卫又传来一条新闻报道。报道里有一组儿童的合影照片，标题为"二战余孽收养孤儿为其所用"。

埃斯博士又凑近看，并指着其中一个小孩说："看见了吗？这个人，他就是马丁，看，那个人就是老 K，他在游乐场被杀了，那个是 Q，其他的我就不认识了。"

艾米拉有些好奇："你怎么会认识这些人？"

"我很早就见过这些照片，老K给我看过。组织派他监督我的实验……"埃斯博士的话没有说完，又默默地坐回了沙发。

大卫在查找中，发现了维利集团的结构图，马丁和约翰年轻时的照片也出现在了电脑屏幕，大卫盯着服务器里的文件，完全没有觉察露西已经走进了工作间。

"我找到了，这就是维利集团以前的资料！"大卫除了向艾米拉汇报，同时也告诉其他成员。

露希拎着一大袋棒棒糖说："大卫，看我给你带了什么，艾米拉呢？你们在干什么？我……"

露西走到了大卫的身后，也看到了屏幕上约翰和马丁的照片，露希指着电脑说："你在干什么，为什么查我们公司，为什么查他？！你们想知道什么……"

大卫急忙解释："不是我……那什么……艾米拉让我查的……"

"艾米拉？艾米拉呢？"露西生气地把棒棒糖摔在了大卫的怀里，"艾米拉现在在哪儿？！"

露西拽着大卫："走，去找艾米拉，我想问问你们在干什么。"

大卫拗不过露西，只好跟着露西找到了艾米拉家的老宅。

大卫站在门外不敢进去，露西气势汹汹地推门而入。埃斯博士见进来一位美女，便凑了上去。

艾米拉见露西冲了进来，急忙合上电脑："露西，怎么是你？"

"艾米拉，你到底瞒着我在找什么？为什么要查我们公司，为什么查我男朋友？我是不是你的姐妹？为什么大卫知道，就我不知道，为什么？那个人又是谁啊？"

埃斯博士听露西问自己，急忙上前："我是埃斯博士啊，正好，你给我评评理……"

艾米拉说："露西，这件事一句两句也说不清楚，你不要激动，以后我会向你解释！"

露西被埃斯博士拉住纠缠不清，露西愤怒地躲开埃斯博士，摔门而出。

埃斯博士追了上去："你别走……"

艾米拉拽住埃斯博士，想去追露西，埃斯博士却死死抓住艾米拉："你别走！"艾米拉还想出去，这时电话响了……

第二十八章 死亡陷阱

接完电话,艾米拉神情呆滞。埃斯博士用手在艾米拉眼前晃了晃,艾米拉没有理会,大步走出家门。

艾米拉走出老宅,在外面锁好了门。

埃斯博士拍打着门:"喂,你怎么把我关在这里,让我出去,他们会杀了我的……"

露西回到家后,坐在椅子上委屈地哭泣。忽然听见有钥匙开门声,露西抬头看着门的方向,约翰推门而入。

约翰见露西哭哭啼啼,上前抱住了露西。露西依偎在约翰的怀里,接受了约翰的亲吻。约翰脱去露西的衣服,将其抱进卧室。

露西伸手脱下约翰的外套,忽听约翰的手机响了,约翰急忙下床查看手机。

"谁的电话?"露西生气地追问约翰。

约翰没有回答,而是准备离开。

"走,快走,你们个个儿都有秘密,就我没有,走,都给我走……"露西一气之下将约翰推出门外。

码头染上了朝霞的颜色,水面倒映着走动的人影。几辆车围成弧形,拦住了艾米拉和大卫的汽车。

艾米拉和大卫下车后,大卫害怕地靠近艾米拉。艾米拉小声对大卫说:"把我妈送到老宅等我!"

大卫没敢说话,只是点点头,站在汽车的旁边瑟瑟发抖。

艾米拉走近马丁的弧形车阵,阿龙上前对艾米拉搜身时,顺手拽下了艾米拉的项链。两人上前举着枪将艾米拉控制。

阿龙向其中的一辆汽车挥了挥手,车里的人将黛西推下车。黛西被捂着嘴,她看着女儿被人控制,无法接近。大卫见黛西被押了过来,急忙上前搀扶黛西。母女眼神交错而过,露出彼此的一份关切和担忧。

大卫搀扶着黛西上了车,掉转车头离开了马丁的控制范围。拐过码头,大卫的车消失在码头的公路上。W躲在拐弯的地方,看着大卫开车离去,他又回头看了看马丁和艾米拉的地方。随即转身紧走几步,上了停在角落的摩托车。

"艾米拉,我们又见面了。"马丁走到艾米拉面前,装出一副无奈的样子,

"唉，没想到我们在这种场合见面。"

"马丁，你到底想怎么样？"艾米拉看着马丁，咬牙切齿。

"你不要紧张，你看你妈妈，我没有动她一根手指。同样，我也不会动你一根手指，我只是想让你帮我办点事，所以你得辛苦辛苦，跟我们走一趟。"马丁挥手让人带走艾米拉。

随后，马丁上了车。有人将艾米拉押上了其中的一辆箱车，几辆车离开了码头。

车里，马丁告诉手下："暴露我们的行动路线！"

"是！"手下人答应后，便向后面的车队发出指示："开始行动！"

以马丁为首的车队行驶在盘旋山路间。在马丁的车后，跟着一辆小型轿车，紧跟着是一辆大型的箱车，艾米拉被绑着双脚，倒挂在车里。在箱车的后面，又是一辆小型轿车。四辆车在盘旋的山路间行驶。

马丁坐在车里，将艾米拉的项链拆下，装入激发器上面的缺口。拿着完整的激发器，马丁满意地笑了。

这时，杰森骑着摩托车跟上了车队，摩托车上的定位追踪显示逐渐接近目标。

马丁车队的最后一辆车发现了摩托车，左右行驶，堵住了杰森的去路，杰森拔枪射击。车里的人见杰森开枪，也向后射击，杰森开枪打碎了汽车反光镜。

车里的人急忙向前面的车辆汇报："有人向我们开枪，让老板快走！"

马丁听见了后车的汇报，命令司机加速开车。

杰森在尾车打尽子弹后，甩掉了尾车，追到了箱车后面。杰森回身打死了尾车的司机，尾车失去控制，撞在了公路的混凝土石桩，起火爆炸。

杰森又开枪打掉了箱车的锁，司机意识到威胁后，左右行驶，阻挡杰森的去路。

艾米拉利用箱车摇晃不稳，翻身踢倒了两名看守。打斗中，艾米拉拔出对方的匕首割断了绳子。

杰森看准时机，开枪打爆箱车的轮胎，箱车翻车在公路上滑行。艾米拉利用滑行的机会，打倒两名守卫，在箱车停下后，钻出了后车厢。

艾米拉站在箱车上，杰森骑着摩托车飞过眼前。艾米拉认出杰森，便向

第二十八章 死亡陷阱

杰森开枪，子弹擦着杰森的摩托车失去了方向。

杰森加速追上马丁后面的车，在双方焦灼的开枪时，马丁打穿了对方的油箱。漏油的汽车洒出一条线，杰森向地面的汽油开了一枪，地面的汽油着火，汽油追上漏油的汽车，汽车瞬间着火。杰森穿过着火的汽车，追上了马丁的车。

杰森朝马丁的车开了几枪，汽车拐过一个弯道，消失在杰森的视线。杰森追过拐弯处，发现马丁的车冲下悬崖，爆炸起火。

杰森停在悬崖边，看着即将烧尽的汽车，发动摩托车离开了现场。

第二十九章 致命牺牲

一

　　杰森当时正在曾经走失的花店门口寻找过去的记忆，当年是黛西带着自己和艾米拉买花的时候，自己被人劫持，随后再也没有见过黛西一家。直至今日，杰森在艾瑞的日记里再次看到曾经模糊的记忆，杰森通过琐碎的记忆和寻人启事里的地址描述，找到了花店。而今日的花店店主，已经年过花甲。

　　杰森拿着那张寻人启事，上前准备询问。手机铃声打破了杰森原本平静的心情。杰森收到一张艾米拉被绑在车里的照片。

　　同时，杰森的手机来电："杰森，据我所知，艾米拉被马丁带走了，你快去救她，晚了恐怕来不及了……"来电话的是麦琪。

　　麦琪在W的监视中，得到了艾米拉被马丁带走的消息，出于合作，麦琪通知了杰森。杰森得知情况，用定位跟踪追上了马丁的车队。

　　马丁的车坠入悬崖，也意味着杰森和麦琪的合作画上了一个暂时的句号。两人联手除掉马丁的计划得逞后，麦琪的野心也逐渐显露无遗。

　　麦琪将这一结果向组织汇报，为了不让维利集团落入他人之手，组织出手收购了维利集团其他股东的股份，麦琪独掌维利集团所有股份，成为马丁之后的新任董事长。

　　上任后的麦琪，再也不是那个处处谨慎的秘书。而今化身一变，成为维利集团所有员工瞩目的新任女老板。

　　对于麦琪来说，这是崭新的一天，她要在接下来的时间里，让维利集团正常运转，还要秘密进行组织交给自己的任务——让"飓风行动"如期举行。

　　麦琪带着梅、兰、竹、菊四位模特走进维利集团的大厅。一身职业装增

第二十九章 致命牺牲

添了麦琪前所未有的气场，梅、兰、竹、菊四人跟在麦琪身后，神采奕奕。麦琪的余光扫过大厅的员工，嘴角露出一丝傲然的微笑。

员工纷纷交头接耳，对此感到不解。在大厅的背投电视上，记者正在报道一组事故新闻，而这组新闻正是马丁的汽车翻下山崖，起火爆炸的场面。

悬崖下，消防车、交警和救护车，以及参与现场救的工作人员，围在马丁的汽车周围，汽车侧翻在地，仅剩一架铁骨，消防人员正在清理爆炸现场……

现场附近，一名女记者正在解说事故现场："今天是6月27日下午4点28分，我们目前的地点是在3号公路80公里处的一处悬崖，大家可以看到在我的身后是一场事故现场。据途经此处的司机师傅称，他们发现浓烟后，便找到了悬崖下面的这辆汽车。由于公路远离市区，当消防车辆赶到现场后，车辆几乎烧尽，不幸的是车里的人已经烧得面目全非，医护人员告诉我们，已经无法辨认死者相貌特征。但据警方的现场勘查，以及调取车辆的牌照信息后，发现遇难者很有可能是维利集团董事长马丁先生和他的一名司机……更为具体的事故结果，我们会及时连线负责这次事故的部门，随后我会继续为大家报道这次事故的调查进展……"

随着新闻报道的逐渐深入，大厅内的员工纷纷放下手中的工作，聚拢在背投电视前，观看关于马丁的车祸报道。有些女员工惊讶地捂着嘴，露西也看到了新闻报道，她担心地拿出手机，躲在一角拨打电话，电话里不停地重复"您拨打的电话已关机……"

麦琪替代了马丁的职位，也占有了马丁的办公室。没有马丁的维利集团，麦琪更加肆无忌惮地将组织的事情搬进了公司。

麦琪站在落地窗前，看着群楼林立。W推门而入，麦琪转过身："找到黛西了吗？"

W点点头。

"干得好，你越来越出色了！"麦琪笑着走到W面前，伸手握W的胳膊："先找个安全的地方，把黛西藏起来，下一步我们要把她带上岛，引杰森带着生化样品上岛。岛上才是我们的地盘，如果没有黛西这张王牌，我们就没有十足的把握控制杰森。万一杰森和艾米拉联手，我们的计划就会受到威胁……"

麦琪按下叫人的电话，不一会儿，梅、兰、竹、菊四人出现在了麦琪的面前。麦琪看着四位身穿职业装的模特说："虽然约翰知道了你们四个的身份，但现在看，死的应该是马丁和约翰，所以你们四个身份还没有暴露，你们暗中协助 W，保护黛西不要被人发现。"

麦琪交代结束后，梅、兰、竹、菊四人率先离开。W 转身要走，麦琪叫住了 W，W 看着麦琪等待命令，麦琪说："注意安全！"

W 点头，离开了办公室。

杰森救出艾米拉，再次回到了自己的屋子。窗外电闪雷鸣，风雨交加，雨水顺着仅有的一扇窗户顺流而下，几道闪电划破天空，屋子也被闪电照亮。桌上放着绿色液体的细菌瓶，杰森侧头盯着墙上马丁的照片。马丁的照片上插着一把匕首，杰森上前拔下了匕首……

老宅门口，艾米拉全身湿透，她推开了房门。房间内光线昏暗，艾米拉借着闪电的光线打开了灯。

"大卫……妈妈……"艾米拉喊了几句，没有人回应。

艾米拉警觉地掏出手枪，走了几步，艾米拉发现了地上斑斑的血渍。客厅的中央，埃斯博士躺在地上，艾米拉检查埃斯博士的脉搏，发现已经死亡。艾米拉检查所有房间，确定没有威胁，再次回到埃斯博士面前，发现了埃斯博士的右手处有一个用血画好的图形。艾米拉移开埃斯博士的手，发现图形有些眼熟。

艾米拉回忆，寻找符合图形的所有记忆。看着图形里那颗如宝石般的结构，艾米拉摸了摸项链，想起自己交换母亲时，项链被马丁的人抢走。仔细分辨，发现项链上镶嵌的东西似乎吻合图形上方的缺口，而图形下方的结构，似乎更像是银行内取出的激发器。艾米拉终于明白，马丁索要的激发器原来是由两部分组成，分别是父亲赠送的项链和银行取出的激发器。

"大卫没有回老宅，那会去了哪里？"艾米拉已经分析出埃斯博士的图案是指激发器和自己项链的结合，但目前至关重要的是大卫带着母亲去了哪里。

艾米拉扯下钢琴上面的遮布，盖住了埃斯博士的尸体。

艾米拉冒雨赶到了大卫家。大卫也没有回家，艾米拉再次陷入无尽的担忧。

大卫的确没有回老宅，也没有回家。

载着黛西，由于一时紧张，大卫忘记了艾米拉的嘱咐。他并没有去老宅，而是把黛西带回自己家。

大卫扶着黛西走出地下停车库，来到了电梯口。大卫按了电梯，电梯门打开，里面灯光忽明忽暗。电梯门打开后，W 站在电梯里，大卫和黛西倒退

第二十九章 致命牺牲

一步，惊恐地看着W。W阴险地瞪着大卫，脸上的一道疤痕，在灯光下更添几分恐怖。

大卫转身想跑，W上前一把抓住大卫，大卫吓得大叫："杀人……"大卫没叫出来，便被W打晕在地。大卫醒来时，发现黛西已经被劫走。

丢了黛西，大卫没法儿给艾米拉交代。他不敢回家，只好去找露西。

大卫赶到露西家，已经被雨浇透。

坐在沙发上，大卫眼眶发青，他捂着左眼，用仅剩的一只眼看着窗外。窗外雷雨交加，大卫开始担心艾米拉："艾米拉被人带走了，不知道会不会有事，唉！"

露西上前扔给大卫一条毛巾："赶紧把你的湿衣服脱了，擦擦！"

大卫有点不好意思，露西走到大卫面前，拽着大卫的上衣脱了下来，大卫拿毛巾捂住自己肥胖的身体。

"废物点心！不是说让你把人带回老宅嘛，没事儿往自己家领干嘛？"露西对大卫丢了艾米拉妈妈一事十分生气。

大卫苦着脸："我……我一紧张就忘了，再说了，艾米拉的妈妈被抓走那么长时间，身体一定很虚弱，我就想着带回家给她补补身体。没想到，那个脸上有刀疤的人早就知道了我们的路线，我……我现在都不知道怎么办了，你能不能先别怪我了，快给我出出主意……"

露西瞪着大卫，忽然听到有汽车的刹车声，露西急忙示意大卫藏起来。大卫套上自己的T恤，钻进了露西卧室的床下。

随着钥匙的开门声，门被打开。露西见是约翰，既惊讶又好奇。惊讶的是约翰突然活着出现在自己面前，好奇的是因为约翰还带着一个人。约翰带来的人正是迪伦，迪伦进屋后，嬉皮笑脸地看着露西摇头晃脑，四处走动观看。

露西冲到约翰面前："你死哪儿去了？手机也不开，几天都找不到人……"约翰没有回应，脱掉外套挂在了衣架上，露西指着迪伦问："约翰，他是谁啊？"

约翰依然没有理会露西，而是走进了卧室，开始整理柜子里的衣服。

"老板死了，你知道吗？"

一件衣服掉在地上，约翰并没有马上捡起。躲在床底的大卫捂着嘴，屏住呼吸，生怕被约翰发觉。

露西见约翰收拾衣服，也不跟自己说话，着急地说："约翰，你们这是要去哪儿?"

约翰弯腰捡起地上的衣服，大卫看见了约翰的脸，吓得大卫闭上了眼睛。这时，客厅外的手机响了，约翰回头看着客厅，站了起来。大卫才得以轻轻换气。

露西掏出约翰衣服口袋里的手机，当她看到手机的瞬间，不由目瞪口呆，露西张着嘴，看着手机上显示的人名，简直不敢相信，露西摇着头往后倒退。"你们……原来……"露西拿着手机看看约翰，又看看迪伦。

迪伦抢过手机，看了一眼，上前抓住露西……

二

迪伦抓住露西，并拧断了露西的脖子。露西倒在地上，依然惊恐地睁着大眼。

约翰冲出卧室，将迪伦一顿暴打。

露西被杀，看着露西睁大的双眼看着自己，大卫伤心的泪水夺眶而出。

约翰抱起露西，痛苦地放声痛哭。过了一会儿，约翰用手合上了露西的双眼，轻轻将露西放在了地上。大卫呆在床底，看见约翰又抱起露西，离开了房间。

大卫亲眼目睹露西被杀，内心受到了沉重的一击。他离开露西家，漫无目的地走在雨中，索性让雨水浇透自己。

艾米拉在雨中发现了大卫。她想问大卫把母亲带去了哪里，但见大卫无精打采，意识模糊。艾米拉隐约感觉到，大卫肯定受到了不同寻常的刺激。

大卫喃喃地说："艾米拉，我没有完成你交给我的任务，有个刀疤脸抢走了你妈妈，我……我……"

大卫跪在马路中间，放声痛哭！

艾米拉拉住大卫："大卫，你别这样，我不怪你，我们一起想办法，再去找我妈妈。你不要担心，我不会怪你的！"

雷声渐渐远去，雨滴也逐渐变小。大卫哭过之后，有气无力地站了起来，踩着脚下的水坑，漫无目的地往前走去，艾米拉陪着大卫，两人一路走着。

这时，艾米拉的手机响起，艾米拉接通了电话……

"露西……"艾米拉站在原地，伤心地看着远处。视线模糊，泪水、雨水，顺着艾米拉脸颊往下流。

第二十九章 致命牺牲

"大卫！"艾米拉叫了一声大卫。大卫回头看着艾米拉，艾米拉说："大卫，露西出事了！"

露西出事的消息似乎没有引起大卫更多的重视。艾米拉拉着大卫，在路边拦了一辆的士，赶往事发地点。

艾米拉以为大卫因为丢了母亲，才如此痛苦。但艾米拉不知道，大卫真正伤心难过的原因，是露西被杀。

临近黄昏，马路被雨水洗得干干净净，一股清新的空气沁人心脾。

被伪造的车祸发生在一处车行较少的马路边，一道黄色警戒线围住事故现场。警戒线内，一辆车侧翻，周围散碎着玻璃碎片。警察在周围拍摄取证，医护人员将死者推出警戒线。

艾米拉上前询问车祸缘由，警察向艾米拉解释："我们赶到现场，人已经……事故原因我们会根据现场取证后再行通知。但从目前来看，死者的汽车里弥散着大量的酒精……"艾米拉走到了露西的尸体前，医护人员将装尸袋拉上拉链，露西的脸被完全遮挡。

大卫站在远处，并没有靠近。

回到大卫家，艾米拉和大卫均为露西的死而感到沮丧悲痛，托马斯等人见两人情绪低落，便悄悄离开。

次日清晨，雨过天晴，窗外的城市恢复了车水马龙的忙碌，群楼交错间，阳光毫不吝啬地普照大地，为每一个角落送去了光明和温暖。

而在大卫的工作间里，艾米拉和大卫一夜未眠。大卫坐在电脑前，眼神呆滞，面如雕塑。

艾米拉站在大卫身边，试探地问道："你是不是知道露西的事？"

大卫伤心地大叫一声，开始用脑袋撞桌子，艾米拉急忙抱住大卫："大卫，你别这样，大卫，你醒醒……"

大卫的电脑里，挂着约翰和迪伦的照片。大卫回到家后，调出这两人的照片看了一夜……

约翰和迪伦突然出现杀了露西，这让马丁的死再次蒙上了一层面纱。

"是不是因为约翰和迪伦知道马丁已死，两人准备逃离躲避？"从大卫的描述中看，露西到底看到了什么？W到底和约翰等人有着什么样的关联？

看似错综复杂的线索，背后到底隐藏着什么阴谋，这将成为艾米拉很想知道的答案。但可以肯定的是，所有看似错综复杂的线索都和母亲的失踪有关。只要顺着母亲被劫的线索查找，一定会水落石出。

有了决定，艾米拉再次调整追查方向，将原来追查马丁和约翰的方向转向W。

马丁死后，也预示着麦琪和杰森有了新一轮的合作。杰森从和麦琪的合作中，也明白了麦琪找自己合作的两个意图，第一是联合除掉马丁，第二是利用自己和马丁的关系，得到马丁手中的生化样品。而这两件事，到目前为止，全部完成。马丁已死，生化样品在自己手里。但自己唯一想要知道的便是黛西的下落。为此，杰森找到麦琪。

这一次，麦琪约杰森来到了私人会馆。这里不仅环境优雅，还隐蔽安全。但尽管如此，杰森和麦琪的见面还是被暗中监视的人尽收眼底。

在私人会馆的内部，有独立的温泉。麦琪和四位美女泡在水里，露出光滑性感的香肩。麦琪见杰森进来，缓缓走出温泉，服务生送上一条毛巾，麦琪裹住身体，但修长的美腿依然裸露在外。麦琪上前和杰森打招呼，请杰森坐在了一张圆桌前。

"你要的东西已经到手，不知道我们什么时候交换？"杰森看了看温泉里泡着的四个长发美女，透过清澈的泉水，四人修长的腿随着水的摆动若隐若现。

也许是杰森投来的目光惊扰了四位泡温泉的美女，四人走出温泉，如出水芙蓉，水珠滑落白皙的肌肤，一身比基尼装，脚步绵柔，姿态优美，令人不舍转移目光。其中两人上前分别给麦琪和杰森倒上红酒，杰森向对方微笑致谢。

"我知道你和艾米拉的关系，你放心，艾米拉的妈妈已经在我们手上……"

其实，杰森和麦琪合作最关键的人物就是黛西，听到黛西就在麦琪手里，杰森有些激动："什么时候交换？"

麦琪喝了一口红酒："人是在我手上，但为了保证我们合作顺利，我必须保证自己的筹码安全。之前马丁气焰嚣张，爪牙居多，我担心没法向你交代，已经转移了黛西。如果你想交换，就得去我们指定的地方……"

杰森冷眼盯着麦琪："为什么不是我指定的地方？"

麦琪笑了笑："你不要忘了，你爸爸安迪生前是我们的人，组织对他的不

第二十九章 致命牺牲

幸还有一丝愧疚。你上岛不仅仅是为了带走黛西,组织也想见你……"

杰森皱着眉头,有些犹豫。

"如果你不想上岛也可以,但我们的合作可能就要终止!"麦琪用余光看着杰森,语气中有几分挑衅。

杰森沉默中,思考怎么对付麦琪。

麦琪看出了杰森的顾虑:"你放心,在你上岛之前,我们会遵守合作约定,只要你带着东西上岛,之后我们就会派人送你离开。"

"是不是我没有选择?"

麦琪苦苦一笑:"我也没有选择!"

杰森起身离开,麦琪说了最后一句话:"杰森,因为不仅仅是我跟你合作……"杰森停了停,离开了私人会馆。

站在空旷的海边,杰森怀念和艾米拉一起的时光。想到曾经背叛艾米拉,杰森为了挽回自己的错误,一直在努力弥补。

他想起迈克曾经怀疑自己,艾米拉却对自己坚信不疑,而后来自己真正背叛她,到如今两人虽在同一片蓝天,但却形同陌路。杰森似乎看到迈克指着自己的鼻子说:"你没有机会回到艾米拉身边了……"

杰森躺在沙滩上,想了一个下午,终于决定向迈克寻求帮助。

杰森打通了迈克的电话:"迈克!我是杰森……"

电话另一头,也许是因为杰森的名字再次出现而感到突然,电话里一直很沉默。过了许久,电话里传来迈克的声音:"杰森,是你吗?"

"迈克,我想你可以帮我回到艾米拉的身边……我有你们不知道的信息……"杰森很坚定地说,但电话却断了。

杰森以为向迈克求助的结果就这么中断,但随后山米局长和迈克的出现,让杰森看到了一线希望。

迈克把杰森带到了一处幽静的公园,公园平时人行稀少。在保证绝对安全的情况下,山米局长和杰森展开了探讨。

杰森交给山米局长一个U盘:"U盘里是我这么多年收集的关于维利集团所有犯罪证据,包括马丁和环奇制药之间的秘密,以及马丁和特里将军之间的阴谋……"杰森停顿了一下,"其实迈克说得没错,我就是那个埋伏在艾瑞身边的间谍,如果不是我,艾瑞就不会死,黛西就不会被人抓走,艾米拉也不会这么痛苦……"杰森低下头,有些愧疚。

"杰森，相信过去的事，也有你没有看清的地方，今天你能主动地承认错误，为时不晚，我相信你能弥补你以前的过失……"山米局长拍着杰森的肩膀，不仅宽慰杰森，还鼓励杰森选择正确的方法，为自己挽回损失。

"其实，真正的杀父仇人不是艾瑞，是我一直是非不分。现在黛西在他们手上，我手里有他们想要的东西，但我不明白的是他们为什么不直接出手，非要让我上岛……"杰森依然对麦琪让自己上岛的理由有些不解。

"既然没有选择，就去岛上看一看……"局长从怀里掏出一副眼镜，交给杰森："这是一副具有定位追踪功能的眼镜，不管你走到哪里，我们都会找到你的位置，你所看到的范围，我们也能同步收到，上岛后你用得着！"

杰森接过眼镜："黛西被他们带上岛，为了艾米拉，上岛救出黛西，这是我唯一、也是我最后一次能赢回艾米拉信任的机会。"

"我们追查这批恐怖分子多年，也不会袖手旁观，艾米拉是我们的人，我们也会给予无限的帮助和保护。谢谢你能提供这么多的有力证据！"山米局长起身握住了杰森的手。

"谢谢局长对我的信任！"

"你的选择是正确的，相信我们联合起来的力量是无穷的。"

杰森和山米局长达成一致：由杰森上岛提供岛上的具体信息，国家安全局即时监控岛上的动作，并第一时间做出行动。

杰森走后，局长问迈克："艾米拉现在的情况怎么样？"

"据我们的人了解，艾米拉的母亲又被人劫持，从艾米拉的行动来看，她好像正在追踪这个劫持母亲的人。相信艾米拉的判断是正确的，目前所有线索都在黛西身上，一旦找到他们劫持黛西的阴谋，应该就能知道这个恐怖组织背后的行动。"迈克将W的照片递给了局长。

局长点点头："你说得没错，艾米拉的判断是正确的，不过从杰森提供的信息来看，只有上岛，才有可能知道他们的最终目的。你去通知艾米拉，停止追击这个人，要以大局为重！"

迈克虽然理解局长的话，但还是有种说不出的难受。也许在所有大局面前，个人恩怨都变得如此渺小。

第三十章 惊险营救

一

迈克说得没错，艾米拉正在追踪 W。

大卫带着黛西回家时，被 W 劫持。为了找到 W 的行踪，艾米拉煞费苦心，看着大卫和马丁身形相似，便将大卫打扮成马丁。这个死而复生的"马丁"的确引起了 W 的注意。

麦琪继马丁死后上位成为维利集团新任董事长，艾米拉判断麦琪的身份不仅仅是马丁曾经的秘书。艾米拉将打扮好的假"马丁"送进了维利集团，"马丁"在维利集团转了一圈儿，便引起内部大乱。几乎所有员工都不敢靠近这个真假难辨的董事长，艾米拉也正是利用了这一心理战术，成功地引出 W。

"马丁"转了一圈，迅速上车离开了维利集团。麦琪得知此事后，暗中派出 W 跟踪马丁。这一招引蛇出洞的妙计被艾米拉巧妙使用。艾米拉想抓住 W，问出母亲的下落。

艾米拉确定 W 在跟踪假"马丁"后，按照事先的计划，两人在途中调换了角色，艾米拉上了大卫的车，而大卫恢复了身份，独自回家。由于大卫对露西死后的悲痛情绪还未消散，被临时赶鸭子上架后，整个人还是浑浑噩噩。

艾米拉将 W 引到相对偏僻的火车轨道附近，艾米拉故意减慢车速，又猛然加速。W 也加快了摩托车速，艾米拉又调转车头，迎面挡在了 W 面前。

此时，W 才意识到自己中了计。但想跑，似乎已经来不及。艾米拉下车后，冷眼看着 W，W 也明白，这是艾米拉用计要抓自己。W 发动摩托车，冲向艾米拉，艾米拉躲闪，W 的摩托车冲过汽车。艾米拉飞身抓住 W，两人扭打在一起。

交手中，W 不敌艾米拉，只能选择逃跑。W 甩出枪刀，开枪逼退艾米拉，随后骑摩托车逃跑。艾米拉开车追出，一辆火车疾驰而过，W一跃而起，穿过火车，艾米拉下车举枪对着经过的火车。当火车的最后一节车厢飞过艾米拉视线后，火车轨道的对面，竟然站着迈克。

"迈克……"艾米拉缓缓放下枪，惊讶地看着迈克。

迈克走过铁轨，两人再次相见，激动和喜悦的心情涌上心头。

上车后，迈克向艾米拉传达了局长的意思。

"我们和你的心情一样，都想尽快找到你母亲，局长对这件事非常关注，特意派我来和你谈谈。"迈克很轻松地说。

"事情总是出乎预料，好像一切焦点都针对我，我想尽快弄清楚这些事情背后的真相。"艾米拉显得有些焦躁不安。

"局长说，这个人不能杀，我们得到最新消息，你妈妈在他们手上，暂时应该不会受到伤害。通过这条线索，不仅能救出你妈妈，我们追查多年的线索也能水落石出，局长希望我们以大局为重……"

迈克带着艾米拉再次回到国家安全局，局长对艾米拉的再次回归甚为关心。但大局当前，局长直截了当，向艾米拉说明下一步的任务计划。

"我们接到准确的消息，你妈妈现在已经被带上了一个孤岛，岛上的情况我们现在不清楚，我们想派你去执行这个任务！"山米局长的目光落在了艾米拉身上。

艾米拉感觉责任重大，既然母亲在岛上，不管什么任务，自己都无法选择。"长官请下命令吧！"

"迈克会用直升机把你带到离孤岛附近的海域，剩下的任务将由你独立完成……"

"孤岛的位置是哪里？"

局长看了看迈克，迈克摇了摇头，局长接着说："位置还不确定，但很快就会收到孤岛的准确位置。一旦位置确定，迈克送你到小岛附近的浅海，你下水潜入到小岛。你的行动我们会全程监控，在小岛附近的海域，我们有专门的机动部队，随时和你里应外合，控制岛上的恐怖分子。"

艾米拉点头答应，接受命令。

局长迟疑片刻后说："艾米拉，岛上有我们的人，所以，必要的时候，你们要密切配合。"

第三十章 惊险营救

艾米拉似懂非懂，但没有继续追问。局长虽然没说是谁提供了足够的信息，是谁已经潜入小岛，但艾米拉隐约感觉到局长口中的那个人就是杰森。

为了上岛营救黛西，杰森别无选择。

又是一个雨夜，杰森回到了自己的小屋，将墙上的所有资料再次规整。从自己多年前整理的出生信息，到马丁口中的艾瑞夺取父亲科研成果获奖新闻；从以马丁为首的维利集团，到以麦琪为首的组织人物……杰森几乎整理了所有相关人物和信息，最后得出结论：马丁想背叛组织，另立门户。以老钩为首的组织派出麦琪监视马丁，而他们共同的恐怖计划到底是什么，这将是自己上岛了解的首要任务。

当晚，杰森烧毁了墙上的所有资料。他于次日清晨来到了和艾米拉经常来的海边，杰森骑着摩托车停在栈桥处。

看着周围熟悉的环境，杰森拿出手机拨通了艾米拉的电话。

艾米拉接通了陌生电话，电话里却没有声音。艾米拉试着问道："喂……喂……是不是你……说话……"

杰森没有回应，他只是很想听听艾米拉的声音，电话里传来艾米拉焦急的追问，杰森缓缓叹了口气，挂断了手机。

潮水拍打着岸边的沙滩，太阳渐渐冒出地平线，杰森满脸忧伤，思绪万千。

艾米拉确定打给自己电话的就是杰森，虽然杰森在自己最需要的时候背叛离开，但艾米拉对杰森的感情依然难以彻底割舍。

当艾米拉来到杰森的小屋里时，那面曾经布满身世之谜的墙已经被烧得一片斑驳。艾米拉看了看屋内简单的陈设，心中更加担心杰森。在桌旁的铁桶里，艾米拉发现几张未烧尽的照片，艾米拉看着母亲和小岛的照片，似乎已经明白杰森最后一个电话的意图。

艾米拉带着两张未烧尽的照片回到了国家安全局，山米局长命令手下寻找与照片中的小岛类似的岛屿，并确定其准确位置。

几名同事正在比对残缺的小岛照片，建模筛选临海相似的岛屿。

"现在你恢复工作后，首先潜入岛内摸清恐怖组织的底细，上岛后你见机行事……"局长做着简单的交代。

"是的，长官，一切听从指挥！"

这时，同事找到了近似照片的岛屿。小岛的卫星云图逐渐清晰，艾米拉凑近观看，小岛的轮廓逐渐出现。除了一些建筑，似乎还有一处停机坪。

小岛的准确位置确定后，由迈克驾驶直升机将艾米拉送至小岛附近的浅海。艾米拉和迈克临别前，迈克交待："找到岛内的电路控制箱，将卫星发射器接入岛内的雷达线路，你上岛后注意安全，接通卫星信号后，及时汇报情况，我一会儿接应你。"

艾米拉穿戴好潜水装备，迈克说完后，艾米拉跳入水中，经海底潜水前往小岛。在水底，艾米拉依据手表定位，很快接近小岛。艾米拉借助一块礁石的遮挡，悄悄浮出水面。

艾米拉发现前方的通道口，有人偷偷在四处安放炸弹，艾米拉只好选择其他的地方上岸。

又游了一会儿，艾米拉绕到小岛后方陡峭的瞭望台下选择上岸，她卸下潜水装备后，悄悄爬上瞭望台，台上的两名岗哨被艾米拉甩出的飞刀杀死。

杀死岗哨后，艾米拉摸索进入小岛内部的通道。通道内接着电灯，艾米拉探着身子向前接近。

沿着通道内的电线，艾米拉找到了电路控制箱。当她正接通卫星发射器时，忽然有两支枪左右顶住她的脑门，艾米拉举起手。在举手的瞬间，艾米拉拨开两支枪，拔出匕首，插入了对方的心脏。艾米拉再次确定卫星发射器的接入信号，见信号灯闪烁正常。艾米拉关上电路控制门，继续向前寻找。

艾米拉接通卫星发射器后，山米局长即刻接到了汇报。

"长官，艾米拉已经接通了信号，我们可以随时掌握岛内的情况！"

"好，这样一来，杰森的所看到的也能及时传回来了，大家集中精力，监控小岛的一举一动，一旦发现出现在小岛周围的船只和飞行物，即刻汇报！"局长刚刚发出命令，一名属下便发现了停机坪上的直升飞机。

"已经发现了可疑飞行物，长官你看！"属下指着停机坪上的飞机，局长探身也看清了直升机。

"严密监控！"

"是的，长官！"

正如卫星监控所看到的，约翰带人上岛后，杀了岛上的岗哨，并派出人手在小岛的各个角落安放炸弹。同时，他们将岛内的装有导弹的长形木箱装入直升机。

第三十章 惊险营救

约翰正在指挥手下搬运导弹，迪伦站在一旁悠闲自在。约翰上前踢了一脚迪伦："这里不是旅游观光的地方，快想办法进入通道，排除所有隐患。"

迪伦极不情愿地站了起来。约翰没有理会迪伦，转身继续指挥手下。

正在这时，迪伦悄悄拔出手枪……

二

杰森跟随麦琪上岛后，利用局长交给自己的特殊眼镜，将所见到的信息全部拍摄。当艾米拉接通卫星发射器后，杰森所拍到的图片便即时传送，传到了指挥室。

"长官，杰森的图像传过来了！"手下人向局长汇报。

巨大的电子屏幕上，几张照片闪出屏幕。其中一张是老钩坐着轮椅，身后站着梅、兰、竹、菊四位美女。分列两旁的组织成员，看似正在一起议事。

的确，杰森正在带着局长交给的眼镜，拍摄密室内以老钩为首的组织成员正在讨论马丁背叛组织的事情。

杰森将自己得到的生化样品打开，展示给老钩。老钩看后满意地点头："组织都查清楚了你父亲的事，你不但报了父仇，也帮组织做了一件大事……"

密室的大屏幕上，开始播放马丁开车坠崖的新闻报道，老钩指着马丁被烧毁的汽车："背叛组织的人是不会有好下场的！马丁派人杀了Q，还假冒Q抢走了我们研制多年的生化细菌。不但如此，他们还杀了K，一连杀了我们两个重要成员。不过他没想到，他的一举一动都在我的眼皮底下，这次能顺利拿回我们丢失的东西，麦琪功不可没……"

杰森利用这个机会，将密室内所有组织成员逐一扫视，并将照片传回了指挥部。

老钩杀鸡儆猴的手段再次震慑所有成员。麦琪知道下一个环节要秘密进行，只好带着杰森离开了密室。

在狭长的通道里，麦琪交给杰森一张卡片："我们的合作到此为止，这张卡是关押黛西房间的门禁卡，你可以带她走了！"

杰森点点头，并没有因此而感谢麦琪。杰森离开时，见通道内散落着各种各样的木箱，木箱上印着白色的字符，杰森看不懂字符的用意，只好拍摄传回。

麦琪似乎对杰森不太放心，便给 W 使眼色，W 跟了上去。

麦琪拐过一条通道时，被迪伦挡住了去路。迪伦阴险地盯着麦琪。

迪伦和约翰在停机坪发生冲突后，迪伦拔出手枪，朝着搬运箱子的手下挥了挥手，手下停下手中的活，纷纷拔枪。约翰见势不妙，但还没来得及回身，便遭到迪伦连开几枪。接着，手下举枪射击约翰。约翰还没弄清楚怎么回事，便被乱枪打死，落入海中。迪伦吹了吹枪管的烟雾，示意手下继续干活。

停机坪上的人突然发生内乱，山米局长看得清清楚楚，局长愤怒地说道："这帮杀人不眨眼的恶魔！连自己人都这么无情……"局长意识到什么，急忙追问旁边的属下："为什么不能直接接入小岛的密室？"

"我们根据卫星发射器搜集的信号显示，有一处地方被高强度的电磁干扰，无法接通，那个地方应该就是他们开会的密室。"

"难道说他们早有安排，在密室周围布置了电磁干扰，切断一切联系……没想到这帮人具有这么强的反侦察能力……"局长默默点头，不再追问。

以老钩为首的组织成员，正在岛内的密室里研究下一个重要计划。

老钩发出沙哑的声音，指着大屏幕上的全球地图说："今天把大家聚在一起，是来讨论'飓风行动'的具体部署情况，按照原计划，我们将在 6 月 30 日在全球多个地点释放新型埃博拉病毒。这种新型的病毒可以通过空气传播，扩散速度惊人，病毒扩散后，我们就可以随心所欲地控制这个世界……"

组织成员议论纷纷。

老钩继续说："准备了这么长时间，也该是时候展示我么生化武器的威力了，我们要在原定的时间投放病毒，向世界宣言我们不容侵犯的力量……"

这时，麦琪被迪伦用枪顶着走进密室，但在座成员并未发现这一现象。直到迪伦侧身闪出，组织成员发现了迪伦，纷纷拔枪。迪伦眼疾手快，连开几枪，击毙了几名成员。

马丁带着龙、虎、豹三人走进了密室。当马丁出现时，所有成员惊诧不已。唯有老钩镇定自若地盯着马丁："看来我低估你了！"

麦琪见马丁出现，也花容失色。

马丁冷冷一笑："你想不到吧……"

原来马丁在坠崖前早有计划，杰森追着马丁的汽车拐过弯道后，马丁迅

第三十章 惊险营救

速下车，有人将两具尸体搬上了汽车，并遥控汽车开下悬崖。

马丁不屑地看着老钩："上帝是公平的，掌握命运的人永远站在天平的两端，一个骄傲的人，最终只能被骄傲毁灭。"

老钩轻蔑地笑了："上帝的天平不会倾斜于你这种蠢货，你的行为只能证明你的愚笨和狂妄，最终等待你的将是你的覆灭……"

马丁被激怒，他夺过手下的枪，砸向老钩的脑袋。老钩头被砸出血，痛苦挣扎。马丁在老钩的衣服上擦了擦枪上的血，将枪交给手下。他拿出激发器。"让你们看看变异的埃博拉病毒，通过纳米同位素的激发后有多大的威力……"

马丁将激发器插入桌上的绿瓶，绿瓶内的生化细菌逐渐转为红色，马丁指着红色的细菌："今天就拿你们做做实验，其实只要一滴，不管是人还是动物，短短几分钟就会被化为血水……哈哈哈哈……"

马丁带人退出密室后，将密室的所有门窗关闭，一台摄像机对准了密室，马丁按下手中的遥控器。

密室内，红瓶的下方散出红色的烟雾。烟雾弥漫散开，组织成员乱作一团，纷纷趴在玻璃门上，痛苦挣扎，哭喊连天。毒气渐渐吞并所有人，的确如马丁所言，密室里的人开始皮肤溃烂，七窍流血，个个面目狰狞，手指胳膊遭侵蚀后留着血水，大块的皮肤肌肉脱落，直至手指胳膊掉落，场面异常的惨烈……

马丁看着生化病毒极具杀伤力，满意地带人离开。登上小岛的地面后，迪伦拿出遥控器，启动了遍布小岛的定时炸弹。马丁等人乘坐直升机飞离小岛。

此时的小岛开始爆炸。

杰森来到关押黛西的房间后，使用麦琪的卡打开了房门。黛西被绑在一张椅子上，头上罩着头套。杰森上前用匕首割开黛西脚上的绑绳。

这时，艾米拉也摸索进入了关押母亲的房间，她看到母亲面前有人拿着匕首，艾米拉本能地举枪对准了杰森："别动！"

杰森回头认出了艾米拉，他看了看自己手中的匕首，艾米拉呵斥道："放下！"

艾米拉步步逼近，杰森准备放下匕首时，余光看见了艾米拉的身后，W举枪逼近艾米拉。

杰森撞开艾米拉，却被W扔出的飞刀射中左肩，W飞起一脚踢中杰森的胸口，杰森飞出撞在了墙上。杰森痛苦地趴在地上起不来。艾米拉转身举枪对准W，却被W甩出的枪刀打落。杰森挣扎起身挡在艾米拉面前，艾米拉见杰森护着自己，急忙挡住W飞来的一脚。由于杰森受伤，无法打斗，他蹲在地上抱住W的另一只腿，艾米拉借机控制住W的双手，拽起旁边的铁链，将W绑在墙上。杰森对W一顿暴打，W奄奄一息。

艾米拉去解母亲脚上的绑绳时，发现绳子已经被割断，艾米拉明白了杰森的用意。艾米拉解开母亲反绑的双手，并摘下头套。

"艾米拉！"黛西激动地看着女儿，不知道下一句该说什么。

"妈，我们快离开这里。"艾米拉扶着母亲，杰森上前开路，三人沿着通道撤出小岛，坐上了迈克的直升机，离开了小岛。

爆炸瞬间覆盖全岛，海水逐渐变红，向外迅速扩散。不少生物鱼种翻着肚皮浮出水面，死于非命。

局长看见这一情形，下令待命的特工部队："快让周边的船离开，越快越好！"

直升机内，艾米拉看着受伤的杰森，露出一丝关切的眼神。

日落西山，夕阳泛出一片红晕。黄昏下的山洞门口，马丁小声向迪伦交待任务。山路前方，几辆卡车载着木箱停在山洞口，手下开始卸下木箱。

马丁走向山洞，龙、虎、豹等人指挥手下往山洞搬运箱子。

第三十一章 终极一战

一

营救黛西成功后,众人都沉浸在欢乐之中。表面看似恢复平静,可以享受正常的生活。但在山米局长心里,他清楚地看到在爆炸前,两架直升机飞离了小岛,但随后便消失于雷达监控。这两家直升机上载着岛内搬出的木箱,木箱里到底是什么,局长表面若无其事,心里却不免嘀咕。

黛西回来后,被安排在医院检查身体,以此安慰多日的惊吓。

杰森回到艾米拉身边,虽然赢回了艾米拉的信任,但左肩被W所刺的伤隐隐作痛。

病房里,黛西坐在床头,眼神呆滞,艾米拉正给母亲喂饭。杰森进屋,小声对艾米拉说:"局长过来,想跟你说几句话。"

艾米拉扶着母亲躺下后,和杰森走出病房。

局长站在医院的花园里,艾米拉和杰森上前打招呼。

局长神色凝重:"艾米拉,这几天你先多陪陪你母亲,等你母亲的病情稳定后,即刻归队,我们还有很多遗漏的环节,需要及时做出调整。"

"是的,长官!"

山米局长又转身向杰森伸手:"谢谢你的配合,如果不是你提供的信息,我们的推进可能没有这么神速。"

"我也没有做什么……"杰森看了看艾米拉,两人同局长相视而笑。

"通过杰森提供的证据,我们已经对环奇制药和特里将军做出了查封和抓捕工作,但小岛爆炸引起的辐射破坏,已经引起各个地区的高度关注。目前制造这起事端的人到底是谁,小岛爆炸后,我们发现两架直升机莫名地消失在雷达监控，这些谜团还没有解开……"局长走到一辆汽车面前，向艾米拉告别："艾米拉，你的进步很大，我为你高兴！"

局长上车离开了医院，艾米拉和杰森笑着送走了局长，再次回到了医院病房。

回到病房，艾米拉见母亲睁着眼发呆，她伸手握住母亲的手。

这时，忽听病房外传来一阵杂乱声。

艾米拉走出病房，看见走廊里慌慌张张地跑来几人，几名护士正在劝解来人。艾米拉走到近前，发现几人上肢均有不同程度的皮肤溃烂，且滴着脓血，几人惊恐地求助。护士看见溃烂的皮肤，捂着鼻子有意躲避。在护士台，有护士拿起电话拨打电话呼叫医生。

走廊的电视上，播放着一段生化细菌侵蚀人体的视频。艾米拉凑近看时，大卫打来了电话："艾米拉，你有没有看见电视里播放的一段恐怖视频？现在全城都在不停地重播这段视频。"

胖妞看着视频，害怕地捂住眼睛紧贴大卫，大卫却无动于衷，目不转睛地盯着电视。

一名记者正在报道视频内容："这是刚刚流传于网络的一段视频，通信部门配合安全部门正在追溯视频来源。就在发现视频之前，某海域一处小岛爆炸，场面恐怖……"

这时，病人走出病房，围在电视周围观看。艾米拉意识到事态严重，悄悄退出人群，拉住杰森："走！"杰森来不及问艾米拉去哪里，便被艾米拉拽着离开了医院。

汽车经过城市的各大路段，艾米拉发现繁华地段的LED大屏幕上，也播放着这段视频。视频中，小岛发生剧烈的爆炸，烟雾中夹杂着红色和绿色的气体升向天空，剧烈的爆炸瞬间覆盖全岛，浓烟淹没了小岛的轮廓……记者解说画面内容："数海里海水变色，水中生物死亡泛滥，环保人士分析跟生化污染有关……"

越来越多的人围住屏幕，嘘声乍起。艾米拉接到了局长的电话："艾米拉，看看现在电视里播放的内容，应该就是小岛爆炸的视频，我认为这是有人故意传播……"

指挥室的大屏幕上，视频里一人戴着面具，发表宣言："今天起，我们的活动范围会扩散到全球各地，如果有人恶意挑衅，我们会让每一个挑衅者体

第三十一章 终极一战

验到前所未有的痛苦和恐惧……"同时，报道的记者正在向民众解释官方的行动："安全部门证实了一段恐怖宣言，断定岛内生化袭击的受害者和制造小岛爆炸的正是这帮恐怖分子……"

艾米拉和杰森赶到大卫家时，只见大卫盯着电脑里迪伦和约翰的照片，手中紧握一把匕首，眼睛虽然充满血丝，但目光中带有几分仇恨的杀气。托马斯见艾米拉进来，推了推大卫，大卫依然不理不睬。胖妞冲着艾米拉笑嘻嘻地说："嘿嘿，大卫他……他一直这样，没事没事……"胖妞拆开一只心形的棒棒糖往大卫嘴里喂。

看着电视里播放的视频，杰森说："从小岛爆炸的规模来看，应该不仅仅是岛上的炸弹所为，这种破坏应该跟激发器的威力密不可分，如果真是激发器和生化武器的结合……"

艾米拉陷入沉思："激发器落入马丁之手，马丁早就死了，难道说激发器又从马丁的手里……"

"马丁死了还会有谁？露西死后约翰再也没有出现……"

"不可能是麦琪，麦琪根本就没有得到过激发器。而且据我了解，她不可能是这起破坏的制造者……"

"我想再看看那段视频……"胖妞急忙找出那段恐怖视频，艾米拉和杰森凑上前，仔细观看。

杰森看着视频，告诉艾米拉："密室里的人是以老钩为首的恐怖分子，我在进入小岛后，麦琪带着我见过老钩，当时我受局长的命令，戴着定位眼镜，把他们开会的情景传回了安全局。所以，这些人我认识……"

艾米拉忽然发现什么，急忙喊停："停，倒回去！"

胖妞又将视频回放，艾米拉指着视频说："看，玻璃上有反光的人影。"

杰森和胖妞在艾米拉的指引下，也发现了玻璃门上反光的人影。

"把这张图像放大调清晰一点，应该能看清这个影子是谁。"

胖妞按照艾米拉的意思，把图像放大，调至清晰。马丁和迪伦等人的模样隐约可见。

艾米拉点点头："原来是他，马丁还没死，可以肯定，小岛的爆炸肯定是他们干的，那这段视频也是从马丁他们手里流出。如果我没猜错的话，是马丁用生化细菌杀死了组织的其他成员，特意拍摄了这段视频，在他们离开小岛后，公布了这段视频。这是他们故意制造混乱，引起民众的恐慌。"

大卫看到视频里的迪伦，揣着匕首跑出了工作间，众人对大卫的行为感到好奇。

艾米拉捡起大卫撞掉的台历，发现今天的日期是6月30号。艾米拉眉头紧皱，她想起父亲办公室的台历上6月30日也被圈了起来。

这时，电视里正在报道关于"第二届亚洲环保战略峰会"开幕式。

大会现场，人山人海。记者正在直播大会情况："今天是6月30日，这里是三号体育场，我们将迎来'第二届亚洲环保战略峰会'的开幕式，会场目前已经聚集数万人观众……"

体育馆的官员通道口，全球各个地区的环保官员在警察的保护下，沿着绿色通道进入会场。另一侧，观众陆续入场。在大会的各个入口，警察带着警犬对入场观众进行逐一安检。

"不好，三号体育馆一定有事要发生！"艾米拉拽着杰森再次离开大卫家。

在地下车库里，艾米拉带着杰森准备开着大卫的监控车赶往大会现场。杰森跳入驾驶舱，艾米拉打开后车厢，却发现大卫已经坐在车里。大卫面无表情，艾米拉跳上车，杰森开车驶出车库。

"长官，根据我们目前掌握的情况，马丁的死应该是个阴谋，他应该就是制造小岛爆炸的凶手。他先杀了其他成员，随后使用生化武器炸毁了小岛。这样一来，组织内部的所有成员都葬身于岛上，而马丁就可以脱身，继续他下一步的阴谋……我在我父亲的日记上看见过今天这个日子被圈起来，结合今天的恐怖视频，我猜想马丁可能要攻击体育馆！"

艾米拉的汇报也引起了山米局长的认同，山米局长马上吩咐下属："派特勤小组进入会场，继续排查，大会开幕式决不允许出现任何闪失……"

大会现场的警察接到命令后，即刻做出调整。警方派出足够的警力，在会场出入口、地面和地下所有区域进行地毯式搜索。

杰森开着车正赶往三号体育馆。后车厢里，艾米拉观看直播会场。

途中，传来局长的消息："大会已经排除各种隐患。艾米拉，不能光靠直觉，你的推测虽然有一定的道理，但没有足够的证据证明会场会有威胁，你还得继续追查，尽快找出可能发生的隐患……"

"虽然没有足够的证据，但也不能排除外力的威胁，如果破坏来自会场以外,我们会猝不及防。"

"你说得有道理,我们正在逐一检查杰森在岛上拍到的图片,一旦发现可疑信息,及时联系你!"

"是,我知道了,我也会继续追查……"艾米拉回应了局长的指示,却不知下一步从何查起。

大卫看见了艾米拉的迷茫,主动坐在电脑前,开始操作电脑。不一会儿,电脑画面里放出杰森拍到的照片。

在众多图片中,艾米拉叫停了一张带有字符的木箱图片:"大卫,看一下刚才那张有符号的箱子。"

大卫回到翻过的照片,艾米拉惊奇地发现箱子上依稀可见的"П-270 Moskit",艾米拉告诉大卫:"查查这是什么东西。"

大卫将字符输入电脑,很快查出对应字符的相关信息。

艾米拉惊讶地发现,这是导弹型号的字符:"原来这是导弹型号!"

大卫调出导弹型号对应的属性,艾米拉急忙连线局长:"长官,我找到了,杰森拍到岛内的木箱,是导弹型号……根据对应的导弹属性,射程应该在120公里左右,杀伤力10公里左右……如果以会场为圆心,半径120公里范围,从地形来看,只有东南偏南的方向属于山地,如果选择发射飞弹的地形,必定是山区……"

长官表情严肃,紧盯大屏幕:"快查出东南偏南方向地形。托尼,启动应急方案,派人协助艾米拉找出恐怖分子的藏匿地点!"

"是的,长官!"托尼接到命令,离开指挥室。

大卫通过扫描定位,调出一座山体卫星图。随着山体的轮廓清晰,艾米拉紧皱眉头,拿出安迪和埃斯博士的登山合影。通过照片比对,艾米拉发现合影中的山体和大卫查到的山体极为相似。

艾米拉急忙告诉大卫:"大卫,就是这里。你看,这张照片上,埃斯博士手里有一个罗盘,罗盘上有当时的经纬度。就算是山体发生了变化,这么多年过去,经纬度绝对不会发生变化。"

大卫将罗盘放大,发现了模模糊糊的指针角度。

"10公里的杀伤范围,足以摧毁整个体育场,数万人的会场将夷为平地,如果加上生化武器,后果将不堪设想……杰森,我们不去体育场了,往东南偏南的方向开,快点!"艾米拉决定改变线路。

局长看着屏幕里，卫星追踪艾米拉的汽车不停地移动，神色凝重。

二

其实，国家安全局曾经破译了环奇制药的服务器文件，找到一份环奇制药的外围联络名单。但因名单里并没有马丁，所以才漏掉了马丁这条线。直到艾瑞死后，艾米拉也没有对马丁产生更大的怀疑。

小岛一战，马丁的身份完全浮出水面。国家安全局也根据马丁和特里将军的秘密合作，突击将环奇制药封查。国家安全局向国家最高领导人申请抓捕特里将军，特里将军随后落网。

马丁为"黑暗联盟"恐怖组织的成员之一，他父亲曾经在二战中凶残成性，在海外战争中，霸占了后来马丁的母亲。马丁出生不久后，母亲离世，而父亲因战争被俘，不久死于狱中。马丁成了一名名副其实的孤儿。当时的老钩见马丁年幼无知，便收养并逐渐培养为己所用。但老钩用人注重血统，马丁经常因血统遭到众人质疑排挤。

进入大学后，马丁结识了埃斯博士，并通过埃斯博士认识了艾瑞和安迪，几人当年关系十分要好。

后来，马丁遇到了美子，美子是马丁的第一个女人。因自幼无依无靠，温柔贤惠的美子让马丁即刻找到了一生的归宿。但好景不长，马丁经常受到老钩的指派，外出为组织办事。在一次完成任务回来后，美子因不堪被他人凌辱，上吊自杀。马丁失去了美子，悲痛欲绝，但当时的马丁并不知道美子的死跟老钩有着千丝万缕的关联。

美子死后，马丁忍气吞声，继续在老钩手下效力。当时老钩收养的孤儿众多，马丁无意间得知美子的死是老钩不满马丁和女人生活，便秘密派人骚扰美子，不料手下人见到美子美貌，便生歹意，屡次强暴美子。美子没有等到马丁回来，便选择了结束生命。

马丁得知此事后，对老钩怀恨在心，并暗下决心为美子报仇。后来马丁侍机杀了对美子施暴的人，不料此事却被老钩发觉。老钩对马丁大发雷霆，并决定派马丁去外围，为组织经营生意。

从此，马丁利用这一空间，设计除掉了自己的生意伙伴，并收买了约翰等人。除约翰几人之外，其余的人都安插在全球各地，同时监控老钩的所有

第三十一章 终极一战

行动。

在马丁精心策划复仇的计划中,马丁再次拉拢原来认识的埃斯博士,安迪和艾瑞等人,并以组织名义,让埃斯博士等人分别研究生化病毒。

但在安迪和艾瑞的科研项目中,马丁随即发现自己对其两人的控制有些吃力,为了得到他们的科研成果,马丁不得不使用非常手段。安迪和艾瑞随后被杀。

在此期间,马丁又遇到了人生中的第二个女人,但生活了几年后,马丁发现第二个女人其实是老钩安排的眼线,马丁愤怒地杀死了第二个女人。老钩两次摧毁自己的感情信仰,马丁对老钩的仇恨再次升级,也加剧了马丁疯狂的复仇计划。

马丁通过杰森得到了艾瑞的科研成果,但随即和秘书麦琪反目。马丁自知自己的行迹败露,便准备放手一搏。马丁先后布局诱使艾米拉和杰森进入埋伏,演出一场生死对决,并制造假死迹象,骗过众人。

杰森开车逐渐接近目标山体,艾米拉检查枪支弹药。大卫看了看艾米拉手中的枪,又看了看自己手中的匕首。

局长也在大屏幕里看见艾米拉的车接近山体,便嘱咐艾米拉:"艾米拉,特工部队没有到达之前,你们务必注意自身安全。这是一帮强大的恐怖力量组织,行动时以自身安全为主,不要贸然行动……"

"长官放心,我会保证自己的人身安全,等待救援部队!"艾米拉做好最后准备。

山洞门口,有十几个岗哨站在制高点,巡视周围。当他们发现一辆汽车冲向山洞时,纷纷举枪扫射。

艾米拉和杰森借着汽车的掩护,躲在车后向山洞前方的守卫还击。子弹打在车厢上,大卫吓得抱头蜷缩,不敢出来。

枪战中,洞口的守卫按响了警报。艾米拉和杰森联手击毙洞口的守卫,两人冲向山洞。即将冲入洞门时,龙、虎、豹三人突然从地上跳起,举枪扫射。艾米拉躲开枪击,顺手打落阿龙的手枪,一脚踢倒阿龙,阿虎扑向艾米拉。阿豹见杰森要进洞,追上前去,和杰森打在了一起。

发射台前,马丁将变异的生化细菌安在了飞弹内部。这时,急促的警报声惊动了马丁,马丁走下发射台。迪伦看着红色的警报器,冷冷一笑,跑出发射台。马丁急忙操作系统，进入最后的发射调试。

龙、虎、豹三人最终被艾米拉和杰森联手消灭，两人急忙冲进洞内。经过洞内的一段昏暗的空间时，艾米拉和杰森再次被蜂拥而出的人围住。艾米拉开枪打碎了仅有的电灯。通道内瞬间变得漆黑一片，艾米拉和杰森蹲在地上，屏住呼吸。

"人呢？"

"他们哪儿去了？"

"什么也看不见了？"

围在艾米拉周围的守卫，小声议论。艾米拉和杰森背靠背忽然起身，两支枪对准周围，360度旋转扫射，随着几声惨叫，艾米拉和杰森击毙了所有守卫。

两人没有停留，拐过一条通道，却发现迪伦拦在前面。

艾米拉和杰森冲向迪伦，艾米拉示意杰森不要快走。杰森起身想跑，迪伦跳身拦住杰森，艾米拉上前和迪伦打在一起，杰森借机跑进洞内。

在和迪伦的打斗中，艾米拉似乎占不到上风。就在迪伦卡住艾米拉脖子时，大卫冲进了洞内。大卫发现面前的人正是迪伦，他见杀害露西的人站在眼前，大叫一声，举着匕首冲向迪伦。迪伦见大卫冲过来，飞出一脚踹中大卫的胸口，大卫被踹飞摔倒在地。艾米拉利用这个机会反手挣脱迪伦。

在艾米拉和大卫的夹击下，迪伦被艾米拉打倒在地。大卫抱住迪伦的腿，迪伦想挣脱大卫的束缚，却被大卫瞅准时机，一刀扎进了迪伦的手背。匕首也扎进了大卫的大腿，大卫咬牙忍痛，大喊艾米拉快走。艾米拉一脚踢中迪伦的头部，迪伦倒在地上，大卫拔出匕首狠狠地刺进迪伦的心脏。

杰森顺着山洞的通道摸索进入了飞弹发射控制室。杰森看见马丁正在操作台前操作发射系统，杰森举枪逼近马丁。

马丁发现了杰森，冷冷地盯着杰森："开枪啊，既然你都找上门了，就开枪吧……你开得了枪吗？我白养你这么多年……"

杰森和马丁近距离对峙，马丁再次靠近杰森，握住杰森的手枪对准自己的脑门："来吧，我教你！往这儿打……"杰森难以下手，马丁忽然夺过杰森手中的枪，反过来对准了杰森："要不是看在我把你当儿子养了二十多年的份上，现在就一枪打死你……为了一个女人，你吃里扒外。你想想看，是谁养你这么多年，如果不是我，你早就没命了……"

第三十一章 终极一战

马丁的话没有说完，艾米拉举着枪冲了进来。马丁见艾米拉进来，急忙做出调整，一手举枪对准杰森，一手举起了飞弹发射器。"哈哈，艾米拉，你真不愧是特工啊，不过我今天倒是想看看，你有多大本事！"

艾米拉见杰森被马丁控制，不敢轻易靠近。

"放下枪！"马丁厉声呵斥。

艾米拉只好将手枪放在地面，马丁忽然按下发射器，倒计时警报顿时拉响。艾米拉捡起手枪，开枪打坏了发射台的电源。电源被破坏后，洞内瞬间暗了下来。杰森抓住马丁手中的枪，将马丁推倒，红色的生化武器成品倒成一片，纷纷砸在了马丁身上。

因为电源被破坏，飞弹纹丝未动。艾米拉惊讶地看着飞弹，这时，备用发电机忽然启动，供电恢复正常，发射台前的信号灯也恢复工作状态，飞弹忽然划出一道白色的弧线，飞出山洞。艾米拉急忙来到操作台，试着解除飞弹的飞行方向。飞弹并没有因为艾米拉的指令而改变飞行轨迹，而是直奔体育馆。

正在全程监控的山米局长，看到飞弹飞向体育馆，急忙告诉属下："20秒后飞弹尾部定位系统将锁死，快和艾米拉连线，准备第二套方案，拦截飞弹……"

艾米拉忽然想起大卫曾经开发的软件，她急忙掏出U盘插入发射装置。艾米拉利用大卫开发的软件，将破坏病毒植入飞弹的操作系统，再将新的指令输入原系统。飞弹接到操作台的第二指令，终于改变了轨迹。

飞弹在体育馆的上方忽然改变飞行轨迹，部分观众也发现了突如其来的飞弹忽然调头飞离。现场人们议论纷纷，一片哗然。

离开后的飞弹落入沙漠，弹头和装有生化武器的弹身分离，弹头落入沙漠爆炸。一场浩劫就此终结。

局长的指挥室内，大家见飞弹飞离体育馆，最终弹头和弹身分离，避免了一场灾难，众人欢欣鼓舞，击掌祝贺。

山洞内，埋在瓶子下方的马丁，手指微微一动。

艾米拉和杰森完成任务后，回到了母亲的身边。

黛西经过一段时间的精心的调理，身体和情绪均恢复好转，艾米拉也尽可能地抽出时间陪伴在旁。

这一天，她搀着母亲沿着草坪散步："看了爸爸的日记，才知道过去让您受了那么多苦，是我太不懂事了，对不起……"

"艾米拉，都是过去的事了，是妈妈爱你的方式有些不当……经历了这么多事情，现在只剩下我们两个，你是我们的骄傲……"

艾米拉依在母亲身边："事情终于结束了！"

"虽然找不到你爸爸的尸体，我还是想早点回去，给他选一处墓地……"

艾米拉点点头，离开之前，她来到露西的墓碑前，将手中的马蹄莲放在墓碑前："露西，我来看你了！不过我很快就要回去……露西，有机会我会再回来看你……"艾米拉伤心地看着露西的头像，仿佛看见露西正向自己走来。

事情过去后，艾米拉也原谅了杰森对自己曾经的背叛。为了不让杰森孤苦伶仃地流浪，她选择将杰森带在了身边，同母亲一行三人再次回到了新加坡的家。

安顿好母亲后，艾米拉和杰森再次来到海边。

海风徐徐，扑面而来。杰森深情地看着艾米拉，再次将艾米拉拥入怀中。

当两人正在感受彼此带来的爱和幸福时，在远处的石头后面，一支狙击枪对准了杰森。在艾米拉即将亲吻杰森时，杀手扣动了扳机，子弹飞出枪膛。

杰森闷哼一声，倒在艾米拉的怀中。艾米拉无助地抱着杰森，四处寻望子弹的方向。

远处矗立的石头后面，随着收起的长枪，一名杀手闪身离去……